GOLDMAN

AUS DEM KONTER

PAVEL KOHOUT

TAGEBUCH EINES REVOLUTIONÄRS

Aus dem Tschechischen von
Gustav Solar und Felix R. Bosonnet

Mit Graphiken von Pravoslav Sovák

GOLDMANN VERLAG

Die deutsche Erstausgabe
erschien 1969 im Verlag C. J. Bucher AG, Luzern

Von Pavel Kohout
liegt im Goldmann Taschenbuch Verlag bereits vor:

Die Henkerin. Roman (9405)
Wo der Hund begraben liegt. Roman (9494)
Die Einfälle der heiligen Klara. Roman (9655)

Der Goldmann Verlag
ist ein Unternehmen der Verlagsgruppe Bertelsmann

Made in Germany · 8/90 · 1. Auflage
Genehmigte Taschenbuchausgabe

Umschlaggestaltung: Design Team München
Umschlagillustration: Ondrej Kohout
Satz: IBV Satz- und Datentechnik GmbH, Berlin
Druck: Presse-Druck Augsburg
Verlagsnummer: 9862
UK/Herstellung: Sebastian Strohmaier
ISBN 3-442-09862-9

WER DIE WAHRHEIT SPRICHT,
RENNT SICH DEN KOPF EIN.
WER DEN TOD FÜRCHTET,
GEHT DER LEBENSFREUDE VERLUSTIG.
ÜBER ALLES SIEGT DIE WAHRHEIT…

Jan Hus
in einem Brief an den Rektor
M. Křištan aus Prachatice

KEHRE DORTHIN ZURÜCK,
VON WO DU AUSGEGANGEN BIST,
IN DAS HAUS DEINES HERZENS,
UND SCHLIESSE DIE TÜR HINTER DIR ZU!

Jan Amos Comenius
in »Labyrinth der Welt und Paradies
des Herzens«, Kapitel XXXVII

HUMANITÄT IST NICHT SENTIMENTALITÄT,
SONDERN ARBEIT UND NOCHMALS ARBEIT.

Thomáš Garrigue Masaryk
in »Die tschechische Frage«

DAS VOLK GEHT NICHT ZUGRUNDE,
WENN JEDER ES FERTIGBRINGT,
SICH GLEICHERMASSEN VON SEINEM VERSTAND
UND VON SEINEM GEWISSEN LEITEN ZU LASSEN.

Alexander Dubček
in seiner Rundfunkrede nach der
Rückkehr aus Moskau am 27. 8. 68

Perugia

Sie banden mich an einer Säule in einem riesigen Saal fest. Die Decke konnte ich nicht sehen. Ringsum hingen schwere Samtvorhänge. Einer schob sich lautlos auseinander. Ein vielstimmiges ersticktes »Ah!« Kein Zweifel: ich befand mich auf der Bühne.

In der Mitte der ersten Reihe das Gesicht meines Vaters, mehr geahnt als gesehen. Ich wollte aufschreien, aber der Knebel erstickte meine Stimme: Nicht einmal die Gnade des letzten Wortes wurde mir gewährt.

Aus dem Portal trat ein schwarz gekleideter Mann, in der Hand ein glühendes Schwert. Demütigung, Zorn und Verzweiflung mischten sich zu einer Träne. Die Konturen der Dinge und Gestalten vervielfachten sich. Mein letzter Blick sah die Welt so zerstückt, wie sie jene bekannte ungeheure Fliege auf den Schautafeln in der Schule sah. Dann näherte sich das Schwert meinen Augen, und das Bild explodierte in Glut und Schmerz.

Ich riß den Kopf herum. Die Glut erlosch, der Schmerz schwand. Ich öffnete die Augen. Neben mir brannte auf dem Polster einer der Strahlen, die zwischen den Lamellen der herabgelassenen Jalousie hereindrangen. Die Morgensonne mußte direkt gegenüber dem Zimmer stehen.

Auf meinen Wangen verklebten die wirklichen Tränen. Sie hatten mich gerettet wie einst Michail Strogoff. Warum hatten sich die unsichtbaren Relais im Gehirn zusammengeschaltet und nach zwanzig Jahren diese längst abgelegte Geschichte nochmals gesendet? Ich drehte den Kopf, um die Traumdeuterin zu fragen. Sie lag neben mir wie eine schöne, balsamierte Leiche. In der Nacht war ihr zu warm geworden, sie hatte das Leintuch weggeworfen.

Ich kletterte über sie hinweg und ging zum Fenster, um die Jalousie aufzuziehen. Durch die offene Tür und die Spalten der Jalousie strömte etwas kühle Luft herein. In Italien freute ich mich jeden Tag wie ein Süchtiger auf diese morgendlichen Minuten, da man atmen konnte.

Die Jalousie bewegte sich nicht.

Ich begann, das System zu untersuchen. Das Band verschwand im Oberteil des Fensterrahmens. Ich versuchte zu ziehen. Sachte, dann stärker. Die Jalousie gehorchte nicht.

Ich brachte einen Stuhl ans Fenster. Auch wenn ich auf den Fußspitzen stand, fehlten mir zwei, drei Zentimeter. Ich wurde langsam unwillig. Der Morgen ist für mich unendlich wichtig. Die ersten Minuten entscheiden den ganzen Tag.

Ich mußte den Tisch holen. Wie immer lagen ihre Sachen darauf herum. Jeden Abend bat ich sie, den Tisch frei zu lassen. Über und über belegte Tische erinnern mich an den Schreibtisch und damit an alle vertanen Stunden der letzten Jahre.

Ich nahm in die Hand: ihre Handtasche, ihren Kamm, ihre Zigaretten, ihren Stift und die nichtabgesandten Ansichtskarten, deren Zahl mit jeder Stadt zunahm, ihr Ronson und zwei halbleere Multifills, ihr Portemonnaie, aus dem tschechische, italienische und österreichische Münzen kollerten, ihre Puderdose, verklebt mit einer rätselhaften Masse, die sie gekauft hatte, um daraus kleine Ballons zu blasen, ihren mit Karikaturen meiner Person und realistischen Porträts südlicher Beaus bekritzelten Notizblock, ihre kaputte Uhr und eine angebissene Banane.

Das alles legte ich auf den Boden.

Dann stieg ich auf den Tisch und versuchte, den Holzrahmen wegzuklappen, um zu den Zugrollen zu gelangen. Der Rahmen war vernagelt.

Eine Stunde früher als sonst begann ich zu schwitzen, und meine Laune verschlechterte sich zusehends. Mit aller Kraft zerrte ich an den Bändern. Da hörte ich Lachen.

Sie mußte mich schon eine Weile beobachtet haben.

– Worüber lachst du? fragte ich eisig.

– Du siehst nicht gerade am besten aus.

– Ich gebe hier keine Schau, erklärte ich ihr, ich versuche bloß die Jalousie zu reparieren, die wahrscheinlich ein Mensch ohne Intelligenz und Gefühl heruntergelassen hat.

– Hast du nicht den Eindruck, daß du es warst, der sie heruntergelassen hat?

Langsam wurde ich verstimmt.

– Du stellst eine Suggestivfrage, obwohl du dich sicher erinnerst, daß wir nach Mitternacht hier angekommen sind, als wir schon zwei Liter Verdicchio in uns hatten. In ähnlichen Situationen bin es gewöhnlich nicht ich, der den Überblick über seine Handlungen verliert. Ich habe dieses Zimmer genommen auf Grund der feierlichen Versicherung, daß es die beste Aussicht habe. Es gab für mich also nicht den geringsten Grund, die Jalousie kaputt zu machen. Die Logik der Dinge weist viel eher auf dich hin, weil du fast alles kaputt machst, was du anrührst.

– Wenn du deine Theorien entwickelst, solltest du es wenigstens nicht nackt auf dem Tisch tun, weil sie dann noch lächerlicher sind.

Darauf stieg ich vom Tisch herunter und sagte einige grobe Worte, was ich schon lange nicht mehr getan hatte. Der Tag hatte es eben in sich. Sie begann zu weinen, was sie ebenfalls schon lange nicht mehr getan hatte.

Beleidigt begannen wir uns anzuziehen. An die morgendlichen Zärtlichkeiten und das Erzählen der Träume war gar nicht zu denken. Aus Rache bestellte ich kein Frühstück.

Während sie sich die Augen malte, versuchte ich nochmals, die Jalousie aufzuziehen. Vergeblich. Obwohl ich frühmorgens grundsätzlich nicht rauche, zündete ich mir eine Zigarette an und versuchte, wenigstens zwischen den Lamellen etwas von der Landschaft zu erblicken. Die Spalten waren jedoch minimal. Vom inserierten Panorama unter dem Felsen von San Marino blieb nur ein armseliger Ausschnitt übrig, der nicht einmal einen Panzerfahrer befriedigt hätte.

Ich schaute mich um. Sie war schon fertig, saß auf dem Bett und sah vor sich hin. Wie immer tat sie mir plötzlich leid. Ich setzte mich zu ihr und legte ihr den Arm um die Schultern.

– Also sei nicht mehr böse, sagte ich, du mußt doch zugeben, daß das auch deine Schuld ist. Du hättest mich nicht auslachen sollen, als ich versucht hatte, dir eine Freude zu machen. Und du hättest schon gar nicht behaupten sollen, daß ich es war, der diese blöde Jalousie kaputt gemacht hat. Wir sind doch da heraufgefahren, damit ich dir die Aussicht zeigen kann. Der Teufel soll sie holen! Wir wollen uns doch nicht den ganzen Tag verderben wegen der blöden Jalousie!

– Ja, sagte sie, das ganze Leben lang versprecht ihr uns herrliche Aussichten, und immer kommt euch irgendeine blöde Jalousie dazwischen.

---

14. II. 45 Praha

Als die Sirenen aufheulten, träumte mir von A. Ich versuchte, ihr graues Wintermäntelchen aufzuknöpfen, aber meine Finger zitterten, und die Knöpfe wucherten mehr und mehr.

Auf die Vorwarnung folgte unmittelbar der Alarm. Ich zog die Decke über den Kopf, wollte weiter aufknöpfen, aber da war Mutter schon im Zimmer. Wir kleideten uns schnell an, machten die Fenster auf, damit die Druckwelle sie nicht zerbrach, und nahmen unsere Fliegeralarmkoffer. Im dunklen Treppenhaus hörte man Schritte, Stimmen und das Weinen von Kindern.

Gestern noch ging niemand in den Keller. Nachts im Bett hörten wir ohne Angst die alliierten Bomberverbände über der Stadt kreuzen, tags sahen wir sogar zu. Die entfernten Fronten, auf die wir so gewartet hatten, waren plötzlich zum Greifen nahe. Die kleinen glitzernden Punkte hinterließen am Himmel weiße Spinnweben kondensierten Wassers. Wir waren da oben mit diesen Männern, die an unserer Statt auf Deutschland einhämmerten. Auge um Auge, Zahn um Zahn!

Heute mittag fielen Bomben auf Prag. Auf Brücken, Plätze, Wohnhäuser. Ich habe es gesehen! Ich ging über den Hügel des Letná-Parkes in die Schule. In der Wintersonne sahen die Flugzeuge aus wie Weihnachtsschmuck. Ich wunderte mich noch, woher diese lustigen Sprühkerzen dort unten in der Stadt plötzlich kamen. Da erst heulten die Sirenen auf, und gleich darauf übertönte sie ein dumpfer, schrecklicher, dröhnender Lärm.

Dann wurde mir bewußt, daß ich zusehe, wie Menschen sterben. Eine lange feurige Wunde zerschnitt Prag von Smíchov bis Vinohrady.

Vinohrady! Ich rannte wie von Sinnen hinunter, über die Brücke, durch die Straßen. Feuerwehrspritzen und Ambulanzen überholten mich. Die Schwerin-Straße war schon vom Nationalmuseum an von der Polizei gesperrt.

– Laßt mich durch! schrie ich, laßt mich zu ihr!

Sie ließen mich. In der Straße lagerte der Staub wie schwarzer Nebel. Der Mittag wurde zur Mitternacht voll Brand und Geschrei. Ich ging am Rundfunkgebäude vorbei – wie durch ein Wunder stand es noch – und taumelte wie ein Blinder in die Mánes-Gasse.

Ihr Haus war unbeschädigt. Trotzdem trommelte ich verzweifelt an das Tor. Ich vergaß die Klingel völlig. Sie öffnete mir, noch im grauen Wintermantel, so wie sie gerade aus der Schule gekommen war. Sie zitterte, war bleich, unfähig, etwas zu sagen. Ich nahm sie an der Hand und führte sie planlos durch die Küche ins Zimmer. Dort umarmte ich sie.

– Ich liebe dich! Ich geb' dich nicht her!

Was ich seit dem Sommer nicht gewagt hatte, war plötzlich möglich. Wir fielen auf das Bett und küßten uns. Ich streichelte sie, wie ich es immer gewollt hatte, und spürte den starken und rauhen Stoff überhaupt nicht.

Nach einer Weile eilten ihre Eltern herbei.

Und erst dann, in der Nacht, erst im Traum begann ich die endlose Reihe der Knöpfe zu öffnen, und ich gebe nicht auf, bevor ich nicht den letzten aufgeknöpft habe.

Der Kellerraum ist durch Holzlatten geteilt. Jede der zwanzig Familien hat hier ihr Abteil. Wie die übrigen haben auch wir schon im Herbst die Kohle in die Ecke geschaufelt. Wir haben hier einen alten Lehnstuhl von Oma, zwei Stühle und ein Tischchen. Mutter strickt beim Schein einer Kerze. So sehe ich sie seit meiner Kindheit. Als Vater arbeitslos war, mußte sie uns ernähren. Ich half ihr, wenn sie den Kaufmannsdamen in den Nachbarvierteln Pullover verkaufte. Nicht hier. Sie wollte nicht, daß man in ihrer Umgebung wußte, wie es der Bankdirektorstochter, die aus Liebe geheiratet hatte, ergangen war. Bezahlt wurde meistens mit Fleisch, Butter und Zucker. Manchmal weinte Mutter, wenn man sie betrog. Oder wenn man sie von oben herab behandelte. Wenn sie Geld bekam, kaufte sie mir Linzertorte. Wenn der Krieg je enden soll und ich Geld habe, fahre ich mit ihr nach Linz. Linz ist für mich wie ein Paradies.

Sie sieht mich schreiben und sagt:

A
0

– Verdirb dir nicht die Augen!
– Du verdirbst sie dir auch!
– Aber du mußt weiter sehen!

Hinter den Latten bei den Nachbarn bewegt sich der Schatten meines Vaters. Ich höre Vater flüstern. Ich weiß genau, daß er Herrn Jankovec die Abendmeldungen aus London und Moskau weitersagt. Vater ist der gescheiteste Mensch, den ich kenne. Er spricht sieben Sprachen. Ich werde nie begreifen, wie man ihn zwei Jahre ohne Arbeit lassen konnte. Als ich ihn einmal danach fragte, lächelte er:
– Man hat entweder Geld oder Überzeugung.

Er hat sicher alle Bücher gelesen, die es überhaupt gibt. Und er ist mutig. Aber darüber darf ich jetzt selbst hier nicht schreiben. Erst später einmal. Vielleicht.

Sie kommen geflogen. Der ganze Keller ist jetzt still. Immer näher kommt dieses Summen, das alles durchdringt. Jetzt böllert schon die Flak. Die Fenster klirren. Mutter strickt weiter, aber ich sehe, daß sie anderswohin schaut, in eine schrecklich weite Ferne. Keiner von uns will zeigen, daß er Angst hat. Oder habe nur ich Angst? Ja, ich fürchte mich. Ich sehe immerfort diese lustigen farbigen Sprühkerzen und den schwarzen Nebel nachher. Vielleicht fällt in einer Weile eine Bombe auch auf unser Haus. Auch darum beginne ich dieses Tagebuch.

Ich werde erst siebzehn Jahre alt. Von allem, was es in der Welt gibt, kenne ich nur Krieg, Hunger und Furcht. Die Menschen haben Ozeane überflogen, den Nordpol erobert, wichtige Arzneien entdeckt, so wundervolle Bücher geschrieben wie den »Cyrano de Bergerac«, den »Krieg mit den Molchen«, den »Kurier des Zaren«. Und ich habe noch nichts, gar nichts zustande gebracht. Nichts als das eine:

Daß ich A. geliebt, am stärksten geliebt habe, sie geliebt habe, wie es nur möglich ist. Mehr werde ich wohl kaum je können, auch wenn ich wie durch ein Wunder diese Nacht überleben sollte. Und wenn nicht? Wenn nicht, so gräbt vielleicht jemand mein Tagebuch mit den drei beschriebenen Blättern aus, auf denen mein ganzes Leben Platz hat, vielleicht gräbt er es aus, vielleicht findet er dich, vielleicht gibt er es dir.

Dann erinnere dich von Zeit zu Zeit an den Tag, da zum ersten Mal Bomben auf Prag fielen, erinnere dich und setz mir die Knöpfe deines Wintermantels ins Grab, meine Liebe, meine erste und letzte Liebe!

---

7. Januar 1968 *Praha*
(aus dem Tagebuch des Schriftstellers PK)

Als es sich im Oktober wie ein Lauffeuer herumsprach, Antonín Novotný habe auf der Tagung des Zentralkomitees der KPČ Alexander Dubček einen Nationalisten genannt, sagte ich bei uns im Theater:
– Das ist sein Ende.
– Dubčeks? fragten die Freunde mit Recht, weil dieselbe Anschuldigung vor fünfzehn Jahren eine Postanweisung für den Galgen war.
– Nein. Novotnýs. Ich glaube, daß es ihm endlich gelungen ist, in Dubček alle Slowaken zu beleidigen, einschließlich der Mitglieder des ZK.

Erst im Dezember begannen sie es zu glauben, als Nachrichten eintrafen, das folgende Plenum verlaufe stürmisch – dies, obwohl es beinahe zu den Novotnýs nach Hause einberufen war, ins Ballhaus der Prager Burg. Ich hingegen hörte auf, es zu glauben, als die Sitzung auf ihrem entscheidenden Höhepunkt mit der Begründung unterbrochen wurde, daß auch Kommunisten das Recht hätten, Weihnachtsgeschenke einzukaufen. Das klang viel zu glaubhaft, als daß man hätte erwarten können, daß diese Körperschaft jemals einer Entscheidung fähig wäre, die den Interessen der Partei und des Landes tatsächlich entspräche.

Die gewöhnlichen ZK-Mitglieder kauften also in Prag Pullover, Schlittschuhe oder Wittingauer Karpfen ein, während der bezahlte Apparat in schwarzen Limousinen durch die verschneite Landschaft raste, um in den Bezirken und Kreisen die Stabilität der Monarchie zu erneuern.

Die Grundfrage lautete: sind die Slowaken wirklich so belei-

digt, daß sie sich als erste große opponierende Gruppe im ZK mit den progressiven Kräften in den böhmischen Ländern einigen können?

Noch einmal widerlegte Antonín Novotný selbst diese Hoffnung, als er am Neujahrstag wie gewöhnlich über den Fernsehschirm die enttäuschten Familien besuchte.

»Ich bin überzeugt, daß dies der Beginn eines großen Prozesses der allseitigen Entfaltung der sozialistischen Gesellschaft ist und daß unser Weg richtig ist!«

Ich schaltete ihn aus, aber sein Geist irrte höhnisch weiter durch meine Behausung.

Wenn der Weg des ZK-Plenums weiterhin sein Weg ist, dann ist auch dieser Kreuzweg eine bloße Fiktion, dann wird unsere Krise fortdauern bis zur Katastrophe.

Die im Januar fortgesetzte Tagung des Plenums war jedoch von der ersten Minute an unvermindert heftig. Obwohl sich Antonín Novotný hartnäckig zur Wehr setzte und sogar durch ein Ultimatum der Generale unterstützt worden sein soll, sahen sich seine Anhänger unerwartet in die Minderheit versetzt. Augenzeugen schwören, daß die Debatte von der Person Novotnýs auf die Unerläßlichkeit einer grundsätzlichen wirtschaftlichen und politischen Reform überging, die einzig und allein dem Sozialismus Sinn und Vertrauen wiederzugeben vermag. Im heutigen Kommuniqué steht dessenungeachtet:

»Das Plenum des ZK der KPČ hat auf Grund des eigenen Wunsches Antonín Novotnýs gutgeheißen, daß er als Präsident der Republik in der Funktion des Ersten Sekretärs abgelöst wird.«

Also kein Wort darüber, daß er unter der Verwaltung einer Polizeibürokratie ein Land mit einer tiefverwurzelten sozialistischen und demokratischen Tradition in eine Besserungsanstalt verwandelt hat. Im Gegenteil: im gleichen Atemzug, mit dem »die Gesamtkonzeption unserer auf die Entstehung einer zutiefst demokratischen und hochentwickelten sozialistischen Gesellschaft ausgerichteten Politik« hervorgehoben wird, wird ihm für jene unermüdliche Tätigkeit der Dank ausgesprochen. Dieser Gesellschaft sollen wir nun unter der Führung A. Dubčeks entgegenschreiten, von dem man hört, er habe in der Slowakei ein annehmbares Klima geschaffen, von dem man aber zugleich weiß, daß er für seine neue Funktion die berüchtigte Vorbereitung an sowjetischen Schulen und im Parteiapparat mitbringt.

Als erster hat ihm schon heute L. Breschnew seinen Glückwunsch telegraphiert. Z. hat dazu bemerkt:

– Das alte Lusthaus mit neuer Bedienung!

Ich streite nicht mit ihr. Das ist eine Detektivgeschichte mit ungewissem Ausgang – Lösung in der nächsten Sendung. Wenn ich jedoch bedenke, daß nun ein Jahr mit einer 8 am Ende begonnen hat, die auf die tschechische Geschichte stets einen magischen Einfluß hat, bekomme ich trotzdem nach vielen Jahren wieder Lust, ein Tagebuch zu führen.

Mittwoch, 21. August 1968 Perugia
(Fortsetzung)

Bis Perugia sprachen wir nicht miteinander. Auf der Piazza stellte ich den Wagen ab. Es war ein grausamer Mittag, die Bevölkerung hatte sich spurlos verflüchtigt – in jenes zweite Italien, das ich mir wie ein klimatisiertes Ristorante am Flusse Styx vorstelle, wo man erst gegen Abend auszieht, um vertrocknete Touristen einzusammeln. Trotzdem setzte ich mich vorsätzlich an einen der kleinen Tische, die auf dem glühend heißen Pflaster gleich bei der Mauer des Palazzo dei Priori standen. Nach einer Weile stellte sich ein ermatteter schwarzhaariger Kellner ein.

– Willst du essen? fragte ich kalt.

Sie schüttelte den Kopf. Sie mußte einen schrecklichen Hunger haben, genauso wie ich.

– Mezzo bianco, bestellte ich barsch.

– Va bene, signore.

Einzelheiten interessierten ihn nicht. Die von strengen mittelalterlichen Portalen eingerahmte Piazza di Quattro Novembre sah aus wie eine riesige überbeleuchtete Filmkulisse. Ab und zu fuhr ein leerer Autobus von Portal zu Portal, sonst war sie still und menschenleer, perfekt für den nächsten take. Aus der Fontana Maggiore tranken Tauben. Nur der heilige Bernhard von Siena fehlte, um seine Gebete für den Frieden anzustimmen.

Zum Glück brachte er kühlen Weißwein. Wir tranken ihn in einem Zug aus. Wie immer entfesselte er meinen Durst. Ich bestellte eine große Karaffe. Schweiß übergoß mich. Meine Bitterkeit wuchs und brach durch.

– Ich glaube, wir sollten mal ernst miteinander reden, sagte ich.

Wir tranken den zweiten Liter. Wenn sie einen Schwips hatte, war sie für Argumente noch weniger empfänglich als sonst, aber mir war das schon egal.

– Vier Jahre versuche ich, deine Laune und deinen Egoismus zu ertragen, weil ich glaubte, das müsse doch noch einmal aufhören. Ich habe zehntausend Stunden und Tonnen Energie verloren, um dir die elementarsten Dinge klarzumachen. Fünfzig junge Damen hätte ich finden können, die alles aufgegeben hätten, um an meinem Leben, an meinem Tun und Lassen teilzuhaben. Das ist dir nie aufgegangen; mehr noch, du hast keine Gelegenheit verpaßt, um mich zu demütigen. Du wußtest, daß ich Kommunist bin, noch bevor du zum ersten Mal zu mir kamst, du wußtest es wie alle andern. Du warst vier Jahre lang dabei, wenn ich mich mit Dingen herumschlug, die mir letzten Endes gleichgültig sein konnten. Du hast zugesehen, wie ich mir den Kopf einrenne und das Leben kompliziere, obwohl ich bei meinem Beruf leben könnte wie ein... ein roter Fürst! Aber nicht nur das, du hast gesehen, daß es sogar einen Sinn hat, daß diese Donquichotterie eine Kettenreaktion auslöst, daß sie auf eine Hoffnung hinzielt, die Inhalt und Form hat. Und doch machte es dir nichts aus, bei jeder idiotischen Gelegenheit dein abschätziges *ihr* auszusprechen. Ich bin vierzig Jahre alt, habe weder Glatze noch Bauch, zwanzigjährige Damen schreiben mir Liebesbriefe. Trotzdem habe ich es zustande gebracht, die Weltwirtschaftskrise, München, Okkupation, Heydrichiade, Bombenangriffe, Barrikaden, den Februar, die Prozesse, den XX. Parteikongreß und den Prager Frühling zu erleben! Die Geschichte hat ihre Spieler und ihre Zuschauer. Ich mache schon längst niemandem mehr einen Vorwurf, wenn er nur zusieht. Aber ich hasse Zuschauer, die gleichgültig Versklavung, Hungersnot und Kriege mitansehen, um dann von ihren Logen aus die Revolution zu verurteilen, weil sie nicht angeklopft und die Pantoffeln angezogen hat. Drei Jahre lang habe ich für den Sieg dieser Revolution gekämpft. Zwanzig Jahre lang für ihre Reinheit! Zwanzig Jahre dauerte ein Kampf, der schwerer war als jeder andere, denn hier lag plötzlich nicht mehr Graben gegen Graben, hier hatten die Gegner die gleiche Vergangenheit, dieselbe Sprache, dasselbe Parteibuch in der Tasche. Zwanzig Jahre lang dauerte der Konflikt der Kommunisten mit Kommunisten, der Kampf um das endgültige Gesicht der Revolution – ein Streit, in dem unsere Genossen an der Macht nicht selten als schlagendstes Argument zum Strang griffen. Wir nahmen diese Konfrontation an und haben dabei gesiegt. Als wir endlich den festen Punkt erreichten, für uns, und vor allem für euch, da hebt ihr wieder einmal eure sauberen Hände und nennt uns alle ohne Unterschied: *ihr!* Vier Jahre lagst du jede Nacht in meinem Arm, vier Jahre hast du allein in mir wie in einem Buch gelesen, weil ich dich liebte, weil ich wollte, daß du mich verstehst. Nach vier Jahren sind wir uns fremder als am Anfang. Die Politik liegt auch im Bett zwischen uns wie ein blankes Schwert, und du legst sie dorthin. Du machst mich verantwortlich dafür, daß es kein Kalbfleisch gibt, daß wir schlechte Schuhe machen, daß du nicht in der Welt umherreisen kannst, wann und wohin du Lust hast. Die aufgegrabenen Straßen, die fallenden Gesimse, die langweiligen Zeitungen, die feigen Abgeordneten und die allmächtige Polizei, alles buchst du auf mein Konto. Ich hebe den hingeworfenen Handschuh auf, und das zwingt mich, noch mehr von meiner Arbeit abzuschweifen, mich um Dinge zu kümmern, die mich letzten Endes nichts angehen. Dann endlich einmal kommt der Tag, kommt die Woche, die Zeit, da diese zwanzig Jahre etwas abwerfen, da das Leben wieder gelebt werden kann. Und in diesem Augenblick stehst du, um die es mir ging, gelangweilt und angewidert in deiner Loge auf und verkündest dein Gleichnis von der blöden Jalousie!

Es überraschte mich, daß ich weder Zorn noch Bedauern empfand. Plötzlich begriff ich, daß es nur Trotz war, was mich bei ihr gehalten hatte. Ich hatte ihr beweisen wollen, daß ich recht hatte. Jetzt war es geschehen. Ich war wieder frei, frei wie mein Land. Es hatte seinen festen Punkt gefunden. Auch ich hatte ihn gefunden.

– Wir gehen auseinander! Diesmal wirklich. Ich kaufe dir ein Flugbillett, oder wenn du willst, kannst du mit meinem Wagen zurückkehren. Ich will endlich meine Ruhe haben von der Politik, von dir, von allem. Ich will zum ersten Mal im Leben richtige Ferien haben, Ferien vom Leben. Wenn ich heimkomme, mach ich einen ganz neuen Anfang. Das wird meine zweite Halbzeit.
– Du hast recht, sagte sie. Nimm meine Koffer heraus und halte dich nicht weiter auf.
– Vielleicht muß ich doch zuerst deine Abreise regeln.
– Warum soll ich abreisen? Mir gefällt's hier.
– Das ist doch Unsinn. Du kannst ja keine einzige Sprache.
– Wozu hätte ich sie lernen sollen? Dank euch bin ich in einem Land aufgewachsen, von wo man bestenfalls in die Slowakei fahren durfte.
– Wenn ich nicht irre, hast du in den letzten drei Jahren halb Europa bereist.
– Ja. Mit dir.
– Schönen Dank für deine Aufrichtigkeit. Zum Glück weißt du, daß du jetzt auch ohne mich reisen kannst. Nichts hindert dich also, nach Hause zurückzukehren und endlich jemanden nach deinem Geschmack zu finden.
– Fällt mir gar nicht ein, sagte sie. Ich war doch nur deinetwegen immer wieder zurückgegangen. Zwar begreif ich es immer weniger, aber vielleicht war es tatsächlich so, daß ich dich liebte. Du hast mich interessiert, vielleicht gerade weil du einer von ihnen warst. Als du mich zu unserem ersten Rendez-vous batest, war mir nicht eben wohl beim Gedanken, was meine Eltern, Verwandten, Mitschüler dazu sagen würden. Du gehörtest zu denen, die wir haßten. In der Schule lernten wir deine Gedichte über Gottwald, über die Partei, über unsere großen Befreier. Wir stritten darüber, ob du sie aus Schwachsinn oder des Geldes wegen schriebst. Ich wollte das feststellen. Besonders weil du nicht gerade schwachsinnig aussahst. Ich wollte wissen, wie ihr wirklich seid. Auch deshalb bin ich wieder zu dir gekommen. Was für ein Schreck, als ich sah, daß du tatsächlich an all das glaubst. Aber auch in dir blitzte manchmal etwas Menschliches auf. Ich habe mir viel Mühe gegeben, es in dir zu erwecken. Ich wollte, daß du begreifst, was wir von

euch denken. Du hast das auf deine Weise begriffen. Versuchtest, mich zu überzeugen. Ich mußte mich mit Leuten hinsetzen, die unerträglich langweilig waren, du hast mich zu Versammlungen mitgeschleift, die mir sinn- und zwecklos schienen, immer hast du hartnäckig für etwas gekämpft, das im Grunde lächerlich war. In zwanzig Jahren habt ihr einen ungeheuren Sieg errungen: ihr habt uns glorreich dorthin gebracht, wo wir schon vor zwanzig Jahren waren. Und erwartet sogar, daß wir euch für die schöne Aussicht danken. Kehr allein zurück, mich interessiert sie nicht. Wir haben euch zu gut kennengelernt, um glauben zu können, daß wir sie noch je erleben werden. Fahr und sorg dich nicht, ich gehe hier nicht verloren. Ich hab es satt, das Leben im Käfig. Und schließlich bin ich glücklicherweise eine Frau. Fahr ruhig, ich garantiere dir, daß ich auch ohne dich spätestens am Abend in Rom bin, in einer Woche verlobt und in einem Monat verheiratet – nicht nur reich, sondern auch aus Liebe. Euretwegen haben wir noch einen Vorteil. Damit wir unsere Herzen ganz der Weltrevolution geben, habt ihr uns schon in der Schule verheimlicht, daß wir ein Vaterland haben. Es galt als sträflich dumm, die Nationalhymne zu singen oder die Fahne zu hissen, wenn nicht die Fahnen unserer Brüder daneben wehten und ihre Hymnen miterklangen. Ihr habt uns gelehrt, was der Erste Sekretär der mongolischen Partei über die Schafzucht sagte, aber ihr habt uns verheimlicht, daß der erste Präsident unseres Landes ein Philosoph war. Ihr habt das Haus, das Wladimir Iljitsch Lenin einmal zufällig aufsuchte, in ein Museum verwandelt, aber ihr ließt uns unwissend am Haus vorbeigehen, wo Franz Kafka geboren wurde und schrieb. Statt zur Gruft der böhmischen Könige habt ihr uns zur einbalsamierten Leiche Klement Gottwalds geführt. Ein paar Jahre später habt ihr sie mit der scheltenden Bemerkung verbrannt, daß es sich um ein typisches Produkt des Personenkults gehandelt habe. Als ob er sich selbst einbalsamiert hätte. Dann brach die Zeit der Führer an, die nicht einmal eine Persönlichkeit hatten. Kein Wunder, daß ihr das Staatswappen abändern und die nationalen Traditionen verleugnen mußtet, um den Unterschied zu vertuschen. Ihr habt darauf bestanden, daß wir reine Internationalisten werden. Das hat uns viel Mühe gekostet, aber es hat sich gelohnt. Wir konnten unsere sentimentalen Fesseln abstreifen. Jetzt können wir Prag gegen jede Stadt austauschen und büßen nicht mehr ein als ein paar schöne Portale, die man überall finden kann. Wir können Hymne, Fahne und Sprache wechseln, ohne mehr zu verlieren als einige leere Symbole, die man in der ganzen Welt haben kann. Niemand hat uns Geschichte und Tradition eingeprägt. Wir können das Vaterland wechseln, wie man aus einer Tram in die andere umsteigt. Ich bin nicht sicher, ob ihr das gerade wolltet, aber Tatsache ist, daß ihr es erreicht habt. Heute sehe ich, daß es nicht einmal schwer ist, dich zu verlieren. Wenn du in der Gasse da drüben verschwindest, werde ich das Gefühl haben, du seiest nie gewesen.

Das genügte mir. Ich stand auf und legte ihren Paß auf den Tisch. Dann ging ich zum Wagen, holte ihren Koffer heraus, ihre Handtasche, ihre hier und dort verstauten kleinen Sachen. All das legte ich auf das glühende Pflaster und schlug hinter mir die Tür zu. Der Wagen glich einem Backofen. Ich öffnete schnell alle vier Fenster und startete. Noch einmal wandte ich mich nach ihr um. Sie saß regungslos hinter den beiden Gläsern, allein auf der riesigen Bühne zwischen dem Palazzo dei Priori und dem Dom, die ich nun nach meinem letzten Auftritt verlasse. Jetzt wußte ich es bereits sicher, daß ich es fertigbrächte. Sie war fremd und fern wie die Liebschaften meiner Jugend, ebenso unwirklich und unglaubhaft. In mir blieb weder Liebe noch Verantwortungsgefühl zurück. Das wollte sie übrigens gar nicht. Sie gehörte schon einer anderen Welt an. Sie hatte ihr immer gehört, nur meine ewige Naivität hatte mir das Gegenteil eingeredet.

Ich lockerte die Bremse. Der Wagen kam auf der schrägen Fläche allmählich ins Rollen. Im Rückspiegel erschienen noch einmal die bunten Tische. Dann öffnete sich die gegenüberliegende Gasse. Nichts rührte sich in mir. Im Gegenteil. Ich begann über die jungen schönen Damen nachzudenken, denen ich übermorgen im augustwarmen Prag begegnen würde. Über die fünfzig, die alles wegwerfen würden, um an meinem neuen Leben teilzunehmen.

Der Schweiß brach in Strömen aus mir heraus, aber er war mir zum ersten Mal nicht unangenehm. Die Sonnenglut reinigte wie eine Sauna. Die geistige Vorbereitung war tadellos verlaufen. Ich konnte es also wirklich versuchen.

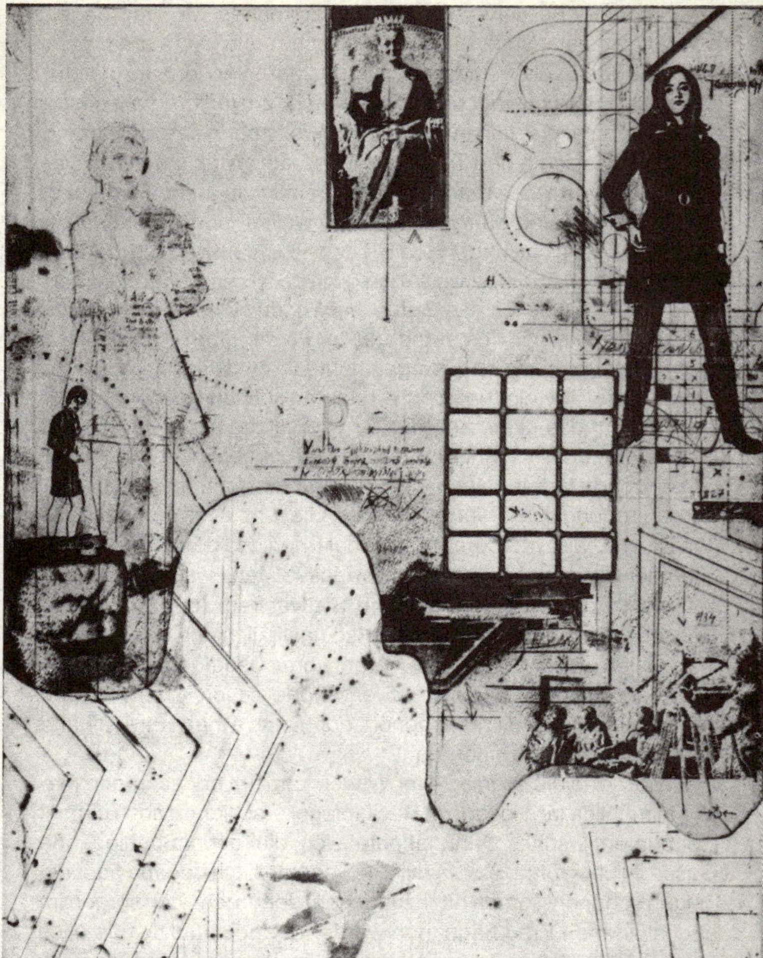

– Na also, sagte ich, auf deine Befreiung vom Vaterland und auf meine von dir!

Sie trank mir zu. Ich stand auf und legte ihren Paß auf den Tisch.

– Vielleicht nützt er dir noch eine Weile.

Eben erhob ich mich und nahm meine Kräfte zusammen, um den Wagen in geradem Gang zu erreichen, als eine unheimliche Stimme ertönte. Es war ein langgezogenes Geheul, vom Echo verstärkt.

Aus der mittelalterlichen Kulisse kam durch einen steinernen Torweg auf die Bühne gelaufen ein braungebrannter Mann mit einem Stoß Zeitungen. Als er fast bei mir war, rief er nochmals mit meckernder Stimme:

– Cecoslovacchia è occupata!

Auf dem riesigen Blatt Papier, das er direkt vor meine Augen hielt, sah ich die vertrauten Grenzkonturen, von allen Seiten durchbohrt von den Pfeilen militärischer Operationen. In einer Großaufnahme zielte die Kanone eines Panzers aus der Ecke mitten hinein.

Ich vergegenwärtigte mir mit Erleichterung, daß ich betrunken war. Manchmal kommt es vor, daß ich nach Alkoholgenuß einschlafe und dann öfter als sonst meine grotesk-absurden Träume habe. Da hörte ich einen seltsamen Laut und wandte mich um.

Sie weinte.

Ich sah mir den Panzer genauer an.

---

26. II. 45 Praha

Der Matheprofax hat wie immer mit dem arischen Gruß angefangen. Er hat sich dabei fast die Glieder ausgerissen. Er ist der einzige, der es noch tut. Und der einzige, der prüft, obwohl er weiß, daß wir bald drankommen. Die Septimen sind schon im Totaleinsatz. Jetzt werden wir verfeuert.

Er hat die Stunde mit der Mitteilung eingeleitet, daß ein Panzergrenadier fünf russische Panzer vernichtet habe. Weiß er wirklich nicht, daß die russischen Panzer die Deutschen eben von der Weichsel zur Oder jagen?

Er hat einen Jungen aus der Nachbarsexta angezeigt, als der den Stern über der Schulweihnachtskrippe rot angemalt hatte. Am Weihnachtstag hatten sie ihn nach Dresden geschickt. Nach dem Angriff am 14. Februar ist er dann liegengeblieben. Wer weiß, vielleicht hätte es ihn auch in Prag erwischt. Und so sagt man, daß der Matheprofax hängen wird. Ob er Angst hat?

Dann kam der Direx in die Klasse, um sofort Freiwillige zu Räumungsarbeiten abzukommandieren. Dem Mathefritzen zum Trotz haben wir uns alle miteinander gemeldet.

Vor der Direktion wartete ein blonder Beau des Kuratoriums für Jugenderziehung auf uns. Das war Verrat. Niemand aus unserer Klasse war im Kuratorium, unsere Mütter ließen uns dafür die Mandeln operieren und ärztliche Zeugnisse über unsere schwächliche Konstitution ausstellen.

Aber da war nichts zu machen. Er schrieb sich unsere Namen auf, und los ging's. In dem Tram haben wir geblödelt, ein künstliches Gedrängel gemacht und fürchterlich gelacht. Wir waren vierzig, er kannte uns nicht beim Namen, und so schrie er nur die ganze Zeit:

– Kameraden, Diszipliiin!

Einmal fügte er beinahe rachsüchtig hinzu:

– Euch wird der Spaß bald vergehn!

Wir stiegen in Strašnice aus, an der Kreuzung bei den drei Friedhöfen. Wir murrten auf, hier ist doch nicht bombardiert worden. Ihm machte das keinen Eindruck und er ging voran, in der Hand unsere Liste. Wir mußten ihm nach. Wir betraten den Neuen Jüdischen Friedhof. Hinter dem Tor schlug uns ein ekelhafter Gestank entgegen, wie von schrecklich verfaulten Kartoffeln. Slávek meinte, wir würden Kartoffelsilos ausgraben. Robert sagte:

– Diese Deutschen sind doch Schweine.

In der Hauptallee zwischen den Gräben stand ein Mann in einem weißen Mantel hinter einem Tisch. Vor ihm waren Zigarettenpäckchen und kleine Gläser mit einer braunen Flüssigkeit ausgerichtet.

– Also los, Jungs, sagte er, jedem zehn Stück und einen hinter die Binde. Das ist ein ehrlicher Schluck.

Bis heute habe ich weder geraucht noch getrunken. Wie der Großteil der Klasse. Die Zigaretten sind rationiert, und auch für Raucher gibt's wenig. Ich freute mich darauf, sie Vater mitzubringen.

Die Jungs begannen zu trinken. Ihre Wangen wurden rot, und sie fingen an, Schlager zu grölen. Ich trank auch, damit man mich nicht auslachte. Und ich war auch neugierig. Der erste Schluck brannte mir auf den Lippen. Beinahe hätte ich ausgespuckt, aber Slávek rief:

– Du mußt das auf einmal kippen!

Es war, als ob ich einen Nagel geschluckt hätte. Aber der Schmerz dauerte nur ein Weilchen. Übrig blieb eine angenehme Wärme und eine seltsame Leichtigkeit. Ich fing an, mitzusingen. Es war lustig, wie ich mich wie von weitem hörte. Rob sagte etwas zu mir. Er mußte es dreimal wiederholen, ehe ich ihn verstand, und ich begriff, daß er abhauen wollte, weil ihm das irgendwie nicht gefiel. Ich wollte ihm antworten, aber ich hörte mich immer nur singen.

Plötzlich marschierten wir in Zweierreihen. Ich weiß nicht, wie wir uns formiert hatten. Wir kamen zu einer Kapelle oder vielmehr einer Synagoge. Unter der steinernen Treppe lagen Haufen merkwürdiger Kisten. Der Kuratorist stellte sich auf die Stufen und fing an zu schreien.

– Kameraden, in diesem Gebäude sind die sterblichen Überreste von Opfern des barbarischen Angriffs durch die anglo-amerikanischen Luftpiraten vom 14. Februar provisorisch aufgebahrt worden. Es ist unsere Aufgabe, sie in Särge zu betten, damit sie auf würdige Weise der ewigen Ruhe überantwortet werden können. Ich hoffe, ihr seid keine Schlappschwänze! Übrigens – im Sommer wäre es schlimmer. Jetzt wollen wir das mal vorführen. Du und du da, nehmt einen Sarg und kommt mit!

Robert und ich traten aus der Reihe. Die Klasse schaute uns an, als sähe sie uns zum ersten Mal. Mein Kopf rauschte. Die Kiste aus dünnen Brettern war nicht schwer. Wir betraten das Gebäude. Der Gestank betäubte mich fast. Der Wand entlang lagen Reihen von Körpern. Ich weiß nicht, wie viele es waren. Vielleicht einige hundert.

– Stellt den Sarg hin! Nehmt den Deckel ab! Hebt diese da hinein! Jeder von einer Seite, an den Sackenden! Hochreißen, heben, tragen, eins, zwei, und los!

Auf dem Sack lag ein Mädchen. Es hatte nur den Rock an und an seinem Bein war ein Pappkärtchen mit der Aufschrift HANA KORUNOVÁ, 19 JAHRE.

Ich sah zum ersten Mal eine nackte Frau. Weibliche Brüste. Sie sahen überhaupt nicht so aus, wie ich es mir vorgestellt hatte. Sie waren unförmig groß und abstoßend gelb.

Sonst erinnere ich mich nur an die erste Zigarette in meinem Leben, an das Grab, auf dem ich saß und mich erbrach, und daß meine Mitschüler ringsum kotzten. Und an die Sirene. Sie begann vor Mittag zu heulen, genau wie am 14. Februar.

Wir flohen aus dem Friedhof, verrückt vor Angst. In der Nähe stand ein einziges Haus. Wir drängten uns zwischen alte Frauen, Rentner und Kinder. Der Kuratorist erschien und tobte:

– Scheißkerle, das ist nur die Vorwarnung. Sofort zurück!

Keiner rührte sich. Er wollte die vordersten mitzerren. Eine Frau sagte zu ihm:

– Schämen Sie sich! Das sind doch noch Kinder!

– Solche wie die sind im Reich längst an der Front! Los, Kameraden!

Ein älterer Herr faßte ihn unterm Kinn.

– Zeig dich, damit ich mir dein Gesicht merken kann!

Der Kamerad ließ die Schultern hängen und zog ab. Wer hat eigentlich mehr Angst – sie oder wir?

Nach der Entwarnung fuhren wir mit dem ersten Tram nach Hause. Alles war uns egal. Ich bin nicht einmal mehr bei A. ausgestiegen. Ich könnte sie heute nicht anrühren.

Es ist Abend, ich schreibe im Bett, Mutter hat mir die Temperatur gemessen. Ich hab' ihr nichts gesagt. Warum soll sie Kummer haben für zwei? Eben ist Petr weggegangen, er hat ein paar Tage Urlaub. Seine Septima schaufelt Panzergräben bei Ostrava. Er hat mir erzählt, daß zwei Jungs aus einem andern Gymnasium erschossen wurden, weil sie in der Nacht mit der Taschenlampe aufs Klosett gingen. Er ist mager und ganz anders geworden. Ich habe ihm gesagt, was wir im Rundfunkensemble proben, aber er hört überhaupt nicht zu. Später hat er sich meinen »Cyrano« geborgt.

Wann wird man uns einziehen?

Vater hat mir die letzten Nachrichten mitgeteilt. Die russischen Panzerdivisionen greifen ununterbrochen an. Im Westen nichts Neues. Ich bin wieder allein und den Tränen nahe. Überall Tod und Tod. Warum geht das alles so langsam? Und warum hat man das Mädchen umgebracht? Wie, wenn auch sie jemand liebgehabt hat, so wie ich A.? Wie viele von uns müssen noch unnötig sterben? Muß ich auch?

Was ist das Leben eigentlich, wenn es so sinnlos enden kann? Kommt danach wirklich etwas? Gibt es einen Gott? Wie schrecklich anders als alles übrige sind die Toten! Was, wenn Petr recht hat? Wenn *nachher nichts* kommt? Ich habe Angst. Angst um A., um meine Eltern, um mich selbst. Wenn wir sterben, begegnen wir uns wahrscheinlich nie mehr wieder. Höchstens in jener Kapelle. In jener abscheulichen Kapelle.

Vater unser, wenn Du bist im Himmel, Dein Name werde geheiligt, Dein Wille geschehe auf Erden wie im Himmel, schütze uns vor denen, die vom Himmel her töten, und führe bald zu uns, die über die Erde fahren, und segne, o Herr, ihre Panzer, auf daß der Stern aus Osten wie der von Bethlehem unsere Nacht durchstrahle, Amen.

---

21. Januar 1968 *Praha*
(aus dem Tagebuch des Schriftstellers PK)

Draußen vor den Fenstern leuchtet in der Wintersonne die Burg, durch das Matthias-Tor strömt der sonntägliche Korso, es ist eine Sünde, zu Hause zu sitzen, ich habe Hunger wie ein Wolf, aber ich kann mich nicht von meiner Lektüre losreißen.

Zweitausend hektographierte Seiten: das Protokoll der Dezember- und Januartagung des ZK der KPČ, das ich noch heute zurückgeben muß.

Ich weiß überhaupt nicht, was ich davon denken soll! Es ist unendlich weniger, als nötig war. Aber es ist unendlich mehr, als man von ihnen *erwarten konnte.*

Waren sie sich überhaupt bewußt, was sie tun? Oder halte ich sie einmal mehr zu etwas fähig, das ihnen überhaupt nicht in den Sinn kam?

Wenn man so liest, einen nach dem andern, und sieht, wie sie nahezu alle von der unerwarteten Situation nach Jahren gezwungen wurden, den tatsächlichen Zustand ihres Geistes zu offenbaren, wird man sich erst in vollem Umfang der katastrophalen Folgen des stalinistischen Parteimodells bewußt.

Nicht wenige von ihnen könnten in diesem Land, wo Sechzehnjährige einen Automotor reparieren und Putzfrauen die Entwicklung im Nahen Osten analysieren, unter normalen Umständen nicht einmal eine Straßenbahn führen.

Der Rest hat in rührendem Einvernehmen mit den andern noch vor vier Monaten, als Vergeltung für den Schriftstellerkongreß, die »Literární noviny« liquidiert und drei aufrichtige, hochgebildete Kommunisten aus der Partei ausgeschlossen.

Mit ihnen, oder besser durch sie – altverdienten Apparatleuten, aber auch unverfälschten Universitätsprofessoren –, hat für volle zwölf Jahre ein Mann regiert, den eine geradezu außerordentliche Durchschnittlichkeit sämtlicher Maßstäbe kennzeichnet, mit denen sich das Phänomen des Menschen auflösen läßt. Alljährlich, nach dem Abschluß des Umzugs am Ersten Mai, hielt er ein Extempore, das der Rundfunk in die entferntesten Weiler übertrug; diese gehören zum goldenen Grundstock aller Tonbandsammler.

Ich selbst habe mir oft zur Ergötzung des Geistes die Euphorie, mit der von der Tribüne her den Massen die berühmte Botschaft zuteil wurde, vorgespielt:

– Es wird Fleisch geben, Genossinnen, Fleisch wird es geben!

Ich stöbere meine Papiere durch, um die Notizen über seine Begegnung mit tschechischen und slowakischen Schriftstellern im ZK-Gebäude am 24. 1. 1963 zu finden. Hier sind einige der staatsmännischen Gedanken, die heute fast auf den Tag genau fünf Jahre alt werden!

»Die ›Literární noviny‹ mischten sich in Bereiche ein, für die ihnen die fachliche Qualifikation fehlt – so in die Ökonomie oder die Politik –, anstatt eine entscheidende Rolle im Kampf ge-

gen die Ideologie des Verfalls in der Kunst zu spielen, wie die Partei sie von ihnen erwartete, als sie sie bewilligte.«

Die fachliche Qualifikation des Partei- und Staatschefs stellt er sogleich mit weiteren Aussprüchen unter Beweis:

»Wir waren imstande, das Plansoll für das Jahr 1962 zu erfüllen und den Start ins Jahr 1970 zu vollziehen, aber da kam uns der Winter dazwischen.«

»Wir haben uns entschlossen, den Zuwachs der Landwirtschaftsproduktion für das laufende Jahr kühn um 6 1/2% zu erhöhen – auch wenn wir das nicht erfüllen sollten!«

»Wir hatten eine Metzgerei für 800 Konsumenten geplant, nur sind es jetzt deren 3500, die stehen Schlange, und dann sieht das aus, als gäbe es kein Fleisch!«

Für jeden, der weiß, daß die Minister vor jeder Entscheidung den zuständigen ZK-Referenten im Sekretariat konsultieren müssen, daß jede Personalveränderung von Novotný höchstpersönlich durchgeführt wird und daß es keinen Bereich gibt, in den sein durchdringender Geist nicht eingreift, klingt der Stoßseufzer geradezu sensationell:

»Ihr könntet sagen: warum habt ihr die unrichtige Dezentralisierung zugelassen, den Verfall der Dienstleistungen, das sinkende Leistungsniveau, warum habt ihr zugelassen, daß die Regierung nicht regierte, warum habt ihr nicht eingegriffen, ihr habt es doch gemeinsam gemacht! Wir haben eingegriffen, Genossen, aber die Regierung hat das nicht respektiert. Eine Reihe ihrer Mitglieder konnte physisch nicht mehr mit, der Premierminister selbst kann keine Treppen steigen und nicht einmal sitzen!«

Er hat das Gesicht eines redlichen Genius, der unausgesetzt von seinen nichtswürdigen Mitarbeitern hintergangen wird.

»Ich bin kein Hetzer, ich bin kein Jugoslawe, Gott behüte, aber was hätte es uns ausgemacht, wenn wir die Tabakläden und Kleinhändler ungeschoren gelassen hätten?«

Denen, die vielleicht den Legenden über die ansehnliche Zahl seiner Leibwächter Gehör schenken wollten, sei die folgende Mär zugedacht, die die Erinnerung an den guten Volkskönig Wenzel auffrischt:

»Wir spazieren so, meine Frau und ich, zu Weihnachten durch Prag, kommen in ein Geschäft, und ich sehe: junge Menschen fragen vergebens nach den Uhren, die gerade billiger geworden sind. Ich frage, und man sagt mir, daß sie in der ganzen Stadt nicht zu haben sind. Da habe ich Weisung gegeben, sie augenblicklich aus Bratislava herzuholen!«

Mit welch seligmachender Unschuld er das vor unseren slowakischen Kollegen sagt! Aber das Erschütterndste erwartet sie erst:

»Als wir die bourgeoisen Nationalisten durch Amnestieerlaß aus dem Kriminal entließen, sagte ich voraus, daß eine zweite Phase kommen werde. Und schon ist sie da. Husák legt Berufung ein, und wir haben hier acht Resolutionen aus der Slowakei, die gar nicht versuchen, die Dinge anders zu formulieren als er. Ich habe Husák die Stelle eines Vize-Finanzministers angeboten. Ich bin kein politischer Neuling, ich habe gewußt, daß er ablehnen wird. Und dann habe ich also gesagt: Genug! Schluß! Wir lassen uns nicht das Wasser trüben! Wir machen hinter der Vergangenheit ein für allemal einen Punkt und treten zum Angriff an. Da hättet ihr gestaunt, wie das ZK applaudierte!«

Die letzten Seiten meiner Anmerkungen sind mit Zeichnungen gefüllt, die den Verfall meiner Persönlichkeit dokumentieren. Es ist nur ein Detail, aber sehr charakteristisch: Während des sieben Stunden langen Treffens fiel es ihm nicht ein, daß wir durstig oder hungrig sein könnten, weil er es nicht war.

Und doch errang gerade dieser Mann kampflos die beiden höchsten Funktionen in Partei und Staat, wurde Oberbefehlshaber der Armee und des Sicherheitsdienstes, verteilte Ämter und Würden, ließ Strafverfahren einstellen, ernannte Abgeordnete, verbot Filme, und sein Wille galt mehr als das Gesetz.

Er war der erste tschechoslowakische Präsident, der weder ein vielbändiges Lebenswerk noch überhaupt einen einzigen bemerkenswerten Gedanken oder irgendeine Tat hinterlassen hat. Auch die ihm zutiefst ergeben waren, zitierten, wenn sie seine historische Rolle kennzeichnen wollten, gerührt die Umfrage eines westlichen Frauenmagazins, demzufolge Novotný neben John F. Kennedy der schönste Staatsmann der Gegenwart war.

Die Erklärung??

Mit einer flachen Vergangenheit, die ihn durch nichts den anerkannten Volksführern zuweist, wurde er wie eine Venus aus dem politischen Schaum der fünfziger Jahre geboren, weil ihn die verfeindeten und einander gegenseitig verdächtigenden Drahtzieher der politischen Prozesse für den einzigen hielten, der zu einer selbständigen Regierung unfähig war. Zudem war er selbst vielzusehr in die Prozesse verwickelt, um sie gegen seine Rivalen auszunützen.

Zum Monarchen wurde er schließlich trotzdem erkoren, weil er sich programmatisch auf alle Unfähigen und Kompromittierten im Staats- und Parteiapparat stützte, deren Ehre Ergebenheit *geheißen hat. Zeitweilige Zornausbrüche gegen besonders schwere Verstöße waren kein Anlaß zu Revolten, denn sie bedrohten das Geschlossene System nie. Außerdem war bald klar, daß er sich durch seine eigene Ergebenheit das absolute Vertrauen des Großen Verbündeten gesichert hatte. Dieser wandte sich in allen Dingen direkt an ihn.*

Im Lauf der Jahre kam auf diese Weise im einst modernen europäischen Land ein regelrechtes Patriarchat zustande. Nach dem Vorbild Karls IV., Gründers der Karlsbrücke, des Karlsplatzes, des Karolineums, des Karlsteins, erhielt Antonín Novotný den Spitznamen Taťka – Papachen –, wie er übrigens gern von seiner Gattin, auch bei Staatsempfängen, genannt wurde.

Das ZK wurde seinerzeit von Taťka auf mehr oder weniger persönliche Weise zusammengestellt, wobei er der Öffentlichkeit einige der allernötigsten Konzessionen einräumte, und nun hat dieses ZK dem allmächtigen Ohnmächtigen die entscheidenden Funktionen entzogen und kühn einen Erneuerungsprozeß proklamiert.

Ein Irrtum? Ein Trick? Oder eine Redensart, um die Palastrevolution zu garnieren?

Wäre es verfehlt, an diese Leute nochmals die Frage des ZK-Mitgliedes Frantisek Vodsloň zu richten, die gleich nach der jongleurhaften Einleitungsansprache Novotnýs – er hatte noch ein letztes Mal versucht, die Illusion der Normalität hervorzurufen – den Konflikt auslöste:

– Genossen, wofür haltet ihr uns eigentlich?

Zugegeben, aus dem Durcheinander von Blabla und Hintertreppenbeleidigungen erheben sich scharf umrissen die Diskussionsbeiträge Dubčeks, Smrkovskýs, Slavíks, Mináčs, Fierlingers, Indras, Bil'aks und vor allem natürlich Šiks, der bis zum eigentlichen Wesen der Krise vorstößt. Danach ließe sich das Programm einer Rettungsaktion in vier Begriffen ausdrücken:

Föderalisierung, Rehabilitierung, Demokratisierung und Neues Ökonomisches Modell.

Aber wie wollen sie das verwirklichen, wenn nur Šik allein die Situation der Partei und des Landes als kritisch bezeichnet hat und fast alle übrigen die ganzen Tage lang hartnäckig versuchten, ihm das auszureden?

Mit welchem Wunder wollen sie es durchsetzen, wenn sie nicht durchgesetzt haben, daß das alles in der Resolution steht, wenn sie es zugelassen haben, daß sich auch im Kommuniqué über diese bedeutsame Tagung die obligaten verlogenen Phrasen einschließlich der sattsam bekannten »völligen Einheit und Geschlossenheit« abermals wiederholen? Wie wollen sie das abgestumpfte und ganz und gar mißtrauische Volk für einen solchen Prozeß gewinnen, wenn sie ihm nicht einmal mit einem Augenzwinkern andeuten, wohin es für sie eigentlich geht? Oder wollen sie das alles wieder allein ausfechten?

Mein Gott, wann wird sich in der Tschechoslowakei endlich ein mittelmäßig erleuchteter Politiker finden, der aus der Geschichte lernt, daß dieses seltsame Land bereitwillig seine letzten Hosen dem opfert, der ihm die bittere Wahrheit sagt??

P.S. Gibt es den schon? Eben habe ich zu meinem Erstaunen in der heutigen »Práce« den Leitartikel Josef Smrkovskýs »Worum geht es heute?« entdeckt. Er greift als erster über die Resolution hinaus:

»Es handelt sich nicht nur um eine rein personelle Angelegenheit, sondern um alles, was jeden Kommunisten und jeden Mitbürger interessiert und beunruhigt. Die personelle Lösung im Bereich der höchsten Funktion ist der erste Schritt. Wir wollen so handeln, daß es keinen Unterschied zwischen unseren Worten und unseren Taten gibt. Und Realisten sein. Nichts Unerfüllba-

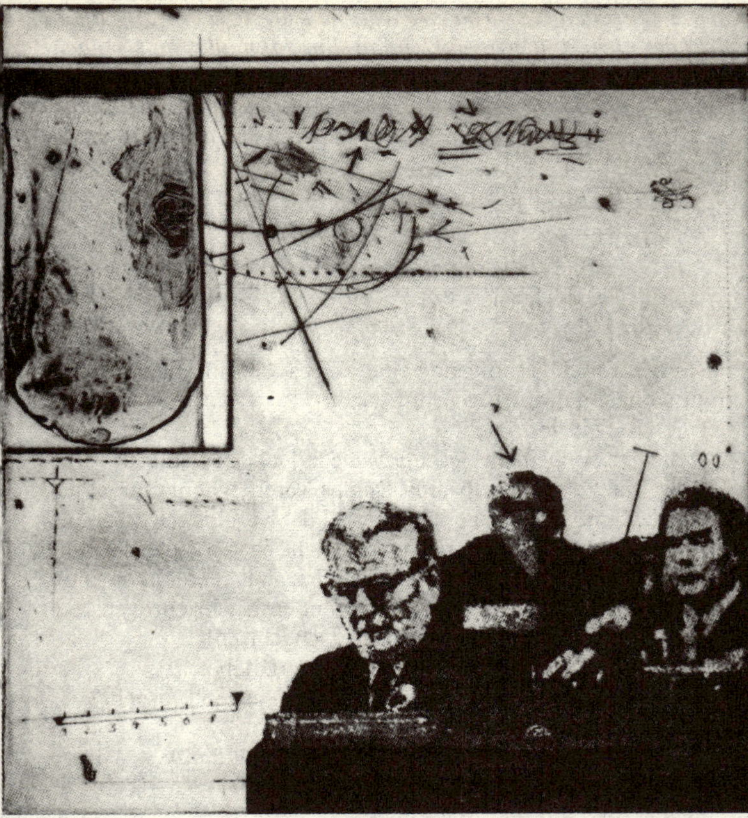

res versprechen, dem Volk die Wahrheit sagen, ob sie angenehm ist oder nicht, und gemeinsam mit ihm dann alles entscheiden. Die Deformationen des Sozialismus, zu denen es in der Vergangenheit gekommen ist, bis in die letzten Konsequenzen liquidieren und wiedergutmachen; und nicht zulassen, daß es zu neuen kommt.«

Wenn das tatsächlich eine Chance ist, dann sei uns Marx gnädig, denn es ist mit aller Wahrscheinlichkeit die letzte!

---

5. V. 45 Praha

Ich schreibe Dir am Ende eines Tages, der mir alles gegeben hat, wonach ich mich gesehnt habe:

die Freiheit und Dich!

Ich sitze an Deinem Bett und sehe zu, wie Du schläfst, verloren im viel zu großen Pyjama Deines Vaters. Nicht einmal das Echo der Schüsse weckt Dich. Du schläfst wie ein Igel, geschützt von den Stacheln der Barrikaden. Auch ich bin eine.

Mir scheint, daß es schon Jahre her ist, aber es war heute morgen, da mich Mutter mit der aufregenden Nachricht weckte:

– Der Rundfunk spricht nur noch tschechisch!

Sie wußte, daß ich heute eine Sendung habe.

– Du solltest nicht hingehen. Was, wenn es jetzt losgeht?

Ich wehrte mich.

– Sie haben mich dafür in der Schule entschuldigt. Was würden sie sich dort denken?

Vater verstand das zum Glück.

– Du bist bald siebzehn. Ich verlasse mich auf deine Vernunft.

Vor dem Studio Nr. 6 standen Robert und Slávek, und mit ihnen Petr. Er hat von seinen Panzergräben endgültig Reißaus genommen. Wir tauschten die letzten Nachrichten aus. Die Sowjets in Brünn, die Amerikaner in Cheb. Wir stritten darüber, ob Prag sich erheben soll. Rob meint, es sei schade um das unnötig vergossene Blut. Petr, Slávek und ich waren von Grund auf dagegen. Wir haben allzulange in Knechtschaft gelebt. Die Freiheit darf kein Geschenk sein. Die Freiheit muß immer erkämpft werden, wenn ein Volk ihrer würdig sein soll. Rob brachte uns auf die Palmen:

– Um ihrer würdig zu sein, muß das Volk sie erst erleben!

– Sie können uns nicht alle umbringen, pochte ich auf den Tisch. Die es überleben, werden durch dieses Blut stärker. Ausgebügelte Fahnen kleiden nur die Spießervereine. Die Fahnen der Nationen spiegeln den Willen wider, die Wahrheit zu verteidigen!

Eine deutsche Patrouille schritt den Korridor ab. Zwei Jungs, nur um wenig älter als wir. Ihre Mäntel und Helme waren viel zu groß. Die Besatzung des Funkhauses bestand schon seit einigen Jahren aus ein paar älteren Österreichern, die jeder kannte. Es hieß, sie hätten versprochen, die Waffen niederzulegen, wenn wir sie dafür nach Hause ließen. Jetzt hat man sie also abgelöst.

Sie blieben bei uns stehen, der eine nah, der andere sicherte.

– Ausweise!

Wir zogen unsere deutsch geschriebene Mitgliedskarte des Schulfunks hervor.

– Wo ist hier der Ansageraum?

Petr zuckte die Schultern, als ob er nicht verstünde. Der erste machte eine mißtrauische Visage.

– Scheiße!

Er zog drohend sein Gewehr hoch, schob Rob, der ihm im Weg stand, beiseite, und sie gingen weiter. Fast gleichzeitig sprangen wir ihnen von hinten an die Kehle.

Schade, daß wir es in der Phantasie taten! Wir hätten die ersten sein können.

Dann klapperten Deine Absätze im Korridor, und ich vergaß alles, was nicht Du warst. Du sagtest uns, daß die Euren zu einem Begräbnis gefahren seien und daß Du am Abend gern ins Kino gehen würdest. Wir verabredeten uns alle auf sechs Uhr. Es tat mir leid, nicht mit Dir allein zu sein. Wer hätte ahnen können, was das Schicksal für uns bereithielt. Ein grausames Schicksal? Ein herrliches Schicksal!

Die Sendung war nach zehn zu Ende. Slávek hatte den Ikarus gesprochen, wir wie immer den Chor. Ich bin ihm nicht neidisch: ich habe Dich.

Redakteure, Techniker und Schauspieler gingen mit Schraubenziehern durch die Korridore und beseitigten überall die deutschen Orientierungstafeln. Wir halfen ihnen. Das war ein fröhlicher Aufstand. Wer hätte gedacht, wie wertvoll er sich bald erweisen wird!

Als wir Dich dann heimbegleitet hatten, fuhren wir mit dem Tram nach Hause. Der Schaffner eröffnete zwei deutschen Fliegern, daß er keine Mark mehr annähme. Weil sie keine Kronen hatten, ließ er anhalten und wies sie hinaus. Dann erklärte er:

– Die Tschechen fahren wir heute gratis!

Wir begannen zu singen. Das ganze Tram machte mit. Vor den Schaufenstern standen Spaliere aus Leitern. Die Ladenbesitzer beseitigten die deutschen Aufschriften. Als ich ausstieg, sagte Rob:

– Also um sechs!

Auf der Verkehrsinsel stand ein Kontrolleur mit einer Flasche und rief:

– Abends um sechs nach dem Krieg! Abends um sechs in der Republik!

Die Deutschen waren wie weggeblasen. Auf dem Adolf-Hitler-Platz flogen die Blechtafeln von den Hauswänden. Eine Menschenmenge mit einer riesigen Fahne zog zum Gebäude des Generalstabs. Sie trug wieder den blauen slowakischen Keil. Sie sangen die Nationalhymne. Ich erinnerte mich an jene Nacht im September 1938, ich war zehn Jahre alt und hielt mich an Vaters Hand fest, als der einäugige General das Münchner Diktat bekanntgab. Damals sah ich in Vaters Augen zum ersten Mal Tränen. Auch damals wurde die Hymne gesungen. Wieviel Tote und Tränen zwischen den beiden Hymnen!

Es war noch niemand zu Hause. Ich stellte den Rundfunk an. Nach sechs Jahren erklangen wieder Sokolmärsche. Voll Freude stellte ich das Gerät ans Fenster und drehte auf volle Lautstärke. Der Einfall lag vielleicht in der Luft. Sofort bebte die Straße in den Fundamenten. Die Menschen winkten einander zu und hingen Girlanden aus rotweißblauen Fähnchen an die Fenster. Plötzlich verstummte der Marsch, man hörte Schüsse und eine erregte Stimme:

– Wir rufen die tschechische Polizei und das tschechische Heer! Kommt uns zu Hilfe ins Funkhaus! Die Deutschen morden unsere Leute!

Ich konnte gerade noch auf einen Zettel schreiben HABT KEINE ANGST, BIN IN ORDNUNG! Zum zweiten Mal in diesem Jahr rannte ich mit der Zeit um die Wette zu Deinem Stadtviertel. Die Menschenmengen waren fort. Die Geschäfte ließen die Rolläden herunter. Ein paar Menschen eilten in der gleichen Richtung wie ich. Ein Lastwagen, vollbesetzt mit bewaffneten Pragern, fuhr vorbei, sie trugen Zivil, hatten deutsche Helme auf. Auf dem Trittbrett stand ein tschechoslowakischer Offizier. Ich hatte diese Uniform sechs Jahre lang nicht mehr gesehen. Sie war ihm zu klein, er konnte sie nicht zuknöpfen. Ich winkte, sie fuhren weiter, nahmen mich nicht mit.

Der Wenzelsplatz lag unter deutschem Beschuß. Auch beim Viadukt konnte ich nicht durch. Schließlich glückte es mir über die Schienen des Hauptbahnhofs.

Beim Funkhaus war's schon fast vorbei. Im Torweg des gegenüberliegenden Hauses lagen Tote. Man hatte ihnen die Gesichter mit Fahnen zugedeckt.

Die Deutschen hatten zu schießen begonnen, als sie den Ansageraum nicht fanden. Sie fanden ihn nicht, weil wir mit Dir am Morgen die Orientierungstafeln abgeschraubt hatten! Die Unseren kamen über die Dächer. Um jedes Stockwerk wurde gekämpft. Die Reste der Besatzung zogen sich in den Keller zurück. Jetzt schwemmte sie die Feuerwehr mit Wasser hinaus. Sie haben uns das doch selbst gelehrt! So haben sie vor drei Jahren in der Karel-Boromejský-Kirche das Fallschirmkommando, das den Heydrich bestraft hatte, erwischt.

Einer von denen, die die Helden mit Essen versorgten, jetzt kann ich das schon sagen, und ich sage es zuerst Dir, war mein Vater. Er war ein Freund vom Pfarrer Vladimír Petřek.

Im Funkhaus roch es nach Schießpulver. Auch im Vestibül lagen Tote. Für mein Alter habe ich schon mehr als genug Tote gesehen. Ich werde mich nie an sie gewöhnen! In einer Ecke die unseren. In der anderen Deutsche. Man hatte sie aufeinandergeschichtet, wie graugrüne Holzklötze. Eine Reihe Stiefel, eine

Reihe Köpfe. Ich erinnerte mich an die beiden Soldaten. Sie mochten Sextaner sein wie ich. Ich stellte sie mir hier in diesem Haufen vor, und ich schauderte. Aber Mitleid empfand ich nicht. Mitleid nicht.

Als Pfarrer Petřek zum letzten Mal bei uns zu Hause war, einen Tag vor dem Attentat, sprach er mit Vater über die deutsche Schuld und Sühne.

– Wenn ich nach dem Krieg auf der Straße einem Deutschen begegne, sage ich ihm: Weich aus, Deutscher, siehst du nicht, daß hier ein Mensch geht?

Dieser schlanke, asketische Priester und Gelehrte, der mich immer an Jesus erinnerte, hob täglich die Betonplatte der Krypta auf, um den Gehetzten Essen zu reichen und ihre Exkremente zu entfernen... jawohl, auch solche Taten machen einen Helden. So wie Jesus wurde er verraten, gefoltert und getötet, ohne ein Wort zu sagen. Um seinetwegen wehre ich mich jetzt gegen das Mitgefühl. Meines hingerichteten Onkels, meines erschossenen Dichters Vančura, der Toten der Konzentrationslager wegen. Und auch meiner und Deiner sechs Jahre Hoffnungslosigkeit wegen.

Das Vestibül begann zu beben. Im Keller explodierten Granaten. Ich suchte jemanden, der mir eine Waffe geben konnte, aber die schon Soldaten gewesen waren, hatten Vorrang. Da stieß ich plötzlich auf Herrn Karel.

– Komm mit, flüsterte er mir zu, weil du's bist!

Er mag mich wegen der Fuhrmannslaterne, die ich ihm für seine Requisitensammlung gebracht hatte. Er führte mich in sein Lager. Auf dem Boden lag ein Haufen deutscher Helme, Gasmasken, Gürtel, Mützen und Rangabzeichen.

– Das würd' verschleppt und verschwinden, sagte er triumphierend, wir müssen jetzt schon an die Theater denken!

Ich nahm mir einen Helm, einen Gurt und ein Bajonett. Sie liegen jetzt auf Deinem Bett. So eilte ich zu unserem Rendezvous. Die Straßen waren wieder voll Menschen. Man richtete Barrikaden auf. Gerade vor unserem Kino kippten die Leute einen Tramanhänger um. Der Triebwagen lag schon auf der Seite in einem Haufen von Glassplittern. Du erschrakst:

– Wo ist Robert? Wo sind die Jungs?
– Wahrscheinlich sind sie nicht durchgekommen. Mir ist es auch erst im letzten Augenblick gelungen.
– Ich habe Angst um die Eltern. Es fahren ja keine Züge mehr. Sie haben uns umzingelt.
– Die Amerikaner sind in Pilsen. Spätestens morgen früh sind sie in Prag!

Drei Stunden lang waren wir zwei Glieder einer Menschenkette. Die Pflastersteine, über die ich Dich so oft begleitet habe, wanderten durch unsere Hände. Ich hätte nie geahnt, was so eine Straße wiegt. Es fing an zu regnen. Über Deine Wangen lief das Wasser herab, der Stein rieb Dir die Hände wund. Und doch hast Du durchgehalten. Ich will, daß du weißt, daß ich glücklich und stolz war. Ich sah eine lebendige Jeanne d'Arc vor mir. Und das war meine Liebe!

Wir kamen vor Euer Haus. Aus allen Richtungen hörte man Schüsse. Auf der anderen Seite der Stadt stiegen im Nebel Leuchtraketen auf. Du frugst:
– Wohin gehst Du?
– Ich weiß es nicht.
–Das Herz schlug mir bis zum Hals. Und dann hast Du es doch gesagt:
– Ich mach Dir das Bett in der Küche.

Ich saß angekleidet auf den Sofakissen, die zwischen dem Küchenherd und dem Eßtisch auf dem Fußboden lagen. Ich hörte zu, wie im Badezimmer Wasser floß. Du kamst im Schlafrock und darunter schleiften die Pyjamahosen Deines Vaters über den Boden. Du warst rührend wie ein Lustiger August. Ich sagte es Dir, Du lachtest. Eine ganz neue Vertrautheit verband uns. Du frugst:
– Warum schläfst Du nicht?

Ich stand auf.
– Ich habe einen Wunsch, einen einzigen Wunsch, ich möchte bei Dir sitzen und Deine Hand halten, bevor Du einschläfst, ich schwöre, ich werde nichts anderes tun.

So betrat ich zum zweiten Mal im Leben das Zimmer, wo wir uns vor einem Vierteljahr geküßt hatten. Wie anders war es mit der Verdunkelung, beim Schein der Tischlampe, wie anders warst Du, mit dem Kopf auf dem Kissen. Ich legte Gürtel, Helm und Bajonett ab, aber der Krieg blieb mit uns, im Rundfunk ertönte immer wieder ein alter Sokolmarsch als Signet des kämpfenden Volkes. In den Pausen wurden auf russisch und auf englisch die alliierten Truppen gerufen. Dazwischen eine Warnung, daß von Benešov her deutsche Panzer angefahren kamen.

Wir hielten uns an den Händen. Lange. Dann wurde ich verrückt.

– Ich habe zwei Geliebte, Dich und die Republik, mit einer bin ich beisammen, zur andern geh ich in einer Weile; wenn Gott mir schon diesen Abend vergönnt hat, laß mich meine Hand auf Dein Herz legen, ich will sterben, wenn ich mehr möchte als die Wärme, die ich als Geschenk in meiner Hand mitnehmen will.

Du lagst regungslos. Ich war verzweifelt. Es blieb mir nichts übrig als aufzustehen und schnell fortzugehen. Da hörte ich Deine Stimme.

– Dreh das Licht aus...

Ich gehorchte. Hitze übergoß mich. Stoff raschelte. Deine Hände umarmten mich und zogen mich zu Dir. Die Pyjamajacke Deines Vaters war nicht mehr da, nur Haut. Ich legte beide Hände auf Deine Brust. Sie war warm und lebendig. Ich legte meinen ganzen Körper an sie. Mir schien, ich würde bewußtlos. Ich hörte Dich von fern:

– Hast du schon jemanden gehabt?

– Nein... und du?

– Ich auch nicht... So komm, wir werden uns haben...!

Für einen Augenblick stand mir das Herz still. Ich öffnete die Augen. Nur schwach erkannte ich die Umrisse der Gegenstände. Entfernte Schüsse übertönten den Regen.

– Nein...

– Warum nicht...!

– Ich habe es dir geschworen...!

Ich will, daß Du weißt, warum ich das sagte! Ich kenne Dich. Ich weiß, wie lang es damals dauerte, bevor ich Dich an der Hand nehmen durfte. Ich sehne mich nach Dir. Aber ich will nicht, daß Du Dich mir gibst in dieser Nacht des Abschieds und

des Blutes. Das erschiene mir wie ein Opfer. Ich will kein Opfer, ich will Liebe. Ich will Dich im Juni haben, wenn das Heu duftet, auf einer stillen Wiese, wohin alle Sterne fallen. Um diesen Juni wird jetzt die Schlacht geschlagen. Warte auf mich, und ich kehre zu Dir zurück. Ich bin unverwundbar, wenn mich meine Jungfrau erwartet.

Du küßtest mich.

– Du bist brav!

Jetzt schläfst Du, meine Liebe, zu einem Knäuel zusammengekauert wie ein Kind. Vorher hast Du noch geflüstert:

– Geh nicht fort, bleib bei mir…

Aber ich muß. Ich habe es Dir versprochen. Uns beiden habe ich's versprochen! Auch dem, der kommen wird und der sich nie seines Vaters schämen darf. Wenn es sein muß, werde ich auch töten können. Wenn es sein muß – das glaube ich fest – werde ich auch sterben können.

Ich hasse eine Welt, in der ich beim täglichen Abschiednehmen fürchten muß, es sei ein Abschied für immer. Aber heute ist diese Welt noch da, und sie schlägt wild um sich. Deshalb habe ich Dein Schulheft genommen, und deshalb schreibe ich Dir diesen Brief. Ich bete zu Gott, daß Du ihn nie erhältst. Wenn ja, so wird er mein Testament. Sag meiner Mutter, sie möge mir verzeihen. Und sag meinem Vater, daß ich zwar Vernunft hatte, aber dazu auch noch Ehre.

Und Du, lebe. Auch für mich. Wenn Du einmal mit einem andern einen Sohn hast, gib ihm wenigstens meinen Namen.

Ich küsse Dich, meine Frau.

P.S. Ich will Dich nicht wecken. Ich steige durchs Fenster hinaus.

Mittwoch, 21. August 1968 Roma
(Fortsetzung)

Ich fand die Ausfallstraße ohne Karte. Die brauche ich zur Rückkehr nie. Wie ein Hund folge ich meiner eigenen Spur.

Der Film spult sich rücklaufend ab: das ockergelbe Gubbio in der baumlosen Landschaft wie eine sonnenbelagerte Festung, die eingebohrte Serpentine, wie ein Blitz zwischen den rosa Palästen Urbinos, weiter nach Norden, zwischen der Skylla Rimini und der Charybdis San Marino hindurch nach Ravenna, vorbei an der abscheulichen Steinrakete des Dante-Grabmals, vorbei an Chioggia, hinter dem im seichten Meer das berühmte Wrack Venedig verfault, den Dolomiten entgegen, die heranstürmen wie eine Brandung, der Film läuft schneller, jetzt beginnt die steinerne Ebbe, Lienz als Sprungbrett zu neuem Anlauf auf die Berge, der Großglockner im Nebel, Salzburg mit dem Stirnband der Burg, das langweilige Linz als seltsame, verschwommene Kindheitserinnerung, Landschaft – Vorahnung, Landschaft – Vorzimmer des Vaterhauses, die letzten hundert Meter, der Film reißt ab.

Unter dem Schlagbaum, mitten in der Fahrbahn, ein Panzer. Er sieht mich mit dem riesigen Zyklopenauge des Kanonenlaufs an. Ich drücke gleichzeitig auf das Signal und aufs Gas. Der Renault stürmt vorwärts wie ein Kriegsroß, gerade auf die Metallanze zu, die mir den Weg nach Hause versperrt.

Die Tachonadel klebte auf 150. Der Pfeil der Autostrada zielte schon eine Stunde lang nach Süden. Die linke Hand am Lenkrad, suchte ich mit der Rechten im Durcheinander der Sender. Der Äther war voll von gehetztem Italienisch. Wie eine magische Form ertönte immer und immer wieder das Wort »Cecoslovacchia«. Sie saß neben mir, reglos und stumm. Plötzlich beugte sie sich vor.

– Halt die an!

Vor uns rollte ein Škoda mit dem Nummernschild Bratislavas. Kaum hatte ich ihn überholt, kurbelte ich das Fenster herunter und winkte mit der Hand, er solle stehenbleiben. Er fuhr mit voller Geschwindigkeit an uns vorbei, und die Insassen winkten uns zu. Entweder verstanden sie mich nicht, oder sie wollten nicht verstehen. Ich gab Gas und hatte sie in wenigen Sekunden eingeholt. Wir blieben neben ihnen und winkten wieder. Sie besprachen sich. Endlich begann der Fahrer zu bremsen. Ich blieb knapp hinter ihm stehen. Ein hochgewachsener grauhaariger Mann stieg aus. Seine Hosen aus Uniformstoff verrieten den Offizier. Er sprach slowakisch.

– Was brauchen Sie? Wir haben es eilig. Wir fahren noch bis Palermo.

Sie sprach früher als ich:
– Wir sind besetzt!

Seine Frau brach gleich in Tränen aus. Auch sie, obwohl Tränen kaum zu ihr paßten. Sie war hochgewachsen und grauhaarig wie er, und ich konnte sie mir gut in Uniform vorstellen. Er fuhr sie an:
– Dreh nicht durch! Der Warschaupakt wird doch augenblicklich intervenieren! In vierundzwanzig Stunden haben wir sie ausgepeitscht!!

Die spontane Reaktion eines Mannes, der München erlebt hat. Ich sah ihm an, daß er bereit war, den Škoda umzudrehen und wie mit einem hussitischen Streitwagen gegen die Deutschen zu fahren. Ich reichte ihm die Zeitung. Wortlos sah er die Karte mit den Pfeilen an. Erst jetzt fiel mir ein, daß Offiziere nicht in den Westen reisen dürfen.
– Sie sind Soldat?

Ich mußte die Frage wiederholen, bevor er sie hörte.
– Vor einer Woche bin ich rehabilitiert worden...

Seine Frau sagte tonlos:
– Wir sind zum ersten Mal nach zwanzig Jahren wieder aus dem Lande gefahren...

An uns vorbei zischten fremde Autos durch eine fremde Landschaft. Ihre Hupen blechtrompeteten Marschfetzen. Irgendwo über uns bewegten sich am Himmel die Spionagesatelliten und registrierten Gegenstände von der Größe eines Meters; ihre phantastischen Teleobjekte sahen vom Schwarzen Meer zum Atlantik, vom Mittelmeer zum Polarkreis, wie Hunderttausende versteinerter Gestalten schweigend umherstanden. Das waren Tschechen und Slowaken, die aus ihren Bahnen herausgeworfen wurden. Unsere Schicksale hatten sich verbunden und standen plötzlich still.
– Wohin fahren Sie? fragte mich der Fahrer, unsicher, wie ein Junge, der sich hoffnungslos verlaufen hat.

Erst jetzt wußte ich es.
– Auf die Botschaft.
– Ich fahre Ihnen nach.

Einmal, vor Jahren, flog ich von Prag nach Brünn. Europa war im Nebel verschwunden, nur Wien rettete die Schiffbrüchigen. Damals war Österreich für uns noch terra prohibita. Die Busfahrt durch die weihnachtlich geschmückte Mariahilferstraße war ein Traum, unwirklich. Ebenso unwirklich war heute nachmittag Rom.

Garben von Sonnenstrahlen durchdrangen die Kronen der Zypressen an der Villa Borghese, als kämen sie aus barocken Gemälden. Reihen von Caféstühlen erinnerten, gegen die Fahrbahn ausgerichtet, an Dutzende kleiner Theater. Die Gäste blätterten in den Zeitungen wie in einem Programm. Überall spielte man Okkupation der Tschechoslowakei.

Ich folgte wieder meiner zwölf Jahre alten Fußspur. Die Jugend-Weltföderation hatte damals eine Art Kongreß veranstaltet. Um ein Visum zu erhalten, gab man uns als Sportler aus. Zur Beruhigung der Polizei liefen wir jeden Morgen in den römischen Parkanlagen ein paar Runden.

Schon von weitem kündigte sich die Botschaft an. Trotz Parkverbot war die Via Luisa di Savoia von tschechoslowakischen Wagen überfüllt. Vor dem Gebäude Verwirrung, Tränen, Zorn. Italienische Carabinieri mit pausbäckigen Bauerngesichtern versuchten, die Menge, zusammengesetzt aus Trainingsanzügen und Strandkleidern, zu zerstreuen.

– Warum gehen Sie nicht hinein?

Der sonnengebräunte Junge im gestreiften Leibchen sah aus wie ein Römer, aber er sprach unverfälschtes Pragerisch.

– Sie haben sich dort eingesperrt, die Gauner! Sicher stauben sie schon die Bilder Novotnýs ab!

Ich trat zur Tür und drückte die Klingel. Es war eine starke Klingel. Ich ließ den Finger auf dem Knopf liegen.

– È signore, basta, basta!

Der Offizier war jung und voller Diensteifer. Ich sah ihn auf der Stufe stehen und nahm die Scherben meines Italienisch zusammen.

– Io sono all'ambasciata!

Er salutierte.

– Scusi, signore!

Das Geklingel schrillte durch den ganzen Bau. Die Landsleute sahen dem Experiment gespannt zu. Nach fünf Minuten verloren

die drinnen die Nerven. Die Tür flog auf, und es erschien eines der wohlbekannten und vielteuren Gesichter tschechischer Portiers, denen man am liebsten gleich eins verpassen würde. Der Mann vertrat die Obrigkeit und schickte sich an, in ihre Entrüstung seine eigene Galle zu mischen. Bevor er den Mund auftun konnte, sagte ich eisig:
– Ich will Sie nur darauf aufmerksam machen, daß dieses Gebäude bisher noch nicht okkupiert ist. Bestellen Sie Ihrem Chef, daß er augenblicklich die Bürger der Republik einzulassen hat, die er hier vertritt. Andernfalls werden wir seine Abberufung fordern!

Noch blühte unser Frühling. Der Portier beeilte sich zum Telephon und rief offenbar jemanden ganz oben, denn er sprach ehrerbietig und verdrehte dabei die Augen bis zur Decke.

Doch ich nahm ihn jetzt nicht mehr zur Kenntnis. Denn von oben her kam über die Treppe mir gegenüber – er.

16.V.45 Praha

Aus dem Radio tönt der Jubel der Hunderttausende. Nach sechs Jahren und sieben Monaten kehrt unser Herr Präsident Beneš wieder nach Prag zurück. Wie habe ich mich auf diesen Tag gefreut! Und doch sitze ich zu Hause, traurig und leer.

Ich habe viele Tote gesehen. Doch noch war es nicht Der Tod. Den erkennt man erst, wenn uns jemand verläßt, den wir gut gekannt haben. Dann ist nicht nur sein Körper gestorben, sondern mit ihm auch eine namenlose Zahl von Begegnungen, Gedanken und Träumen, an denen wir teilhatten. Die Leben derer, die sich nahestehen, überlappen sich. Der Tod reißt den Menschen auch aus allen andern Leben heraus. Deshalb spüre ich ihn heute zum ersten Mal am eigenen Körper.

Böse Ironie des Schicksals! Warum ist das nicht mir passiert?

Noch am Mittwoch vor vierzehn Tagen saß er uns hier gegenüber. Wir sollten lernen, aber statt dessen stritten wir alle vier über den Sinn der tschechischen Geschichte.
– Wir sollten endlich begreifen, sagte er, daß unser eigentlicher Prophet nicht Johannes Hus ist, sondern Hieronymus Pragensis.

Hus war, bei aller Achtung, die ich ihm zollte, ein Häretiker, der den Scheiterhaufen einkalkuliert hatte. Der Märtyrertod war ihm zum Stützpfeiler seiner Philosophie geworden. Aber wieviele Märtyrer werden bei uns geboren? Hieronymus hat vor seinen Richtern zweimal widerrufen, um zurückzukehren und weiterlehren zu können. Das scheint mir viel zweckmäßiger zu sein.
– Und man hat ihn doch verbrannt! triumphierte ich.
– Das Beispiel geborener Märtyrer, fuhr er ruhig fort, festigt die Massen der Schwachen in der Überzeugung, daß es sinnlos ist, der Gewalt Widerstand zu leisten. Die Schwachen aufrütteln, das können nur Menschen, wie sie selber, Menschen, die der Schwäche und dem Gewissen eine vernünftige Grenze setzen. In der Grenzsituation sagte Hieronymus sein »Ich widerrufe nicht« ebenso wie Hus. Zuvor gewann er jedoch Zeit, seine Postulate auszuarbeiten. Hus hat der tschechischen Reformation die Fahne gegeben. Hieronymus das Hirn.
– Aber welcher von beiden wurde zum Nationalheiligen, wer gab dem tschechischen Volk die Kraft, die Habsburger und Hitler zu überstehen?
– Ich gebe zu, daß es Augenblicke gibt, in denen ein Volk vor allem Märtyrer braucht. Die Leute, die die Gestapo gefoltert hat, damit sie ihre Organisationen verraten, mußten sich an Hus halten. Aber: Kein Volk lebt dauernd in einem Ausnahmezustand. Nur wer die Zukunft praktisch vorbereitet, kann die Konzeption des Volkes gestalten. Grenzsituationen sind jedoch nur ein Bruchteil der Geschichte. Die Hussiten haben ihre Möglichkeiten überschätzt. Anstatt ihren Sieg politisch zu sichern, beschlossen sie, ganz Europa zum wahren Glauben zu bekehren. Ihre zwanzigjährige permanente Revolution hat das Volk erschöpft und buchstäblich eine Opposition aus dem Boden gestampft. Man lernt in der Schule, daß in der brudermörderischen Schlacht von Tschechen gegen Tschechen bei Lipany der treue hussitische Kleinadel gegen die verräterische Hocharistokratie kämpfte. Kaum jemand weiß aber, daß sich dort auch Generationen gegenüberstanden: die Generation der Fanatiker der Generation der Realisten.

Wir waren empört.

– Für dich sind Konterrevolutionäre also Realisten?
– Keine Demagogie! wehrte er sich, geht auf den Inhalt der Worte. Der revolutionärste Flügel der Hussiten waren nach dem klassischen Muster die Chiliasten. Die Kommunion in beiderlei Gestalt genügte ihnen nicht, sie verlangten zudem vollständige Besitzlosigkeit. Und was taten die Hussiten? Sie massakrierten sie. Waren die Hussiten deshalb konterrevolutionär? Damals nicht. Die Chiliasten waren ihrer Zeit voraus, und ihre Rebellion bedrohte die Einheit der Revolution im Augenblick tödlicher Gefahr. Doch die Geschichte geht stets weiter. Fünfzehn Jahre später wird die revolutionäre Bewegung eine Militärdiktatur, die das Land in die Katastrophe führt. Darum müssen die Hussiten von der politischen Bühne abtreten, damit die Böhmischen Brüder auftreten können. Darum erscheint als Symbiose des Alten mit dem Neuen ein Hussitenkönig. Und Jiřík von Poděbrady vermag das Land zu konsolidieren, er rettet vor allem die Reformation. Durch seine Diplomatie verschafft er dem geschwächten Böhmen in Europa eine solche politische Position, wie sie die hussitischen Waffen nie erobert hatten.

Ich schrie beinahe:
– Aber ohne die Schlachten auf dem Vítkov-Berg, bei Ústí und bei Domažlice hätte er das nie erreicht! Žižka war es, der Europa den Respekt vor den Tschechen beibrachte! Man wußte dort nur zu gut, daß auch nach der Niederlage bei Lipany der Geist Žižkas in Böhmen fortlebte, daß wir im Augenblick wieder zu Gottesstreitern wurden!

Ich sehe noch heute seinen strengen Blick, höre seine nachdenkliche Stimme:
– Ich habe es nicht gern, wenn jemand spricht, als wäre er ein verdienter Hussite. Ich gebe zu, daß es Zeiten gibt, in denen das Volk auch Heerführer braucht. Ich bin froh, daß es seinen Žižka hatte. Nur: Jiřík sah Europa bis fünfhundert Jahre voraus, und er sah es richtig. Manchmal scheint es mir, er hat auch mit München gerechnet. Wie hätte Žižka uns bei München geholfen?
– Du bist also mit der Kapitulation einverstanden?
– Nein... ich kenne nur keine Alternative.

– Die Alternative war der Kampf. Wir hatten eine Armee. Wir hatten Festungen. Wir waren verpflichtet zu kämpfen.

Er nickte zweifelnd.

– Vielleicht. Aber dann säßen wir heute möglicherweise nicht hier und könnten nicht über die Zukunft streiten.

Ich griff ihn wieder an:

– Sollen wir uns also alle zwanzig Jahre besetzen lassen und dann warten, bis uns jemand befreit? Worin besteht dann überhaupt der Sinn unserer nationalen Existenz? Wodurch sind wir ihrer würdig?

– Ich denke darüber nach, sagte er, was von Žižkas kriegerischem Erbe noch bleibt in einer Zeit der Bombenteppiche und Panzerkeile. Dem Erbe des Comenius hingegen begegnest du heute in jedem Lehrbuch der Welt.

Ich halte Fragmente seiner Gedanken fest. Das ist das einzige, was ich noch tun kann, damit er nicht so ganz, so unwiderruflich weggeht.

Unsere Freundschaft mit ihm war eigentlich ein einziger langer Streit. Er bezweifelte vielleicht überhaupt alles. Er bezweifelte auch die Gedanken, die er selbst erarbeitet hatte. Er pflegte zu sagen, daß auch die größte Wahrheit am Abend nicht mehr gelte und am Morgen neu bewiesen werden müsse. Oft – so wie damals zum letzten Mal – waren wir absolut sicher, daß er sich irre, aber jedesmal reichten unsere Argumente nicht aus. Er hatte unendlich mehr gelesen als wir drei zusammen.

Im Augenblick der Entscheidung widerrief er seine Worte durch eine Tat, die unwiderruflich war. Ich kann es immer noch nicht fassen.

Ich sitze in meinem Zimmer, glücklich und verzweifelt zugleich. Die Straßen beben vor Freude. Eine Woche lang war mir übel von diesen Beamtenmäusen, die aus den Kellern hervorkrochen, um sich auf den zerschossenen Barrikaden photographieren zu lassen. Heute, im scharf gebündelten Licht seines Opfers, habe ich das Gefühl, daß auch ich zu ihnen gehöre.

Was habe ich erreicht? Ich habe geholfen, die Einrichtung des Ansageraums in die Hus-Kirche zu bringen, nachdem ein Lufttorpedo das Funkhaus durchschlagen hatte und im Vestibül explodiert war. Dann habe ich drei Tage als gewöhnlicher Laufbursche Zettel hin und her getragen, die vielleicht gar keinen Sinn hatten. Mein Mut bestand darin, daß ich nie zu A. hinüberging, damit sie mich keiner Schwäche verdächtigte. Und das einzig Außergewöhnliche, das mir widerfuhr, erweckt in mir nur Scham.

Am Dienstagabend überbrachte ich den Technikern des Senders im Stadtteil Strašnice eine Nachricht. Vom Funkhaus zum Sender sind es normalerweise zehn Minuten mit dem Tram. Zu Fuß über die Barrikaden hat es drei Stunden gedauert. Dann kam die Nachricht, Panzer hätten den Rückweg abgeschnitten. Man hörte Kanonen donnern. So mußte ich bleiben.

Im Büro des Direktors saß die zweite Schicht der Techniker. Sie sollten schlafen, aber sie suchten im Äther Hoffnungsfunken. Auf allen Wellenlängen läuteten die Glocken der europäischen Kathedralen, die den Frieden begrüßten. Wir waren mitten im Krieg. Schörners Armeekorps versuchte Prag einzunehmen, um es zur letzten Festung zu machen. Die Antenne über unseren Köpfen warf entmutigende Nachrichten in den Raum. Die Deutschen verbrannten in den Vorstädten Mietshäuser mit den Menschen; auf dem Bahnhof Mitte stellten sie die Eisenbahner und Reisenden in einer Reihe auf, zählten sie ab und erschossen jeden zehnten gleich auf den Gleisen. Jetzt gingen sie also auf uns los.

Ich lag auf dem Feldbett und wurde von Träumen geplagt. Ich hörte Mitternacht schlagen und faßte den Entschluß. Ich ging hinaus und sagte dem Kommandanten der Wache:
– Eine Nachricht für die Hus-Kirche.

Ich lief durch die Straßen, über die verlassenen Barrikaden hinweg. Ihr Fenster stand offen. Ich hangelte mich am Fenstersims hoch. Sie erwachte. Alles wiederholte sich bis zum Satz:
– So komm, wir werden einander haben...!

Diesmal ging ich nicht fort. Ich riß den Stoff weg, der mich beengte wie ein Panzer. Dann umarmte ich sie, und beseligt fühlte ich, wie wir uns vereinigten. Ein heißer Schmerz. Er währte nur einen Augenblick. Dann fiel ich voll Erleichterung in die Tiefe.

Plötzlich dröhnte Eisen. Ihr Vater stürzte ins Zimmer und rüttelte mich roh an der Schulter.

– Aufstehen!

Ich lag wieder auf dem Feldbett. Einer der Techniker beugte sich zu mir.

– Aufstehen! Die Deutschen!

Ich erwachte. An den Schenkeln fühlte ich eine nasse Wärme. Ich will in diesem Tagebuch immer aufrichtig sein. Wenn die Zeit einmal die Gegenwart in Legende verwandelt, will ich darin mein wirkliches Bild finden.

So sahen also meine letzten Kriegsminuten aus: Mit dem Bajonett in der Hand kauerte ich unter dem Fenster, hinter dem sich das metallene Dröhnen der Stahlraupen näherte. Jemand betete halblaut. Ich war zu keinem Gedanken fähig, spürte nur meine Hose an den Schenkeln kleben und hatte das demütigende Gefühl, daß ich peinlich nutzlos sterbe.

In der Dämmerung tauchten die drohenden Umrisse des ersten Panzers auf.

So, das ist also alles. Das war mein ganzes glorreiches Leben.

Dann schrie jemand unten im Hof.

– Die Russen!

Was sonst war, ist für mich die tausendmal exponierte photographische Platte. Darauf muß meine Triumphfahrt auf dem Panzer sein, vor dem sich die Tore der Barrikaden öffneten, das Klingeln an unserer Tür und Mutters Tränen, die sich gleichzeitig ärgert und freut, der Gang mit Vater durch die Stadt, wo anstelle der Trams endlose Kolonnen von Panzern verkehren. Die besiegten Herren Europas in langen Marschkolonnen, eskortiert von einem kleinen fröhlichen Soldaten, der ihnen mit seiner Mundharmonika den Marsch bläst. Und die Sieger, die tausend Kriegsnächte nachholen und auf den Stufen des Museums schlafen, zusammengedrängt wie die Tauben. Kollaboranten mit dem Hakenkreuz auf dem Rücken beim Wegräumen der Pflastersteine. Und auch ein lebendig verbrannter Gestapomann, an den Füßen an einer Laterne aufgeknüpft. Mir wird übel. Ich fragte Vater:

– Ist das Gerechtigkeit...?

– Nein! Das ist Barbarei. Die das getan haben, sind nicht besser als er.

Wir verabschieden uns voneinander. Ich breche im Park Fliederzweige ab und laufe zu A. Ich werfe den Strauß ins Zimmer. Sie erscheint im Fenster. Nein, sie kann nicht mit mir gehen, eben sind ihre Eltern zurückgekehrt. Ich verstehe, aber ich warte wenigstens auf ein Wort, das unsere Nacht bestätigt.

– Komm wieder mal vorbei.

Ich bin enttäuscht. Aber gleich schimpfe ich auf mich. Hätte sie mir vor der ganzen Straße eine Liebeserklärung machen sollen? Ich werde warten und mich freuen!

Wiederum zu Fuß quer durch ganz Prag. Auf dem Wenzelsplatz wird getanzt. Vor der Karlsbrücke tränken Kosaken ihre Pferde. Ein lebendes Bild von Mikoláš Aleš aus dem längst verlorenen Lesebuch. Auf dem Rasenplatz vor dem Rudolfinum wird ein sowjetischer Soldat begraben. Ein Mädchen in Uniform hat seinen Kopf auf ihren Knien und wehklagt in langgezogenen Tönen, es ist fast ein Gesang, ein Lied der Liebe und des Leids. Sie weint, und ein Halbkreis stoppelbärtiger MP-Schützen weint mit ihr. Eine Insel der Trauer im Meer der Freude.

Ich begegne einer Kolonne Lastautos. Auf den Bänken halten Rotkreuzschwestern seltsame Wesen um die Schultern. Sie sehen gar nicht wie Menschen aus. Unter kahlen Schädeln versuchen zahnlose Münder zu lächeln. Es dauert eine Weile, bevor ich begreife, daß dies Frauen sind. Die Gräber der Konzentrationslager öffnen sich.

ALLES TUN, DAMIT DAS NIE WIEDERKEHRT!

Ich klingelte bei Petr. Er war vor einer Weile gekommen und gerade eingeschlafen. Auch er war irgendwo beim Funkhaus. Ich wollte ihn nicht wecken und ging inzwischen zu Robert. Ich fand dort nur seine verängstigte Mutter. Rob ist Samstag mittag weggegangen wie wir, aber noch nicht zurückgekehrt.

So begannen wir die Suche nach ihm.

Erst vorgestern hat Slávek ihn in der Pankrác-Turnhalle gefunden, die in ein riesiges Leichenhaus umgewandelt war. Er trug die Uniform des Afrikakorps mit der Armbinde der Revolutionsgarde. Er ist auf seiner Barrikade geblieben bis zum Schluß. Eine Handgranate riß ihm ein Stück Schädel weg. Sechs Tage hat er dort auf uns in der Maihitze gewartet.

STALIN
MIP

Seine Mutter brach zusammen. Wir wollten sein Begräbnis bestellen, aber es gab so viele Tote, daß die Totengräber vor Müdigkeit umfielen.

Wir haben uns vom Luftschutz Gerät geliehen. Mit Petr und Slávek haben wir ihm heute früh auf dem Olsaner Friedhof ein Grab gegraben. Den Sarg haben wir in einem deutschen Militärmagazin aufgetrieben. Über dem Grab sangen wir ihm die Nationalhymne. Mir gegenüber stand A. in einem ausgeliehenen schwarzen Kleid. Sie war schön.

Auch in diesem Augenblick wollte ich zu ihr gehen und sie küssen.

Rob, Robek, verzeih. Wovor ich solche Angst hatte, das ist dir geschehen. Du bist von uns gegangen, ohne zu erkennen. Gerade du, der von uns allen am meisten das Leben liebte, bist freiwillig zum Kämpfer und Märtyrer geworden.

Ich schäme mich.

Auf dem Altstädter Ring spricht Präsident Beneš von der Zukunft. Dir wird sie nicht mehr gehören, obwohl du ihrer am meisten würdig bist.

Leb wohl, Robert.

ICH HEBE DEINEN HANDSCHUH AUF UND WERDE IHN WEITERTRAGEN ALS MEINE FAHNE!

Mittwoch, 21. August 1968 Roma
(Fortsetzung)

Er Das ist der dritte und der schwerste Schock meines Lebens!

Ich Und was waren die andern zwei?

Er Stalins Tod und die Rede Chruschtschows auf dem XX. Parteikongreß. Der Tod bedeutete das Ende eines Mythos. Die Rede den Verlust der Sicherheit.

Ich Was hast du heute verloren?

Er Ich weiß es nicht. Ich habe Angst, es auszusprechen.

Ich Leben deine Eltern noch?

Er hörte auf, das Glas zu drehen, in dem rhythmisch der Eiswürfel an die Wand stieß. Er nickte. Es war offensichtlich, daß er nach dem Sinn der abwegigen Frage forschte.

Ich Du bist älter als ich, aber ich bin heute – leider – erwachsener. Ich erinnere mich genau an den März 53 und an den Frühling 56. Damals war auch ich überzeugt, daß eine Welt zusammengebrochen war. Aber dann habe ich kurz nacheinander beide Eltern begraben. Erst seither hat mein Leben einen Maßstab erhalten.

Er Du verbindest Unverbindbares. Ich bin vierzig wie du, und auch ich habe einiges durchstehen müssen. Die Scheidung... anderes. Ich unterschätze die menschliche Sphäre des Lebens nicht. Aber wir sind eine streng determinierte Generation. Die Politik ist ein autonomer Bestandteil unserer Schicksale geworden. Politische Erschütterungen gefährden unsere Existenz ebenso wie persönliche, manchmal sogar mehr. Denk nur an die Selbstmordserie dieses Frühlings. Diese Menschen waren noch erwachsener als wir, sie hatten die Front und die KZ absolviert, und sie haben sicher auch ihre privaten Gewitter erlebt. Und doch genügte der Zusammenbruch einer politischen Konzeption, um ihr gesamtes menschliches Gleichgewicht zunichte zu machen.

Ich Wenn du nicht die Ehrenwerten meinst, die hinter sich die Tür zugeschlagen haben, weil sie die Zerstörung des Gleichgewichts anderer nicht verantworten konnten – dann ist das allerdings das schwerste Argument gegen uns.

Er Sind wir schuld, weil wir uns für mehr engagiert haben als nur für uns selbst?

Ich Wir haben den Kommunismus gewählt als Waffe gegen den Hunger, der mit uns von Kindheit an beim Abendessen saß, gegen den Tod, der seit der Heydrichiade mit uns auch in die Schule ging. Wir haben den Kommunismus gewählt als Arznei gegen Angst. Als höchste Form wirtschaftlicher und geistiger Freiheit. Wir haben ihn, kurz gesagt, im Namen des Lebens gewählt, er sollte unserer Selbstverwirklichung einen maximalen Raum gewährleisten. Auch wenn wir noch so naiv, noch so emotional, noch so dogmatisch gewesen sind, auch wenn wir wirklich bereit waren, im Namen der Weltrevolution jedes Opfer auf uns zu nehmen – hinter aller Abstraktion waren doch ganz konkrete menschliche Wünsche:

schöpferisch tätig zu sein, zu lieben, banal gesagt – glücklich zu leben. Ist es nicht absurd, daß wir beinahe bis zur Negation der grundlegendsten Lebenswerte gelangt sind?

Er Unsinn. Wir haben nichts negiert! Wir haben nur den Weltkontext unserer Revolution falsch eingeschätzt. Wir haben damit gerechnet, daß die Welt, von den faschistischen Verbrechen erschüttert, aus ihrer Erkenntnis augenblicklich die Konsequenzen zieht, wie sie die Tschechoslowakei gleich in ihren ersten Nachkriegswahlen zog. Wir haben geglaubt, daß das nur eine Frage weniger Jahre ist. Wir haben die Stärke des Imperialismus ignoriert. Und zugleich auf der eigenen Seite den menschlichen Faktor unterschätzt. Wir waren rein und setzten die Reinheit bei allen andern voraus. Wir konnten nicht ahnen, daß die bewährten Führer der Revolution den Klassenkampf in eine Inquisition umwandeln!

Ich That is the question!

Er Wenn du auf die Moskauer Prozesse anspielst, so hat damals die überwältigende Mehrheit der europäischen Kommunisten aus guten Gründen daran geglaubt. Zudem waren die Traditionen unserer Partei tief demokratisch!

Es war noch zu früh, atmosphärische Störungen machten es unmöglich, Prag zu empfangen. Wir warteten auf die Nachrichten des italienischen Fernsehens in einem Zimmer, dessen Unpersönlichkeit auch hier, im Herzen der Ewigen Stadt, die tschechoslowakische Dienstwohnung nicht verleugnen konnte. Auch sie war eine Visitenkarte unseres Bankrotts. Das Heimatland märchenhaften Porzellans und Kristallglases stattete seine Repräsentanten mit Warenhausgeschirr aus.

Ich Es geht hier nicht um Einzelheiten, sondern um das Wesen der Sache: Wir bekannten uns zum Marxismus, weil er uns die Möglichkeit einer wissenschaftlichen Erkenntnis der Natur und der Gesellschaft anbot. Können wir uns also damit entschuldigen, daß wir etwas geglaubt, etwas unterschätzt oder nicht richtig eingeschätzt haben? Wenn ein Arzt eine Operation durchführen will, dann muß er als conditio sine qua non a) die Diagnose, b) die eigenen Fähigkeiten und Möglichkeiten kennen. Sonst macht er sich eines Verbrechens schuldig. Für einen Marxisten, der die Gesellschaft operieren will, gilt das doppelt.

Er Willst du damit sagen, daß wir Verbrecher waren?

Ich Ich will damit sagen, daß wir keine Marxisten waren, und wenn man uns einmal bestrafen sollte, so sollte man es vor allem wegen unseres Verbrechens gegen den Marxismus tun. Wir sind Quacksalber, die sich für Chirurgen ausgaben. Man kann unsere uneigennützigen Absichten in Betracht ziehen, aber man kann uns nicht entschuldigen. Wir haben die objektiven Gesetze frommen Wünschen untergeordnet. Wir haben es zugelassen, daß eine unwissenschaftliche Ideologie das revolutionäre wissenschaftliche Denken unterdrückte und ersetzte. Und so geschah es, daß unsere noch so reine und noch so gerechte Revolution ihre eigenen Kinder frißt.

Er Ich bin leider kein Dichter...

Ich Aber du warst einer. Warum sprichst du ständig wie ein Parteifunktionär?

Er Weil ich ein Parteifunktionär bin, wenn sie mich auch ins Exil geschickt haben. Weil irgend jemand das machen muß. Aber darüber können wir uns vielleicht dann ein anderes Mal unterhalten.

Es war klar, daß er darüber nicht vor ihr sprechen wollte. Sie nippte an ihrem Campari, in dem das Eis schnell schmolz, und man konnte nicht erkennen, ob sie überhaupt zuhörte. Vielleicht war es besser so. Wenn sie mich gewöhnlich mit ihrem absichtlich übertriebenen Antikommunismus zwang, die grundlegenden Gedanken zu verteidigen, so befand ich mich vor ihr bei Diskussionen mit Kommunisten in einer grotesken Kontraposition. Ich erinnerte mich an eine gewisse Prager psychiatrische Institution, die in ihren Mauern sowohl ehemalige Konzentrationslagerhäftlinge als auch Protektoratskollaboranten, Opfer der politischen Prozesse und ihre Untersuchungsrichter beherbergt. Und mir fiel ein, daß meine Generation eine beachtliche Gruppe von Schizophrenen beisteuern wird.

Er Eine Revolution, und sei sie noch so wissenschaftlich, ist vor allem eine Revolution. Ein Zusammenstoß der Wirklichkeit mit der Idee. Diese Idee können nur Menschen realisieren, die von der Realität gezeichnet sind. Das Hirn eines Wissenschaftlers oder eines Heiligen kann die Revolution programmieren, aber durchführen müssen sie Millionen elender Sünder.

Ich Ich höre mit Vergnügen, daß auch zwanzig Jahre Parteiarbeit dich von literarischen Formulierungen nicht geheilt haben.

Wie einst folgte er auch jetzt konzentriert seinen Gedanken und ließ sich nicht stören:

Er Vielleicht können wir noch heute miteinander darin übereinstimmen, daß der Kapitalismus seine historische Rolle erfüllt hat und an seinen eigenen Plafond stößt.

Ich Warum vielleicht? Bestimmt!

Er Um so besser. Er hat die Stafette von den Kolonialisten übernommen, die mittelalterliche Ausbeutung durch die moderne ersetzt, und ebenso ist der Krieg sein Ausweg aus den zyklischen Krisen geblieben. Eines hat er jedoch gelernt: Er hat begriffen, daß brutale Gewalt seinen Untergang nur beschleunigt. Darum mußte auch er sein eigenes Kind – Hitler – auffressen. Und darum ist gerade das besiegte Deutschland zu einem Schaufenster der Waren und der Freiheiten geworden, für die Blicke der hungrigen Sieger bestimmt. Wir haben gewußt, daß das ein schändlicher Trick ist. Aber haben es alle gewußt? Auch Unwissen und Müdigkeit sind politische Faktoren. Sie stumpfen das Klassenbewußtsein ab und bringen einen verfrühten Liberalismus oder gar Anarchie hervor, also eigentlich bürgerliche Ressentiments, gegen die auch der Proletarier nicht gefeit ist, weil er nicht außerhalb von Zeit und Raum lebt. Die Berufung der leitenden Revolutionäre ist dadurch soviel schwieriger, weil sie auch für die Unwissenden die Verantwortung übernehmen müssen...

Ich Und manchmal sogar gegen sie...

Er Jawohl, weil das in ihrem eigensten Interesse geschieht. Durften wir wegen vollen Mägen und einer Fiktion der Demokratie die erkannte Wahrheit aufgeben? Durften wir eine Neuauflage der Ersten Republik riskieren, von den Schüssen auf Arbeiter über die Arbeitslosigkeit bis zu München? Durften wir im Namen eines relativen Lebensstandards und relativer demokratischer Traditionen die frisch geformte Gemeinschaft der osteuropäischen Völker verraten, die sich unmittelbar aus dem Feudalismus oder dem Faschismus heraus zum Sozialismus begaben? Gerade die Tatsache, daß die industriell und kulturell hochentwickelte Tschechoslowakei sich so spontan zur Revolution bekannte, hatte doch für ganz Europa eine maßgebende Bedeutung! Der Westen hat das augenblicklich begriffen. Er lähmte uns durch sein Embargo und umringte uns mit seiner Propaganda. Er erklärte uns den Kalten Krieg, der allerdings verdammt heiß war, weil er Diversion und Sabotage und brutalen Mord von Kommunisten mit einschloß. Hast du die vielen Toten schon vergessen? Es war der Westen, der uns zwang, den Eisernen Vorhang herunterzulassen! Das war für uns die einzige Möglichkeit, Raum, Ruhe und Zeit zu gewinnen. Daß damit gleichzeitig auch ein Klima entstand, in dem die Wachsamkeit in Mißtrauen und die Klassenjustiz manchmal in Willkür umschlug, ist zwar tragisch, aber nicht unsere Schuld. Solange die Revolution um ihre nackte Existenz kämpft, enthält sie immer den latenten Konflikt zwischen dem Gewissen und der Notwendigkeit. Willst du ein Beispiel? Denk an Romain Rollands »Wölfe«, eins deiner Lieblingsstücke! Ich bin selbstverständlich absolut dafür, daß man die Leute bestraft, die gefälschte Prozesse inszeniert oder die Macht für ihre egoistischen Interessen mißbraucht haben. Aber ich lehne das modische Flagellantentum ab, das in einer Welt der Vietnams und Biafras Hunderttausende ehrlicher Kommunisten in die Rolle von Angeklagten versetzt. Ich kann meine Fehler bedauern. Ich bin bereit, für sie zu zahlen. Aber es gibt nichts, wofür ich mich schämen müßte!

Ich wurde mir bewußt, wie wenig er sich verändert hatte. Trotz der ergrauten Schläfen und der schärferen Gesichtszüge sah er genauso aus wie vor dreiundzwanzig Jahren. Auch Monologe führte er noch. Er sprach allerdings leiser, ohne zu gestikulieren, als dächte er laut nach.

Auch sie beobachtete ihn. Merkwürdigerweise eher interessiert als ablehnend, wie ich es vermutet hätte. Er mußte bei Frauen immer noch Erfolg haben. Das alte Unrecht meldete sich.
– Ist es nicht schwer, gerade in dieser Stadt allein zu leben? Oder hat die Partei aus dir einen Ordensbruder gemacht?

Er war überrascht. Aber dann lachte er zum ersten Mal. Fast jungenhaft.
– Eben jetzt fängt es an, schwer zu sein. Wenn ich sehe, daß es schöne Frauen gibt, die es trotzdem freut, solchen Ausführungen zuzuhören!
– Sind die Nachrichten noch nicht an? fragte sie abrupt.

Als hätte sie Angst, daß ich sie vor ihm herabsetzen könnte. Doch die Uhr stand wirklich genau auf sieben. Der italienische Ansager las das TASS-Kommuniqué. Er übersetzte es für uns, soweit er folgen konnte.

»Die Partei- und Staatsfunktionäre der ČSSR haben sich an die Sowjetunion und die übrigen Bruderländer mit der dringenden Bitte um militärische Hilfe gegen die Konterrevolution gewandt.«

Erklärung des Präsidiums des ZK der KPČ:

»Dies geschah ohne Wissen des Präsidenten und des Präsidiums der Partei, der Regierung und der Nationalversammlung. Dieser Akt steht im Widerspruch nicht nur zu den Grundnormen des Völkerrechts, sondern auch zu den Prinzipien der Beziehungen zwischen den sozialistischen Ländern.«

Eine Filmreportage. Aufnahme aus dem fahrenden Auto. Ich fahre den Wenzelsplatz hoch. Ein Slalom zwischen Menschen und Panzern hindurch. Woran erinnert mich das? Ich will verlangsamen, aber die Bremse gehorcht mir nicht. Die berühmte dunkle Fassade ist weiß gesprenkelt. Bildstörung? Das Gebäude weicht nach rechts aus. Ich fühle die Machtlosigkeit des Droschkengauls, der verurteilt ist, nur nach vorn zu schauen. Er übersetzt:
– Das Nationalmuseum war Ziel einer kurzen konzentrierten Beschießung.

Ich höre ihr entsetztes Warum...?

Doch ich weiß es schon. Diese Salve ging vorzeitig los. Sie war für ein anderes Ziel bestimmt. Ich nähere mich ihm durch die Mündung der Weinberger Straße. Sie hat ihren unschuldigen traditionellen Namen wiedererhalten, nachdem sie ein nur wenig dauerhaftes Denkmal von drei Regimen war. Foch-Straße. Schwerin-Straße. Stalin-Straße. Für die Prager – Straße dreier Marschälle. Jetzt haben fünf weitere gleichzeitig ihre Visitenkarten hiergelassen.

Ein umgestürzter Autobus mit erblindeten Fenstern, einsame und vergebliche Barrikade. Vor dem vertrauten Gebäude mit der Aufschrift TSCHECHOSLOWAKISCHER RUNDFUNK brennt ein Panzer. Und im Torweg des gegenüberliegenden Hauses liegen stumme Körper, zugedeckt mit der Fahne.

Wieder! Um Gottes willen, ist es denn möglich, daß die Geschichte sich auf so absurde Weise wiederholt??

– Und das ist die Strafe, sage ich. Das ist die Strafe!

Er wandte sich zu mir um.

– Dazu wär's nicht gekommen, ohne euch.

---

29. Februar 1968 *Praha*
(aus dem Tagebuch des Schriftstellers PK)

Frühmorgens auf dem Vyšehrad-Friedhof. Dieses Jahr fehlt er mir doppelt. Wer hat das Glück, den eigenen Vater zum Freund zu haben… Oder bin ich dadurch im Gegenteil um meinen wichtigsten Opponenten gebracht?

Ich weiß es nicht. Ich stelle mir vor, mit welcher Erregung er diesen Winter erlebt hätte. Jedenfalls würde er heute abend mit allem Pomp seinen neunzehnten Geburtstag feiern!

Welch ein Glück, daß der diesjährige Februar einen Tag mehr hat. Komisch: Voriges Jahr um diese Zeit flossen ganze lange Wochen, die sich ins Leben des Landes ungefähr wie ins Gedächtnis überwinternder Hummeln eingeschrieben haben.

Wenn wir uns nur nicht einmal nach ihnen zurücksehnen!

Die ersten öffentlich vorgebrachten Überlegungen über das Januarplenum finden stürmischen Widerhall. Vor allem das Fernseh-Interview Professor Goldstückers, der den Terminus »aufgeklärter Sozialismus« gebrauchte.

In Prag zirkuliert ein vervielfältigter Brief, unterschrieben von fünf alten Parteimitgliedern mit einem gewissen Genossen Josef Jodas an der Spitze.

Vierzehn dicht beschriebene Seiten: ein wahres Requiem für Antonín Novotný, der »nunmehr der einzige geblieben ist, der das Erbe der Gottwaldschen Parteiführung verteidigt, gegen die Reaktion kämpft und für eine bedingungslose Orientierung nach der Sowjetunion eintritt«. Schon der Sekretär für ideologische Fragen, Jiři Hendrych, genannt Der Zweite, der noch im Sommer den Schriftstellerkongreß so hart manipulierte, wird in dem Werk als »Mann mit zwei Gesichtern« charakterisiert, der »in der Ideologie die Toleranz vom Kommunistischen Manifest bis zu Mein Kampf deklariert hat«. Mit ihm angefangen, werden die ZK-Mitglieder einer nach dem andern persönlich des »ideologischen Marasmus« beschuldigt.

»Worum ging es eigentlich auf der Dezember- und Januartagung des ZK? Der Gestank ist an die Oberfläche gestiegen. Es ist die sogenannte Theorie der Elite. Jeder von uns erinnert sich, daß für einen Kommunisten das, was Elite genannt wurde, immer lächerlich und verächtlich war. Das waren die Preiß, die Petschek, Baťa, Beran, Göring, Himmler, Heydrich und ähnliche Ganoven. Zu dieser Elite bekennt sich nun lautstark eine Gruppe der Intelligenz. An ihrer Spitze stehen einige Schriftsteller, Redakteure und Professoren. Ihre Theorie ist die folgende: Es gibt eine Elite der Macht und eine Elite des Einflusses. Die Kommunistische Partei ist eine Elite der Macht, aber sie hat keinen Einfluß. Die Schriftsteller, Journalisten und Künstler sind eine Elite des Einflusses, aber haben keine Macht. Und eben am 5. Januar ging es im ZK darum, daß die Elite des Einflusses, d. h. unsere Bourgeoisie und Neobourgeoisie, auch die Macht haben soll. Damit unsere Reaktion nicht nur eine Elite des Einflusses, sondern auch eine Elite der Macht wird, muß sie die Partei beherrschen. Und das ist ihr mit Hilfe der ZK-Sekretäre gegen den Genossen Novotný gelungen. Das ist das Resultat der Tagung und kein anderes!«

Mit zunehmender Seitenzahl wird die Argumentation immer subtiler:

»Dieser ganze Zeitabschnitt wird von den Schriftstellern,

Dichtern und Künstlern beherrscht, die sich in den Perversitäten des Westens und des Hitlerfaschismus bespiegeln. Schließlich haben sie das auch bewiesen, indem sie an die Spitze des Verbandes tschechoslowakischer Schriftsteller den Germanisten Eduard Goldstücker stellten, dessen Herz und Seele in Westdeutschland weilen...«

»Smrkovský und Hübl haben in der Gewerkschaftszeitung Práce zwei Beiträge publiziert, von denen besonders derjenige Hübls von Gemeinheiten strotzt, deren nur ein Professor fähig ist...«

Durch das Dokument defilieren Dutzende Namen von Politikern, Ökonomen, Philosophen, Publizisten, Künstlern. Sie werden der Öffentlichkeit mit ständig gesteigerten Epitheta vorgestellt: Provokateur, Liquidator, Pseudointelligenzler, Gauner, Komplize. Und hinter all dem klingt aus der Wahl der Namen und des Wortapparates deutlich eine Anklage, die unmittelbar aus dem Mausoleum der fünfziger Jahre stammt: Zionisten.

Fast gleichzeitig ist jedoch aus der Sicherheitsabteilung der Partei die graue Eminenz Genosse Mamula ausgeschieden, den General Prchlík ablöst, ein aufrichtiger Mann und mein Kommandant aus den Manövern von 1954.

Man kann nicht gerade sagen, daß die tschechoslowakische Bevölkerung vor Langeweile stirbt.

Zum zwanzigsten Jahrestag der Februarereignisse halten auf dem Altstädter Ring zwei Redner vor der Volksmiliz die Festansprache: Antonín Novotný und Alexander Dubček.

Jeder kann wählen...

Den glorreichen Februar vor zwanzig Jahren habe ich im Glauben miterlebt, daß uns ein reaktionärer Putsch droht, und mit den besten Vorsätzen, früher oder später Führer der revolutionären Bewegung zu werden.

Eben jetzt, nach genau zwanzig Jahren, wurde ich mit der ersten Parteifunktion geehrt. Man hat mich zum Vorsitzenden einer Basisorganisation gewählt.

Ein etwas außerordentliches Ereignis ist das allerdings durch zwei Tatsachen: daß es sich um die Parteiorganisation des Schriftstellerverbands handelt und daß ich vorgeschlagen und gewählt wurde, obwohl die »Rüge mit Verwarnung« immer noch andauert, die mir vor knapp einem halben Jahr das ZK der Partei wegen des Schriftstellerkongresses erteilt hat.

Die Zeitungsnotiz über meine Wahl löste augenblicklich Reaktionen aus. Schon gestern nachmittag erhielt ich mit der Post einen Brief ohne Absender, der im Jodasviertel Prag 8 aufgegeben war.

Ein gewisser Genosse Morávek teilt mir darin im Namen der Arbeiterklasse mit, daß ich Zionist und Revisionist in einer Person bin. Der Genosse Morávek hat gute Nachrichten, ich sei zudem auch ein Agent des internationalen Imperialismus. Nachdem die von mir bezahlten Kreaturen den Putsch im ZK der Partei durchgeführt hätten, würde ich in Bälde Weisung erteilen, den Anschluß an Westdeutschland zu vollziehen.

Der Genosse Morávek erklärt, daß er das jedoch zusammen mit der Arbeiterklasse rechtzeitig verhindern wird, und versichert abschließend, die Laterne sei für mich schon ausgewählt.

Aber auch die Gegenseite ist nach langen Jahren zu erfreulicher Aktivität erwacht:

Heute, zwei Stunden nach Mitternacht, hat mich ein gewisser Herr Novák, wie er sich vorstellte, angerufen und sagte ungeduldig:

– Also wo willst du hängen, du rote Sau?

Ich überlegte. Dann antwortete ich ihm wahrheitsgemäß, daß ich eigentlich überhaupt nicht hängen will.

Er lachte hämisch und sagte, daß meine Meinung vielleicht zu Novotnýs Zeiten etwas bedeutet habe, aber jetzt, wenn die Freiheit einmal ausbreche, würde sich niemand mit mir unterhalten.

Inzwischen wachte ich völlig auf und fragte ihn, warum er von mir derartige Nebensächlichkeiten wissen will.

Er begann mich zu verfluchen und riet mir, nicht zu glauben, daß irgendein Trick mit Dubček uns vor einem neuen Budapest rettet. Er, Herr Novák, ist beauftragt, sich um mich zu kümmern.

Ich fragte höflich an, ob ich hinunterkommen soll oder ob er sich in meine Wohnung bemühen will.

Darauf eröffnete er mir, daß mir die Zoterei bald vergehen wird, und hängte ein, ohne sich zu verabschieden.

Nein, man kann sicherlich nicht sagen, daß das politische Geschehen in unserem Vaterland uninteressant ist. Meine persönliche Situation ist allerdings ziemlich kompliziert.

Denn sowohl Herr Novák als auch der Genosse Morávek sind offensichtlich vom gleichen Maß edler Beweggründe durchdrungen. So stellt sich mir die Frage, welchem von beiden ich den Vorrang geben soll.

Ich stelle mir vor, wie die Sache ablaufen wird, wenn zufälligerweise beide zur selben Zeit eintreffen. Der Genosse Morávek hat versprochen, mit der Arbeiterklasse zu kommen, aber auch Herr Novák hat nicht ausdrücklich gesagt, daß er mich allein besuchen will.

Vor meinem Haus werden einander wahrscheinlich zwei Menschenhaufen begegnen.

Wenn man mich fragt, muß ich selbstverständlich wahrheitsgemäß sagen, daß der Genosse Morávek sich als erster angemeldet hat. Dann kommt es nur noch darauf an, ob Herr Novák das anerkennt.

Schwieriger wird die Sache, wenn mich niemand fragt. In diesem Fall müssen beide Seiten ihre Argumente darlegen.

Herr Novák reklamiert seinen Anspruch auf mich mit der Beschuldigung, daß ich in meinen Werken die Partei glorifiziert habe.

Der Genosse Morávek wird seinen Vorrang damit begründen, daß ich in meinen Werken die Partei in den Schmutz gezerrt habe.

Herr Novák wird anführen, daß ich dem Zentralkomitee des Kommunistischen Jugendverbandes angehört habe.

Der Genosse Morávek wird einwenden, daß ich dem Zentralkomitee des antikommunistischen Schriftstellerverbandes angehöre.

Herr Novák wird erklären, daß ich mich an Moskau verkauft habe.

Der Genosse Morávek wird erklären, daß ich mich an den Westen verkauft habe.

Herr Novák wird ausrufen, daß ich die Demokratie verraten habe.

Der Genosse Morávek wird ausrufen, daß ich die Revolution verraten habe.

Herr Novák wird böse.

Der Genosse Morávek wird gleichfalls böse.

Beide Haufen beginnen drohend zu murmeln. Eine allgemeine Schlägerei wird sich abzeichnen.

Dann kommt mein großer Augenblick!

Ich rufe ihnen aus dem Fenster zu, ich sei Jude.

Im selben Moment sind beide Parteien handelseins, und meine Aufknüpfung verläuft ohne weitere Schwierigkeiten in lustiger, tatkräftiger Zusammenarbeit aller.

Das beste daran wird sein, daß ich überhaupt kein Jude bin.

Doch das sage ich ihnen nicht. Ich werde mit dem herzerquikkenden Gefühl das Zeitliche segnen, daß ich mich um die Einheit beider extremen Flügel unserer Gesellschaft verdient gemacht habe.

Zum Glück hat sich das Interesse unserer Gesellschaft ganz anderen Dingen zugewandt: der Winterolympiade in Grenoble, wo sich die tschechische und sowjetische Eishockeymannschaft begegneten. In der letzten Minute des Kampfes, als die ČSSR mit 5:4 führte, ging die sowjetische Mannschaft zum power-play über. Die Unsern vollbrachten wahre Wundertaten und haben nach 10 Jahren und 20 Niederlagen endlich gesiegt. Vor Freude hat sich die Bevölkerung betrunken. Als ich die Flasche entkorkte, drückte ich mein Erstaunen darüber aus, daß Z. die letzte Phase des Kampfes ohne sichtbare Aufregung überlebt hat.

– Vielleicht ist es Gewohnheit, sagte sie. Du hast wohl nicht gemerkt, daß sie mit uns schon seit 20 Jahren power-play spielen.

---

26. V. 46 Praha

An dem Tag, da wir gemeinsam Robek begruben, an dem Abend, als die Verdunklung aufgehoben wurde und wir vom Letná-Hügel zusahen, wie nach sechs Jahren das befreite Prag die Lichter anzündete, in jener Nacht, da uns der sowjetische Kommandeur zum Lagerfeuer einlud, den Wodka zu kosten – tranken wir einander zu, auf Bruderschaft.

CCCP

Das ist heute 375 Tage her.

So lange bist Du für mich ein echter Bruder gewesen. Wir waren füreinander die ersten Leser unserer Gedichte. Gemeinsam lasen wir zum ersten Mal Fučíks »Reportage am Strang geschrieben«, laut, um sie uns ins Gedächtnis einzuprägen. Gemeinsam suchten wir die Quelle der Kraft, die ihn auch auf dem Schafott nicht verlassen hatte, so wie sie die müden Soldaten stärkte, die in der letzten Kriegsstunde zu uns sterben kamen. Wir fanden diese Quelle dort, wo Robert sie zu suchen begonnen hatte, als er im Winter mit dem »Ursprung der Familie« von Engels bei uns erschienen war.

Und weil uns beiden die dumme Volljährigkeit gefehlt hat, gründeten wir unsere eigene kommunistische Partei. Wir waren vier Mitglieder: Stalin, Fučik und wir beide.

Gemeinsam kamen wir mit dem fünfzackigen Stern am Rockaufschlag in die Schule und endeten wie die ersten Christen in Rom. Die Herren Professoren aus unserem gutbürgerlichen Stadtviertel prüften uns zweimal täglich, aber wir schufteten bis in die Nacht wie Pferde, so daß jeder schließlich Primus seiner Klasse war. Und eine Menge von Buben fingen an, Marx zu lesen.

Gemeinsam fuhren wir an Samstagen anstatt zum Fluß auf Nachtschicht in die Gruben von Kladno. Gemeinsam überwanden wir die Furcht vor niedrigen Flözen und dem eingerissenen Hangenden, gemeinsam platzten wir vor Stolz, wenn uns dann am Morgen wirkliche Proletarier zu Salzhering und Bier einluden. Einmal haben wir sogar Slávek dafür gewonnen, so daß wir dann bei der Eßpause auf der Sohle im Sprechchor Nezval und Blok rezitieren konnten.

Wir waren auch zusammen an dem Novembertag, als die Rote Armee aus Böhmen abzog. Wir standen auf dem St.-Wenzels-Denkmal, um besser unter die Zeltplanen der Lastautos sehen zu können. Von da sahen wir auch die Gesichter, die sich an die Fenster der Cafés, Konzerne und Banken preßten. Und wir lasen in ihnen die Hoffnung, daß nun endlich ihr Augenblick komme.

Gemeinsam meldeten wir uns im Zentralsekretariat der Partei. Sie konnten uns keinen Mitgliedsausweis geben, aber sie gaben uns wenigstens eine Aufgabe. Während unsere Mitglieder auf den Spielplatz oder ins Kino gingen, nahmen wir beide jeden Tag unseren Kampf um die Welt auf. Die siegreichen Alliierten richteten in Nürnberg die Nazimörder, aber in Griechenland starben wieder Kommunisten. In unseren Zeitungen detonierten die ersten Vorwahl-Propagandabomben. Die Rechte machte kein Geheimnis mehr daraus, daß sie nach ihrem Sieg die Nationalisierung rückgängig machen und das Rad der Geschichte in den Weg vor München zurückstoßen wollte. Wir waren über siebzehn und hatten unsere Lieben – Du viele, ich eine –, und doch schrieben wir statt lyrischer Strophen Agitationsblätter und kämpferische Parolen. Ich schrieb sie auch für sie, weil ich wollte, daß unsere Kinder einmal in einer Welt ohne Not und Elend aufwüchsen.

Wir waren gemeinsam glücklich, als wir unsere eigenen Reime, noch duftend von Druckerschwärze, eigenhändig unter die Plakate WÄHLT 1 anklebten.

Wir waren noch heute morgen zusammen, als wir aufgeregt von Wahllokal zu Wahllokal gingen, obwohl uns der Zutritt verboten war. Denn das war unsere Schlacht, und wir versuchten, aus Kleidung und Gesichtsausdruck zu erraten, wer für die Revolution ist und wer dagegen stimmen wird.

Es ist längst nach Mitternacht, in der Küche klirren Gläser, ich höre Mutter lachen und die Stimmen von Vaters Freunden.

Die Schlacht ist entschieden. Die Linke hat gesiegt. In geheimen, freien Wahlen haben allein die Kommunisten 38% erhalten. Gottwald wird die Regierung zusammenstellen.

Und mir ist zum Heulen.

Immer wieder lese ich den von ihr geschriebenen Zettel, den Du im »Cyrano« vergessen hast, als Du mir ihn heute endlich zurückgabst.

»Warum läßt Du so lang nichts von Dir hören. Schon wieder seinetwegen? Du weißt doch, daß er für mich nichts anderes war und ist als ein Kamerad. Ich rede mit ihm, weil er mir von Dir erzählt. Er tut mir leid, aber wenn Du es willst, sehe ich ihn nicht mehr wieder. Heute ist der 5. Mai, genau ein Jahr, nachdem Du in der Nacht unter meinem Fenster gepfiffen hast. Ringsum war der Tod, aber Du hast mich leben gelehrt. Also quäl mich nicht, mon petit Pierre! A.«

Auch jene Nacht waren wir eigentlich zusammen. Nur daß ich wegging. Weil ich sie liebte! Du wußtest es am besten. Und doch bist Du bei ihr geblieben.

Du hast mit mir sogar Bruderschaft getrunken und mich dann 375 Tage angelogen. Auch sie hast Du es gelehrt.

Mir ist übel davon. Ich kann nicht zur Hälfte leben. Ich habe mich ganz gegeben, und darum weiß ich: nie mehr im Leben werde ich lieben.

Und ich will nie mehr einen Bruder haben!

Entreißt mir nur den Lorbeer und die Rosen!

Mir bleibt ein Gut, trotz aller Stürme Tosen.

Ich werde mich weder von der Brücke stürzen noch Pillen schlucken. Ich will für die leben, die leiden, mit denen sein, die kämpfen. Ich träume nicht von Amt und Würden. Auch nicht von Dichterlorbeeren.

Ich will Kommunist sein.

Einfacher Soldat der Armee, die heute auch bei uns aufmarschiert ist, um der Welt Frieden und Gerechtigkeit zu geben, um sie nicht nur von Hunger und Furcht, sondern auch von Gemeinheit und Lüge zu befreien.

Den Bruder habe ich verloren. Ich werde Genossen haben.

Die kennen keinen Verrat.

Ich hoffe sehr, daß Du selbst begreifst, warum Du unter ihnen keinen Platz hast. Die kommunistische Revolution braucht vor allem Moral. Die neue Epoche kann nur von neuen Menschen erkämpft werden.

Nun denn, leb wohl. Unsere Wege trennen sich unwiderruflich und für immer.

Liebet einander und mehret euch.

Und ich?

Noch einmal Cyrano:

Zwei Tote trage ich zu Grabe: Glück und Freund!

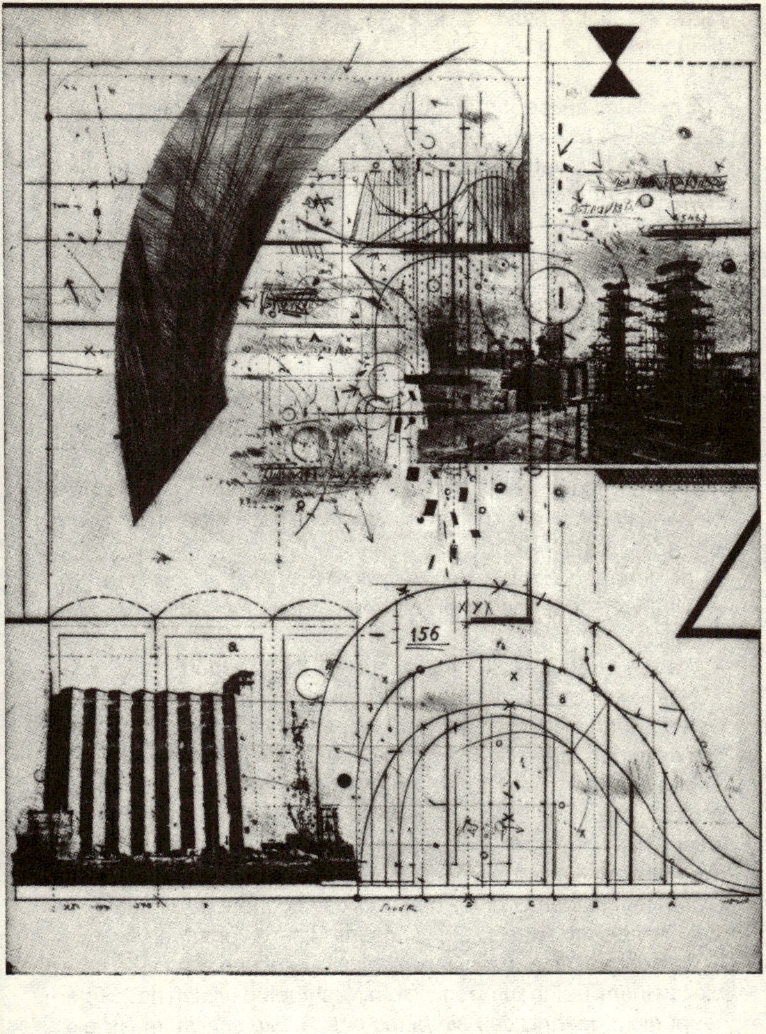
156

Er bot uns an, bei ihm zu übernachten. Ich lehnte höflich ab. Der Satz, den er eben ausgesprochen hatte, war ein Schlag unter die Gürtellinie. Ich hatte keine Lust, das Gespräch fortzusetzen. Und ich wollte ihm für nichts dankbar sein.

Er zuckte die Achseln und wandte sich zu ihr.

– Dann rufe ich wenigstens ein kleines Hotel an. Es liegt in der Nähe der Botschaft, und Tschechen haben dort Rabatt.

– Seien Sie so nett! sagte sie mit einem Lächeln.

Als ich mich ans Steuer setzte, fragte er:

– Was hast du vor?

– Den Papst besuchen, antwortete ich. Nur er kann mir die Absolution dafür erteilen, daß ich die nationale Tragödie verschuldet habe.

Ich war müde, schlechter Laune, und das System unbekannter Einbahnstraßen verwirrte mich. Als wir ein paar Minuten umherirrten, sagte sie:

– Ich verstehe nicht, warum wir nicht dort bleiben konnten.

– Ich dachte, daß es dir gerade heute noch unangenehmer wäre als mir.

– Warum? fragte sie. Ich habe euch nicht zugehört.

Das Hotel, das Tschechen Vergünstigungen gewährte, war ein tristes Zeugnis unserer Devisenlage. Obwohl es im Zentrum lag, gab es in den Zimmern weder Telephon noch fließendes Wasser. Neben eisernen Betten und einem alten Schrank stand hier ein Waschbecken aus Blech. Ich stellte mir in diesem verkrachten Interieur Menschen vor, die in ganz Europa bekannt sind, und ich wurde traurig. Gleich morgen früh würden wir übersiedeln. Ich warf in der Regel einen Großteil meiner Auslandshonorare in gute Hotels, weil es mir widerstrebte, unsere Misere vorzuführen.

Obwohl sie die ganzen Jahre nackt schlief und es hier heiß war wie in einem Treibhaus, zog sie ein Nachthemd an. Ich hatte überhaupt nicht geahnt, daß sie eines besaß. Sie schlief im Nu ein.

Ich ging zum Portier hinunter, um ein Gespräch mit Prag zu bestellen.

– Da können Sie die ganze Nacht warten, wenn Sie es überhaupt bekommen! sagte der Portier nach dem dritten Versuch in miserablem Englisch.

Der Wunsch, die Meinen zu hören, war stärker als das Schlafbedürfnis. Ich zog mein schweißdurchtränktes Hemd aus, legte mich in den Hosen aufs Bett und schaltete das Autoradio ein. Durch die schmalen Engpässe zwischen den italienischen Sendern rangen sich tschechische Laute zu mir durch und flossen immer wieder weg. Eine von den Stimmen mit einem fremdländischen Akzent, der an den Ohren riß, las monoton einen endlosen Artikel der Moskauer »Prawda«: »Die Verteidigung des Sozialismus als höchste internationale Pflicht.«

Es war eine unheimliche Sammlung gefälschter Beweise und verzerrter Zitate. Sie sollte die europäische Linke offenbar davon überzeugen, daß das brüderliche Eingreifen einen konterrevolutionären Putsch fünf Minuten vor zwölf verhindert habe. Als Argument dienten auch die Lügen heimischer Provenienz, deren Autoren von der Dubček-Führung ihrer langjährigen Parteizugehörigkeit wegen nie öffentlich verurteilt worden waren. Dank dieser politischen Naivität flogen die Lügen jetzt wie Bumerangs auf uns zurück.

»Der alte Kommunist Jodas sagte schon im Frühjahr, daß eine gewisse reaktionäre Gruppe innerhalb der Partei, die gut durchorganisiert ist und sämtliche Massenmedien beherrscht, in Fernsehen, Funk und Presse niederträchtig die Partei attackiert. Diese Gruppe, in der verschiedene reaktionäre Elemente aktiv mitwirken, führt schon seit fünf Monaten diese Kampagne, was unausweichlich mit der Vernichtung der Einheit der Partei enden wird.«

Ich drehte den Knopf weiter. Eine mir irgendwie bekannte Stimme las eine Regierungserklärung an die gesamte Bevölkerung der Tschechoslowakei:

»So ist es zum ersten Mal in der Geschichte der internationalen kommunistischen Bewegung zu einem Aggressionsakt gekommen, begangen von den verbündeten Armeen sozialistischer Länder gegen einen Staat, der von einer kommunistischen Partei geführt wird.«

Der Sinn des Textes entging mir mehr und mehr. Die Stimme

faszinierte mich. Sie mußte jemandem gehören, den ich sehr gut kannte. Ich schloß die Augen und sah gleich sein Gesicht vor mir.

Wenn ich den Sender Prag noch dort in der Botschaftswohnung eingestellt hätte, wären wir alle drei zusammen gewesen. Drei Musketiere nach zwanzig Jahren.

Es ging auf Mitternacht. Der Empfang besserte sich, aber die Stimme wurde durch ein merkwürdiges Knistern beeinträchtigt, das gar nicht an eine atmosphärische Störung erinnerte. Erst nach einer Weile merkte ich erstarrt, daß es sich um Feuerstöße aus Schußwaffen handelte. Trotz der tropischen Hitze erschauerte ich.

Wo spricht er? Sind sie vielleicht wieder in die Hus-Kirche übersiedelt? Woran mag er in den Pausen zwischen den Nachrichten denken, in dem provisorischen Ansageraum, durch dessen Wände das Knattern der MP-Garben dringt? An die sechs verlorenen Jahre im Untergrund des Uranbergwerkes? Wie konnte er sie überhaupt überleben?

Als wir ihn damals nach dem Krieg zu einer einzigen Nachtschicht in die Grube mitschleppten, hatte er solche Angst, daß er kreidebleich war. Was fürchtet er heute?

Seine Stimme klang jedoch ernst und ruhig.

»Mitbürger und Mitbürgerinnen, noch ist es in unserer Macht, das große Werk einer Erneuerung des Sozialismus, das wir im Januar begonnen haben, zu vollenden. Wendet gegen die Okkupanten keine Gewalt an, laßt euch nicht von jenen Kräften provozieren, die sich Beweise dafür verschaffen wollen, daß die Intervention berechtigt war. Wir machen schwere Stunden durch. Tun wir alles, um daraus mit erhobenem Kopf und geradem Rückgrat hervorzugehen!«

Aus den Nachrichten ergab sich die erschütternde Bilanz der letzten vierundzwanzig Stunden. Dubček, Smrkovský, Černík, Kriegel und weitere – vermißt. Der Präsident auf dem Hradschin isoliert. Die Republik war in diesem Augenblick ein unbewachtes Pulverfaß, das jeder zur Explosion bringen konnte. Von all den Stimmen, die das verhindern konnten, war eine einzige übrig.

Seine.

Es war geradezu phantastisch, daß er, der zehn gute Gründe hatte, sich zu Hause einzuschließen und abzuwarten, wie das alles enden würde, in der heutigen Nacht diese schwere und riskante Wacht an der nationalen Goldreserve der Vernunft und des Gewissens hielt.

Tausend Kilometer von ihm entfernt, hinter drei Staatsgrenzen, zu einer machtlosen Sicherheit verurteilt, beschloß ich, sie mit ihm zu halten...

Der Pförtner weckte mich. Er hielt es für seine Pflicht, mir um sechs Uhr früh mitzuteilen, daß Prag sich nicht gemeldet habe. Auch die Prager Welle wurde schon von der Morgendämmerung ausgelöscht. – Komm, sagte ich zu ihr, wir müssen etwas unternehmen, sonst werden wir noch wahnsinnig.

Wir versuchten, die Ferien fortzusetzen. Sie endeten wieder, als wir auf den Steinfliesen der Vatikanbasilika, wo die Längenmaße der Kathedralen der ganzen Welt verzeichnet sind, die des St.-Veits-Doms entdeckten.

Ich schloß die Augen. Wandte mich um. Ich ging im Gedächtnis die zweihundert Schritte zurück durch die Kirchentür, über den Burghof, zum Matthias-Tor. Auf dem Hradschin-Platz, im liebenswerten Geviert der Barock- und Rokokoportale, stand eine Kette stählerner Ungeheuer. Die Kanonenläufe zielten auf die Fenster meiner Wohnung. Gegen den Hintergrund der blauen Decke, die mich seit meiner Kindheit als ein kleiner Privathimmel begleitet, strahlte zart der rosig-weiße Fayencelüster aus Karlsbad. Dann ein Donnerschlag.

In der Wölbung von San Pietro verhallte kreisend ein Glockenton. Sie kniete neben mir auf der Längenmarke des St.-Veits-Doms und betete demuts- und hingebungsvoll, wie es jemand tut, der nach Jahren in der Angst seinen vergessenen Gott sucht.

Noch ein Versuch, der Gegenwart gegen die Zeit zu entgehen. Vielleicht wird uns wenigstens für ein paar Minuten das Kolosseum herausreißen, dieser zweitausendjährige titanische Zweikampf von Menschenwerk mit der Sonnenglut! Nein... Ich hatte ganz einfach eine hoffnungslos andere Optik. Ich sah es nur als ein deprimierendes Denkmal der Relativität und Vergänglichkeit. Um Gottes willen, wenn das große Rom untergegangen ist, welche Chance haben wir denn überhaupt gehabt?

Im antiken Inneren, an dessen feuchten Quadern noch der Todesschweiß von Menschen und Raubtieren zu haften schien, war eine scheußliche Bar mit Eisschrank, aber auch Kühle, gekühltes Coca-Cola, und vor allem gab es Zeitungen in einer verständlichen Sprache. Alle widmeten der Tschechoslowakei mehrere Seiten. Ab und zu übersetzte ich ihr daraus. Unsere Depression vertiefte sich: Erst Einzelheiten, selbst die banalsten, bewirken eine Tiefenreaktion und lähmen.

Ein Bus führte uns zurück, dem Tiber entlang. Die Ewige Stadt lief jedoch schon zum zweiten Mal an den Fenstern vorbei – ein uninteressanter, bis zum Überfluß vorgeführter Film ohne Ton und Titel.

Völlig automatisch kamen wir wieder zur Botschaft. Wir mußten unter den Unseren sein, die bekannte Sprache hören. Es war der uralte Atavismus: Verzweiflung und Hoffnung mit dem Stamm zu teilen.

Die ständige Spannung und Unsicherheit hatte dem Haufen deutliche Spuren eingeprägt. Die Frauen hatten ungeordnetes Haar, den Männern wuchsen Stoppeln. Der rehabilitierte Offizier aus Bratislava sah über Nacht wie ein Greis aus.

Man machte eben auf. Wir zwei zwängten uns ins Vestibül, zum Ansatz einer mächtigen Freitreppe, und setzten uns auf die unterste Stufe. Ein Beamter hielt eine Ansprache. Die Behörde hatte offenbar panische Angst, daß sich diese ganze Horde der Botschaft an den Hals klammere. Daraus erwuchs die Tonart der Ansprache. Die Okkupation wurde darin ein kleiner Familienstreit.

– Warum können Sie nicht zurück? rief er optimistisch. Was kann Ihnen denn passieren? Sie waren doch ganz einfach auf Urlaub! Wovor haben Sie Angst? Wer von Ihnen hat sich denn schon politisch engagiert?

Da erblickte er mich und wurde plötzlich nüchterner.

– Natürlich muß das jeder individuell bedenken ...!

Touristen umringten uns.

– Was werden Sie machen??

Eine so einfache, so grundlegende Frage. Wieso hatte ich sie mir bisher nicht gestellt? Was suche ich eigentlich in Rom? Jetzt hätte ich schon an der Grenze sein können! Warum bin ich nicht geradewegs aus Perugia dorthin gefahren? Ich war total verwirrt. Trotzdem antwortete ich mit Bestimmtheit:

– Ich will nach Hause.

Ich sah, wie sie erleichtert aufatmeten. Auch ich atmete auf. Ich wußte zwar noch nicht, ob ich konnte, aber ich wußte wenigstens schon, daß ich mußte. Ich hatte keine andere Wahl. Es gibt Situationen, in denen der Schriftsteller nur einer der Schauspieler des nationalen Schicksals ist. Sicher in Böhmen. Leider auch ich. Inmitten des Stücks die Rolle zu wechseln, damit würde man das Publikum verraten und das Gesicht für immer verlieren.

Sie reagierten spontan.

– Das wollen wir alle. Aber kommen wir hinein?

Es folgte ein langer Streit zwischen Begeisterten und Skeptikern. Die Begeisterten schlugen vor: gemeinsam zu fahren; die Wagen in Österreich zu lassen und zu Fuß die Grenze zu überschreiten; zunächst eine Delegation voranzuschicken; das Schweizerische Rote Kreuz um Geleit zu bitten; die Donau in Booten zu überqueren und unsere Grenzsoldaten zu ersuchen, uns passieren zu lassen.

Der Mann, der diesen letzten Vorschlag machte, war natürlich ein Mährer. Er begleitete uns dann noch mit seiner Familie zum Hotel. Er, seine Frau und seine Tochter hatten Bademäntel an. Das Mädchen trug eine irrsinnig lange Pappschachtel im Arm. Auch hier, im tolerant denkenden Rom, wirkten sie exzentrisch. Wir standen endlos lang vor dem Hotel, und er forderte ständig Unterstützung für seine Gedanken.

Ich sah ihr an, daß sie müde war. Höflich fragte ich:

– Wo steht Ihr Wagen?

Man hatte ihnen den Wagen gestern in Venedig mit allen Sachen gestohlen, als sie gerade badeten. Nur die Bademäntel waren ihnen geblieben, und eine riesengroße Gondel, die sie kurz zuvor als Souvenir gekauft hatten. Als sie in völliger Verzweiflung bei der Polizei anlangten, erfuhren sie, daß ihnen außer dem Wagen auch noch ihr Vaterland verlorengegangen war. Der zweite Schicksalsschlag übertraf offenbar den ersten. Als ich fragte, wie sie jetzt nach Hause kämen, antwortete er:

– Mein Gott, die Unseren müssen uns doch hineinlassen!

Die angebotene Hilfe lehnten sie ab. Es zeigte sich, daß sie das Zimmer über uns bewohnten. Die Botschaft war anscheinend doch aus ihrer Ohnmacht erwacht.

Als ich in der Hotelrezeption den Schlüssel entgegennahm, erhielt ich auch einen Brief.

»Es tut mir leid, ich wollte Dich nicht beleidigen. Ich hätte schrecklich gern mit Dir gesprochen. Wir verhandeln mit der italienischen Partei. Ich komme kurz nach Mittag zu Euch hinüber. Bleib inzwischen unbedingt da, die Sowjets sind an den Grenzen. Schönen Gruß an Dein prächtiges Weibsbild!«

Sie las es über meine Schulter hinweg.

– Geh dich hinlegen, sagte ich, ich nehme draußen einen Kaffee.

Sie legte den Schlüssel auf das Pult.

– Eigentlich habe ich Hunger. Ich geh mit dir.

Ich war zu abgestumpft, um das kommentieren zu können. Als ich mich umwenden wollte, fiel mein Blick auf einen Brief, der irgendwo in der Ecke des Concierge-Pultes hingeworfen war. Ein mir bekannter Vogel war auf den Umschlag geprägt. Ich versuchte ihn zu identifizieren und sah mit Erstaunen, daß neben ihm mein Name stand.

Ich warf das dem Concierge vor, aber er sagte, bei ihnen sei noch nie etwas verlorengegangen, der Beweis dafür sei, daß ich meinen Brief in der Hand halte.

Ich zog es vor, den Umschlag zu zerreißen. Der Vogel war ein Adler – von jener Gattung, die nur noch in Amerika vorkommt, und auch dort nur auf dem US-Staatswappen.

»Dear Sir«, schrieb der Kulturattaché, »soeben haben wir für Sie eine Depesche von der State University of Iowa/State Iowa erhalten. Dank der liebenswürdigen Vermittlung Ihrer Botschaft sind wir imstande, es Ihnen unverzüglich zu übermitteln und erwarten Ihre geschätzte Antwort.«

»DEAR SIR COMMA STATE UNIVERSITY OF IOWA STATE IOWA LAEDT SIE EIN AN EINEM JAHRESKURS FUER JUNGE SCHRIFTSTELLER AUS DER GANZEN WELT TEILZUNEHMEN FULL STOP DIES IST UNSER ALTES PROJEKT COMMA DAS WIR MIT RUECKSICHT AUF DIE FUER SIE SO TRAGISCHEN UMSTAENDE ZU BESCHLEUNIGEN BE-

SCHLOSSEN HABEN FULL STOP REISE UND AUFENTHALT WERDEN UEBERNOMMEN VON DER STATE UNIVERSITY OF IOWA STATE IOWA SEMICOLON EBENSO ERHALTEN SIE EIN STIPENDIUM VON DOLLAR 4000 FULL STOP IN ERWARTUNG IHRER SOFORTIGEN NACHRICHT YOURS SINCERELY UNIVERSITY OF IOWA STATE IOWA END+++«

Ich wußte überhaupt nicht, was ich tun oder sagen sollte.

– Siehst du, wenn du mich geheiratet hättest, sagte sie, müßten sie mich jetzt auch einladen. Jetzt müssen wir die eine Reise halt selber bezahlen!

– Ich danke dir! sagte ich, ein solches Argument habe ich gerade gesucht.

Ich schrieb auf ein Blatt Papier, daß ich erfreut und dankbar sei, daß ich aber nicht allein, sondern in Begleitung meiner Frau hier sei. Ich wußte, daß auch die Großzügigkeit á l'américaine ihre Grenzen hat.

Ich wartete, bis der Portier das Telegramm in meiner Anwesenheit der Post aufgegeben hatte. Sie vertiefte sich inzwischen in eine Vitrine, die ganz und gar leer war.

Das Ristorante befand sich neben dem Hotel am Gehsteig. Die Tische entlang der Wand standen im Schatten, aber die Kühle war nur fiktiv. Ich nahm einen Eiskaffee, etwas anderes konnte ich nicht. Sie bestellte Spaghetti alla milanese und einen halben Liter Frascati. Keine Menschheits- oder Naturkatastrophe konnte ihrem Appetit etwas anhaben.

Seit dem Wortwechsel in Perugia sprachen wir nur die notwendigsten Sätze miteinander. Jetzt schwiegen wir uns aus. Das störte mich nicht. Im Geist sah ich wieder die drei in ihren Bademänteln und mit der unsinnigen Gondel, den müden Mann in Militärhosen und seine weinende Frau, das ganze soziologische Zufallsmuster von Bürgern, die die Botschaft belagerten. Wie viele von ihnen waren vom unmenschlichen Mechanismus der Deformationen erfaßt und verletzt worden, wie viele warteten bis zu diesem Frühling auf eine Entschuldigung, Wiedergutmachung, auf eine menschenwürdige Arbeit, auf den Reisepaß. Und dennoch ein geradezu fanatisches Vertrauen, daß vor allem die Kommuni-

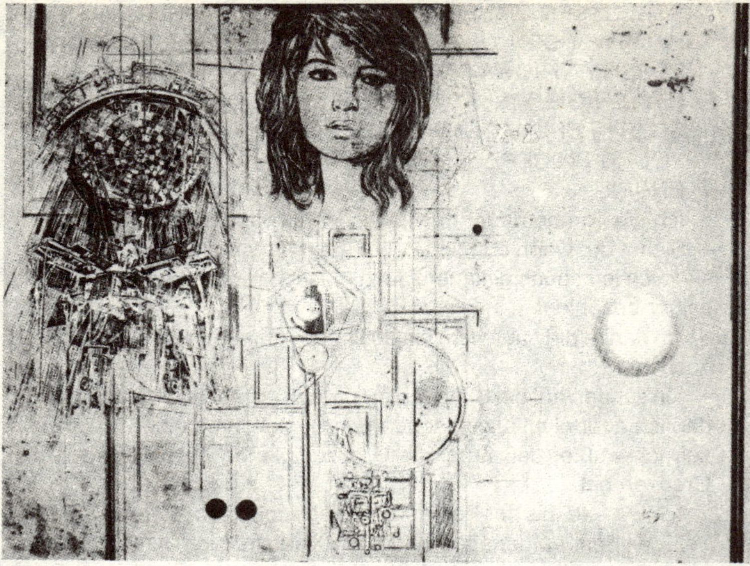

sten – jawohl, die Kommunisten dort zu Hause – die Hoffnung erfolgreich verteidigen würden, die Hoffnung aller, die man nunmehr Sozialismus mit menschlichem Gesicht nannte. Wie oft habe ich heute schon den Satz gehört:

– Wenn sie es schaffen würden, den Parteikongreß einzuberufen.

Von allen Ländern, wo die Bourgeoisie unterlegen ist, war der Sozialismus doch am natürlichsten in der Tschechoslowakei verwurzelt! Von allen Versagern und Irrtümern der revolutionären Bewegung von der Oktoberrevolution bis heute ist dieser der tragischste!

Wer ist hier Konterrevolutionär?

Sie vielleicht?

Jawohl, sie machte mir Vorwürfe, jawohl, sie beleidigte mich, bezichtigte mich aller Todsünden von der Abhängigkeit von Moskau bis zum geringen Milchertrag der Kühe, und ihre Stimme war sogar die Stimme der Generation, wenn sie fragte, warum wir auf dem Kontinent, wo es eine Schweiz gibt, zum Sozialismus verurteilt sind.

Aber war es Sozialismus, was sie ablehnten – diese Verschwörung Unfähiger, dieses Zarenreich der Durchschnittlichen, errichtet nach dem Bilde Antonín Novotnýs?

Kaum hatten wir die einfache Wahrheit bewiesen, daß der König nackt ist, kaum war die Politik aus der Küche der Novotnýs wieder auf die Plätze hinausgetreten und kaum hatten die befreiten Hirne der Revolution ihre Reinheit und ihr Programm zurückgegeben, war sie mit mir, waren sie mit uns – wegen dieser Chance, der ganzen Welt eine neue Botschaft zu übermitteln, eine Botschaft, nach der sich Völker oft nur einmal in ihrer Geschichte strecken.

Einen Augenblick lang sah ich sie wieder in jener Märznacht vor fünf Monaten, ich hörte ihre erstaunte Stimme wieder:

– Mein Gott, schau Dir die Fenster an...

Und ihr haßerfülltes Credo in Perugia?

Leider... wäre ich ein Bankier, hätte sie genau so leidenschaftlich den Kapitalismus angegriffen. Die Politik war in diesem Augenblick nur das stellvertretende Thema der Liebe.

Doch das ist ein anderes Kapitel. Daran wollte ich jetzt nicht denken. Ich war zu müde.

13.–22. März 1968 *Praha*
(Aus dem Tagebuch des Schriftstellers PK)

Mittwoch, 13.

Unter der Post war eine Einladung zur Teilnahme an einem Diskussionsabend im Slawischen Haus. Wahrscheinlich würde ich nicht hingehen, wenn Z. nicht bemerkt hätte, daß es auch weiterhin nützlicher ist, den Abend mit einem Papagei zu verbringen als mit Kommunisten.

Vor dem Gebäude Haufen junger Menschen. Offenbar eine Tanzveranstaltung. Ich dachte an die Versammlung, die wir hier vor zwanzig Jahren erlebten. Diese bergeversetzende Begeisterung! Und diese tödliche Naivität, die mit daran schuld ist, daß wir die letzte politische Generation waren. Nach uns der big beat!

Ein Funktionär des Stadtkomitees des Jugendverbands hieß mich willkommen. Ich hatte nicht geahnt, daß gerade sie es organisieren. Er führte mich in einen leeren Salon. Die Vorahnung eines verpfuschten Abends verwandelte sich in Sicherheit. Ich überlegte, wie ich am besten verschwinden könnte. Schon wieder hatte sie recht!

Da trat ein hochgewachsener Mann mit Bürstenhaarschnitt ein. Sein Gesicht schien mir bekannt. Als er mir die Hand drückte, hätte ich fast vor Schmerz aufgeschrien. Ich stellte mich vor.

– Also das bist du! sagte er. Ich bin Smrkovský.

– Also das bist du! sagte ich erfreut. Die Sache begann mich zu interessieren.

Den Raum betrat eine seltsame Prozession. František Vodsloň, Mitglied des Zentralkomitees der Partei, und der aus der Partei ausgeschlossene ehemalige Vorsitzende des Jugendverbands Zdeněk Hejzlar, der zehn Jahre nicht nach Prag durfte, die rehabilitierte Marie Švermová, der Ökonom in Ungnade Radoslav Selucký und der Schriftsteller in Hochschätzung Jan Procházka. Ich begrüßte sie höflich und herzlich, aber begriff gar nichts. Was wird das? Eine Plauderstunde, so unter uns? Eine illegale Versammlung? Bleich stürzte ein Veranstalter ins Zimmer.

– Genossen, draußen stehn ein paar tausend Menschen, die nicht durchkamen! Auf der Straße stauen sich die Trams!

Tanzveranstaltung...! Gott, ich bleib' ein Idiot bis zum Tod! *Smrkovský, auch wegen seiner hohen knotigen Gestalt Smrk – die Tanne – genannt, ging hinaus, um einzugreifen. Dann führte man uns in den großen Saal. Es schien, daß die dichtgedrängten Zuhörer selbst an den Lüstern hingen. Im Gänsemarsch kämpften wir uns zum Podium durch. Blitzlichter der Reporter und die Jodlampen der Filmleute blendeten uns. Das erste, was ich hörte, war ein Aufschrei vom Balkon hinter unserem Rücken:*

– Faschisten!

Ich sagte zu meinem Freund Jan Procházka:

– Das einzige, was uns vielleicht hilft, von hier wenigstens nur teilweise verkrüppelt fortzukommen, ist 'ne Menge Humor!

Am Mikrophon Smrkovský:

»Freunde, Kameraden, Jungen und Mädchen, womit soll ich anfangen? Vor allem damit, daß ich schrecklich gern einer Versammlung beiwohne, wie sie dieses Haus schon lange nicht mehr gesehen hat. Wir mußten mehrere tausend Menschen nach Hause schicken. Ich habe ihnen gesagt, hier könnt ihr nicht mehr herein, also treffen wir uns so bald wie möglich im Kongreßpalast. Morgen muß man 'ran, der Jugendverband, kurz und gut: das muß ins Rollen gebracht werden!

Erwartet keine Sensationen. Ihr fragt und wir werden euch als ältere Kommunisten antworten, glücklich darüber, daß auch ihr dabei sein wollt, wenn wir unsere Angelegenheiten, unsere Republik für die Zukunft gestalten.«

Vom Balkon wieder höhnische Zwischenrufe. Aber schon stehen einige im Parterre auf und rufen über unsere Köpfe hinweg zum Balkon:

– Provokateure! Halbstarke! Geht anderswohin blödeln!

Die Atmosphäre erinnerte an das Prager Derby. In der Luft hingen Hunderte potentielle Ohrfeigen. Es war uns klar, daß die beleidigte Staatssicherheit gerade Alarm schlug. Der zornige alte Mann vom Hradschin hatte eine einzigartige Gelegenheit. Werden wir morgen früh erfahren, daß er uns vor einem neuen Ungarn gerettet hat?

Ein Regen schriftlicher Fragen ergießt sich über den Tisch. Jan Procházka trägt das erste Paket zum Mikrophon.

»Frage: Habt ihr keine Angst, daß das endet wie in Budapest?« – Ich glaube das wäre ein Luxus für uns, weil unsere Städte auch ohne unser Zutun zerfallen! (Gelächter.) Frage: Wird die Zensur wieder gestrafft? – Freunde, die Zensur hat zu existieren aufgehört. Hurra. (Frenetischer Beifall, Gebrüll.) Das ist ein ungeheurer Fortschritt. Zuletzt haben wir ihn vor genau fünfzig Jahren erzielt!

Eine Lachsalve. Und dann weitere fast nach jedem Satz.

»Es ist unlogisch, daß der Mensch sprechen lernt und dann nicht sprechen darf. Übrigens wird der freie Meinungsaustausch unserem Land sehr nützlich sein. Vielleicht wird er uns zeigen, in welcher Richtung wir fortschreiten sollen, um wieder nach Europa zu gelangen.«

Die Stafette wird weitergegeben. Pressevertreter aus Ost und West machen aufgeregt Notizen. Ist das ein Aufstand oder ein Varieté? Ein Stein fiel uns vom Herzen. Die unsichtbaren Ohrfeigen reihten sich zu Staffeln und flogen davon. Die Polizeigenerale werden vergebens warten. In diesem Augenblick wurde das Genre Prager Frühling geboren.

Aus dem Erdgeschoß drang Pfeifen und Krawall von jenen, die nicht reingekommen waren. Den Saalordnern rann der Schweiß von der Stirn. Niemand hatte bei den Lautsprechern an die Nebenräume gedacht. Schadenfroh sagte ich mir, wie gut jetzt doch unsere Jugenderfahrungen sind. Dann vergegenwärtigte ich mir, daß die hier – auch durch unsere Schuld – kaum je dazu kommen konnten.

Ein Tisch genügte, an das Gitter geschoben, das Treppe und Vestibül abschloß. Wir lösten einander darauf ab. Statt eines Megaphons diente ein Trichter aus Händen. Aus der Menge kamen die Fragen geschossen. Die Antworten mußten beinahe aphoristisch sein. Aber ehrlich. Leere Bonmots ernteten Pfiffe. – Wollt ihr auch jetzt die führende Rolle der KPČ verteidigen? – Eben seid ihr Zeugen eines Versuchs, sie nach unseren ursprünglichen Vorstellungen zu gestalten.

Beifall. Gerade wurde in Böhmen der Sinn für das Fair play wiedergeboren. Argumente und Witz überwanden die Massenemotionen. Doch die kritische Prüfung sollte erst kommen.

Es ging auf Mitternacht. Da kam aus dem Saal der Vorschlag, Antonín Novotný das Präsidentenamt abzuerkennen. Der junge Vorsitzende, bis dahin schüchtern, ja bestürzt, wurde plötzlich mutig und ließ darüber abstimmen. Bevor sich jemand auffangen konnte, war der Vorschlag angenommen. Smrkovský richtete sich auf und marschierte zum Mikrophon. Wir begriffen, daß er in einer prekären Lage war, und es interessierte uns, wie er sie meistern würde.

Stürmische Ovationen empfingen ihn. Jeder andere Politiker hätte die eben gewonnene Popularität wie das große Los behütet. Er jedoch sagte seinem Publikum, es hätte ihn heute zum ersten Mal enttäuscht. Ungesetzlichkeit kann Ungesetzlichkeit nicht ersetzen. Den Präsidenten kann einzig das Parlament abberufen.

Pfeifen.

– Pfeif nur, Genosse, ich kann auch pfeifen. Aber viel Courage und wenig Hirn hat auch ein Elefant. Auf genau diesen Vorschlag wartet jemand, um zu beweisen, daß die Straße die Politik macht. (Pfiffe.) Ich versteh dich! Aber emotionale Politik ist genauso gefährlich wie Kabinettpolitik. Ich verspreche euch, daß ich euren Standpunkt dem Parlament und dem Zentralkomitee der Partei mitteilen werde. Ich bitte euch, eure Resolution zurückzuziehen.

Die Mehrzahl der Anwesenden sah erstmals im Leben einen Politiker, der um etwas bat. Der überfüllte Saal gab ihm seine Stimmen. Am Ausgang wartete Z. mit ihren bärtigen Mitschülern.

– Das ließ sich überleben, sagte sie.

Donnerstag, 14.

Präsidiumssitzung des Schriftstellerverbandes. Damit ich nicht Mitglied dieses Organs werde, befahl Jiří Hendrych dem letzten Kongreß, mich von der Kandidatenliste zu streichen. Jetzt bin ich wieder da als neuer Vorsitzender der Parteiorganisation. Ich habe vorgeschlagen, einen weiteren Gestrichenen einzuladen, den Vorsitzenden des Kreises Unabhängiger Schriftsteller, den Dramatiker Václav Havel.

Am anderen Ende des Tisches saß P. Seit dem Herbst hatten wir uns nicht gesehen. Er hatte also noch immer seinen früheren Posten im Zentralsekretariat der Partei. Ich bemerkte, daß meine Kollegen ihn beinahe ignorierten. Eine logische Folge des vorigen Jahres. Sie fühlten sich nicht mit ihm verbunden durch das Band, das schon über ein Vierteljahrhundert alt war. Ich grüßte hinüber. Müde winkte er zurück. Er war mager wie noch nie und rauchte Ketten.

Drahomír Kolder, Mitglied des Präsidiums des ZK, referierte und beantwortete Anfragen.

»Wenn von Opposition innerhalb der Partei gesprochen wird, klingt das für viele inakzeptabel. Aber unterschiedliche Ansichten gab es in der Partei schon immer, auch wenn wir das nicht zugeben wollten. In der Partei muß echte Demokratie herrschen, sonst erfüllt sie nicht ihre historische Aufgabe. Obwohl es zahlreiche Einwände zum Testament Togliattis gegeben hat, glaube ich, daß die theoretischen Probleme unserer Bewegung gelöst werden müssen und daß gerade wir in der Tschechoslowakei berufen sind, die Dinge neu zu formulieren.«

Jahrelang hielten wir ihn eher für einen rechten Verteidiger. Es war ungewohnt, ihn in der Rolle des linken Stürmers zu sehen. Aber er sprach überzeugt und überzeugend. Ich sagte:

»Nach zwanzig Jahren wird auch die Politik wieder zu einem risikoreichen Arbeitsfeld. Unter den neuen Bedingungen werden sicher auch neue politische Talente auftauchen, die über sie hinauswachsen können. Kann es nicht passieren, daß ihr euch gegen sie abermals durch Machtentfaltung schützt?«

»Wenn wir uns nicht bewähren, müssen wir anderen Platz machen. Das ist die eiserne Logik des Demokratisierungsprozesses. Ich persönlich habe den Willen, mich zu bewähren. Wenn es mir nicht gelingt, so gehe ich studieren, um mir eine solche Qualifikation zu erwerben und zurückkehren zu können!«

Mein Gott! Hast Du uns wirklich mit Deinem Wunder gesegnet?

Ich wollte P. einladen, mit mir ein Glas Wein zu trinken. Leider ist er noch vor Ende der Sitzung weggegangen.

Freitag, 15.

Der stellvertretende Chef des Untersuchungswesens der Staatssicherheit hatte dringend gebeten, in den »Literární listy« Fragen der erzürnten Öffentlichkeit beantworten zu dürfen. Am Abend sollte eine schwarze Limousine kommen, um Ludvík Vaculík und mich in das Gefängnis für politische Delikte in Ruzyně zu fahren. Z. zwang mich, gewisse Vorkehrungen zu treffen. Zudem versah sie mich vor der Abfahrt mit drei Kreuzen auf die Stirn.

Die Scheinwerfer des Wagens beleuchteten das Panzertor. Es öffnete sich wie ein mächtiges Akkordeon. Stockwerke dunkler, vergitterter Fenster umgaben uns. Lautlos schloß sich das Tor. Plötzlich brannten uns Scheinwerfer in die Augen.

– Im Namen des Gesetzes: Sie sind verhaftet!

Heftige Bewegung, zahlreiche Hände, die die Augen verbinden und den Körper über den Hof schleifen, die Treppe empor, den Gang entlang. Dann ein Fall. Das Zukrachen der Eisentür. Ein Betonwürfel ohne Fenster, mit der Kloakenöffnung unmittelbar im Fußboden. Ich krieche hin, versuche die Hosen zu lokkern, weil der Organismus unter der Schockwirkung die Hemmung verliert. Das Sichtloch klappt auf.

Ich höre eine entfernte Stimme:

– Was macht der deine?

– Der pißt.

– Der meine scheißt!

Gelächter. Black out. Das Tagebuch von Frau Josefa Slánská schließt sich wieder. Wieviel schrecklicher als Julius Fučíks »Reportage« aus dem Pankrác-Gefängnis. Wieviel qualvoller mußte es für Kommunisten sein, von Kommunisten gefoltert zu werden.

Oberstleutnant K. und Major V. betonten gleich eingangs, daß sie erst lange nach den politischen Prozessen hierher gekommen sind. Zugleich teilten sie uns mit, daß Dr. Pfaff, der Verfasser des gefälschten Manifests tschechoslowakischer Schriftsteller, heute mittag aus der Haft entlassen wurde. Friedenspfeife? Zweifellos ein glücklicher Anfang.

Wir stellten Fragen: das Manifest, Jan Beneš, Mňačko, der

Schriftstellerkongreß, meine Festhaltung an der Grenze, die Kontrolle der Post, das Abhören von Telephongesprächen. Sie antworteten manchmal kurz, manchmal ausführlich, manchmal ausweichend. Zeitweise halfen sie sich mit einem krampfhaften Witz aus. Auch sie rauchten übermäßig. Major V. schwitzte sichtbar. Ich versuchte mir die Galerie der Gesichter vorzustellen, die hier vor ihm geschwitzt hatten. Mein Gott, wir unterzogen sie ja in ihrem eigenen Büro einem Kreuzverhör! Nach ihrem Vorbild hielten wir die Fragen und Antworten auf Tonband fest.

Frage: *»Sie haben uns einige Aussprüche und Beiträge vorgelegt, die Gegenstand Ihrer Untersuchungstätigkeit waren. Diese sind eine unschuldige Sammlung von Worten, verglichen damit, was wir heute auch aus offiziellem Mund im Rundfunk hören, im Fernsehen sehen, in der Presse lesen. Ich muß daraus schließen, daß der gleiche Wortlaut des Gesetzes innerhalb von bloßen sechs Monaten zweierlei Auslegungen erfahren hat...?«*

Antwort: *»Die Untersuchungstätigkeit der Staatssicherheitsorgane ist stark an den bestehenden politischen Kurs gebunden. Der Mord an der Vranská ist auch heute noch Mord. Spionage aus dem Jahre 1948 muß heute nicht einmal eine Gesetzesübertretung sein. Stellen Sie Untersuchungsbeamte vor Gericht, wenn sie Menschen unmenschlich behandelt haben. Aber verurteilen Sie sie nicht dafür, daß sie etwas untersucht haben, das eine Verletzung der damaligen Linie bedeutete.«*

Schlußfolgerung: *»Es sieht aus, als hätten wir eine Verfassung, die wir alle kennen, und eine andere, geheime, die aus internen Weisungen und Parteibeschlüssen besteht. Ich glaube, daß zwei Verfassungen für ein so kleines Land ein Luxus sind und daß die zweite baldmöglichst sterben sollte. Vermutlich würden das auch die Untersuchungsbeamten selbst, die Staatsanwälte und Richter begrüßen, weil der status quo zu Schizophrenie führt.«*

Beendet und unterschrieben. *Wir waren alle müde. Man machte uns das Angebot, daß wir uns noch die neuen Zellen ansehen sollten, die den Häftlingen ein kultiviertes Milieu gewährleisten würden. Wir dankten höflich. Sie sagten im Scherz:*

– Ja, eigentlich ist es leichtsinnig, in der Nacht zu uns hierher zu kommen! Im Geist pries ich Z.

– Eigentlich nicht, antwortete ich bescheiden, unsere Kameraden erwarten uns nämlich alle in der »Viola«. Falls wir bis zwei nicht zurückkehren, kommt uns die ganze Kneipe holen.

Eilig wurde ein Wagen vorgeführt.

Samstag, 16.

Jahreskonferenz der Kommunisten in Prag 1 im großen Lucerna-Saal. Eine weitere der verspäteten Premieren meines Lebens. Ich erhielt das Wort als achter von hundertfünfzig angemeldeten Diskussionsrednern.

»...Im Konflikt der beiden Konzeptionen tritt die Person des Genossen Novotný immer deutlicher in den Vordergrund, obwohl gerade er vorläufig am konsequentesten im Hintergrund steht. Unsere Organisation hat in der Vergangenheit alle Möglichkeiten genutzt, um ihn über die schwerwiegenden Übergriffe zu informieren, die sich die Führung nicht nur im Bereich der Kultur, sondern auch bei der Leitung der Partei und der ganzen Gesellschaft zuschuldenkommen ließ. Wir können das mit Dokumenten belegen. Der Genosse Novotný hat diese Warnung nicht zur Kenntnis genommen, sondern ist im Gegenteil auf eine Art und Weise vorgegangen, die ihn disqualifiziert hat. Wir denken keineswegs, er allein sei für die jetzige Krise verantwortlich, aber wir haben Gründe für die Feststellung, daß er die Hauptstütze all jener geworden ist, die uns gern in die Vergangenheit zurückwerfen würden, um ihre Machtstellung zu retten. Dazu kommt, daß der Genosse Novotný seinen Anteil an der Vorbereitung der politischen Prozesse, wie es sich auch aus offiziellen Dokumenten der fünfziger Jahre ergibt, noch nicht klargestellt hat. Darum schlagen wir unserer Konferenz vor, den folgenden Brief abzusenden:

An den Präsidenten der Republik und das Mitglied des Präsidiums des ZK der KPČ, Antonín Novotný.

Werter Genosse, immer deutlicher zeichnet sich die Tatsache ab, daß jene Genossen, die man schwerer politischer Fehler überführt hat, nicht gewillt sind, den progressiven Kräften den nötigen Spielraum zur Überwindung der Krise in Partei und Gesellschaft zu gewähren, sondern im Gegenteil einen organisierten Gegendruck ausüben. Die Kommunisten aus Prag 1 sind damit äußerst unzufrieden. Die Geschichte der Nachkriegsjahre und vor allem die ungarischen Ereignisse warnen uns vor einer solchen Entwicklung, die katastrophale Folgen haben kann. Es gibt Augenblicke, in denen das persönliche Interesse des einzelnen den Interessen der Gesellschaft weichen muß. Wir ersuchen Sie daher, Genosse Novotný, der Partei und dem ganzen Land einen Beweis Ihres Verantwortungsbewußtseins zu liefern und freiwillig von einer weiteren Teilnahme an der Leitung unseres politischen Lebens – sowohl im ZK der Partei als auch im Amt des Präsidenten der Republik – Abstand zu nehmen, auch allen übrigen zum Vorbild!«

Angenommen im Stimmenverhältnis 924:7.

Sonntag, 17.

Die Konferenz ging anderntags mit einer Reihe scharfer Zusammenstöße weiter. Abstimmung über eine Verlängerung. Die ersten geheimen Wahlen in der Geschichte der Partei verwandelten sich in einen lautlosen, aber hartnäckigen Kampf. Auf der Kandidatenliste strich die Rechte unbarmherzig die Linke, die Linke die Rechte. Ohne Verluste kamen nur unbekannte Namen weg, die auch in der Diskussion nicht hervortraten.

Kein einziger der ehemaligen Sekretäre wurde ins Bezirkskomitee gewählt. Gewählt wurden nahezu alle Fortschrittlichen, wenn auch manchmal nur mit knapper Mehrheit.

Bei der Delegiertenwahl für die Stadtkonferenz bin ich nicht durchgekommen: Verlust von etwa 300 Stimmen. War das die Rache für Antonín Novotný?

Die Verhandlungen wurden in den Morgenstunden mit der Internationalen beendet.

Montag, 18.

Wochendurchschnitt: drei Stunden Schlaf täglich. Ein trostloser Anblick: der Schreibtisch mit den hoffnungslos verwaisten Papieren. Goldene Zeiten der Unterdrückung, als ich nur

Schriftsteller sein durfte. Jetzt mache ich Politik – auf eigene Kosten. Ich habe das Gefühl, es irgend jemandem schuldig zu sein.
– So ist's, stimmte Z. zu, nur daß du es rechtzeitig sein lassen solltest, bevor ihr das wieder verpatzt!

Bisher ist noch gar nichts zu verpatzen gewesen. Die aus dem Schlaf geweckten Millionen hatten praktisch ebensoviel Macht wie ein Kindergarten.

Beratung bei Smrkovský vor dem nächsten Abend der Fragen und Antworten: erster Besuch im Ministerium für Forst- und Wasserwirtschaft. Der Portier in Försteruniform. Der Sekretär des Ministers – Oberförster. Als ich zum Chef kam und seinen Händedruck mutig überstanden hatte, sagte ich:
– Mich wundert es nicht mehr, daß sie es auf dich abgesehen haben. Du bist ja der einzige, der erfolgreich putschen kann!
– Wie meinst du das?
– Wieviel Förster und Jäger gibt es bei uns?
– Etwa hunderttausend...
– Dann kannst du in einer Nacht alle strategischen Punkte besetzen und danach an die Bevölkerung zur Feier des Sieges Karpfen verteilen lassen.

In seinem Arbeitsraum konnte man sich nicht bewegen. Schriftsteller, Studentenfunktionäre, Vertreter der Jugend aus den Großbetrieben. Darunter Rudolf Slanský junior. Der Sohn des hingerichteten Generalsekretärs der Partei betrat die politische Bühne den Erfahrungen der Familie zum Trotz.
– Also, Jungs, wie packen wir es an, daß das läuft...!

Smrkovský leitete die improvisierte Sitzung gewiegt und mit Tempo. Das war übrigens ganz leicht. Jeder faßte sich kurz, sprach sachlich. Und mit Witz. Ich mußte an den Februar 1948 denken. Was würde geschehen, wenn ich jetzt auf den Tisch stiege und revolutionäre Lieder sänge? Bestenfalls würde man mir eine Beruhigungspille verabreichen.

Geht es heute um weniger als damals?

Die Beratung endete. Jemand sagte sorgenvoll:
– Dort kommen wenigstens zehntausend Menschen hin. Was, wenn irgendein Idiot schreit: »Auf die Burg!«? Sollte man sich nicht irgendwie dagegen absichern?

– Die beste Sicherung wäre, sagte ich, alle Polizisten ins Kino zu schicken.

Smrkovský grinste. – Ich versteh dich!

Zum Abschluß ein Abendessen beim Golem. Berüchtigte Liebhaber von Wein und Weib schauten zwei Stunden lang hingerissen auf das Barpult. Das Fernsehen sendete Ausschnitte aus den Bezirkskonferenzen der Partei.

Dienstag, 19.

Zum ersten Mal habe ich eine Parteiversammlung der Prager Schriftsteller geleitet. Über die Budapester Beratung der kommunistischen Parteien berichtete am Präsidiumstisch ZK-Mitglied Dr. František Kriegel. Er hielt es nicht aus und spazierte davor hin und her, trank Tee und rauchte Pfeife. Klein, rundlich, erinnerte er mit seinem Schaukelgang und der dünnen Kadenz seiner Worte mehr an einen U-Boot-Kapitän als an einen Chefarzt.

Das Interesse verlagerte sich bald zu brenzligeren Themen.

– Genosse Kriegel, du bist eines der höchstgebildeten ZK-Mitglieder, was auch dein Hervortreten im Januar zeigt. Warum hast du also noch im September für die Bestrafung der Schriftsteller und die Liquidierung der »Literárni noviny« gestimmt?

– Ich wußte, daß die progressive Gruppierung im ZK noch nicht stark genug war. Ein Hervortreten derer, die nicht einverstanden waren, konnte Novotný weitere Argumente liefern und bewirken, daß sich die zögernde Mitte erneut um ihn scharte. Wenn ich das ein zweites Mal erleben müßte, würde ich ebenso stimmen. Übrigens wußte ich auch, daß ihr schon etwas aushaltet.

Höflicher Dissensus und trotzdem überall Lächeln. Seine ruhige Offenheit wirkte sympathisch. Mir gefiel, daß er sich nicht auf das Beispiel Smrkovskýs, Šiks und weiterer berief. Trotzdem fragte ich mich, wie stark er damals ebenfalls Angst hatte.

Das wird man wahrscheinlich später alles wissen.

Die letzte Winternacht. Zum letzten Mal, nur noch symbolisch, habe ich im Kamin eingeheizt. Später lüftete Z. und beugte sich aus dem Fenster.

– Bist du naiv! Der wird noch dort sitzen, wenn ich dir frische Wäsche nach Ruzyně bringe.

– Optimistin! Wo nimmst du die Gewißheit her, daß sie dich nicht auch holen?
– Mir werden sie die Jahre anrechnen, die ich mit dir verbracht habe!

Direkt uns gegenüber, fast in Reichweite, wehte über den Dächern des Hradschin die Präsidentenfahne Antonín Novotnýs.

Mittwoch, 20.

Der letzte Wintertag. Um 14.30 ein Meeting mit Arbeiterjugend in der Fabrikkantine der ČKD-Elektrotechnika. Noch offenere Anfragen. Professor Goldstücker mußte sogar noch exakter sein als damals, als er Europa bewies, daß »Der Flug um die Lampe« nicht von Franz Kafka ist.
– Bemühen wir uns, Worte wie »führende Rolle der Partei« oder »Freundschaft mit der Sowjetunion« vom Schutt zu befreien, mit dem sie die fünfziger Jahre bedeckt haben. Wenn eine Politik nicht Schiffbruch erleiden soll, darf sie sich nicht von Emotionen leiten lassen, sondern muß unaufhörlich alle gesellschaftlichen Faktoren und Kräfte, kurzfristige, aber vor allem die konstanten, auswerten. Ein konstanter Faktor ist zum Beispiel die universale Entwicklung zum Sozialismus. Es ist unsere Aufgabe, die aufgetretenen Deformationen zu überwinden und zu lernen, wie man ihnen entgegentritt. Wenn wir hingegen dem Sozialismus entgegenwirken wollten, müßte sich unser humanistisches Experiment in seine Negation verkehren, und alle engagierten Menschen würden uns verurteilen. Ein Extrem kann man nicht durch ein anderes austreiben. Auf die führende Rolle der Partei zu verzichten und die Freundschaft mit der Sowjetunion zu kündigen hieße, jedem und allem den Ring räumen. Es bleibt nichts anderes übrig, als diesen Begriffen einen neuen Inhalt zu geben!

Um fünf Uhr sind wir auseinandergegangen, aber nur vorübergehend. Auf dem Fabrikhof ließen die Autobusse schon die Motoren laufen. Unsere Zuhörer folgten uns in Richtung Kongreßpalast.

Schlag sieben betreten wir das Podium in verstärkter Besetzung. Ein ohrenbetäubendes Gebrüll hebt an. Das Slawische Haus war, damit verglichen, ein Schulfestchen. Vor uns riesige

Zettel mit unseren Namen. Wir werden wie Teilnehmer einer Finalrunde von Catch-as-catch-can vorgestellt. Fast würde man uns die Hände hochheben. Dem entspricht das Echo.

Gongschlag. Smrkovský:

– Wir haben jenen, die letztes Mal draußen bleiben mußten, eine Zusammenkunft in einem größeren Saal versprochen. Es zeigt sich, daß auch der größte Saal in Prag nicht genügt. (Lachen.) Wir haben auch den zweiten Flügel geöffnet. Auch das genügt nicht. (Beifall.) Wir sind hier über zwanzigtausend. (Gebrüll.) Aber die Republik hat vierzehn Millionen Einwohner. Damit alle etwas davon haben, wird der gesamte Ablauf unseres Meetings vom Tschechoslowakischen Rundfunk übertragen. (Hurra!)

Auf der Rednertribüne eine Girlande von Mikrophonen mit den Initialen aller großen Rundfunkgesellschaften der Welt. Rechterhand im Saal Dutzende von Kameras. Kleine rote Signale markieren die Kameras des Tschechoslowakischen Fernsehens, das sich immer wieder in die Sendung einschaltet.

Ein Defilee von Namen, die gestern noch verfemt, eine Parade von Ansichten, die gestern noch verboten waren.

Professor Goldstücker, *als knüpfte er unmittelbar an seinen nachmittags geäußerten Gedanken an: »Wir müssen uns eine grundlegende Sache vergegenwärtigen: was bei uns geschieht, ist kein Versuch, alte Ordnungen zu restaurieren, sondern eine Bewegung, die den Sozialismus in ein höheres Entwicklungsstadium überführen soll. Vergessen wir nicht, daß wir uns inmitten einer Revolution befinden, die vor zwanzig Jahren begonnen hat. Die Eroberung der Macht und ihre Festigung ist ohne die revolutionäre Diktatur unvorstellbar. Allerdings kommt dann der Zeitpunkt, wo es notwendig und auch absolut möglich wird, in die Gesellschaftsstruktur jene Freiheiten, die die Revolution vorübergehend suspendiert hat, wiedereinzubauen. Jede Revolution der Vergangenheit ist an diesem Problem gescheitert und daran zerbrochen. Erstmals in der Geschichte haben wir eine reale Hoffnung, es zu lösen.«*

Akademiemitglied Šik: *»Einzelne, die an der Macht waren, besetzten die entscheidenden Stellen nicht im Sinne der gesamtgesellschaftlichen Bedürfnisse, sondern so, daß sie damit gün-*

stige Bedingungen für ihre eigene Position schufen. So mußten Fachleute gehen, weil sie anderer Ansicht waren als der Erste Sekretär. Darum wurde künstlich ein Gegensatz zwischen Fachkenntnis und politischer Treue konstruiert. Aber man kann eine wirklich politische Tätigkeit nur dann ausüben, wenn man die Entfaltung und Prosperität seines Sektors absichert. Wir müssen dafür sorgen, daß die gewählten Organe den Parteisekretären übergeordnet sind und nicht umgekehrt, daß aus dem Plenum Vorschlagsvarianten sowohl für die Lösung von Problemen, als auch für die Kaderpolitik unterbreitet werden, daß die Mitglieder gewählter Organe durch geheime Abstimmung unter mehreren Kandidaten auswählen können. Nur so kann man den einzelnen daran hindern, durch Mißbrauch der Kaderpolitik seine eigene Macht über die Macht der Kollektive zu festigen.«

Dr. Husák *(slowakisch): »Man stellt mir hier eine Frage: Gilt die Verfassung noch? Wenn ja, wie ist es möglich, daß die Bilder des Präsidenten geschändet werden können, solange er noch das Staatsoberhaupt ist? – Es stimmt, daß die Verfassung gültig ist, und wahr ist auch, daß die Bilder geschändet werden. Meiner Meinung nach ist das ein Paradoxon zwischen der Verfassung und der tatsächlichen Lage, aber der Grund ist der, daß an der Spitze des Staates immer noch ein Mann steht, den die Mehrheit der Bevölkerung nicht mehr dort zu sehen wünscht. Um das Aktionsprogramm, die neuen Gesetze und die Verfassung herum werden wir uns noch die wechselseitige Kontrolle staatlicher, Partei- und anderer Gesellschaftsinstitutionen ausdenken müssen, damit nie wieder ein einzelner oder eine kleine Gruppe aus uns Schafsböcke machen kann.«*

Durch den Saal ziehen Wolken von Zigarettenqualm, seine Rückwand kann man nicht mehr sehen. Hier ist es nun, dieses Schreckgespenst aller sozialistischen – und nicht nur der sozialistischen! – Politiker, diese riesige, unkontrollierbare Masse junger Menschen ohne Aufsicht, ohne die wachsame Sorge der Lehrer, Pedelle, Wächter, Polizisten und Ordnungsritter aus dem Staatssicherheitsdienst. Und sollten sie vielleicht da sein, so nur als schüchterne Zuschauer, eingekeilt in der Masse. Was aber tut die Masse? Sie lacht, sie klatscht Beifall und stampft mit den

Füßen und pfeift, aber sie ist auch dann, wenn sie nicht übereinstimmt, bewundernswert gerecht und diszipliniert.

Zum einzigen Konflikt kam es wiederum am Ende, als Stimmen aus dem Plenum vorschlugen, aus der Resolution den Satz über die unverbrüchliche Freundschaft mit der Sowjetunion zu streichen. Smrkovský zog abermals in den Kampf.

– Wenn du nach Hause kommst, Genosse, sieh dir die Karte an!!

Der Meinungsstreit dauerte über eine Stunde. Das Resultat lautete dann:

»Wir wollen, daß unsere Außenpolitik die geographische Lage der Republik in Mitteleuropa respektiert und den Willen des tschechischen und des slowakischen Volkes, mit allen Nachbarn, vor allem mit der UdSSR, gute und gleichberechtigte Beziehungen zu unterhalten. Die historischen Erfahrungen unserer Völker begründen überzeugend genug unsere Bündnisverträge mit der Sowjetunion und den Ländern der sozialistischen Gemeinschaft. Wir glauben jedoch, daß sie von Tabus und Ballast der vergangenen Jahre befreit werden müssen, daß sie sich konsequent nach den Prinzipien der staatlichen Souveränität zu richten hätten und daß wir mit allen Staaten als gleichberechtigte Partner verhandeln sollten.«

Angenommen mit mehreren tausend gegen ungefähr fünfzig Stimmen.

Wir verließen den Saal mit den letzten. Der Himmel war voll von Sternen, die Erde polizistenleer. Die vielen Menschen vor uns gingen still auseinander, mit einer fast noblen Würde. Als wir uns in den Wagen setzten, sagte Z. zutiefst erstaunt:

– Um Gottes willen, es ist ja noch überall erleuchtet!

– Und was ist da dabei?

– Es ist ja halb drei Uhr früh...

So begann in Prag der Frühling.

Donnerstag, 21.

Zu all dem habe ich auch noch eine Einladung zum Meeting in Tábor angenommen, nicht weil das die Stadt der Hussiten ist, sondern weil meine Mutter dort geboren wurde. Mit mir fuhr der

Philosoph Kosík. Das Kino platzte schon nach Mittag aus den Nähten.

Die gestrige siebenstündige Rundfunkübertragung hatte einen Schock bewirkt. Noch funktionierte das Rationierungssystem für Informationen, in letzter Instanz von den lokalen Funktionären filtriert, je weiter von der Quelle, um so mehr. Uns, die wir im Zentrum des Landes und des Geschehens waren, war es irgendwie entgangen, daß die Mehrzahl unserer Mitbürger eigentlich bis gestern im tiefsten Dezember gelebt hatte. Der Widerhall bestätigte aber, daß in Böhmen auch die härteste Wahrheit nicht abtötet, sondern im Gegenteil zum Leben anspornt.

Durch die Teilnahme von Karl Kosík erhielt die Diskussion ein neues Niveau.

»Für jedes Volk ist es wichtig, unter welchem Vorzeichen es in die Geschichte eingetreten ist. Es gibt Völker, die ihre Geschichte als Eroberer, Krieger und Kolonialisten begannen. Unser Volk betrat die europäische Geschichte unter dem Vorzeichen der Botschaft, mit der ihm der große tschechische Intellektuelle des 15. Jahrhunderts den Weg für Jahrhunderte und für immer geleuchtet hat: STEHT IN DER ERKANNTEN WAHRHEIT! – Um diese erkannte, *und nicht um eine* offenbarte *Wahrheit geht es nun.«*

Er befand sich zum ersten Mal auf einer derartigen Versammlung und hatte weder die Erfahrung noch die Manierismen politischer Professionalredner, ja nicht einmal der Amateure, wie ich einer bin. Er sprach, als hielte er eine Vorlesung im Hörsaal der Universität, aber seine exakten Äußerungen verloren in diesem Milieu nichts an Verständlichkeit.

»Unsere Gesellschaft ist in einer Krise. Ihre Ursache ist der Gegensatz zwischen der fortschrittlichen sozialökonomischen Basis – die durch die Vergesellschaftung der Produktionsmittel, die Beseitigung der Ausbeutung und das Verschwinden antagonistischer Klassen gegeben ist – und dem ganz und gar reaktionären politischen System. Dieses polizeibürokratische System beruht auf dem Machtmonopol einer unkontrollierbaren Herrschergruppe, die die Parteimassen beherrscht und mit Hilfe der beherrschten Parteimassen die Parteilosen regiert. Es ist daher

an der Zeit, damit aufzuhören, von Partei- und Nichtparteimassen zu sprechen, weil es nunmehr offensichtlich ist, daß das politische Subjekt unserer Gesellschaft, das heißt der Träger aller Rechte und Pflichten, nicht eine anonyme manipulierbare Masse, sondern daß es der sozialistische Bürger und die Organisation der sozialistischen Bürger ist.«

Mindestens siebenmal blickte er zur Decke empor, wenn er den präzisesten Ausdruck suchte, und versenkte sich ohne jede Scheu für eine Minute in Gedanken. Als Theatermann begann ich siebenmal zu schwitzen. Der prallgefüllte Saal hielt jedoch gespannt den Atem an, wie wenn der Stallmeister einen Salto mortale ankündigt.

»Der Demokratisierungsprozeß darf nicht zum Stillstand kommen, bevor er nicht in die Rechts-, Verfassungs- und Organisationsform des Systems der sozialistischen Demokratie einmündet. Wenn er auf halbem Weg stehen, in Halbheiten stekkenbleibt, so resultiert daraus nur ein modernisiertes und mit einer anderen Farbe angestrichenes altes System der Polizeibürokratie, in dem sich alle heutigen Probleme vervielfältigen und zu tragischen Konflikten führen.«

An diesem Abend war Prag müde und nervös. Antonín Novotný hatte die Redaktion der Abendzeitung »Večerní Praha« angerufen, um die lange Zeit seines Schweigens zu erklären. Er teilte mit, daß er sich von der Grippe erhole.

»Ich bin vorbereitet und kann jederzeit hervortreten.«

Aus dem Mund des Oberbefehlshabers der Armee erhielten diese Worte eine besondere Bedeutung.

Freitag, 22.

Gegen Mittag dreht das Österreichische Fernsehen mit mir ein Interview. Motto: Sozialismus mit menschlichem Gesicht ist nicht weniger, sondern mehr Sozialismus.

Es fand bei mir in der Wohnung statt, und ich stand am Fenster – auf dem Bilde sollte sich im Hintergrund auf dem Burgdach die Präsidentenfahne blähen.

Wir endeten, sie packten ihre Sachen zusammen. Es war genau 12.20 Uhr, als ich mich umwandte.

Die Fahne wurde eben eingeholt.

ZEHN TAGE...

Ein solches Buch hat schon einmal jemand geschrieben.

Fast weinten sie vor Wut, daß sie nicht einige Minuten später zu drehen begonnen hatten. Sie hätten einen historischen take haben können.

Ich war froh.

Eine Epoche, die mit einem Blutbad zu enden drohte, endet in Stille.

Das ist auch der geeignetste Aktschluß für eine Epoche der Taubstummen.

---

26. II. 48 Praha

Ich betrachte die letzte Seite meines Tagebuches, die ich vor fünf Tagen geschrieben habe, und es scheint mir, daß zwischen ihr und diesem neuen Blatt das Meer Atlantis verschlungen, die Lava Pompeji verbrannt und das plebejische Gewächs das ewige Rom erstickt hat.

Bloße hundertzwanzig Stunden sind vergangen – und doch schreibt ein anderer Mensch in einem anderen Land diese Zeilen. Wenn ich John Reed wäre, würde ich ein Buch publizieren:

FÜNF TAGE, DIE DIE TSCHECHOSLOWAKEI ERSCHÜTTERTEN.

Es ist Mittag. Ich erinnere mich nicht, wann ich zum letzten Mal mittags zu Hause war, seit Mutter arbeitet. Die Sonne scheint durch die frostigen Fenster. Alles ist festlich. Ich habe eingeheizt. Gebadet. Bin im warmen Wasser gelegen, herrlich müde, bis ich schläfrig wurde. Aber die rechte Hand habe ich immer über dem Wasser gehalten.

Es hing lange in der Luft. Die Arbeiter der Kleinbetriebe und die auf den großen Gütern forderten eine weitere Nationalisierung. Die Soldaten verlangten die Abberufung reaktionärer Offiziere. Das Schreckgespenst der vorjährigen Trockenheit wurde vom sowjetischen Weizen weggescheucht. Die Kommunistische Partei führte einen erfolgreichen Kampf für die Einführung einer Millionärsteuer und wurde mit jedem Tag stärker.

Sie mußten etwas unternehmen, bevor es zu spät war.

Der rote Innenminister entließ einige rechtsgerichtete Offiziere des Sicherheitsdienstes, die er beschuldigt hatte, einen Putsch vorzubereiten. Am 20. Februar trat nur die halbe Regierung zusammen. Die Minister der tschechischen Sozialisten, der Volkspartei und der slowakischen Demokraten hatten ihre Demission eingereicht.

– Wenn sie es tun, meinte Vater tags zuvor, wird das der Versuch sein, die gesamte Regierung zu stürzen. Der Präsident kann dann ein Beamtenkabinett ernennen, um der Linken die Schlüsselressorts zu entwinden. Ähnlich endete der Kampf um die sozialistische Republik im Jahre 1920!

Die Nachricht von der Demission erreichte mich auf der Fakultät. Augenblicklich lief ich ins Zentralsekretariat der Partei. In den Straßen wurde schon eine Extraausgabe der rechtsgerichteten Zeitungen verkauft. Die Regie war gründlich.

Sie hatten sich den Zeitpunkt ausgewählt. Sie hatten Vorsprung. Aber wir holten auf. Das Gebäude am Pulverturm verwandelte sich in ein gigantisches Hirn, das die Schlacht steuerte. Hinter dem eisernen Gitter stand ein MG. Auf dem Hof brannten Feuer, an denen sich Matrosen die Hände wärmten, über die Treppe eilten Kuriere mit Telegrammstreifen. Ich hörte einen Sturm von Stimmen. Drängte mich durch in den großen Saal. In den Rauchschwaden, die aus billigen Zigaretten emporstiegen, sah ich verschwommen, wie jemand ans Rednerpult tritt – Lenin!

Heute war das leider weit prosaischer, aber auch hier pulsierte dieselbe Revolution, entschlossen, den Angriff abzuwehren und zu siegen.

In den drei kleinen Räumen der Propaganda-Abteilung drängten sich Dutzende von Menschen. Da, im AGITPROP, erkannte ich namhafte Schriftsteller, Maler, Schauspieler. Sie gingen mit dem Volk, so wie die Kunst in diesem Lande immer mit dem Volk geht. Ich hätte weinen mögen vor Freude, daß ich hier mit ihnen sein durfte.

Endlich der Genosse Jiří Hendrych! Eher klein, stark, bebrillt, strahlt er Klugheit und Ruhe aus. Er spricht langsam, wägt die

Worte und wiederholt sie oft, als wollte er sich immer wieder von ihrer Richtigkeit überzeugen.

Der Genosse Gottwald läßt grüßen und danken. Die Partei wird es den Künstlern nie vergessen, daß sie sie in einem schweren Augenblick so tatkräftig unterstützt haben. Die Partei braucht ihre Hilfe und bittet vor allem: Ein Verzeichnis von Aufgaben. Plakate. Beiträge. Verse für die Flugblätter. Ansprachen im Rundfunk und in den Betrieben. Sie melden sich, scherzen, rufen, man versteht kein Wort. Ich erhalte den Eindruck, daß die Partei mit den Künstlern nicht geringe Probleme haben wird. Um so mehr will ich arbeiten, ich will so bald wie möglich ein Dichter werden. In meinem Herzen und meiner Feder wird die Revolution eine stets einsatzbereite, verläßliche Waffe haben.

– Die Partei beruft für morgen eine Versammlung von Mitbürgern in allen Städten und Gemeinden der Republik ein. Auf dem Altstädter Ring wird der Genosse Gottwald sprechen. Seine Rede wird übertragen, die Mitarbeiter des Rundfunks gehen in ihrer überwältigenden Mehrheit zu uns. Wir verlassen uns darauf, daß in der sozialdemokratischen Partei, die gemeinsam mit uns die Regierungsmehrheit bildet, nicht der rechte Flügel siegt. Aber auch ohne Sozialdemokraten sind wir entschlossen, den Einheitswillen der Werktätigen durchzusetzen: Der Präsident der Republik muß die Demission der verräterischen Minister akzeptieren! Die Bourgeoisie wollte das Schiff des Sozialismus torpedieren, aber sie wird selber untergehen. Die Partei wird die Hoffnungen des Volkes erfüllen und das revolutionäre Erbe von Generationen vollenden. Die Partei wird das kämpfende Proletariat der kapitalistischen Länder nie enttäuschen. Die Partei wird die unverbrüchliche Freundschaft mit der Sowjetunion nie verraten! Der Genosse Gottwald hat uns den Wahlspruch gegeben: Vorwärts, keinen Schritt zurück!

Ende. Ich laufe zu ihm.

– Und was soll ich tun??

– Euch brauchen wir im Jugendverband!

– Uns...? Er lächelte müde.

– Stärkt dort ihren Agitprop-Trupp. Der Genosse da weiß schon!

Hinter mir stand Petr. Wir hatten uns lange nicht gesehen. Er ahnte, woran ich dachte.

– Willst du mit mir gehen?

Der Jugendverband war trotz des Ausscheidens der Rechten bisher immer noch eine Nationale Front der Jugend, wo sich Zehntausende unserer Altersgenossen ohne Unterschied der politischen Zugehörigkeit begegneten. Es war notwendig. Ich sagte knapp:

– Jawohl.

Im Gebäude am Gorki-Platz herrschte Verwirrung. Man ließ uns Strohsäcke tragen, damit das Sekretariat auch in der Nacht gehalten werden konnte. So halfen wir, die Büros in Nachtquartiere verwandeln. Dann suchten wir wieder vergebens nach irgendeiner richtigen Arbeit. Bis ich eine Idee hatte, die auch Petr anerkennen mußte.

– Bilden wir ein Fronttheater!

– ??

– Ein Theater der Revolution!

So wurde FRONTHEREV geboren. Der Präsident des Jugendverbandes Zdeněk Hejzlar selbst teilte uns einen Raum zu und versprach, die notwendigen Requisiten zu besorgen. Petr organisierte die Theatergruppe, ich die Texte. Zu Hause fand ich Mutters Nachricht, daß sie mit Vater über Nacht im Bezirkskomitee der Partei bleiben würde. Ich schrieb in Eile hinzu:

KOMME NACH DER REVOLUTION. EUER GENOSSE SOHN. Ich ahnte, daß Petr für uns Slávek auftreiben würde. Daß er auch A. mitbringen würde, ahnte ich nicht. Ich hatte gehört, daß sie es mit ihrem Professor aus der Theaterschule hielt. Sie blieb also bei Petr. Soll sie! sagte ich mir. Das ist ganz einfach eine Prüfung, und ich muß sie bestehen.

Mit Slávek kam auch sein Mädchen, eine Medizinstudentin, die das Theater mochte. Er nannte sie zärtlich Wuschel. Ich hielt mich an die beiden.

Nacht. Unter den Fenstern starteten Motorräder, in den Korridoren hallten die Stimmen der Leute, die die morgige Manifestation organisierten. Beinahe bis halb drei Uhr früh probten wir ein Arrangement revolutionärer Gedichte. Ich brachte es zuwege, mich ganz normal zu verhalten, ja ich glaube, ich war sogar witziger denn je.

Dann rückten wir drei Strohsäcke aneinander und unterlegten die Kopfenden mit Aktenstößen von den Tischen. Wir legten uns angekleidet hin: Slávek, Wuschel, A., Petr und ich. Deckten uns mit unseren Mänteln zu. Es war stockfinster. Sie flüsterten. Nach langer Zeit mußte ich wieder an jene Mainacht denken.

Ich glaube, daß die zwei neben mir stritten. Plötzlich stand er auf und ging hinaus. Mit einemmal spürte ich ihre Hand. Sie drückte fest die meine. Ich zog die Hand fort, ging zum Ofen und legte so lange Kohle zu, bis Petr zurückkam. Ich wußte, daß ich sie immer noch liebte, und mir wurde ganz seltsam.

Aber als wir am Morgen unseren Karren zum Altstädter Ring schoben und mit zwei Leitern und Brettern unsere Frontbühne aufbauten, war ich wieder ruhig. Wir hatten ungeheuren Erfolg. Und als dann auch meine Stimme mit der Stimme Prags verschmolz, um Klement Gottwald zu begrüßen, fühlte ich die Gewißheit: jawohl, meine Hoffnung, die ich einst in der Verzweiflung bei Gott und dann in der Liebe gesucht hatte, ist hier, in dieser Menschenmenge, die aufgebrochen ist, um Gerechtigkeit zu suchen, und in diesem Mann, der sie in den Entscheidungskampf führt. Das ist jenes CENTRUM SECURITATIS, das Comenius vergeblich suchte und das ich nun statt deiner finde, mein armer Rob!

Unsere Bühne verwandelte sich in eine vollbesetzte Tribüne. Schnee fiel und auf dem Balkon des Kinský-Palastes lieh der Genosse Rudolf Slánský – oder war es der Genosse Clementis? – dem Genossen Gottwald seine russische Pelzmütze, die er aufsetzte. Mit ihr kündigte er die Geburt der Aktionskomitees der Erneuerten Nationalen Front an, denen im ganzen Land auch die redlichen Mitglieder der Rechtsparteien beitreten.

– Die Reaktion kommt in der Tschechoslowakei nicht durch!!

Anders als die Verschwörer in ihren Kabinetten erläuterte die Partei ihre Politik öffentlich auf den Plätzen und für alle ohne Unterschied. Das war entscheidend.

Drei Tage wie eine einzige lange und berauschende Minute. Wir zogen den Thespiskarren des FRONTHEREV kreuz und quer durch die ganze Stadt. Während der Präsident es ständig ablehnte, die Demission zu akzeptieren und die Weltbourgeoisie Alarm schlug, standen wir auf unseren Leitern und sättigten die Hungrigen mit Versen Majakowskijs, Blocks, Wolkers, Neumanns – und unseren eigenen! Wir schrieben sie mit Petr nachts auf den Strohsäcken und zwangen auch Slávek dazu: ein Schauspieler der Revolution muß alles können! Wir hatten Ruhe, waren allein, nach der ersten Nacht verfügte die Leitung des Jugendverbandes, daß die Mädchen gesondert schlafen sollten. Nichts durfte unsere Fahne beschmutzen. Und alle Gedanken mußten dem Kampf gehören!

A. ging jeden Tag nach Hause schlafen. Nach Hause...? Das war nicht meine Sorge. Petr war nervös. Sicher fühlte er mit uns das Paradoxon: sie, das Kind aus proletarischer Familie. Und Wuschel, Tochter eines Großkaufmanns, schlief einen Stock unter uns mit jungen Arbeiterinnen! Am zweiten Tag kam sie in der Frühe zu uns, blaß, schlank, hübsch auch im zerknitterten Kleid, und sagte zu Slávek:

– Sei so gut und treib für mich eine Anmeldung in die Partei auf!

Ihn traf der Schlag.

– Was wird dein Vater dazu sagen???

– Ich habe nur ein Leben! Ich will es auf meine Weise leben!

Kein Wunder, daß wir an diesem Tag alle unsere neuen Verse ihr widmeten. Auch Petr. Als ob er damit sagen wollte, A. solle begreifen, daß die Theaterakademie nicht alles ist, daß zu revolutionärer Poesie auch eine Überzeugung gehört. Das war vielleicht hart, aber bestimmt in ihrem Interesse.

Wir standen auf unserer Bühne vor dem Industriepalast, als dort Hunderte von Delegierten zum Kongreß der Betriebsräte zusammentrafen, um mit zehn Gegenstimmen den Generalstreik zu beschließen. Ich rezitierte meine »Ode auf den roten Panzer Nr. 23« zwischen den Fabriktoren von Praga und ČKD, als der Streik ausgerufen wurde. Der Ton zahlloser Sirenen war wie Materie, die auf die ganze Stadt drückte – und doch erinnerte er in nichts an den Schrecken der Kriegsnächte. Er war erhaben wie der Orgelklang im St.-Veits-Dom. Vielleicht findet sich bald ein revolutionärer Komponist, der ein Gottwald-Konzert für Sirenen und proletarischen Chor schreibt, um alljährlich diesen Tag zu feiern.

Und wir standen auf unseren Leitern in der Mitte des Wenzelsplatzes, auch an jenem Abend, als von unten her eine drohende Menschenmenge nahte, die die haßerfüllte Parole skandierte:

STERNE AN DIE WAND! STERNE AN DIE WAND!

So hatten sie sich denn in Bewegung gesetzt. Reaktionäre Hochschüler, Beamte, Gewerbetreibende – getäuschte Bauern, die ihr Blut für fremde Könige vergießen sollten.

– Mädchen, herunter!!

Wuschel wollte nicht. Ich blickte A. an. Sie blieb, aber ich sah, daß sie panische Angst hatte. In dieser Sekunde war es, als risse das Band, das mich dreieinhalb Jahre gelähmt hatte. Wie hatte ich sie je lieben können?? Ich sehnte mich nach jemandem, der sogar in der Liebe mein Kampfgefährte wäre, so wie Anna, die MG-Schützin, im »Stillen Don«.

Die Menge kam näher, wir konnten bereits die Gesichter unterscheiden. Petr kletterte mit unserer roten Fahne auf die höchste Sprosse und rief:

– Kronstadt ergibt sich nicht!!

Schimpfworte kamen zurück. Werden sie uns bespucken? Uns verprügeln? Oder werde ich der erste Gefallene des Bürgerkrieges sein? Es war mir egal! Ich hatte meinen Weg gewählt. Und bedauerte es nicht.

Gleichzeitig erscholl jedoch ein Lied aus Tausenden von Kehlen. Wir wandten uns bestürzt um. Vom Wenzelsdenkmal drang ein Menschenmeer zu uns herab, das die ganze Breite des Platzes bis zu den Hauswänden füllte. In der ersten Linie Arbeitermiliz ohne Waffen, ineinandergehakt. Dahinter Studenten, Jugendverbandsmitglieder, Postbeamte, Eisenbahner – das Volk!

Vorwärts, an Geschütze und Gewehre
auf Schiffen, in Fabriken und im Schacht!
Tragt über den Erdball, tragt über die Meere
die Fahne der Arbeitermacht...!

Sie wälzten sich um uns, an uns vorbei. Tausend erhobene

VOX POPULI

Fäuste grüßten uns. Die untere Hälfte des Platzes war schon fast leer. Wir weinten, vor Begeisterung. Auch A.

Oder weinte sie, weil sie ihre eigene innere Leere erkannt hatte, die es ihr nicht gestattet, den Gestalten der kommenden revolutionären Stücke wirkliches Leben zu verleihen?

Am nächsten Morgen kam sie nicht mehr. Petr war schweigsam, aber er hielt sich gut.

– Verzeih...! sagte er zu mir.

Ich antwortete lächelnd:

– Du hast mein Kreuz auf dich genommen.

Wir nahmen einen Rum und tranken uns zu, diesmal als Genossen. Möge ihr das Bett des Herrn Professors leicht sein.

Dann erwartete uns die entscheidende Stunde. Wir waren auf einer Beratung im Slawischen Haus, als eine Delegation junger Sozialdemokraten hereinkam. Eben sei bei ihnen eine stürmische Versammlung im Gange. Der Minister Majer ersuche die Parteileitung um die Genehmigung, aus der Regierung Gottwald auszutreten. Dann hätte sie ihre Mehrheit eingebüßt. Sie wollten das verhindern und baten dringend, daß wir bei der Besetzung des Zentralsekretariates helfen. Slávek fragte, warum sie das nicht selber machten. Sie sagten, sie seien zu wenige.

– Wir sind doch keine Sozialdemokraten!

– Niemand kennt euch!

– Aber das wäre unfair!

Es kam zum Streit. Ein paar Leute schlossen sich Slávek an. Ich erwartete, daß Petr reden würde, aber er war wirklich nicht wie sonst. So nahm ich das Wort.

– Genossen, und wenn die sozialdemokratische Rechte wirklich den Sieg davonträgt? Wenn sie sich der Demission anschließt? Dann haben wir den Bürgerkrieg vor der Tür! Wir haben gestern den Wenzelsplatz erlebt! Was, wenn gerade diese Aktion Tausende Leben retten kann? Was, wenn sie die ganze Revolution rettet? Sie bitten uns um Hilfe, von Marxist zu Marxist. Haben wir das Recht, sie abzuweisen? Könnten wir das vor jemandem verantworten? Hätten sich die deutschen Marxisten rechtzeitig geeinigt, wäre es nie zu Hitler gekommen! Ich schlage vor, hinzugehen. Wir müssen nicht lügen, wir werden nur handeln!

Einmütig angenommen. Zum Sekretariatsgebäude am Graben liefen wir im Trab. Eben traf dort zum selben Zweck ein kleiner Trupp Arbeitermiliz ein. Sie hatten Gewehre. Es sah nun bald wie eine wirkliche Revolution aus. Wie abgesprochen betraten wir zusammen alle Räume gleichzeitig und sagten überall:

– Genosse, ich bitte dich, an deinem Platz zu bleiben und das Telephon nicht zu benützen!

– Na endlich, sagte der eine, und ich wollte schon hin und denen höchstpersönlich die Fresse einschlagen!

Er machte ein Bier auf und bot mir eine Zigarette an. Aus dem Raum des Präsidiums kam jemand herausgelaufen und begann sich mit den jungen Sozialdemokraten zu raufen. Wir mischten uns da nicht ein. Ich fragte einen von der Miliz, ob sie scharfe Munition gefaßt hätten. Er nickte.

– Sechs Schuß. Falls sich die Offiziere rühren. Aber der Genosse Pavel hat uns gesagt – wer losböllert, fliegt aus der Partei, daß er nicht mehr zum Stehen kommt!

Dann wurde es heiß, als sechzig Polizisten eintrafen. Die waren vom sozialdemokratischen Obmann Pros hergeschickt. Sie befahlen die Räumung des Gebäudes und machten keinen Hehl daraus, daß sie bereit waren, uns alle mitzunehmen. Zum Glück konnte jemand noch schnell Innenminister Nosek telephonieren, so daß von der Polizei bald hundert Kommunisten ankamen. In stürmischer Debatte zogen alle ab. Es war zu Ende. Die Regierungsmehrheit war gerettet.

Und ich habe das herrliche Gefühl, daß zum ersten Mal aus meinen Worten Taten wurden.

Mittwoch. Vielleicht schreibe ich in ein paar Jahren darüber einen Roman. Heute sehe ich immer nur den einen Augenblick vor mir.

Präsident Beneš hat endlich die Demission angenommen und sich einverstanden erklärt, daß Klement Gottwald die Regierung der Erneuerten Nationalen Front zusammenstellt. Hunderttausende von Menschen, die schon seit dem frühen Morgen auf dem Wenzelsplatz warteten, sangen vielleicht schon zum fünften Mal die Internationale. Dank unseren Leitern, die bereits jeder kannte, gelangten wir bis vor die Tribüne. Sie bestand aus einem gewöhnlichen Lastauto. Neben dem Parteivorsitzenden lehnte der ganze revolutionäre Stab an der Pritsche, die Genossen Slánský, Zápotocký, Kopecký und der Kommandant der Arbeitermilizen, Pavel.

Es kann wohl kein größeres Glück geben als das, welches sie jetzt erlebten. Ich hätte gern den Rest meines Lebens dafür gegeben, neben ihnen stehen zu dürfen.

Dann stieg der Genosse Gottwald von dem Wagen, der Geschichte gemacht hat. Über den Kordon der Miliz hinweg streckten sich ihm Tausende von Händen entgegen. Auch meine.

Und gerade die drückte er! Die einzige! Als wollte er damit symbolisch der Partei, dem Volk, uns allen Dank sagen.

Ich gab seinen Händedruck meinen Genossen weiter.

Dann fuhren wir in der vollgepfropften Tram nach Hause. Wir waren traurig, daß alles aus war. Etwas Ähnliches würden wir nie mehr erleben! Der Sozialismus hatte gesiegt. Vor uns der gerade Weg zum Kommunismus!

– Kommt zu mir nach Hause! sagte Wuschel. Ihre Eltern waren nach St. Moritz Ski laufen gefahren. Ich mußte lachen, wenn ich mir vorstellte, daß sie in ein Land des siegreichen Proletariats und zu einer Kommunistin als Tochter zurückkehren würden.

Die Villa war wie eine Burg. Eine typische Festung der Prager Bourgeoisie. In der Halle brannte der Kamin. Auf einem Tigerfell lag, wie im Film, ein Mädchen in einem roten Bademantel auf dem Bauch und trank aus einem dickwandigen Glas. Wuschel war verlegen.

– Du bist nicht bei Ivan?

– Den hab' ich gestern in den Arsch getreten.

Sie sagte das so, wie man Guten Abend sagt. Wir erstarrten. Vielleicht hatte sie uns nicht gesehen. Langes schwarzes Haar umfloß ihren Kopf und verdeckte ihr Gesicht.

– Dein Weekend ist ein wenig lang geworden, sagte sie.

– Ich war im Jugendverband.

– So gut wird dort gevögelt?

Slávek glaubte in Ohnmacht zu fallen. Wir wurden alle schamrot. Wuschel sagte, nun schon überlegen:

– Schönen Dank für die Nachfrage. Darf ich dir meine Liebhaber vorstellen? Das ist meine Schwester. Sie beendet eben das Medizinstudium.

Endlich wandte sie den Kopf. Ich weiß nicht, wie ich dieses Gesicht beschreiben soll. War es schön? Oder grausam? Irgendwie, als wären darin zwei verschiedene Menschen.

– Die Herren sind hoffentlich Bolschewiken. Kommen sie, um uns zu enteignen?

– Sicherlich, Mademoiselle, sagte ich, aber Sie dürfen das austrinken, wir warten solange.

Ich weiß nicht, wie ich dazu kam. Vielleicht erleuchtete mich endlich Vaters Geist.

– Wie delikat! In diesem Fall wollen Sie bitte mit mir anstoßen.

Ich trank zum ersten Mal Scotch. Ich verdünnte ihn mit Soda wie sie. B. nahm uns nicht zur Kenntnis. Wir erinnerten uns an unsere Erlebnisse und fielen einander ständig ins Wort.

– Und weißt du noch…? Und erinnerst du dich…?

Der Tag war nicht zu Ende, und doch gehörte er schon der Geschichte an.

Petr trank am meisten. Lautstark begann er seine Roten Rhythmen zu rezitieren.

Doch ich hasse euer Wenn und Aber,
Eure Fische, eure Vögel, euer sonstiges Gesaber,
Eure Banken, eure Panzer, eure goldenen Lemuren,
Eure Heiligen, eure Sankten, eure Kuppler, eure Huren,
Ihre Brüste, ihre Schöße gehen schon
Unter im Feuer der Revolution.

Es mochte hier ein wenig verkrampft klingen. Aber was sie darauf sagte, stieß auch mich vor den Kopf:

– Sie sind so revolutionär, daß ich befürchte, Sie seien impotent.

Ich sprang auf. Aber Petr machte nur einen Schritt. Dann fiel er hin. In Sekundenschnelle war sie bei ihm. Ich hätte nicht geahnt, wie sachlich sie sein konnte.

– Alkoholvergiftung. Helfen Sie!

Wir brachten ihn ins Badezimmer. Sie blieb bei ihm. Man hörte, wie er erbrach. Mon petit Pierre…

Als ich die Augen öffnete, lag sie wieder am Kamin und sah mich an. Ich erhob mich schnell. Es war zehn Uhr. Ich hatte fast drei Stunden geschlafen.

– Verzeihen Sie…

– Keine Ursache.

– Wo sind die andern…?

– Den ausgekotzten Dichter hab' ich nach Hause verfrachtet. Die beiden sind offenbar beim Koitus.

Ich war wieder vollständig fit und kam in Rage.

– Haben Sie überhaupt keine Scham?

– Was ist das?

– So eine natürliche Eigenschaft, durch die sich der Mensch vom Tier unterscheidet. Eine unwesentliche Qualität, die ihn vor der Rückkehr in den Dschungel schützt. Aber wahrscheinlich ist das da Ihre wahre Haut!

Sie lag auf dem Tigerfell und lachte.

– Eher fahren Sie aus der Haut.

Ich war wütend.

– Sie sind schlecht und gefühllos. Es macht Ihnen Vergnügen, jemanden zu beleidigen und zu erniedrigen. Sie waren unflätig zu meinem Freund, der tausendmal mehr wert ist als Sie, weil er sich seiner Epoche opfert. Sie sind die typische Tochter einer Klasse, die nicht imstande ist, andere Werte zu produzieren als Geld. Darum brauchen Sie sich nicht zu wundern, wenn wir Euch hassen!

– Ich wundere mich nicht, sagte sie. Merkwürdigerweise ohne jede Ironie.

– Gute Nacht, sagte ich kalt.

Sie reichte mir die Hand. Ich drückte sie. Bevor es mir bewußt wurde, preßte sie meine Handfläche gegen ihre linke Brust. Ich stand vornübergebeugt, unfähig, etwas zu sagen oder mich zu bewegen.

– Jetzt habe ich das Gefühl, sagte sie, als ob mich Klement Gottwalt eigenhändig liebkost.

Mir wurde schwarz vor den Augen. Für den Bruchteil einer Sekunde wollte ich sie schlagen. Statt dessen stürzte ich mich auf sie. Riß ihr den Bademantel herunter. Vielleicht wollte ich,

daß sie schrie, daß sie mich schlug. Ich wollte sie demütigen. Aber ich hörte sie mit einer fast kindlichen Stimme sagen:
– Ach, bist zu zärtlich, ach, bist du schön...

Dann lagen wir nebeneinander. Sie sprach die Frage aus, die ich befürchtet hatte.

– Wievielmal hast du schon...?

Meine Kehle war ausgetrocknet. Ich mußte einen Schluck nehmen.

– War es so schlimm?

– Fool, you're fishing for compliments! Du warst wunderbar...

Sie legte den Kopf auf meine Brust und strich mir über das Haar. Ich sagte:

– Ich wußte nicht, daß in dir so viel Zärtlichkeit ist.

– Das wußte ich auch nicht. Wahrscheinlich hast du sie mitgebracht.

– Zärtlichkeit wird nicht geschenkt. Sie mußte in dir sein, seit je.

– So hat man's mir zu sagen vergessen.

– Aber ich sag' es dir!

– Ja! Sag es mir nur!

– Du trägst eine Maske, die nicht zu dir paßt!

– Ich bin doch eine Tochter meiner Klasse, nicht?

– Liebst du sie?

– Diese Idioten, Prasser und Hurer? Zum Kotzen sind sie! Ich gönn' es ihnen, daß sie heute abgesoffen sind. Leider bin ich mit an Bord.

Das war kein Theater. Die zynischen Worte verdeckten nur ihre Katastrophenstimmung. Ich konnte einem fremden Brand nicht zusehen. Fremd? Sie war mir plötzlich nah.

– Da hast du nicht recht! Dein Schiff geht unter, aber wir sind es ja, die Rettungsboote aussenden! Der Kommunismus bedeutet das Glück des Menschen. Eines *jeden* Menschen, sofern er sich selbst nicht aus der Gemeinschaft der *Gleichen* ausschließt! Pack die Gelegenheit! Verlaß das Wrack!

– Wie macht man das...?

– Noch meine Großväter waren Bergwerks- und Bankdirektoren. Aber schon Vater und Mutter haben sich dagegen ge-

stemmt. Sie wollten, daß ihr Leben einen *Sinn* hat. Wuschel hat sich entschlossen, in die Partei einzutreten!
– Wer...?
– Deine Schwester.
Sie nahm einen Schluck Whisky und schüttelte den Kopf.
– Das könnte ich wahrscheinlich nicht...
– Sie hat begriffen, was auch du begreifen solltest: So wie die Revolution Arbeiter und Soldaten braucht, braucht sie auch Dichter und Ärzte. Sei also einer von ihnen! Das Klassenbewußtsein lähmt dich unnötigerweise. Die Eltern sind der Anker, der dich an die Vergangenheit bindet. Aber du hast auch eine Harpune, die in die Zukunft weist!
– Was ist das?
– Deine Kinder. Denn sie werden im Kommunismus leben!
B. schwieg. Im Schein des glimmenden Holzes leuchteten ihre Augen.
– Heilige Jungfrau der Raubtiere...!
– Was soll das wieder bedeuten?
– Das ist mein Gebet zu dir. Erbarme dich deiner und deiner Kinder. Wovor hast du Angst? Die Revolution, das bin doch auch ich. Wenn du willst, werde ich mit dir sein, dich alles lehren. Ich will dich leben lehren!
– Willst du wirklich?
Ich wollte mich zu ihr erheben, aber sie drückte mich sanft zu Boden.
– Dann werde ich dich dafür lieben lehren...!
Ich habe nicht geahnt, daß erst jenseits der Grenze des Schamgefühls das weite Land der Liebe beginnt. Was für ein Glück, daß ich sie getroffen habe. Ohne sie wäre ich bis zum Tod ein sehender Blinder geblieben.
Mein ganzer Körper, meine Seele, meine Erinnerungen, meine Sehnsüchte konzentrierten sich mit einemmal in einem Punkt, der kreisend emporstieg.
Dann kam ein beruhigendes Rauschen des Blutes, aus dem ihr leiser Alt zu mir drang.
– Weißt du, daß es mir vielleicht gefallen würde... mit dir ein Kind zu haben...?

FÜNF TAGE, DIE DIE TSCHECHOSLOWAKEI ERSCHÜTTERTEN. UND EINE NACHT, DIE MICH ERSCHÜTTERT HAT!

Es dunkelt. Auf dem Tisch steht seit gestern eine Flasche bereit. In einigen Augenblicken kommen die Eltern. Wir werden den Wein öffnen und einander die Geschichte des Februar erzählen. Nur ein Kapitel werde ich ihnen verheimlichen. Vorläufig.

Morgen will ich B. auffordern, mich zu heiraten.

Was tut's, daß sie fünf Jahre älter ist. Im Gegenteil – das ist geradezu genial: wir werden einander gegenseitig Lehrer und Schüler sein. Sie wird mich zum Mann machen. Ich sie zur Revolutionärin.

Ich betrachte meine Handfläche. Mich wärmt Sein Händedruck und der Duft ihres Körpers. Ich schäme mich gar nicht! Kampf und Zärtlichkeit – zwei Phasen des Wechselstroms, der meine Energie speist, durch den ich lebe.

Für dich, meine Partei.

Mit dir, meine Liebe.

Donnerstag, 22. August 1968 Roma
(Fortsetzung)

Obwohl jeder in sein eigenes Bett gegangen war, erwachte ich in ihren Armen. Unsere Körper hatten sich im Schlaf zueinander geschoben, wie es ihnen in tausend gemeinsamen Nächten zur Gewohnheit geworden war. Das Nachthemd, das sie sich wieder übergezogen hatte, war zum braungebrannten Bauch gerutscht, weil sie die Knie bis fast zum Kinn angezogen hatte. Sie nahm jedesmal die rührende Stellung des menschlichen Embryos ein, von der man sich so überflüssig schnell in die Position streckt, die für den Sarg geeignet ist. So kehrte sie jede Nacht in den Zustand vorgeburtlicher Seligkeit zurück, ganze sechsundzwanzig Jahre lang, als wollte sie sich auf diese Weise vor dem Tod und allen Schlechtigkeiten der Welt schützen.

Beide Fensterläden waren fest geschlossen, aber der Scheinwerfer draußen war noch so blendend, daß auch die durch die Spalten hindurchdringenden schmalen Strahlen das Zimmer mit Licht erfüllten. Sie seufzte auf und begann zu erwachen. Vom Schlaf noch betäubt, dachte sie, es sei Morgen.

– Heute hat mir die ganze Nacht geträumt, daß wir im Untergrund waren und mit Dubček Verbindung aufnehmen sollten… und wir wußten mit Bestimmtheit nur, daß er sich in so einem kleinen Wirkwarenladen versteckt hielt, wo man Häkelnadeln und Wolle bekommt… und so sind wir hingegangen und haben immerzu gedacht, daß er sich unter die Verkäuferinnen gemischt hat und sich als eine von ihnen maskiert, aber wir haben ihn dort überhaupt nicht finden können und haben immer weiter gesucht, und keine Verkäuferin war Dubček, und erst dann haben wir festgestellt, daß er viel geriebener ist, weil er als Puppe verkleidet im Schaufenster stand und so ein Ding in der Hand hielt… wie nennt man das?

– Ein Knäuel…

– Nein nein, Garn! Garn hatte er in der Hand und wickelte davon einen Faden ab, und auch ein Spinnrad war da und ein Stuhl, und er hat zu uns gesagt: Niemand will sich ans Spinnrad setzen und meinen Faden spinnen. Und er hat geweint.

– Und du hast dich dort hingesetzt.

– Ich bin in diesem Moment aufgewacht.

– Und was bedeutet das?

– Das ist ein trauriger Traum. Oma träumte einmal von einem Spinnrad, als Opa in Rußland war. Und sie hat gleich darauf einen Brief bekommen, daß er gefangengenommen wurde.

– Aber Opa ist doch zurückgekehrt, oder? Sonst wäre Mutti ja nicht geboren worden!

– Mutti wäre wahrscheinlich auch ohne Opa geboren worden. Aber vielleicht war dieser Faden nicht drin…

– Was bedeutet der Faden?

– Der Faden ist langdauerndes Unglück. Und wenn er reißt, kommt Tod aus ihm.

– Aber er ist doch nicht gerissen!

– Weil ich aufgewacht bin.

– Das spielt keine Rolle. Es gilt doch immer nur, was im Traum ist. Zufällig bist du rechtzeitig aufgewacht!

– Ich wache immer rechtzeitig auf – zum Unterschied von anderen...

Mit dem erwachenden Bewußtsein kehrte die Wirklichkeit zurück. Langsam, wie unwillkürlich streckte sie die Beine gerade, das geraffte Nachthemd war ihr nur ein Vorwand, auch die Hände freizubekommen. Zwischen unseren Betten begannen wieder die Wogen von Suez zu strömen, feindliche Ufer trennend.

– Wie spät ist es? fragte sie.

– Es wird vier Uhr.

– Du hast wirklich einen prima Kameraden.

– Er wollte mich besuchen kommen, nicht dich.

– Jawohl. Und darum konnte ich nicht baden gehen.

– Ich hatte keine Ahnung, daß du heute baden wolltest.

– Möglicherweise hast du vergessen, daß wir deswegen hierhergefahren sind.

– Mir scheint, wir haben irgendwelche Sorgen.

– Ich kann baden, auch wenn ich Sorgen habe.

– Und wer hindert dich daran?

– Ich geh auch in Prag nicht allein baden.

– Mit mir konntest du heute wohl kaum rechnen.

– Mit dir nicht. Ich wartete auf deinen Kameraden.

– Ich glaube, er würde dir dasselbe sagen.

– Glaubst du?

Meine Gereiztheit stieg wieder an. Ich wollte explizieren, daß die Sympathien, die sie ihm offenbar entgegenbrachte, völlig unlogisch seien, und daß sie sie wenigstens nicht so ungeschminkt zur Schau tragen müßte. Es klopfte jedoch, und fast gleichzeitig trat der Concierge ins Zimmer. Er sah sie sich mit offenkundigem Gefallen an. Sie piepste, und weil sie auf ihrer Decke lag, die sie daher nicht über sich ziehen konnte, ließ sie sich hinter das Bett auf die Erde fallen.

– Buon giorno. Un signore vuole parlare con Lei.

Er trat einen Schritt zurück, um jemanden durchzulassen, und schloß lächelnd die Tür.

– Um Himmelswillen, er soll doch weggehen! stöhnte sie vom Fußboden her.

– Kruzinal...! stotterte der Gast in kernigem Tschechisch, sorry, ich hatte keine Ahnung... ich warte unten in der Trattoria, Gott, ist das ein Trottel!

– Ich bin auf einem Kongreß in Neapel, sagte er dann, als ich hinunterkam. Was trinken Sie zu dieser Tageszeit?

– Zu Hause nichts, hier Campari. Aber heute will ich einen Whisky.

– Cameriere!

Er bestellte in einem Italienisch, das mir perfekt vorkam. Dann rief er ihn zurück.

– Un momento... und Ihre Frau?

– Eigentlich auch Campari.

Weil sie nicht hier war, konnte ich der Ordnung halber bemerken:

– Sie ist nicht meine Frau.

– Ich verstehe, sagte er und zwinkerte mir vielsagend zu.

– Ich glaube nicht. Aber das tut nichts zur Sache...

– Jedenfalls ist sie ein Kaliber. Sagt man das in Prag noch so? Jetzt hat man dort wahrscheinlich andere Sorgen...! Ich habe gestern mit Schrecken festgestellt, daß ich immer noch stocktschechisch bin! Wir hatten ein normales briefing, da kam der Boß und packte aus. Und ich war davon vollkommen down. So hab ich heute die Sporen gegeben und bin zur Botschaft gelaufen, ob vielleicht irgendein Landsmann Rat brauchen könnte oder so. Als man dort Ihren Namen nannte, hab ich mich sofort erinnert.

Er sprach noch, sah aber schon über meinen Kopf hinweg und stand dann mit dem Ausdruck höchster Bewunderung auf. Der Schatten des Sonnenhuts lag wie eine Brüsseler Spitze über ihren Brüsten. Den Minirock mußte ein Mann erfunden haben, der ihre Beine gesehen hatte.

Es war geradezu phantastisch, wie mich all das gleichgültig ließ. Er küßte ihre Hand und bat nochmals um Entschuldigung.

– Der Herr Ingenieur, erklärte ich ihr, ist der Gatte einer meiner alten Bekannten. Er ist gekommen, um uns seine Hilfe anzubieten.

– Das ist lieb von Ihnen... und wo haben Sie Ihre Frau?

– Voriges Jahr ist sie gestorben... Lungenkrebs. Im ganzen Leben hat sie keine einzige Zigarette in den Mund genommen!

Die ganze Zeit hatte er wie ein harter angriffiger Kerl ausgesehen, aber jetzt bekam er auf einmal feuchte Augen. Nun mußte *sie* sich entschuldigen. Er winkte ab, und weg war es.

– Als ich einundfünfzig herauskam, hatte ich nicht einmal die Zahnbürste, nur mein Diplom von der TH. In der Zeitung las ich, daß in Saskatchewan die Stelle eines Hydrologen ausgeschrieben war, also fuhr ich per Autostop hin. Unter Brüdern viertausend Meilen. Mit mir kreuzten ein Japs, ein Tommy, zwei Yankees und fünf Kanadier auf. Als es zu Ende war, hat man mich gerufen und gefragt: Woher sind Sie eigentlich? Doch aus der Tschechoslowakei... Never heard of it! Also hier sind Pläne, Schlüssel und Flinte, und fahren Sie geradewegs ins Terrain! Wozu Schlüssel? Zur Karre, die unten im Hof steht, wir ziehen sie Ihnen vom Gehalt ab. Und die Kanone? Die ist doch für die Bären da. – Ist das nicht köstlich? Heute bin ich Chefhydrologe einer Provinz, die so groß ist wie halb Europa, und als wir gestern vor den Abend-News hockten, hat der Boß mit mir geheult wie eine alte Nutte...

Es war bewundernswert, daß er nach siebzehn Jahren – bis auf die englischen Brocken, die er ganz automatisch gebrauchte – sprach, als wäre er gestern aus Prag angekommen. Zwar... aus dem Prag vor siebzehn Jahren!

– Zu Hause haben wir nur tschechisch gesprochen, auch unser Sohn spricht es noch, er ist sonst schon ein waschechter Kanadier. Nur ist er jetzt im College, und so habe ich troubles. Amerika ist wunderbar, aber die Weiber sind dort, die Dame wird verzeihen, einen Dreck wert. Guter Gott, warum kann man eine richtige Frau ausgerechnet nur in dieser angeschlagenen Tschechoslowakei finden?? Und warum hauen so wenige ab??

Er war überhaupt kein bißchen dick, aber er steckte in seinem dünnen italienischen Anzug wie eine Hand im Handschuh. Er hatte sehr kurzes Haar, vertrauensvolle Augen, breite Schultern und ein ständig aufwärtsweisendes Kinn. Unglaublich, wie es Natur und Tradition zuwegebringen, sich einen Menschen anzugleichen.

– Jetzt werden Sie Gelegenheit haben, sagte sie, fast alle hübschen Mädchen sind dieses Jahr ans Meer gefahren.

Sie kritzelte etwas auf die Rückseite der Speisekarte.

– Ich gestehe, daß ich auch da bin, um mir eine aufzugabeln. Vielleicht hab ich sogar ein Recht darauf: Ich werde vierzig, schinde mich ab wie ein Maulesel, und ich will doch dort nicht alleinbleiben wie ein Holzfäller! Was für einen Sinn hätte dann das Leben?

Absichtlich fragte ich:

– Und wird sie sich dort angewöhnen?

– Aber ja. Unter uns gesagt, das Problem besteht überhaupt nicht im Angewöhnen.

– Sondern?

– Im Abgewöhnen! Klima, Arbeit, Geld, auch die Bären – an all das habe ich mich in ein paar Tagen gewöhnt. Aber bis heute habe ich mir nicht abgewöhnt, daß man sich bei uns mit allen über alles unterhalten konnte, und immer war es klug. Wir sind halt ein phantastisches folk! Dort könnt ihr euch mit einem Hydrologen nur über Wasser, mit dem Zahnarzt nur über Stockzähne und mit fremden Leuten nur über das Wetter unterhalten. Aber wenn die Kleine nicht zu sehr auf Kultur versessen ist, wird sie sich angewöhnen. Die Kultur ist in Amerika groggy! Die Blume muß mehr auf Kühlschränke aus sein, Cars, Air-condition und so. Am besten wäre eine Turnlehrerin, kennen Sie eine?

Wir kannten keine. Er bestellte eine neue Runde.

– Wann lichteten Sie Ihre Anker von Prag?

– Am Samstag.

– Good heavens, da haben Sie aber Schwein gehabt!

– Wie man's nimmt…

– Das kann man nur so nehmen, wie es liegt. Weil es so etwas wie einen demokratischen Kommunismus gar nicht gibt, damit haben diese Rußkj ganz recht. Was der Herr Dubček gemacht hat, das hatte faktisch nichts mehr mit Kommunismus zu tun, das war nur der Firmentitel einer company, die den Besitzer und das Sortiment gewechselt hat und den Namen nur wegen der Kundschaft beibehält. Kommunismus gibt's nur einen, und zuletzt hat er sich uns gestern in Prag präsentiert, wenn Sie einen first hand account davon haben, was dort los ist. Alle diese Plappereien über die Konvergenz des westlichen und des östlichen Sozialismus sind ja nichts als Bluff. Das, was wir etwa in Kanada für die soziale Ordnung tun, und das, was der Lehrer der Völker L. I. B. im Sinn hat, kann ganz einfach nicht konvergieren. Weil das Volk, das der

Breschnew hinter sich hat, schon so braingewasht wurde, daß ihm höchstens noch eine besondere Konstellation der Sterne helfen kann. Das ist halt ein neues Achtunddreißig, und bis sie uns quittiert haben, werden sie weiter weggehen; denn zum Beispiel gerade hier in dem Land, wo wir jetzt diesen Drink haben, sind genug Burschen zu finden, die sie mit Brot und Salz begrüßen werden, wie wir damals im Mai. Wenn ich raten darf – und ich wäre euch auch gern dabei behilflich – so packt eure Sachen und fahrt über den großen Teich. In Kanada haben wir Hügel genug, und wenn wir draußen so viele sind, würde es sich schon lohnen, dort drüben irgendeinen neuen Říp zu finden und an seinem Fuß auch ohne den Altvater Čech von neuem zu beginnen. Die paar Burschen, die ihr jahrelang als Verräter beschimpftet, haben dort den Tschechoslowaken einen solchen Namen gemacht, daß man ihnen gern auch eine ganze Provinz geben wird. Und dieses folk verdient es, zu existieren, weil es dort, wo es hinkommt, ein Werk zurückläßt, das endlich einmal niemand mehr zertritt!

Der Concierge rief mich ans Telephon. Noch unterwegs hatte ich diesen Monolog in den Ohren, naiv, absurd, aber zugleich rührend.

– Hat man dir meine Nachricht bestellt?

– Nein.

– Das konnte ich mir denken. Erst jetzt bin ich fertig und fahre los, um euch abzuholen. Sag, daß ich Buße tue, daß ich es wieder gutmachen will. Sag, daß ich ihr das nächtliche Rom zu Füßen legen werde.

Als ich zurückkehrte, hatte ich das Gefühl, einer der wenigen Tschechen zu sein, die normal blieben. Zudem hatte ich verstanden, daß die Sympathie beidseitig war. Als ich auf die Straße hinaustrat, saß der Ingenieur weit über den Tisch vorgebeugt. Er hielt ihre Hände in den seinen und küßte sie lang. Begeistert lachte er mich an.

– Ich sage immer, wir haben ganz einfach phantastische Squaws. Bringt das eine Kanadierin zustande?! Fräulein, Sie wären in Alberta die erste Dame!

Auf der Rückseite der Speisekarte prangte eine beiläufig hingekritzelte Karikatur: Herzlich von Bären begrüßt, kehrt der Landsmann mit einem Bündel tschechischer Mädchen nach Kanada zurück. Ich wollte bemerken, daß jeder der vielen Studenten-Schnellmaler auf der Piazza di Spagna das gemacht hätte, für tausend Lire und innerhalb von fünf Minuten. Dann mußte ich aber fairerweise zugeben, daß es nur Made in ČSSR und nur sie sein konnte.

Ich beschränkte mich darauf, die Nachricht zu bestellen. Wie vorausgesehen, wurde die Entschuldigung gnädig und der Vorschlag mit sichtlicher Befriedigung akzeptiert.

Er begann sich gleich zu verabschieden, ließ uns Visitenkarten mit seinen Adressen in Neapel, Montreal und Edmonton zurück. Sie ging auch, um noch ein Bad zu nehmen. Er küßte ihr nochmals die Hand und sagte:

– Wenn Sie irgendeiner Freundin begegnen sollten, legen Sie ein Wort für mich ein! Ich bleibe bis Sonntag hier, im Hotel Parco dei Principi. Und wenn sie wie Sie wäre, soll sie mich auch um zwei Uhr früh wecken kommen!

Ich begleitete ihn auf die andere Seite zu einem breiten Straßenkreuzer. Die Speisekarte mit der Zeichnung hielt er wie eine Hostie. Als wir an meinem Wagen vorbeigingen, legte er die Hand auf das glutheiße CS.

– Dumme Karre, und dabei spürt man fast die südböhmischen Wiesen.

Endlich konnte ich ihn fragen.

– Ihre Frau hatte noch eine ältere Schwester...

– Ja, hatte sie.

– Was macht sie?

– Die ist ganz normal verrückt geworden. Hat einen Arzt aus Kuba geheiratet und ist mit ihm zum Fidel ab!

---

5. X. 49 Prag

Kameraden,

entschuldigt die Anrede, die wir uns längst abgewöhnt haben, aber das Wort Genossen ist heute noch weniger am Platz. Euch gehört mein letzter Brief.

Ich habe eure Gedichte rezitiert, weil ich an sie geglaubt habe. Weil nach all dem, was wir bis zu unserem siebzehnten Lebensjahr mitansehen mußten, der Kommunismus auch für mich Freiheit und Gerechtigkeit bedeutete.

Genauso für sie, obwohl sie in einem Milieu aufgewachsen ist, das wir uns nicht einmal träumen ließen. Anders als wir hat sie bewußt verzichtet. Auf Komfort, Luxus, auf ihr Heim. Darum glaube ich, daß sie von uns allen eigentlich die Mutigste war. Vielleicht bin ich nicht objektiv. Aber soviel ich weiß, war sie auch für euch ein lebender Beweis der Stärke unseres Ideals.

Auf zur gemeinsamen Reise,
Auf zu der Zukunft Geleise,
Wir bauen den Bau,
An uns baut der Bau.

Darunter von der Hand des Autors hinzugeschrieben: »Unserer Wuschel zum Eintritt in die Kommunistische Partei der Tschechoslowakei...«

Als ich euch sagte, daß das Hochschulkomitee ihre Anmeldung zurückgeschickt hatte, wart ihr erbittert. Ihr spracht von Dogmatikern und Idioten. Ihr verspracht, zu intervenieren. Später habt ihr erklärt, daß die Partei sich in einer kritischen Phase befindet, in der sie die Kampforganisation der Arbeiterklasse sein muß. Ich fragte, warum *wir* in der Partei sein können. Ihr sagtet, daß es wahrscheinlich notwendig ist, Mitglieder aus der Vor-Februar-Zeit von denen zu scheiden, die sich stets den Siegern anschließen und daß die Partei sich auch zum Preis vorübergehender Ungerechtigkeiten vor Opportunisten schützen muß.

Das hatte seine Logik, und Wuschel fand sich damit ab, obwohl gleichzeitig Leute in die Partei aufgenommen wurden, denen ich nicht die Hand reichen würde, selbst wenn ich am Ertrinken wäre. Trotzdem rezitierte sie weiterhin eure Gedichte. Auch auf dem Platz, den ich jetzt aus dem Fenster des Hotels sehe, im diesjährigen April just an dem Tag, als ihre Eltern und ihre Schwester in den Westen flohen. Sie warteten die ganze Nacht am verabredeten Ort ganz nah von hier. Sie blieb bei uns.

Sie bot die Villa dem Staat an, für Obdachlose, gegen einen Raum im Studentenheim. Dort zog sie mit ihren Büchern, einem Koffer mit Kleidern und einem einzigen Wunsch hin: ihr Studium gut zu beenden, um dann im befreiten Grenzgebiet als Ärztin tätig zu sein, dort,

Wo unsre revolutionäre Macht
Die Saat wirft in den Höhenlagen,
Wo Fuchs und Has sich Gute Nacht,
Die Menschen Guten Morgen sagen.

All das wußtet ihr. Was ihr nicht mehr wißt, ist dies: Am 15. September sind wir von Ostrava nach Prag zurückgekehrt. Obwohl sie als Krankenbetreuerin bei der Bauleitung arbeiten konnte, blieb sie mit mir in der Brigade. Ich bat sie, sich wenigstens nicht zu den Nachtschichten zu melden. Sie sagte, daß sie sich von ihrer Klasse befreien will. Daß sie sich Vertrauen erkämpfen und sich selbst finden muß. Einen Tag vor der Rückkehr wurde sie ausgezeichnet.

Einen Tag nach der Rückkehr teilte man ihr auf der Fakultät mit, daß sie sich nicht ins fünfte Semester immatrikulieren darf. Sie berief sich auf ihre Studienerfolge, auf das FRONTHEREV, sie zeigte ihnen ihr Stoßbrigadeabzeichen. Im Aktionskomitee saßen ihre Mitschüler. Sie sagten ihr, daß sie nicht die einzige ist, die von den Reaktionären zur Bewachung des Besitzes hiergelassen wurde, daß die Bourgeoisie zwar klug, die Partei aber klüger ist und eine fünfte Kolonne niemals tolerieren wird.

Sie verbot mir, euch aufzusuchen, damit ich euch nicht gefährde. Ich gehorchte, weil ich fürchtete, ihr könntet ihr vielleicht dasselbe sagen. Sie mußte noch am selben Tag aus dem Studentenheim. In ihrer Villa wohnte bereits ein gewisser Genosse vom Innenministerium. Ich nahm sie zu uns nach Hause. Sie schlief in der Küche. Aber sie hatte den Mut immer noch nicht verloren. Sie ging ins Tesla-Werk, um am Fließband beschäftigt zu werden.

Sie glaubte immer noch, uns überzeugen zu können.

Dort hatten die sich offenbar das Kadergutachten schicken lassen. Nach einer Woche hieß es, daß sie die bourgeoisen Elemente nicht aufnehmen können, weil sie Fernmeldegeräte herstellen. Sie fragte, was sie um Himmelswillen anfangen soll. Und der Kaderleiter wiederum fragte sie, warum sie eigentlich nicht mit ihren Eltern weggegangen ist.

Als sie uns das am Abend erzählte, brach sie zum ersten Mal in Tränen aus. Ich sagte augenblicklich, daß ich sie heiraten will.

Meine Mutter hätte fast der Schlag getroffen. Sie jammerte, daß ich erst einundzwanzig bin, daß Vater als Gewerbetreibender nicht weiß, was morgen sein wird, daß beide schuften müssen, um mir mein Schauspielstudium zu ermöglichen, und jetzt will ich ihnen das Leben so komplizieren. Sie sagte, daß der Kaderleiter recht hat und daß man immer noch in den Westen flüchten kann, warum Wuschel also nicht zu ihren Eltern geht, dort könnte sie doch leben wie ein Schwein im Weizen.

Ja, genau so hat sie es gesagt. Dann ist sie neben ihr gesessen, hat ihr das Haar gestreichelt und sie gebeten zu bleiben, solange sie will; es ist halt die Zeit, die uns so gefühllos macht...

Diese Zeit, Kameraden, der wir gemeinsam unsere Herzen gegeben haben, unsere ganze Kraft, und auch das bißchen Begabung, das wir vielleicht hatten.

Und so sitze ich jetzt im Hotel am Stadtplatz in Domažlice und schreibe gerade euch beiden den letzten Brief von zu Hause. Wenn ihr ihn erhaltet, bin ich bereits »über die Hügel«. Ich weiß, daß ihr mich zum Verräter stempeln werdet. Aber ich gehe nicht fort, um euch zu bekämpfen. Ich gehe ganz einfach mit ihr. Das ist meine Pflicht.

Ihr habt es zugelassen, daß der Parteiausweis die Stimme der Vernunft und des Gewissens unterdrückt. Ich kann es nicht. In mir ist tiefe Trauer, und ich frage mit dem Wanderer des Comenius:

O GOTT, SO DU EIN GOTT BIST, ERBARME DICH MEINER, DEINES ELENDEN SOHNES!

Aber niemand antwortet mir.

Lebt wohl. Die Zukunft wird entscheiden, wer von uns recht hatte.

Euer Slávek,

Domažlice, 2. Oktober 1949

Ich habe C. versprochen, sie zur »Kindheit Maxim Gorkijs« mitzunehmen. Sie wartete beim Kino Alfa. Statt dessen saß ich mit Petr im Slawischen Haus, am Tisch, wo wir so oft zu dritt ein Mittagessen geteilt und unsere Triumphe mit einem Glas Soda gefeiert hatten. Heute tranken wir Wein und waren niedergeschlagen.

– Was wird er dort machen? Ein Schauspieler! Er kann ja keine fremden Sprachen! Da ist ein böser Fehler gemacht worden, Petr! Ich werde es nie fertigbringen, ihn einen Verräter zu nennen!

– Ich auch nicht...

– Er hat für sie mehr getan, als er konnte. Wir sind Feiglinge.

– Feig ist, wer aus Angst handelt. Hast du vor jemandem Angst? Nein, *ihm* fehlte der Mut...

– Der Mut wozu?

– Sich von ihr zu trennen...

– Aber warum? Er liebte sie doch!

– Vielleicht war das der Fehler!

– Er hatte ja Grund, sie zu lieben. Wuschel gehörte zu uns! Ich begreife, daß sie nicht in der Partei sein konnte, aber warum durfte sie nicht an die Uni? Wir kennen beide eine junge Dame, die ihr nicht einmal bis zu den Knöcheln reicht. Und doch ist ihr alles erlaubt, weil ihr Vater Heizer ist!

– Jetzt spricht dein eigenes Unrecht aus dir. Und vor allem unsere gemeinsame Erziehung. Wir können froh sein, daß wir die Notwendigkeit der Revolution begriffen haben. Aber das ist auch alles. Wir beide sind keine Proletarier. Wir sind im warmen Heim aufgewachsen, durften Bücher lesen und mußten nie Hunger leiden.

– Ich schon. Mein Vater war arbeitslos.

– Und doch ist das etwas anderes. Du mußt Marx besser lesen. Plechanow. Ob wir wollen oder nicht, wir sind von den Traditionen der Klasse, die wir hassen, geprägt. Darum könnten wir selbst sie nie besiegen. Denk daran, wieviele Revolutionäre aus unseren Reihen versagt haben. Ein Schnupfen genügte. Oder ein Anfall von Sentimentalität. Das Proletariat ist ganz einfach mehr abgehärtet. Es hat nichts zu verlieren und kann daher alles riskieren. Es weiß, daß es für eine Niederlage immer einen Blutzoll entrichten muß. Darum ist es unsentimental. Es muß sich nur auf sich selbst verlassen. Es darf auch uns nicht rückhaltlos glauben. Denk an die Trotzkisten. Wie soll es denn inmitten der Schlacht unterscheiden, wer von uns ein Verbündeter und wer ein Verräter ist? Die Tragödie der Französischen Revolution liegt nicht darin, daß sie die eigenen Kinder fraß, sondern darin, daß sie vor dem vergossenen Blut früher zurückschreckte, als sie ihre Gegner zu liquidieren vermochte. Eine Welle der Sentimentalität stellte an die Spitze des Staates jenen kleinen Mann, der Frankreich tausendmal mehr Tote gekostet hat als die Revolution.

– Wuschel ist kein Napoleon. Sie liebte dieses Land und wollte seine Bürger dort heilen, wo du normalerweise einen Arzt mit keinen zehntausend Pferden hinbringst.

– Sie war eine ebenso untypische Bourgeoise wie Slávek ein untypischer Kommunist war. Aber der Arbeiter, der ihre Anmeldung für die Partei in der Hand hatte, und der Arbeiter, der mit der Hochschule betraut war, und der für die Kadertätigkeit in der Fabrik verantwortlich ist, alle drei haben ihre Klassenerfahrung. Sie kann uns hart erscheinen, aber wie man sieht, ist sie berechtigt. Wuschel hielt nicht durch. Sie hat ihre Herkunft nicht verleugnet.

– Aber was hätte sie denn tun sollen??

– Du weißt es ebensogut wie ich. Wir hätten ihr eine Stelle beim Jugendbau aufgetrieben. Oder in einer Fabrik, die nicht gerade militärische Sendeanlagen erzeugt. Oder in der Landwirtschaft, vorläufig.

– Aber sie wollte doch Medizin machen!

– So wie Tausende von Menschen vor ihr, die vielleicht begabter waren, aber nie die Hochschule besuchen konnten, weil ihr Vater beispielsweise Heizer war.

– Wir wollen also ein Unrecht durch ein anderes ersetzen?

– Das wollen wir nicht und dürfen es auch nicht. Aber zuerst muß das erste endgültig beseitigt sein. Das Proletariat hat ein Anrecht auf eigene Ärzte, eigene Lehrer, eigene Offiziere – und eigene Künstler, wenn du willst! Es kann auch uns morgen sagen: Jungs, geht für ein paar Jahre in die Fabrik, ihr müßt doch zuerst kennenlernen, wie ihr für uns schreiben sollt. Was tust du dann? Machst du dich auch über die Hügel davon?

– Warum fragst du so dumm? Kennst du mich seit gestern?

– Du weißt doch so gut wie ich, daß die Revolution nicht nur ein interessantes Spiel ist. Das konnten wir glauben, solange wir mit dem Stern am Rockaufschlag die Pauker provozierten. Die Revolution ist eine Berufung, die wir für das ganze Leben und mit allen Konsequenzen angenommen haben. So werden vielleicht erst unsere Söhne die Früchte ernten. So wird unser Ruhm kaum je der Triumph der Heerführer sein; höchstens das ehrliche Bewußtsein der Infanteristen, daß sie bis dorthin gelangt sind, wohin sie gelangen mußten. Wenn er sie wirklich so liebte, hätte er sie davon überzeugen sollen. War das nicht möglich, so hätte er stark sein müssen, wie du!

Er sprach offenbar von B.

Was sollte ich sagen...?

Nicht ich hatte ja Schluß gemacht, sie war es, die in einer Mainacht das Fenster nicht mehr öffnete.

Das war wahrscheinlich mein Glück.

Noch jetzt beginne ich zu zittern, wenn ich an die zehn Frühlingswochen denke. Damals war ich wie verrückt. Was wäre geschehen, wenn auch sie gesagt hätte »Komm mit mir«! Ich wäre sicher nicht gegangen. Sicher? Sicher! Sicher??

Er hat recht. Wir haben eine Berufung angenommen, der wir alles unterordnen müssen. Wie kann ein Revolutionär auf der anderen Seite der Barrikade Liebe suchen?

Vielleicht, vielleicht, vielleicht finde ich sie endlich bei C.! Nach zwei Enttäuschungen will ich es lieber nicht laut sagen. Inzwischen leihe ich ihr Bücher, führe sie zu meinen Lieblingsfilmen. Oft beobachtete ich sie dann. Es freut mich, daß sie reagiert wie ich. Ihr Vater, ein Kommunist, ist während der Heydrichiade hingerichtet worden. C. will ebenfalls Schauspielerin werden, aber vor allem um den Menschen im Leben zu helfen, mit dem Beispiel der positivsten Gestalten...

Trotzdem will ich sie nicht küssen und auch keinen bindenden Satz aussprechen, solange ich mir nicht völlig gewiß bin, daß sie ebenso sprechen würde wie Fučíks Gustina, als ihr der Gestapomann Böhm mit dem Tod drohte:

»Herr Kommissar, das ist keine Drohung, das ist meine größte Bitte: wenn Sie ihn töten, töten Sie auch mich!«

Heute weiß ich, daß B. das nie gesagt hätte. Auch Wuschel nicht. Schon als du sie zum ersten Mal begleitet hast, Slávek, begann der Weg deines Verrats.

Verrat... habe ich das geschrieben? – Ja.

Zum zweiten Mal im Leben habe ich um einen toten Freund getrunken. Nur daß Robert auf ewig mit uns bleibt. Du nicht.

---

24. April 1968 *Praha*
(aus dem Tagebuch des Schriftstellers PK)

Ich habe das ganze Protokoll der Apriltagung des ZK gelesen. Sie dauerte sechs Tage, und 144 Teilnehmer meldeten sich zur Diskussion; man billigte das Aktionsprogramm der Partei und die Zusammensetzung der neuen Regierung. Das war bald schon eine sportliche Leistung.

Unter anderem enthält das zukünftige Aktionsprogramm der KPČ eine These, die seit der Gründung der sozialistischen Staaten erstmals von einer regierenden kommunistischen Partei formuliert wurde und wohl in die Geschichte eingehen wird:

»Die kommunistische Partei verwirklicht ihre führende Rolle nicht, indem sie über die Gesellschaft herrscht, sondern indem sie sich gänzlich der freien, sozialistischen Entwicklung in den Dienst stellt. Autorität kann sie nicht erzwingen; sie muß sie fortwährend durch ihre Taten verdienen. Ihre Linie kann sie nicht mit Befehlen durchsetzen, sondern durch die beispielhaften Leistungen ihrer Mitglieder und durch die Wahrhaftigkeit ihrer Ideale.«

Zum ersten Mal trat der neue Präsident auf – Ludvík Svoboda. Irgendwie beruhigend. Aber man hat sich bereits daran gewöhnt. Die Ära Novotný erscheint mir fern wie das Dunkel des Mittelalters.

Zum ersten Mal wurde eine ZK-Diskussion vollständig veröf-

fentlicht. Dennoch hatte ich gehofft, im Protokoll eine nichtpublizierte Passage zu finden, wo ich Einzelheiten über die Dresdner Zusammenkunft der sechs Parteichefs erfahren könnte. Ich fand sie nicht. Haben sie sich wirklich nur deshalb so strapaziert, um uns freundschaftlich vor antisozialistischen Kräften zu warnen und uns zum Schluß zu wünschen, »unser Werk möge gelingen«, und zu versichern, »daß sie sich voll hinter uns stellen«?

Aber wo liegt die Erklärung dafür, daß die DDR-Presse den Rücktritt Antonín Novotnýs mit gesundheitlichen Rücksichten motivierte? Und wie ist das unglaubliche Auftreten Kurt Hagers zu verstehen, der die Entwicklung bei uns als »Folge der Bestrebungen der westdeutschen Regierung Kiesingers und Strauß'« bezeichnete? So etwas ist doch noch nie dagewesen! Gerade die deutschen Genossen haben einen fast zu stark entwickelten Sinn für den Marsch in Reih und Glied, als daß sie so etwas auf eigene Faust unternähmen!

Oder haben vielleicht die fünf Bruderparteien etwas anderes verlangt, etwas so ganz anderes, daß unsere Führung sich schämt, es uns zu sagen? So oder so erhält man den unangenehmen Eindruck, daß auch der Erneuerungsprozeß immer noch zwei Stockwerke hat – ein gewöhnliches für das Volk und ein zweites nur für Geladene.

Die im März abgehaltenen Bezirkskonferenzen haben mit unerwarteter Gewalt das breite Fundament der Bürokraten-Pyramide erschüttert – jener Bürokraten, die jahrelang die frommen Wünsche der Führer in ein politisches System transformierten. Soeben haben die Kreiskonferenzen auch den mittleren Teil der Pyramide zertrümmert. Die steigenden Wasser schwemmen die Universalfunktionäre fort, deren einzige Qualifikation die Treue war, wenn diese manchmal auch nur vorgetäuscht wurde. An ihrer Stelle werden Männer aufgestellt, die natürliche Intelligenz, Bildung, Vertrauen und vor allem den Hintergrund ihrer erlernten Berufe, die sie von der Obrigkeit unabhängig machen, in ihre Funktionen mitbringen. Das Zentralkomitee konnte sich selbstverständlich ausrechnen, daß die Flut bald bis zu seinen eigenen Pforten steigen würde. Einige Diskussionsbeiträge tönen daher,

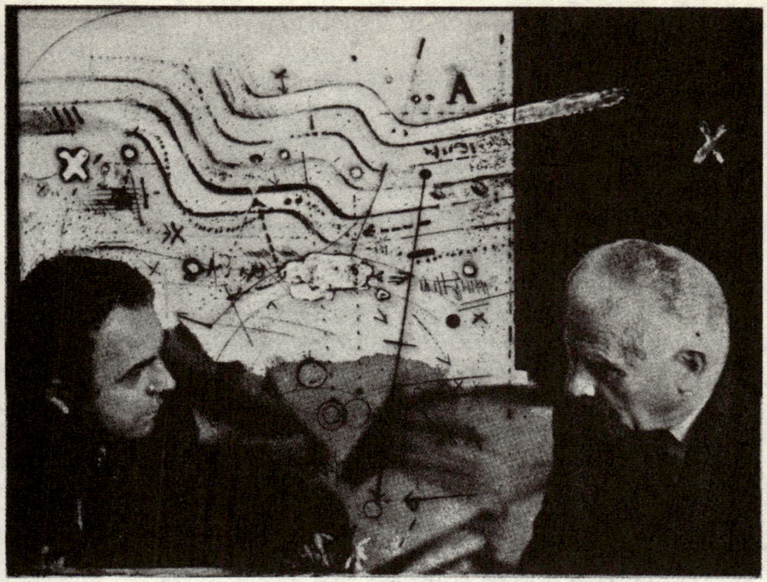
A

als wären sie in einer Kommission für Überschwemmungsgefahr vorgetragen worden:

»Beunruhigend ist vor allem die Tatsache, daß der Demokratisierungsprozeß diesmal den Parteiboden übersprungen hat und zu einer öffentlichen Angelegenheit geworden ist, für die wir in der Geschichte der Partei keine historische Parallele finden…«

Das ist wirklich beunruhigend in einem Land, das vor genau fünfhundertfünfundfünfzig Jahren begonnen hat, für die bürgerliche und soziale Gleichheit zu kämpfen!

Wenn etwas wirklich beunruhigt, so ist es schon eher die Situation im Zentralkomitee. Eine Körperschaft, die im Januar für den neuen Weg das grüne Licht gegeben hat, wird nunmehr paradoxerweise zur letzten Bastion der alten Garde. Steht sie schon vor Waterloo oder noch auf Elba? Trotz der Schwüre auf die Fahne der Erneuerung ist sie theoretisch immer noch imstande, durch Handaufheben den betrübten Bonaparte von Čakovice bei Praha wieder auf den Thron zu setzen.

ES WIRD FLEISCH GEBEN, GENOSSINNEN,
FLEISCH WIRD ES GEBEN!

Daß wir das in einer Woche beim Maiumzug ja nicht wieder hören müssen!

Kein Wunder, daß die Rufe nach einem außerordentlichen Parteikongreß immer lauter werden. Kein Wunder, daß die Apriltagung des ZK nur zögernd versprach, ihn einzuberufen, »sobald es seine seriöse Vorbereitung ermöglicht«.

Nicht nur aus rein privaten Gründen haben mich vor allem zwei Abschnitte des Beschlusses gefesselt:

»Zu einer kürzeren Diskussion kam es in der Sache der Parteistrafen für die Schriftsteller-Kommunisten PK, Ivan Klíma, Antonín Liehm und Ludvík Vaculík. Sämtliche Diskussionsteilnehmer äußerten sich in dem Sinne, daß die Erteilung der Strafen eine ausgesprochen administrative Maßnahme gewesen sei, wie sie in der Parteipraxis unzulässig ist. Das September-Plenum traf seine Entscheidung aufgrund einer unrichtigen, verzerrten Information, die ihm über den IV. Schriftstellerkongreß unterbreitet worden war.«

»Nachdem es alle Tatsachen erwogen hatte, hob das April-Plenum den Parteiausschluß der Schriftsteller Ivan Klíma, Antonín Liehm und Ludvík Vaculík sowie die Rüge mit Verwarnung des Genossen PK auf und beschloß, von der Einleitung eines Disziplinarverfahrens gegen den Genossen Milan Kundera abzusehen. Es beauftragte die Basisorganisation der KPČ im Verband tschechoslowakischer Schriftsteller, die Vorbereitung des IV. Kongresses, das Verhalten der Parteigruppen und die einzelnen Diskussionsbeiträge einer Wertung zu unterziehen.

Das Plenum empfahl desgleichen, den Beschluß zu überprüfen, der über den Verzicht des Genossen Jan Procházka auf die Funktion eines Kandidaten des ZK der KPČ gefaßt wurde.«

Ich war also de facto damit betraut, im Gerichtsverfahren in eigener Sache den Vorsitz zu führen. Die Organisation lehnte es natürlich ab, dieses Gericht zu veranstalten, weil sie sich sogleich nach dem Herbst-Pogrom mit der Analyse des Kongresses befaßt hatte und zu ganz eindeutiger Schlußfolgerung kam. Sie fand lediglich, der Wiedergutmachungsakt müsse dem Umfang des angerichteten Schadens entsprechen.

Wir teilten diese Ansicht telephonisch der Zentralen Revisions- und Kontrollkommission der Partei mit. Das Organ, kurz ZRUK genannt, hat sich offenbar blitzartig beraten, denn unmittelbar darauf rief uns ein damit beauftragter Mitarbeiter an:

– Wir schicken euch gleich ihre Parteiausweise zu, verkündete er voll Optimismus, und ihr gebt sie ihnen dann ganz einfach zurück.

Ich fragte:

– Und wie, wenn sie sie nicht wollen?

Auf der anderen Seite des Drahtes Grabesstille.

– Abgesehen davon, daß wir uns doch nicht selbst ausgeschlossen haben und ich somit nicht weiß, weshalb wir uns selbst wiederaufnehmen sollten.

Dann unterbreitete ich ihm den Vorschlag des Parteikomitees:

– Wir berufen die Prager Schriftsteller-Kommunisten zu einer Parteiversammlung ein, ihr gebt eure Erklärung ab, dazu nehmen die Bestraften Stellung – und das weitere wird man sehen.

– Und wenn sie die Ausweise nicht zurücknehmen??
– Dann nehmt ihr sie wenigstens wieder mit.

Es ist Mai, die Zeit der Liebe, die Beziehungen sind offen und gleichberechtigt.

Liehm befand sich in Japan. Vaculík und Klíma sagten ihre Teilnahme zu. Einen Standpunkt bezogen sie nicht. Die heutige Versammlung war daher besucht wie die Premiere einer langerwarteten Novität mit bewährter Besetzung.

Ich mußte an die letzte ähnliche Versammlung denken, die vor nicht ganz sieben Monaten ein paar Häuser weiter stattgefunden hatte. Ins Volkshaus in der Hybernergasse, wohin wir eingeladen worden waren, um der öffentlichen Verkündung unserer Strafen beizuwohnen, kam ich am 6. Oktober des Vorjahres mit halbstündiger Verspätung an: ich war erst um drei Uhr früh von der Hamburger Premiere des »Schwejk« zurückgekehrt. Der Genosse Jiří Hendrych stand schon am Rednerpult und las uns im Auftrag des ZK der Partei und des Genossen Antonín Novotný persönlich die Leviten, mit seiner gewohnten Kadenz von sechs Worten in der Minute. Freie Stühle gab es lediglich vorn, was in solchen Situationen zu verstehen ist. Dort setzte ich mich hin.

Der Genosse Hendrych erblickte mich, und sein rundes Gesicht erblaßte. Er zog seine Jacke an, die bis dahin über der Stuhllehne gehangen hatte, und verließ den Saal mit gedämpften Ausrufen: Ihr verspielt alles!

Ach nein… das hatte er drei Monate früher auf dem Kongreß getan, heute hielt er durch, denn er war souveräner Herr der Situation. Überrascht war hingegen der Saal, weil in Prag schon mehrere Tage das Gerücht umging, daß ich – wie Ladislav Mňačko – nicht zurückkehren wollte. P. saß auf der Tribüne und schrieb irgend etwas. Als er mich erblickte, nickte er mir erfreut zu.

Ich war gerade rechtzeitig gekommen, um zu hören, daß auch mir der Ausschluß gedroht habe, daß die führenden Genossen, einschließlich des Allerhöchsten, jedoch meine frühere Tätigkeit im Jugendverband und vor allem den positiven Kern meiner Hamburger Polemik mit Günter Grass in der »Zeit« günstig be-

urteilt und daher beschlossen hätten, mir durch die Rüge mit Verwarnung eine letzte Gelegenheit zu geben. Nach der Reihe harter Schläge folgte gleich die Pause, damit wir Zeit hatten, vor der Diskussion in uns zu gehen.

P. wartete, bis ich meine Freunde begrüßt hatte. Er kam erst knapp vor Anfang der zweiten Runde und drückte mir kräftig die Hand.

– Ich bin froh, dich zu sehen. Man erzählte sich schon, daß du dort geblieben seist.

– Das war ein frommer Wunsch. Aber die Freude mache ich niemand.

– Mich hättest du damit nur in die Klemme gebracht.

– Dort an der Grenze hätte ich beinahe gedacht, daß du ein Aas bist. Aber dann hast du dich wir ein ehemaliges Bruderherz verhalten!

– Die erste Meldung lautete, daß du eine strafbare Handlung begangen hast.

– Du *hättest* mir *glauben sollen.*

– Habe ich auch.

– Das ist so. Also nochmals Dank.

– Nicht der Rede wert. Und ich gratuliere dir.

Er drückte mir wieder die Hand.

– Wozu?

– Daß du in der Partei geblieben bist. Du kannst mir glauben, das war ein Krampf.

– Das glaub ich dir gern.

– Ich hoffe, daß du heute keine Dummheiten machst...

Er kehrte mit müden Schritten auf die Tribüne zurück. Plötzlich tat er mir leid. Welcher Zufall hatte es gefügt, daß ich heute nicht an seiner Stelle dort oben saß und er hier im rebellischen Saal?

Dann meldete ich mich also zu Wort und verlas meinen sechsseitigen Brief an das ZK der Partei.

»... Es ist eine grobe Fälschung der Tatsachen zu behaupten, daß das Auftreten Klímas, Vaculíks, Liehms, Kunderas, Kosíks, meines und das anderer Genossen auf dem Schriftstellerkongreß gegen die Partei gerichtet war. Wahr ist vielmehr, daß die kriti-

schen Stimmen dieser und vieler anderer Kommunisten sich schon jahrelang – wie es in einer normalen politischen Organisation gang und gäbe ist – gegen ganz gewisse Genossen richten, die ganz gewisse, nach Ansicht vieler für die Partei schädliche Tendenzen verkörpern. Auf dem Kongreß, ebenso wie vor ihm, wurde nie die Partei kritisiert, sondern die Art und Weise der Lenkung der Kulturpolitik, Buchstabe und Praxis des Pressegesetzes und andere negative Erscheinungen, für die ganz gewisse Leute verantwortlich sind. Ebenso wie zuvor verschleiern diese die Folgen der eigenen Unqualifiziertheit und Talentlosigkeit jetzt wieder durch eine gesteigerte pseudorevolutionäre Härte und verschärfen weiter die so entstandene Krise, deren klare Analyse vor allem für sie selbst ungünstig wäre.«

»... Ich habe noch keinen Schriftsteller kennengelernt, der für sich den Anspruch auf Unfehlbarkeit erheben würde. Viele – auch ich – waren in den Kinderjahren der Revolution Troubadoure des Schematismus. Die Genossen Novotný, Hendrych und weitere machen gerne darauf aufmerksam, wenn sie unsere heutigen Ansichten in Zweifel ziehen wollen. Niemals erwähnen sie jedoch, daß die Partei jener Jahre ihren Führern ein grenzenloses Vertrauen entgegenbrachte. Sie erwähnen auch nicht, daß es im Leben der meisten von uns dennoch eine Trennungslinie der Erkenntnis gibt, ein Fazit der eigenen Irrtümer, das wir selbst geschrieben und zu dem wir uns öffentlich bekannt haben. Im Leben der Genossen, die uns ständig streng ermahnen, fehlt eine solche Trennungslinie leider vollkommen.«

»... Wenn ich alle Umstände in Betracht ziehe, kann ich die Rüge mit Verwarnung, die mir erteilt wurde, nicht für eine wohlmeinende Großherzigkeit halten, sondern nur für das, was sie einzig und allein ist: eine Drohung, ein Versuch der Einschüchterung und eine Beleidigug meiner Parteiehre. Ich ersuche das ZK, mich und die weiteren angeklagten, zum Teil bereits ausgeschlossenen Genossen direkt und ohne Mittelsmänner anzuhören und unsere Gedanken und Taten nochmals unvoreingenommen zu prüfen. Ich ersuche das ZK, sich davon zu überzeugen, daß die harten Maßnahmen, die nicht nur einige Personen und eine Zeitschrift, sondern in ihren Konsequenzen auch die tsche-

chische und slowakische Kultur, die gesamte tschechoslowakische sozialistische Gesellschaft und zudem noch die europäische Linke betroffen haben, durch nichts anderes motiviert waren als durch die Befürchtung, daß in der Partei jene Kräfte siegen könnten, die imstande sind, das heutige partriarchalische System zu überwinden und es durch ein anderes zu ersetzen, das dem Niveau und den Bedürfnissen der Partei und des Staates entspräche.«

»... Wir schreiben das Jahr 1967. Im Hinblick auf diese Gesamtzusammenhänge, Genossen, laßt keine neuen ungerechtfertigten Streichungen zu. Denn von den Streichungen aus den Kandidaten- und Mitgliederlisten ist es kein weiter Weg zur Streichung aus der Kunst und aus dem Leben.«

Jiří Hendrych war ziemlich überrascht. P. sichtbar unglücklich. Ich fühlte mit Bedauern, daß wir beide einander nie mehr verstehen können...

Man schrieb wieder April 1968, wir saßen im Saal der Beratungsstelle für Marxismus-Leninismus in der Celetná-Gasse, und ich bat den Repräsentanten der Kontrollkommission, Genosse Hlína, unverzüglich um das Wort. Er war von Unsicherheit gequält. Gleich eingangs erklärte er, daß er diese Mission gern übernehme, da er an den Herbstverhandlungen über die Strafen gar nicht teilgenommen habe:

»... Die Septemberbeschlüsse standen unter dem Einfluß der komplizierten internationalen Situation...« Existiert überhaupt irgendwann eine andere?? »... was bei der Wertung eures Kongresses zur unrichtigen Anwendung administrativer und kadermäßiger Maßnahmen führte. Eine negative Rolle hat auch die Behauptung des Genossen Novotný gespielt, daß die Vorbereitung und der Verlauf des Kongresses vom Ausland her organisiert wurden.«

»... Es ist nunmehr klar, daß im Sinne des demokratischen Zentralismus nicht das ZK sich mit der Angelegenheit befassen sollte, sondern die Basisorganisation, deren Mitglieder die obgenannten Genossen waren.«

»... Es war der Fehler der ZRUK, daß sie nicht rechtzeitig das Wesen und die wahren Ursachen des Konflikts erkannte, daß

sie, anstatt für einen qualifizierten Meinungsaustausch Sorge zu tragen, für die Obgenannten die höchsten Parteistrafen vorschlug.«

Zum Schluß entschuldigte er sich wegen der Ungerechtigkeit und bat die »Obgenannten«, die ungerechterweise abgenommenen Parteiausweise wieder entgegenzunehmen.

Ich gab meiner Genugtuung darüber Ausdruck, daß die Zentrale Revisions- und Kontrollkommission tatsächlich alle Voraussetzungen für die Rehabilitierungstätigkeit habe, wenn ihre Mitglieder abwechselnd jene Ungerechtigkeiten wiedergutmachen können, an denen sie selber zufällig nicht beteiligt waren. Es sei dies ein weiteres Argument für einen außerordentlichen Parteikongreß, der neue leitende Organe wählen würde – einschließlich der ZRUK.

Jan Procházka beschrieb die Umstände, unter denen er von der Kandidatur des ZK der KPČ zurücktrat.

»...Mehrmals habe ich versucht, mit Antonín Novotný ganz offen zu sprechen. Ich sagte ihm, daß die Fortsetzung der gegenwärtigen Politik das Volk in einen Bürgerkrieg oder in eine andere Katastrophe führt.«

»... Unmittelbar vor unserem Kongreß hatte sich die ideologische Abteilung verschiedene Mitglieder des Verbandes herausgegriffen: Leute, denen sie versprachen, solche, denen sie drohten, und auch solche, die sie baten, sich nicht am Kongreß zu beteiligen oder dort wenigstens nicht zu sprechen. Einem boten sie eine Reise um die Welt an, für einen anderen suchten sie einen Knüppel. Zu diesem Zeitpunkt beauftragte das Präsidium des ZK Jiří Hendrych, mir sehr ernste Mängel anzukreiden... Einen Tag vor diesem Gespräch unterzeichnete ich mit anderen einen Brief, der unsere Politik gegenüber Israel betraf. Der Genosse Hendrych brüllte mich ziemlich brutal an, ich sei ein Ochse, ich verstände nichts von Politik, ich solle mich um die Literatur kümmern und in erster Linie dem Präsidium einen erläuternden Brief schreiben, der über meine weitere Existenz entscheiden würde. Ich schrieb etwa folgendes: Genosse Hendrych, nach der Unterredung mit dir ist in mir das Gefühl zurückgeblieben, daß Politik etwas ist, wovor ein Mensch Angst haben soll. Wahrscheinlich

ist es besser, wenn ich nicht im ZK bin, damit wir uns mit unseren Standpunkten nicht gegenseitig kompromittieren.«

Abschließend erklärte sich Jan Procházka bereit, weiterhin an der Arbeit eines ZK teilzunehmen, in dem offensichtlich schon eine andere Atmosphäre herrscht.

Ans Mikrophon trat Ludvík Vaculík. Mit seiner Brille und der Mähne sah er aus wie ein unschädlicher Klavierstimmer. Die Spannung erreichte ihren Höhepunkt.

»... Der neue Beschluß sagt eigentlich nur, daß irgendein Prozedurfehler geschehen ist, daß sich das nicht schickte, daß es nicht schön, nicht richtig war. Aber es wird nichts zum Wesen der Sache gesagt, also zu den Ansichten, die ich auf dem Kongreß geäußert habe. Im ersten Moment überwog in mir so ein Gefühl, daß es nicht gut ist, ein Paket zu sein, das per Post hin- und mit derselben Post wieder zurückgeschickt wird. Ob der Mensch zu irgendeiner Gemeinschaft gehört, hängt eigentlich nicht von ihm ab, sondern von denen, die einmal Nein! und das andere Mal wiederum Ja! sagen. Ablehnen – was ich sehr gerne täte – kann ich jedoch nicht, weil das überheblich gegenüber den Menschen schiene, um die es mir geht.«

»... Ich wäre gern in einer Kommunistischen Partei, die ihre Autorität auf Grund eines vor allem moralischen Einflusses erneuert, unter Bedingungen, unter denen es – verstehen Sie das bildlich oder faktisch – zur Trennung von Staat und Partei kommen wird.«

»... Im übrigen geht es mir immer um dasselbe, und das wird sich auch dadurch nicht ändern, daß eventuell dieselbe Post mich wieder vice versa zurücksendet.«

Beifall und Erleichterung, daß gerade er, der Tricks und Kniffe programmatisch ablehnt, die Entscheidung vieler anderer bestätigte. Ivan Klíma schloß sich ihm an:

»... Zum Schluß muß ich sagen, daß dieses halbe Jahr Strafzustand im Grunde schön war, weil ich wirkliche Solidarität der Menschen kennenlernte, besonders solcher in diesem Plenum, und das auch bei Leuten, zu denen ich zum Beispiel nicht gerade die besten Beziehungen hatte. In der Welt, in der wir leben, ist das ein unschätzbarer Wert. Mit dem, was in der gesamten Ge-

sellschaft vorgeht, gibt es mir neue Hoffnung. Und wenn ich schon entschlossen war, auf alles zu husten, habe ich mich von neuem in den Wirbel der Ereignisse hineinziehen lassen und werde mich darum bemühen, worum ich mich schon vorher bemüht habe.«

Wir waren alle froh und fühlten plötzlich, daß alles verdorben wäre, wenn jene, die ihnen die Parteiausweise abgenommen hatten, sie wieder zurückgeben würden. So nahmen wir sie lieber selbst entgegen, um sie selber den Freunden zu überreichen.

In der Diskussion zur gegenwärtigen Lage trat dann als Gast der alt-neue ZK-Sekretär Dr. Čestmír Císař auf. Er war endlich aus Rumänien zurückgekehrt, wohin Antonín der Große ihn vor einigen Jahren mit besagter Post geschickt hatte.

»... In gewissen kommunistischen Parteien erweckt unser Experiment Zweifel. Wir sollten das nicht dramatisieren, sondern konsequent das Aktionsprogramm der Partei verwirklichen, damit die Alternative einer sozialistischen Demokratie zur historischen Realität wird. Das wird unser größter Trumpf, der die Fragezeichen über der Zielrichtung unserer Entwicklung beseitigen wird.«

»... Das Verhältnis zwischen Partei und Staat wird immer ein Problem bleiben. Die Kommunisten werden auch nach demokratischen Wahlen an der Macht bleiben. Es ist daher notwendig, Garantien zu schaffen, daß sie die Macht nicht mißbrauchen können, sondern einer demokratischen Kontrolle unterworfen sind wie alle Mitbürger. Eine Lösung besteht darin, daß die Partei selbst ihre Mitglieder von den Funktionen abberuft, wenn sie versagen, und zwar bevor sie vom Druck der Öffentlichkeit dazu gezwungen wird! Das war bisher nicht so.«

»... Der Erneuerungsprozeß wird eine umfassende Ablösung von Menschen, vom ZK bis zu den Betriebskomitees, nicht vermeiden können. Es wird nötig sein, zugleich eine radikale Restriktion des Apparats durchzuführen, der keine Aufsichtsfunktion mehr haben soll.«

Bei diesem Satz fiel mir auf, daß P. ja nicht da war. Ich holte am Ausgang eine Mitarbeiterin des Distriktkomitees ein. Sie wunderte sich.

– *Du weißt es nicht? Gestern hat man ihn von seiner Funktion abberufen.*
– *Und was wird er machen…?*
– *Er spricht doch einige Sprachen. Sicher wird man ihn irgendwohin nach draußen schicken.*
Sie blickte auf Císař.
– *Jetzt sind dort eine Menge Posten freigeworden.*

---

1. V. 50 Moskwa

Ich nahm die Axt in die Hand und hieb den Mahagonitisch zu kleinen Scheiten. Ich arbeitete angestrengt, um warm zu werden, und nicht an die Augenblicke denken zu müssen, die wir an diesem Tisch erlebt hatten. Dann machte ich im kleinen Eisenofen Feuer und sah zu, wie meine Kindheit, meine Jugend, meine kurzen zweiundzwanzig Jahre in den Flammen zum letzten Mal Wärme spendeten.

Sie öffnete die Augen.

– Schlaf, sagte ich zu ihr. Ich verfluchte meine vom Frost heisere Stimme, weil sie nicht imstande war, zärtlich zu klingen. Ich konnte ihr nicht einmal über die Wange streichen; meine Hände waren mit nässenden Blasen bedeckt. So blieben nur die Augen, die sie nicht sah, weil sie heimlich ihre Brille für ein Dutzend Eier eingetauscht hatte.

– Schlaf schön, in einer Weile wird es warm sein…

Sie schlief folgsam ein, als wäre sie mein Kind.

Ich hob Vater auf und trug ihn in den Torweg. Dort band ich ihn mit demselben Riemen, der mich einst vor dem Fall geschützt hatte, am Schlitten fest. Ich fuhr ihn durch die Winter-Gasse, wo er mich spazierengeführt hatte, über den Hradschin-Platz, wo er mich emporgehoben hatte, damit ich das Oktober-Feuerwerk besser sah. Jetzt waren seine Arme mager und weißer als sein Haar. Ich blieb stehen und zog ihm meine Handschuhe über die Hände. Aber meine Finger ließen mich im Stich.

– Verzeih, sagte ich.

Ich zog ihm die Handschuhe wieder ab, um ihn weiterziehen

zu können. Ich war dem Weinen nah, aber der Frost ließ die Tränen nicht aus den Augenlidern. Aus den Häusern kamen neue und weitere Schlitten mit Körpern, als wollte jeder sich dessen rühmen, was er einst besessen hatte.

In den Petřín-Park, wo ich meine ersten Sandburgen gebaut hatte, gruben Soldaten lange und tiefe Gräben. Das durchfrorene Erdreich zerbrach das Werkzeug und die Menschen. Zwei Männer hoben die Toten auf und legten sie mit Routine in den Graben. Ich wollte ihn selbst hineinlegen.

– Halt uns nicht auf, sagten sie müde, die Lebenden frieren!

Sie legten Vater neben eine fremde Frau mit einem Kind. Dann gaben sie mir das Tuch zurück, das sein Gesicht bedeckt hatte. Beinahe schrie ich auf.

– Laßt es ihm!

Es war, als fühlte ich die eiskalte Erde auf meinem Gesicht. Sie zuckten die Achseln. Ich wollte die Nummer des Grabes wissen. Jeder nannte eine andere. Ich richtete die Zeiger meiner Uhr auf den Aussichtsturm und die Mikoláš-Kirche aus, um mir die Lage zu merken.

Beim Rückweg holte ich die Ration für mich und für Mutter. Man gab fünfundsiebzig Gramm Kleiebrot. Ich besaß noch vier Würfel Zucker. Ich werde ihr zu dem Brot ein gutes süßes Wasser kochen. Wenn mir die Hände auftauen, werde ich es ihr einflößen, und wir werden einander von fröhlichen Dingen erzählen: wie wir einmal die Lampe wieder anzünden und im Restaurant Tee bestellen werden.

Das Feuer im Ofen brannte noch, aber sie war schon tot. Ich aß auch das zweite Brot – das letzte von ihren Geschenken: das erste war mein Leben. Mit der Abenddämmerung erschienen über Prag wie ungeheuere Fische Hunderte Sperrballons. Ich wollte hingehen und das Leben diesen Fischen hinwerfen…

Du glaubst, daß das ein Traum war? Nein. Eine Geschichte, die ich in mein eigenes Leben einzusetzen versucht hatte, um es besser nachzufühlen. Und so klingt es wahrscheinlich noch mehr wie eine Ausgeburt kranker Phantasie. Ihr lebender Held stand jedoch noch vor einer Stunde neben mir, inmitten der tanzenden Volksmassen auf dem Roten Platz. Ich fragte ihn:

– Was hast du also gemacht?

Er ist auf das Dach gegangen. Es war Luftangriff. In dieser Nacht regnete es Phosphor. Er erstickte die Flammen mit seiner Jacke. Am Morgen rückte die Heimatwehr aus, die Deutschen waren zum Angriff übergegangen. Nachbarn begruben seine Mutter. Sie starben, bevor er zurückkam, so daß er gar nicht weiß, wo sie begraben ist.

Allein in seinem Leningrad gab es eine Million Tote. Die übrig blieben, gaben trotzdem die Schlüssel zur Stadt nicht heraus. Gibt es Worte, um die Leiden und die Größe dieses Landes zu schildern? Woher kam die Kraft, die von der Moskauer Peripherie, von den Leningrader Gräbern, aus den Trümmern von Stalingrad die gewaltigste Armee der Welt zurückwarf und sie zu Staub zerrieb? Wie soll man sie nennen? Du kannst es hundertmal lesen, und doch begreifst du es erst, wenn dein Altersgenosse, der Europa zu Fuß durchquert hat, um in Prag von der letzten Granate des Krieges verwundet zu werden, zur Kremlmauer hinsieht und innig sagt:

– Stalin. In dieser Nacht wurde er mein Vater. Und meine Mutter die Heimat!

Vielleicht klingt das für unsere Ohren pathetisch? Aber es ist wahr. Wir müssen uns erinnern, daß auch die Hussiten sich nach dem Verlust ihres Feldhauptmanns Waisen nannten: Was sollte er tun, woran sich festhalten, als der Tod ihn entästet hatte? An wen sollte er denken, als er nach dem Angriff einschlief, für wen sollte er am nächsten Morgen aufs neue mit dem Bajonett angreifen? Ist es da ein Wunder, daß alles, was er verloren hatte und was er noch erhoffen konnte, in dem Mann verkörpert war, der die Schlacht lenkte wie vordem den Kampf um Brot und Stahl?

Ich gebe zu: Als ich zum ersten Mal vom Flugplatz Wnukowo in die Stadt fuhr, war ich zutiefst bestürzt über die verfallenen Holzhütten, die aus den endlosen Vorstädten bis ins Zentrum hineinwuchsen. Die Nachkriegsnot unserer Heimat ist Luxus im Vergleich zur Not Moskaus.

Weder die Schaufenster, noch die Kleidung der Passanten, ja nicht einmal die Einrichtung meines Hotelzimmers kann mit den kleinen böhmischen Grenzstädten konkurrieren. Als ich zum erstenmal aufgefordert wurde, für Prager Zeitungen zu berichten, war ich verzweifelt. Einige Wochen genügten, um zu verstehen und sich zu verlieben.

Wie alt ist die Revolution, die es sich zum Ziel setzte, das größte Land der Welt vom finsteren Zarismus in einen modernen sozialistischen Staat zu verwandeln? Im Herbst dreiunddreißig. Die Jahre Christi! Und seit dem Bürgerkrieg eine einzige ununterbrochene Passion, begleitet von Schlägen ins Gesicht und in den Rücken.

Endlich begriff ich, warum die Partei mich in den diplomatischen Dienst entsandt hatte! Der Dichter, der vielleicht in mir wirklich da ist, erhielt damit die Frage: Wie sind deine Augen beschaffen? Wirst du gemeinsam mit den Feinden höhnisch die Fußlappen beschreiben, die das Erlöser-Land noch nicht abgestreift hat, weil es keine Zeit dazu fand, oder wirst du die Wunder entdecken, die es trotzdem vollbracht hat?

Es ist bald fünf Jahre her, aber ich sehe immer noch den Gang durch das befreite Prag. Irgendwo in der Nähe lag auf dem Operationstisch ein gleichaltriger Junge aus Leningrad, dem man eben ein Bein amputierte. Wieviel solchen begegne ich täglich auf den übervölkerten Boulevards dieser Riesenstadt! Nein, niemand muß sich um meine Augen sorgen, die sehen scharf genug, um bis unter die Mäntel und hinter die Mauern zu sehen, wo Menschenherzen schlagen.

Ich will nicht leugnen, daß mir hier manchmal schwer wird. Ich bin kein Diplomat. Es widerstrebt mir, in der Sprache des Protokolls mit Menschen zu reden, die ich lieber umarmen würde. Es ist mir nicht recht, daß ich nicht zu ihnen ins Haus darf: immer noch sind sie in Abwehr gegen Spione und Verräter. Prag fehlt mir. Und du fehlst mir. Aber ich weiß, daß ich einer guten und großen Sache diene, wenn auch nur dadurch, daß ich den Austausch von Büchern und Liedern organisiere.

Durch die Gorkij-Straße steigt die Mitternacht herunter, binnen weniger Minuten wird sie die Kremlglocken wecken... mein Fenster steht offen... jetzt! In Prag ist es erst zehn Uhr, in Prag ist immer noch Erster Mai, der Petřín-Park ist voller Liebespaare... und zwischen uns liegen zweitausend Kilometer.

Ich habe gar nicht auf die feierliche Wachablösung am Lenin-Mausoleum gewartet. Ich wollte Dir so bald wie möglich schreiben, über den ganzen heutigen Tag und vor allem über das Erlebnis meines Lebens. Aber noch zuvor übergab mir die Nachtwächterin im Hotel meine Post. Von Vater – Maiglückwünsche. Von Mutter – die gewohnte Sammlung sorgenvoller Ratschläge, die sie mir seit der Volksschule erteilt. Und von Dir... ich habe den Umschlag geöffnet, und das Zimmer hat das schwarze Kleid angezogen.

»Mir ist traurig zumute, weil ich hier allein bin, und ich fürchte, daß es wieder Krieg gibt...«

Ich möchte Dich umarmen und Dir die ganze Nacht zuflüstern, wie vor meiner Abreise. Damals waren es zärtliche Worte. Heute wären es solche des Glaubens. Weil ich heute endlich Ihn erblickt habe!

Er stand auf dem Umgang des Mamorgrabmals, in dem sein großer Lehrer schläft. Zum ersten Mal wurde mir bewußt, daß er schon sechzehn Jahre älter ist, obwohl er zehn Jahre nach ihm geboren wurde... Nur in unserer Erinnerung altern die Toten mit uns, in Wirklichkeit werden die Väter unsere Brüder und manchmal sogar unsere Söhne! So ist auch der Schüler, der hier im Uniformrock durch das Aufheben der Hand den Hunderttausenden für ihre Liebe dankte, seinem Meister um ein ganzes Vierteljahrhundert der Gedanken und Kämpfe voraus. Ich nahm weder Musik noch Jubel zur Kenntnis. Auf eine Entfernung von einigen Dutzend Metern folgte ich lange Stunden jeder seiner Bewegungen, Gesten, seinem Lächeln, um mir all das unauslöschlich ins Gedächtnis einzuprägen.

Er ist also keine Legende und kein Traum, er existiert, ist aus Fleisch und Knochen, er ist da, auf der Kommandobrücke des Schiffs, das mit uns ins gelobte Zeitalter fährt. Damals, bevor sein Deck uns im Mai 1945 gerettet hat, hatte uns schon ein anderes Schiff mit sich geführt. Das haben unsere Väter aus Blut und Schweiß gebaut, damit sie sich nie wieder auf fremden Galeeren demütigen mußten. Sie hißten die lyrische rot-blau-weiße Fahne der nationalen Hoffnung und schenkten den Großmächten Glauben, als die glorreichen Schlachtkreuzer die Sicherheit ihrer Fahrt zu schützen vorgaben. Dann kam München – und die stolze Flotte machte still Platz, damit uns der Torpedo der Marke Hitler genauer treffen konnte.

Diese Katastrophe wird sich nie mehr wiederholen! Vielleicht hast Du dort zu Hause, am Rand des großen Schiffdecks, wieder das Gefühl, daß der Feind in Sicht ist und sich zum Feuer rüstet. Hab keine Angst! Wir sind nicht mehr die kleine Besatzung auf stürmischem Meer! Mit der Sowjetunion, mit China und den übrigen Völkern, die ihre Fahne am Mast des Sozialismus gehißt haben, sind unser eine Milliarde. Wir sind das größte Mutterschiff der Welt – und ich habe auch in Deinem Namen den Kapitän gegrüßt.

Er wird uns niemals in einen Piratenkrieg führen. Aber er wird nicht zögern, zum Kampf aufzurufen, wenn unsere Fahrt in Gefahr sein sollte. Denn dort, wo der Matrose des Kolumbus LAND! ausrief, dort werden wir und unsere Kinder rufen DER KOMMUNISMUS!

Auf einem solchen Schiff darf niemandem traurig zumute sein, meine Liebe! Auf einem solchen Schiff ist niemand allein. Was tut es, daß wir einander heute nicht umarmen können? Wir haben das Glück, zu den ersten zu gehören, die auf diesem Planeten eine Beziehung erleben, wie die Menschheit sie bisher nicht kannte. Es wird getragen von unserer Liebe und unserer Weltanschauung. Es ist ein Bündnis von Liebenden und Kämpfern. Wieviel reicher sind wir als die, die ihre Gefühle in das kleinbürgerliche Korsett der Tränen und Eifersüchte einschnüren.

Jetzt findet unsere Generalprobe statt! Ich arbeite und sehe und höre, um besser über die Wunder unserer Zeit schreiben zu können. Arbeite und sehe und höre auch Du, um sie auf der Bühne in Leben umzuwandeln, das aus Uferlosigkeit zu einem einzigen festen Punkt zusammengedrängt ist, in dem klar seine höchsten Werte glitzern. Nichts Geringeres, aber auch nichts Schwierigeres bedeuten die beiden magischen Worte Sozialistischer Realismus, die unsere Fahne geworden sind. So wie die revolutionäre Erfahrung und Weisheit der Millionen in Stalin zusammengegossen wurden, soll in den Gestalten unserer Dramen ihre Arbeit, Hoffnung und Liebe zusammengegossen sein. Die Klassiker des Marxismus sagen nicht von ungefähr, daß die Märchen die reinste Quelle des Realismus sind. Sie sind keine geringere Literatur, nur weil darin immer das Gute siegt und das Böse besiegt wird. Im Gegenteil! Sie waren das Lebenselixir, das den Menschen den Glauben wiedergab. Heute keimt der Glaube schon auf der einen Hälfte der Erde, aber um so mehr muß auch die Kunst seine zarten Triebe schützen. Stellen wir den dekadenten Helden des Westens die Helden des modernen Märchens gegenüber, das bei uns zur Wirklichkeit wird!

Schreibe ich Dir oder mir selbst? Und was schreibe ich überhaupt...? Ich schreibe einen Protest gegen Trauer, Angst und Einsamkeit. Ich schreibe mein künstlerisches Credo und meine Liebeserklärung.

DER ERSTE MAI, DER LIEBE ZEIT...

Die unvergänglichen Verse Karel Hynek Máchas!

DER ERSTE MAI, DES KAMPFES ZEIT!

Der seherische Gruß Jan Nerudas aus dem Dunkel des neunzehnten Jahrhunderts!

Wie soll *ich*, ihr unbekannter Nachfolger, meinen Ersten Mai nennen?

ZEIT DER LIEBE UND DES KAMPFES!

Zeit des Kampfes um eine bessere Welt, in die Dein und mein Sohn eintreten wird, geboren in der Zeit der Liebe.

Unter dem Fenster des Hotels National strömt immer noch die frohe Menge vorbei, Menschen, die viel schrecklichere Einsamkeiten, Traurigkeiten und Ängste zu begraben verstanden, als Deine und meine sie je sein können. Ihre Ketten verlieren sich in der Biegung der Gorkij-Straße, aber sie hört nicht auf, gewiß setzt sich ihr Zug bis dahin fort, wo die Sichel des abnehmenden Mondes, der mich immer an Dein Monogramm erinnert, langsam zieht.

Wenn ich dem, der mir am nächsten ist, Deinen Namen zuflüstern würde, mit der Bitte, ihn weiterzusagen, so müßte er, scheint mir, in einer Weile bis zu Dir gelangen. Und so will ich es denn versuchen: C...!

Heirate mich!

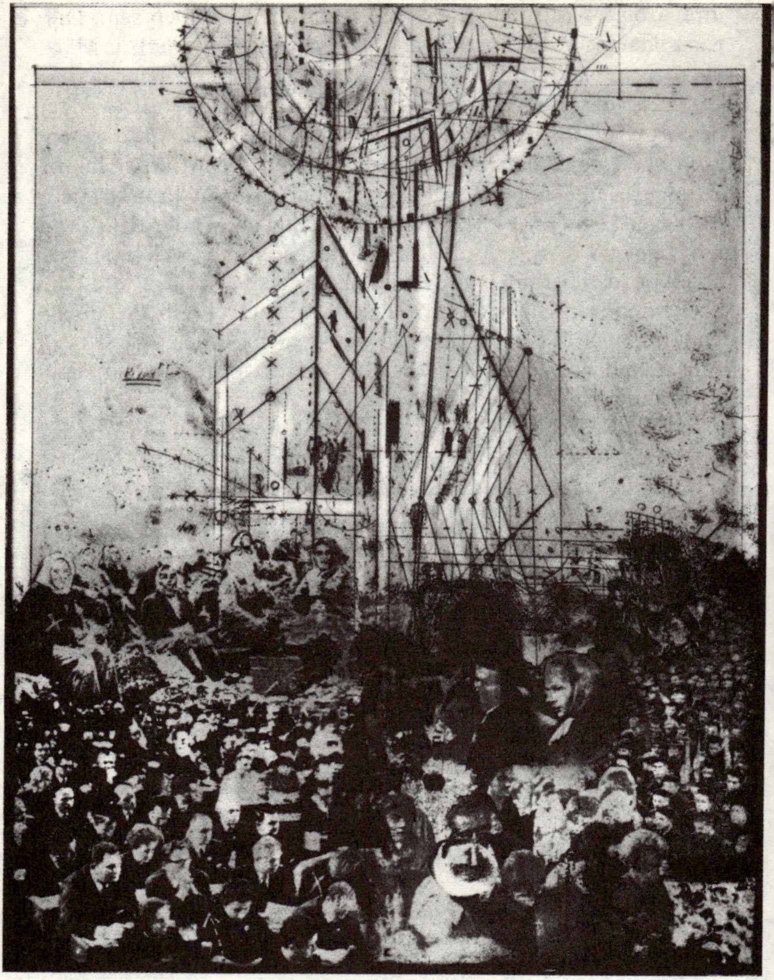

Ich hatte nicht einmal die Zeit gehabt, den Concierge ordentlich auszuschimpfen, als der Škoda am Randstein anhielt. Es war zu spät, das Hotel zu wechseln, das ließ ich für morgen. Wir kehrten zu den Tischen zurück. Der Landsmann hatte in seiner Aufregung vergessen zu bezahlen, so daß wir die Rechnung gleich vergrößern konnten. Es war bald sechs Uhr. Der barmherzige Gott hatte seinen Schützen mit dem Flammenwerfer zwar schon abberufen, aber Whisky mit Eis war immer noch das Beste, was man trinken konnte.

Die Nachrichten, die er brachte, waren karg. Unter den ersten besetzten Gebäuden befinden sich die Akademie der Wissenschaften und der Schriftstellerverband. Nichts Näheres. Die Botschaft hatte eine Note unseres Außenministeriums an die Regierungen der fünf Länder aufgefangen, die wiederholt, daß die Okkupation im Gegensatz zur UNO-Charta und zu den Prinzipien des Warschaupakts stehe, und zudem die Entlassung aller Internierten fordert.

Seine letzte Information stellte alle früheren in den Schatten: Das Unmögliche war Tatsache – seit dem Morgen tagte in irgendeinem der Prager Betriebe der XIV. außerordentliche Parteikongreß, an dem über 80% der rechtmäßig gewählten Delegierten teilnahmen. Das Kommuniqué sollte noch in der Nacht veröffentlicht werden.

Blieb nichts übrig, als zu warten. Wir konnten zu unserem gestrigen Gespräch zurückkehren. Von Anfang an war er um einen freundschaftlichen Ton bemüht.

Er Ich wollte selbstverständlich nicht sagen, es sei deine Schuld, daß sie gekommen sind. Aber wir können doch nicht so naiv sein zu glauben, daß es sich dabei um ein Versehen handelt, das sich morgen aufklärt. Die Folgen dieses Schrittes sind unabsehbar und werden Jahre dauern. Nicht nur bei uns, wo er das Münchner Trauma erneuert und den reaktionären Nationalismus erweckt; dabei wird die temporäre Machtpolitik der Sowjetunion bald mit dem Sozialismus überhaupt identifiziert. Ebenso hat die gesamte revolutionäre Bewegung einen Schlag erlitten. Die kommunistischen Parteien des Westens stehen und fallen mit der These, daß das Zentrum die nationalen Besonderheiten absolut respektiert. Was sollen sie jetzt sagen? Die ganze Rechte ist hoch zu Roß. Nixon kann sich heute schon bei Kossygin für die Wahl bedanken.

Ich Das sollen Argumente gegen mich sein?

Er Das sind Argumente gegen politische Blindheit. Wenn es die Sowjets trotzdem riskiert haben, mußten sie die andere Alternative für noch katastrophaler gehalten haben!

Ich Weissagungen aus dem Kaffeesatz liebe ich nicht. Sei mir nicht böse, aber das erinnert mich an Schwejks Dialog mit dem Detektiv Brettschneider über die geniale Strategie des Herrn und Kaisers.

Er Im Marxismus ist die Analyse die grundlegende Voraussetzung der Erkenntnis. Wenn ihr auf den Marxismus Anspruch erhebt, so verfahrt mit ihm bitte gerechter als wir, die ihn – eurer Ansicht nach – diskreditiert haben…

Ich Wenn du mit einem Freund sprichst, und wenn er es auch nicht mehr wäre, so solltest du doch nicht gerade jenen Plural anwenden, den der stalinistische Absolutismus eingeführt hat.

Er Soll nicht mehr geschehen. – Was die sozialistische von allen früheren Revolutionen unterscheidet, ist vor allem ihr internationaler Charakter. Die Bourgeoisie konnte in einem einzigen Land siegen. Das war sogar ihr Vorteil. Stark durch ihre Idee und ihre moderne Organisation konnte sie sich durch Expansion innerhalb ihres Aktionsradius weiter realisieren.

Ich Aber auch der Sozialismus hat zunächst in einem einzigen Land gesiegt. Einer der ersten Gedanken, die er im Interesse seiner Existenz wegwerfen mußte, war die Theorie der permanenten Revolution. Oder fängst du in deinen alten Tagen noch an, die Theorie Trotzkijs zu verteidigen? Das würde vielleicht mir stehen…

Er Wahrheit ist nur Wahrheit im Verhältnis zu den objektiven

Bedingungen. Trotzkijs Wahrheit war vorzeitig und verwandelte sich deshalb in eine gefährliche Lüge. Aber seit der Sozialismus nach dem Zweiten Weltkrieg in einer ganzen Reihe von Ländern Fuß gefaßt hat, wurde die ungleichmäßige Entwicklung seine Hauptgefahr. Während die ČSSR und die DDR der sozialistischen Gemeinschaft mit einem hohen Kulturniveau und hohem Lebensstandard beitraten, konnte andererseits beispielsweise China nur Analphabetentum und Hunger beisteuern; die Sowjetunion und die übrigen Volksdemokratien bewegten sich ungefähr in der Indexmitte. Die Entwicklung vergrößerte die Disproportion immer mehr, die Flügel entfernten sich ständig voneinander. Während die einen ihre Revolution in den Uniformrock einkleiden mußten, haben wir uns entschlossen, die Zensur aufzuheben und die Rechte der Minderheit in den Parteistatuten zu verankern. Der Tragbalken der Waage war überlastet und drohte zu brechen. Deshalb mußte das Zentrum eingreifen und eine Waagschale leichter machen.

Ich Das ist ein schönes Wort. Überhaupt wird diese ganze Erklärung allen Freude machen, die schon dreiundzwanzig Jahre lang behaupten, daß die Tschechoslowakei den Sozialismus nötig hatte wie der Bauer die Flöhe.

Er Entscheidend ist, daß der Sozialismus die Tschechoslowakei brauchte. Der Fehler, den ihr macht – verzeih, den du machst! – besteht darin, daß du die geschichtliche Entwicklung mit den Kriterien eines menschlichen Lebens beurteilst.

Ich Soweit ich mich erinnere, haben wir unseren Kindern versprochen, daß sie im Kommunismus leben werden. Wir wollten sogar selbst als Rentner darin spazierengehen!

Er Hier liegt allerdings unsere größte Schuld, beziehungsweise die unserer Lehrer und Führer. Den Illusionen des Feindes sind wir mit solchen heimischer Provenienz entgegengetreten. Statt des revolutionären Alphabets haben wir den Massen Märchen erzählt. Wir haben ihnen die Fünfjahrespläne als Schnellaufzüge ins Paradies geschildert, das einer Brueghelschen Kirmes ähnlich war. Darin ist die Verantwortung der Politiker und der Künstler identisch. Weil ein Kalter Krieg und einige politisch-ökonomische Eigentore genügten, um die Kirmes ins Wasser fallen zu lassen. Und schon begann das Weinen und Zähneknirschen, weshalb wir von unserem kleinen Brötchen noch etwas für irgendwelche schwarzen Mäuler abschneiden sollten? Der Januar hat das nur kulminieren lassen. Im Augenblick, da China sogar den Lebensstandard und die politische Praxis der Sowjetunion als Beweis bürgerlichen Verrats anführte, haben wir feierlich den Demokratisierungsprozeß eingeweiht. War das denn nicht mindestens kurzsichtig?

Ich Ich kann durchaus verstehen, daß du beim Wort Januar nicht eben in einen Taumel der Begeisterung fällst. Gerade in deinem Fall habe ich mir die Frage gestellt, ob man nicht unnötigerweise Leute in die Opposition drängte, die vielleicht nur Zeit gebraucht hätten. Dennoch sollte dich deine Fähigkeit zu nüchterner Überlegung nicht im Stich lassen: Der Januar war praktisch die letzte Möglichkeit, das Prestige der Partei zu retten!

Er Ich bin weder ein kleiner Junge noch Antonín Novotný und muß meine Minderwertigkeitskomplexe nicht durch triebhaften Haß abreagieren. Ich bin mir sogar sicher, daß der Januar unausweichlich war. Er hat uns die Jahrmarktsbrille heruntergerissen und uns mit dem wahren Sachverhalt konfrontiert. Zum Vorschein kam der Verfall, der praktisch schon 1956 begann.

Ich Denkst du an den XX. Kongreß der KPdSU?

Er Genau. Du hast mich doch hoffentlich nicht im Verdacht, daß ich die stalinistischen Deformationen verteidigen will. Aber man hätte sie anders beseitigen sollen! Chruschtschow verhielt sich wie der Arzt, der in der Zeitung schreibt, daß seine ganze Klinik krebskrank ist. Die Kommunisten der ganzen Welt bekamen einen Kollaps. Empfindliche Naturen, vor allem die Intelligenz, begannen in ihrer Panik lauthals die Grundprinzipien der revolutionären Theorie anzuzweifeln. Ganze Frontabschnitte wurden entblößt, in die natürlich sofort die Konterrevolution vorzudringen begann. Ein Extrem ruft das andere: Es folgte eine Straffung des Regimes, die sogleich eine neue polare Reaktion nach sich zog. Seit der Rede Chruschtschows geht der Sozialismus durch eine permanente Krise. In Ungarn kam es zu ihrem sichtbaren Exzeß. Unser Januar war weniger offenkundig, für viele aber um so verdächtiger.

Ich Du verteidigst doch nicht etwa diese verrückte SED-These über die schleichende Konterrevolution??

Er Erstens verteidige ich nicht, sondern konstatiere. Und zweitens, wenn du willst, daß der Sozialismus in der Tschechoslowakei von den ureigensten nationalen Traditionen ausgeht, so solltest du zugeben, daß der Sozialismus Made in DDR ihnen seltsamerweise doch ziemlich entspricht. Leider kennen wir diese Traditionen viel eher in der vorherigen Verpackung und haben daher eine Neigung, alles zu bezweifeln, was von Mitternacht herkommt... aber manchen Leuten scheint es irgendwie zu entgehen, daß die Deutschen im Westen von der gleichen Henne ausgebrütet wurden. Die SED-These stimmt jedoch in diesem Punkt mit der einer ganzen Reihe von kommunistischen Parteien überein...

Ich ...vor allem jener, die nicht einmal dreizehn Mitglieder haben.

Er Und zu denen ganz gewiß die kubanische Partei nicht gehört, die das Vertrauen der gesamten lateinamerikanischen Revolutionsbewegung hat...

Ich ...während die stärkste kommunistische Partei Westeuropas im Prager Frühling den ersten praktischen Versuch zur Verwirklichung des Testaments Palmiro Togliattis erblickte!

Er Ich bitte dich, laß dich von keiner optischen Täuschung führen! Eben habe ich stundenlang mit führenden Leuten aus dem Sekretariat der KPI gesprochen. Das ist das alte Paradoxon, daß Opponenten in den Außendienst abgeschoben werden, so daß sie in ähnlichen Situationen zu advocati diaboli werden. Ich kann dir versichern, ich habe mich auf den Buchstaben genau an die letzte Erklärung des Präsidiums des ZK gehalten, nichts weniger – eher mehr, weil... ich bin ein tschechischer Kommunist, wie du. Sie haben offen mit mir gesprochen: Eine ganze Reihe von Organisationen kritisiert Longos Standpunkt, weil sie auch nicht sicher sind, worum es uns eigentlich ging. Die Stellung in einem kapitalistischen Land und vor allem der proletarische Instinkt geben ihnen mehr Distanz; sie sehen das sowjetische Eingreifen als einen verzweifelten Versuch, den drohenden Zerfall der sozialistischen Gemeinschaft zu verhindern. Weil der geschwätzige Mann, der heute auf seiner Datscha bei Moskau Fische fängt, einen schrecklichen Geist aus der Flasche gelassen hat. Der Stalinismus ist nach dem Fenstersturz durch die Tür zurückgekehrt – mit dem roten Buch des Vorsitzenden Mao. Wenn die sowjetische Führung dem Angriff von links erfolgreich begegnen will – auch im Namen der übrigen europäischen Parteien – mußte sie den Schlag von rechts verhindern. Nur ein völliger Amateur kann übersehen, daß die Okkupation der ČSSR zugleich ein weiteres Problem löst. Hast du nicht den Eindruck, daß für diese Operation vielleicht ein Drittel der Kräfte genügt hätte?

Ich Ich weiß nicht. Ich bin nur Hauptmann der Reserve.

Er Wenn sie es nicht im Sinn hatten, selbst einen bewaffneten Widerstand zu provozieren, und das hatten sie ja nicht, weil sie es nicht getan haben, so mußten sie doch überhaupt nicht damit rechnen; denn unsere gesamte Verteidigung ist nach Westen ausgerichtet. Also warum dann? Vielleicht für etwas, was sie auch schon erreicht haben. Die westliche Allianz wird sich offenbar gezwungen sehen, die NATO beizubehalten.

Ich ????

Er Jawohl, die NATO ging doch ihrem Ende entgegen. Das hätte augenblicklich den Warschaupakt in Frage gestellt, der doch ausdrücklich als das Gegengewicht zur NATO bezeichnet wurde. Kannst du dir vorstellen, was für eine Situation in Ungarn, Polen und der DDR entstanden wäre, wo der Sozialismus bei weitem nicht so tiefe Wurzeln gefaßt hat wie bei uns und wo auch antisowjetische und sogar noch antirussische Ressentiments eine nicht geringe Rolle spielen?

Ich Gott, willst du damit vielleicht sagen, daß man redliche Sozialisten und Freunde für die unredlichen geopfert hat?

Er Für das Kräfteverhältnis, das sich noch einmal zugunsten des Imperialismus verändert hätte.

Ich Aber das ist schrecklich!

Er Aber logisch wie der freie Fall. Ich führe das nicht zur Entschuldigung an, sondern nur zur Erklärung. Ohne das können wir nicht begreifen, woran wir eigentlich sind. Und wir müssen es begreifen, sonst geht's uns an den Kragen. Die UdSSR mußte sich eine Basis schaffen, um von dort aus die chinesischen Anschuldigungen des Revisionismus abweisen zu können und die Überbrückung der Kluft anzustreben.

Ich So eine Naivität! Und wenn sie den ganzen XX. Parteikongreß widerrufen und Nikita in einer Kiste dem Vorsitzenden schicken, die Chinesen würden höchstens sagen – Bitte, aber zurück ins Glied! Ihr habt eure Unzuverlässigkeit unter Beweis gestellt! Zentrum der Bewegung ist von nun an Peking!

Er Ich dachte, du magst Weissagungen aus Kaffeesatz nicht. Aber wenn du schon bis hier mitgekommen bist, dann muß ich mit dir leider übereinstimmen. Ich fürchte, daß der Marxismus europäischer Prägung einfach nicht fähig ist, die wirkliche Revolution der Hungrigen zu führen, die in Asien, Afrika und Südamerika auf dem Marsch ist. Das klassische Proletariat kommt in Europa nur noch sporadisch vor. Das Klassenbewußtsein der Arbeitermassen schmilzt im Treibhausklima der Konsumgesellschaft. Fahr von Palermo nach Mailand – du siehst diesen Trend! Und die Intelligenz? Immer häufiger verläßt sie die revolutionären Positionen, sobald sie in den ersten Konflikt mit dem eigenen Gewissen gerät, das in den Kategorien des bürgerlichen Humanismus herumspukt. Denk an ein gewisses Kleeblatt von Freunden, die einst voll Begeisterung ihr Talent und Leben dem roten Agitprop verschrieben haben. Nur einer ist davon übriggeblieben.

Ich Glaubst du auch jetzt nach all dem wirklich noch, daß die beiden andern Verrat begangen haben?

Er Ich glaube, daß nur einer von ihnen den Mut hatte, seinen Konflikt rigoros zu lösen: indem er sich offen dagegenstellte.

Ich Moment mal, ich muß mich erst erholen... hältst du es für einen erschwerenden Umstand, daß der zweite Kommunist geblieben ist?

Er Er ist in der Partei geblieben, das ist der ganze Unterschied. Du und Tausende andere Intellektuelle habt euer privates Trauma objektiv in einen politischen Faktor verwandelt. Ihr habt euch nicht dem Bilde der Revolution angepaßt, sondern die Revolution eurem Bilde. Wenn ich dir unter vier Augen sage, daß dem eine Revision des Marxismus folgte, so plappere ich keineswegs die Moskauer »Prawda« nach, sondern nenne nur die Dinge bei ihrem Namen. Einen Sozialismus mit menschlichem Gesicht kann es eben nicht geben in einer Welt der Wölfe!

Ich Etwas Ähnliches habe ich heute schon gehört...

Er Dann solltest du es endlich glauben. Von allen Illusionen ist dies die gefährlichste, sie ist in unserem Jahrhundert schon mehrmals in Blutbädern erstickt. Es tönt grausam, aber machen wir uns nichts vor: Die Revolution läßt sich nicht erschwindeln – sie muß durchlitten werden.

Ich Du bist Maoist??

Er Nein... nur ein müder Vierzigjähriger, der an einem Schuldkomplex leidet. Obwohl ich *wußte*, obwohl ich wirklich imstande war, mein Leben in den Dienst der Ideale unserer Jugend zu stellen, bin ich eigentlich schlechter dran als du. Ich bin ein Opfer der gleichen Sentimentalität, die ich dir zum Vorwurf mache. Nur: *ich* war im Parteiapparat und daher habe auch *ich* ihre Liberalisierung zugelassen, die ich auch darin erblicke, daß an ihre Spitze der gänzlich unfähige Dilettant Novotný gelangen konnte. Wir wollten nicht die Harten sein und fanden auch nichts anderes. Darum konntet ihr zu einem politischen Faktor werden. Darum trinken wir miteinander auf die letzten Stunden der Partei. Durch euren Mund hat sie dem Volk das Unerfüllbare angeboten. Sie ist unterlegen und wird es mit dem Verlust des Vertrauens bezahlen. Sie tritt von der Bühne ab, auf der keine andere Alternative zurückbleibt. Jetzt kommt der letzte Akt, die Katastrophe, und wir beide zeichnen für sie verantwortlich. Wir können sie von hier bequem durch das Fernrohr betrachten wie eine Sonneneruption und mit Dante singen: Lasciate ogni speranza voi ch'entrate!

---

6. V. 52 Praha

Sie rief um halb zehn abends an. Ich dachte, es sei C. Fast hätte ich die Telephonschnur abgerissen. Doch es war A.

– Ich muß mit dir reden! sagte sie. Hast du etwas Zeit für mich?

In den verflossenen Jahren war ich ihr zweimal begegnet, jedesmal mit ihrem senilen Herrn. Er konnte gut vierzig sein. Wir wichen einander mit den Augen aus. Dann sagte mir Petr, man habe sie von zu Hause fortgejagt. Sie war ins Studentenheim übersiedelt. Das war's.

Mutter schlief schon; seit sie die Betriebskantine leitet, steht sie um fünf auf. Vater ist wieder in Moskau, zu Wirtschaftsgesprächen.

Ich wartete im Park und führte sie dann leise durch die Halle in mein Zimmer.

– Ihr habt eine Riesenwohnung...

– Ja, wir haben sie mit einer Voraussicht ausgetauscht...

– Voraussicht...! Gibt's das?

Sie lachte spitz. Ich hatte damit gerechnet, daß sie anders geworden ist, aber nicht geahnt, wie. Auch durch den Filter der späteren Enttäuschung sah ich oft ein Bild von Anno Domini 1944... Kriegssommer des Rundfunkensembles in Südböhmen. Ein rundes Mädchengesicht mit lustigen Augen, eingerahmt von kurzen Zöpfen.

Jetzt fiel ihr das Haar bis zu den Schultern, sie sah fraulicher aus und war vielleicht etwas größer als ich. Die auffallendste Veränderung hatten jedoch ihre Augen durchgemacht. Mir schien, daß sie mehr gesehen hatten, als sie begreifen konnten.

– Ich habe gehört, daß du dich scheiden läßt, sagte sie.

Das tat weh. Aber vor ihr wollte ich die gewohnte Komödie nicht spielen.

– Das hat sich bis zu mir durchgesprochen. Vielleicht überlegt sie es sich noch...

– Ich hätte gewettet, daß es bei euch beiden klappen wird.
– Vielleicht hätten wir allein wohnen sollen, wenn auch in einem Zelt.
– Aber deine Mutter ist doch so toll!?
– Solange ihr niemand den Sohn stiehlt.
– Das ist merkwürdig, immer schlägt man die Frau…!

Es klang bitter.

– Und du…?
– Ich möchte etwas trinken.
– Willst du einen Kaffee?

Sie schüttelte fast erstaunt den Kopf. Plötzlich fiel mir ein: Das sind doch heute genau sieben Jahre seit unserer Nacht während des Prager Aufstands. Ist sie deshalb gekommen?

– Ich hol' dir schnell etwas!
– Nein, bitte nicht… ich stehe morgen vor Gericht.
– Wie bitte??
– Ich werde mit einer staatsfeindlichen Gruppe abgeurteilt.

Ich dachte, sie hätte den Verstand verloren.

– Du glaubst wohl, ich habe den Verstand verloren? Vielleicht… Ich hatte Slávek bei mir versteckt.
– Slávek ist doch im Westen!!
– Sie haben ihn schon Anfang März geschnappt.

Sie begann zu erzählen, schnell und sachlich, als würde sie eine Rolle repetieren. Im Februar wartete er auf sie bei der Theater-Fakultät. Sie erkannte ihn nicht gleich. Es war Abend, er hatte eine Brille auf und trug die Uniform der Öffentlichen Sicherheit. Er sagte, daß er zurückgekehrt, amnestiert und nach Mähren eingezogen worden sei. Er hatte Urlaub, die Eltern waren weggezogen, und er konnte nirgends schlafen. Ob sie ihm wohl für ein paar Tage helfen könne?

– Ich hatte die Schlüssel zu unserem Wochenendhaus noch. Es steht im Winter leer.
– Wird man denn bei uns zur Polizei eingezogen??
– Ich dachte, vielleicht zur Strafe…
– Guter Gott, und es ist dir nicht eingefallen, daß er als Spion oder Diversant gekommen sein könnte? Hast du nichts von den Morden in Babice und Řevničov gelesen?

– Er hat gesagt, er sei müde und wolle sich ausruhen...
War sie so naiv oder eine so gute Schauspielerin?
– Nach einer Woche sagte er Dankeschön und ging.
– Hast du es gemeldet?
– Nein...
– Warum hast du es nicht wenigstens mir gesagt?
– Ich hatte Angst vor euch...

Am liebsten wäre ich aufgestanden und hätte sie hinausbegleitet. Aber plötzlich fing sie an zu weinen. Ich versuchte sie zu beruhigen. Jedes Wort mußte ich ihr abzwingen.

Man hatte sie um fünf Uhr früh im Studentenheim abgeholt und ihr im Wagen die Augen verbunden.

– Ist das Tatsache...?

Tatsache. Bis um Mitternacht wurde sie verhört. Korrekt. Man fragte sie nach der Schule, dem Theater, sie bekam ein Mittagessen, Zigaretten, Wein! Am Abend brachte man sie zum Studentenheim zurück und küßte ihr die Hand vor den Augen ihrer Kollegen, die sie schon abgeschrieben hatten.

– Du kannst Gott danken, daß es die unseren waren. Überall in der Welt wäre es dir heute schlechter gegangen. Ich bitte dich, warum heulst du ständig?

Dann kamen sie von neuem. Sie sollte bestätigen, daß er ein Attentat auf...

– Was!! Slávek wollte Klement Gottwald umbringen?
– Ich weiß nichts davon...
– Worum geht es also?
– Er soll gestanden haben, daß er das vor mir erwähnte. Ich habe geschworen. Sie bestanden auf meiner Zeugenaussage. Heute war ich zum dritten Mal dort. Denken Sie darüber nach, Genossin: entweder als Zeugin – oder als Angeklagte! Dann ist das aber Beihilfe zur Vorbereitung – fünf bis zehn Jahre...

Ich ging hoch.

– Das ist ja Unsinn! Zwölf Stunden vor dem Prozeß können sie dich doch nicht vor diese Wahl stellen! Wenn sie dich morgen richten wollen, hätten sie dich schon längst einsperren müssen!
– Sie haben mir die Anklageschrift gezeigt.

Ich schnappte nach Luft.

– Und du…?

– Ich kann doch nicht ein falsches Zeugnis ablegen!!

Ich gab ihr ein Schlafpulver und legte sie auf meine Couchhälfte. Dann fuhr ich zu Petr. Wir hatten einander seit unseren Hochzeiten eigentlich nicht mehr gesehen. Wie in alter Zeit warf ich Steinchen an sein Fenster. Er schrieb gerade eine propagandistische Broschüre über die Gründung von Landwirtschaftsgenossenschaften.

– Das sind jetzt meine Gedichte!

Er sprach es nie aus, aber ich hatte das Gefühl, daß er sich ständig nach dem Rundfunk zurücksehnte. Ich kam gleich zur Sache. Er erstaunte mich.

– Ich weiß es. Sie haben mit mir ein Protokoll aufgenommen.

– Warum haben sie nicht auch mich gerufen?

– Du weißt, wie sich das jetzt häuft. Ich habe alles angeführt, was für ihn zeugen konnte. Leider scheint es ihn eher zu belasten.

– Ja, sicher. Aber sie?

Darüber wußte er nichts:

– Das ist eine Schweinerei! Morgen früh gehen wir zum Staatsanwalt!

Wir wollten leise sprechen, aber trotzdem weckten wir seine Frau.

– Was ist los…?

– Er hat das mit Slávek erfahren.

– Ich sage euch ja ständig, daß ihr vertrauensselig seid wie Kinder!

Sie sah selbst wie ein Kind aus, klein und zierlich. Ich erwähnte A. lieber nicht mehr.

Bevor ich neben A. einschlief, beobachtete ich lange ihr Gesicht. Im Schlaf sah sie aus wie früher, keine Spur von Falschheit oder Verrat. Die alte Beleidigung wich. Ich war gerührt und mußte sie bewundern. Ihre Haltung hatte ich wirklich nicht erwartet.

Vielleicht weckte sie mein Blick. In ihren Augen hockte Angst.

– Komm, sagte ich.

Wir zogen uns an, fuhren los und holten Petr. Die Taxe brachte uns auf den Gerichtsplatz und bog zum Tor des Pankrác-Gefängnis. Petr klingelte und zeigte seinen Ausweis.
– Ich bin vom ZK-Sekretariat der Partei und das sind Genossen. Wir müssen den Häftling von Zelle 1944 sprechen!

Man führte uns einen endlosen Korridor entlang. Alle paar Meter Eisengitter, die immer mit einem anderen Schlüssel geöffnet wurden. Hinter den vielen Türen bedrückende Stille. Endlich die letzte. Man öffnete sie. Sie war leer. A. klatschte in die Hände:
– Sie haben ihn freigelassen!

Der Aufseher starrte auf die elektrische Uhr, über deren Zifferblatt ein dünner Zeiger kreiste.
– In fünf Sekunden wird er hingerichtet. Jetzt!

Das schreckliche Schrillen der Klingeln ließ das Gefängnis wanken. Mein Kopf schmerzte. Ich stellte den Wecker ab.

Noch betäubt vom Pulver kam A. nur langsam zu sich. Mutter war schon längst fort. Wir tranken den Tee in der Halle. Wie immer am Anfang des Monats war der Fußboden mit Papierbogen bedeckt, auf die Mutter und ich die Coupons der Lebensmittelkarten klebten. Ich erzählte A. vom Gespräch mit Petr. Es gelang mir, sie ein wenig zu beruhigen.

Auf meine Bitte verließ sie das Haus als erste und wartete an der Bushaltestelle auf mich. Ich wollte nicht, daß man uns zusammen sah. Zu meinem Leben und zu dieser Wohnung gehört immer noch C. Sie wird immer dazugehören...!

Auf dem riesigen Gerichtsplatz verabschiedeten wir uns voneinander. Ich wollte ihr einen Talisman geben. Unwillkürlich riß ich mir einen Knopf ab. Ihre Augen wurden feucht, und sie gab mir einen kurzen Kuß.
– Und wegen damals sei mir nicht mehr böse, sagte sie, ich bin im Grunde ein furchtbar blödes Ding...

In der Tür des Gebäudes blieb sie stehen und winkte. Sah sie mich überhaupt? Bedrückt dachte ich mir, was sie sich wahrscheinlich vorstellte. Daß sie diesen Platz voll Sonne und Leben vielleicht erst nach Monaten wieder sehen würde...

Der Staatsanwalt war nicht viel älter als wir. Ich bewunderte ihn. Solche wie er tragen jetzt die Hauptlast im Kampf gegen die Agenten der Tito-Revisionisten und des westlichen Kapitals, die sich bis in die höchsten Funktionen der Partei eingeschlichen haben.

Er sagte, er hätte meine Gedichte gelesen. Die wirkten vielleicht mehr als Petrs Ausweis. Unvermittelt begann er zu rezitieren:

Echte Liebe hat die größte Macht,
Sie gibt uns Arbeit, Freunde, neue Liebe,
Doch kommt sie nicht auf einmal und für eine Nacht,
Denn sie bleibt treu, Jahrzehnte, ewig, durch alles menschliche Geschiebe.

Wieder stellte ich mir die quälende Frage, warum diese Strophe so viele Menschen überzeugt hatte, nur nicht die, der sie zugedacht war...

– Eigentlich sollte ich dich anklagen, lachte er, du bist schuld, daß ich geheiratet habe. Wollt ihr zusehen? Das hier ist allerdings eher eine Bagatelle. Kommt, wenn Slánský dran ist. Das wird eine Schlacht!

Uns war es jedoch um die Bagatelle zu tun. Ich erklärte ihm den Fall in Kürze:

– Das ist doch Sabotage der revolutionären Justiz! Solche Untersuchungsbeamte dienen eher dem Feind, und ich frage mich, ob sie es nicht wissentlich tun!

– Du hast eine schwerwiegende Beschuldigung ausgesprochen, sagte er. Ich werde sie untersuchen lassen. Aber ich muß eure Genossin trotzdem unter Anklage stellen.

– Wir kennen sie seit acht Jahren, erklärte Petr. Ich glaube, daß sie höchstens wegen Blödheit verurteilt werden kann!

Der Staatsanwalt blätterte in seinen Akten und entschied:

– Eigentlich macht das mein Stellvertreter, aber ich werde sie selbst verhören. Verlaßt euch auf mich, Genossen, mir wird sie alles sagen.

Als wir gingen, fragte ich:

– Und er...?

– Bei dem ist lebenslänglich Grundtarif. Wenn nicht noch mehr zum Vorschein kommt!

Petr und ich hatten sicher den gleichen Gedanken. Wie muß das sein: hören, daß für mich der Wald nie mehr duften wird, die Flüsse ausgetrocknet und Städte und Sterne ausgelöscht sind... für das ganze erschreckend lange menschliche Leben?

Er betrat den Raum hinter zwei älteren Herren, als dritter von einem halben Dutzend Männern, Halbwüchsigen und Frauen. A. als letzte. Das Auditorium war halb leer. Mir schien, daß er uns bemerkt hatte.

EUCH BEIDEN GEHÖRT MEIN LETZTER BRIEF.

Zwischen den stämmigen Polizisten war er wie verloren. Er war noch magerer, vielleicht auch kleiner als früher. Und gealtert.

Die beiden Älteren waren ehemalige Offiziere. Sie hatten eine staatsfeindliche Gruppe im Dienste der amerikanischen Spionage gegründet. Die Verbindung besorgte ein Kurier-Läufer: Er.

– Sie sind also mit Ihrer Geliebten in das Flüchtlingslager in Regensburg eingewiesen worden, rekapitulierte der Richter aus den Akten. War ihre Familie auch da?

– Ja, sie erwartete uns...

– Wohnte sie auch im Lager?

– Nein.

– Wo wohnte sie?

– Im Hotel.

– Wohnten auch Sie im Hotel.

– Nein.

– Wo wohnten Sie?

– Im Lager.

– Ihre Geliebte wohnte mit Ihnen?

– Nein, mit ihrer Familie.

– Warum?

– Wir waren nicht verheiratet. Sie wollten nicht, daß ihre Töchter einen schlechten Eindruck machten...

– Einen schlechteren konnten sie kaum machen, meinte der Staatsanwalt, ihr Schwesterlein hat sich doch schon in Prag verkauft.

Mir wurde heiß.

Slávek berichtete dann, wie er von ihrer Familie über die

Grenze zurückgeschickt wurde, um den Familienschmuck von einer Prager Tante abzuholen. Die Juwelen sollte Wuschel bei ihrer Hochzeit mit ihm tragen.
– Haben Sie ihn gebracht?
– Nein.
– Warum?
– Ich habe keine Tante gefunden.
– Wie haben Sie sich das erklärt?
– Ich konnte es nicht begreifen.
– Wie verstehen Sie das jetzt?
– Ich glaube, daß sie nie existiert hat…
– Warum hat man Sie also zu ihr geschickt?
Pause. Er hielt den Kopf gesenkt, die Schulter gebeugt. Sprach immer leiser. Der letzte Satz erstarb. Schämte er sich vor uns? Auch der Staatsanwalt schien an mich und Petr zu denken.
– Angeklagter, sprechen Sie lauter!
– Offenbar damit sie mich loshaben…
– Woraus haben Sie diesen Schluß gezogen?
– Einen Tag nach meiner Abreise fuhren sie von Regensburg weg.
– Wohin?
– Nach Amerika.
Petr und ich sahen einander völlig entgeistert an. Das hätte sich auch der primitivste Agitator nicht ausgedacht.
– Aber Sie hatten das zweifelhafte Glück, wieder durchzukommen. Wie war Ihnen zumute?
Sie hatten für ihn weder Nachricht noch Geld hinterlassen. Zwei Monate lang glaubte er, daß sie sich doch melden müssen. Dann war er erledigt. Wie wenn sie es gewußt hätten, fast auf den Tag genau, kamen sie von der CIA. Geld, Kleidung, Wohnung, Karriere.
– Also eine Karriere in der Tschechoslowakei, befreit von Kommunisten?
– Ja…
– Darf ich fragen, auf welchen Posten Sie aus waren?
– Auf keinen. Ich wollte Theater spielen.
Lachen im Publikum.

– Welchem Theater würden Sie den Vorzug geben, wenn Sie wählen könnten?
– Dem Nationaltheater...

Neuerliches Gelächter. Petr und mir war es eher zum Heulen. Der Staatsanwalt antwortete auch in unserem Namen:
– Da wären Sie der erste Schauspieler, der sich ins Nationaltheater hineingeschossen hätte!

Weitere vier Hin- und Rückreisen. In einem Monat ist der fünfte Jahrestag unserer Matura. Ich sehe ihn noch ehrerbietig auf dem Podium stehen, ich sehe im Turnsaal seinen noch vom Krieg her unterernährten Körper... und Sie wollen zum Theater? Sie werden doch mitten im Monolog umfallen!

Zwölfmal sprang, watete, robbte er über die immer schärfer bewachte Grenze. Der letzte Befehl lautete: bis auf weiteres den Prager Residenten zur Verfügung halten. Ausrüstung: Polizeiuniform und falsche Papiere. Bewaffnung: Pistole.

ABER ICH GEHE NICHT FORT, UM EUCH ZU BEKÄMPFEN...!
– Welche Aufgabe hatte man Ihnen in Prag übertragen?
– Die Neue-Klement-Gottwald-Hütte in Ostrava aufzusuchen und festzustellen, wie man dort Sabotageaktionen organisieren könnte.
– Sind Sie nicht schon zuvor dort gewesen, auf freiwilliger Arbeitsbrigade?
– Jawohl.
– Sie wollten also niederreißen, was Sie vorher aufbauen halfen!
– Nein, ich bin nicht hingefahren.
– So, und wohin sind Sie denn gefahren?
– In ein Wochenendhaus...

Das spärliche Publikum lacht wieder. A. in der letzten Reihe der Angeklagten zieht den Kopf zwischen die Schultern. Meine erste verlorene Liebe, um diese Rolle beneide ich dich nicht...
– So daß Sie eigentlich der erste Erholungsurlauber im Dienste der CIA waren!

Er hatte damals genug. Alles schien ihm widersinnig. Nach einer Woche kehrte er nach Prag zurück und meldete erdachte Namen und Adressen. Auf dem Rückweg vom Treffen wurde er verhaftet.

– Angeklagter!

Mit einemmal kam es wie ein Peitschenschlag.

– Hatten Sie im Sinn, auf den Präsidenten der Republik und Vorsitzenden der Kommunistischen Partei Genossen Klement Gottwald ein Attentat zu verüben?

– Nein!!

– Sind Sie da ganz sicher?

– Jawohl!!

Ich erinnerte mich an meinen Traum, und es lief mir kalt über den Rücken. Jetzt begriff ich, warum er plötzlich so laut sprach, warum er beim Sprechen aufgeregt stotterte.

– Herr Vorsitzender, es hat sich immer nur um die Neue-Klement-Gottwald-Hütte gehandelt! Niemals um den Genossen Präsidenten...

– Angeklagter! schrie der Staatsanwalt, Sie haben das Recht eingebüßt, irgend jemanden in diesem Land Genosse zu nennen!

Die letzte Pause. Büfett auf dem Pankrác-Platz. Wir hatten keine Lebensmittelkarten, aßen schweigend Kartoffelpuffer zum Bier. Auf dem Rückweg sagte Petr:

– So blöd und überflüssig sich das Leben zu vernichten...!

A. kam gegen fünf Uhr an die Reihe. Was halfen ihr die vier Jahre an der Theater-Akademie? Jetzt beherrschte sie ihre Stimme kaum. Als sie wiederholte, was sie mir gestern erzählt hatte, fragte der Staatsanwalt:

– Hat Ihnen der Angeklagte etwas über seine Pläne gesagt?

– Nein...

– Hat er Ihnen anvertraut, daß er die Absicht hatte, ein Attentat zu verüben?

– Nein!

– Ein Attentat auf den Genossen Klement Gottwald?

– Er hat mir überhaupt nichts gesagt!

– Traf er im Laufe jener Woche mit jemandem zusammen oder ist er während dieser Zeit weggefahren?

– Nein.

Es schien, als blickte er freundschaftlich zu uns herüber, als er erklärte:
– Er hat Ihnen nichts gesagt, ist nirgendwo hingefahren... können Sie uns bitte verraten, was Sie dort zusammen diese ganze Woche getan haben?

Sie schwieg. Ich fühlte, wie ich für sie errötete.
– Hatten Sie mit dem Angeklagten Geschlechtsverkehr?

Nach einer Weile nickte sie schwach.
– Ich höre nichts, Angeklagte!
– Ja...
– Laut!
– Ja.
– Hatten Sie mit ihm schon vorher Geschlechtsverkehr?
– Nein...
– Also erst in diesem Wochenendhaus?
– Ja...
– Da Sie überhaupt nicht dazu kamen, miteinander zu sprechen, schließe ich daraus, daß Sie gleich nach der Ankunft Geschlechtsverkehr hatten?
– Ja...
– Geht das bei Ihnen immer so schnell?

Entgeistert wandte ich mich nach Petr um. Er saß regungslos da und biß sich in die Lippe.
– Ich stelle die Frage also anders: War er der erste Mann, mit dem Sie Geschlechtsverkehr hatten?

Sie schüttelte den Kopf.
– Antworten Sie mir!
– Nein...
– Hatten Sie vorher mit mehr als einem Mann Geschlechtsverkehr?
– Ja...
– Haben Sie diesen Verkehr mit dem Angeklagten die ganze Woche lang unterhalten?
– Ja...
– Jede Nacht?
– Ja...
– Und tagsüber auch?

Ich erwartete, daß sie zusammenbrechen würde. Aber seine Stimme hielt sie über Wasser wie die Leine des Schwimmlehrers.

– Auch tagsüber?

– Ja...

– Dann verstehe ich allerdings langsam, warum Sie überhaupt nicht dazu kamen, ein zusammenhängendes Gespräch zu führen. Und noch eine letzte Frage, Angeklagte: Hatten Sie nach seiner Verhaftung Geschlechtsverkehr mit einem anderen Mann?

– Ja...

Er wandte sich lächelnd an den Richter:

– Herr Vorsitzender, dieser Fall gehört vielleicht vor einen anderen Senat...!

Ich konnte mich auch dann noch nicht beruhigen, als wir im Korridor auf das Urteil warteten. Petr dachte laut nach:

– Wenn er dem Vorsitzenden jetzt sagt, daß er nicht auf den achtzehn Monaten für sie besteht, dann wollte er ihr offenbar eine Lektion erteilen, die sie nicht vergißt!

Der Saal stand auf. Ich hörte mein eigenes Herz schlagen. Die beiden Offiziere erhielten lebenslänglich. Slávek... neunzehn Jahre! Die übrigen fünf bis zwölf. Sie – Freispruch.

Als man ihn fortführte, warf er nochmals einen Blick zu uns herüber. Bleich schüttelte er den Kopf, als könnte er es nicht fassen. Seine Augen waren voller Entsetzen.

DIE ZUKUNFT WIRD ENTSCHEIDEN, WER VON UNS RECHT HAT...

Sie hat bereits entschieden. Aber wenn du herauskommst, werden wir dich erwarten. Ich gelobe es! Die Revolution setzt sich zur Wehr, aber sie rächt sich nicht. Halt aus!

Mein Gott, wie alt werden wir dann sein?

Petr eilte ins ZK. Ich wartete auf sie, um ihr zu gratulieren. Wollte nicht, daß sie heute allein bleibt.

– Jetzt gehen wir fabelhaft abendessen. Im Hotel Alcron ißt man ohne Lebensmittelkarten! Wir beiden haben nämlich heute ein Jubiläum...!

Sie fragte gar nicht welches.

– Ich weiß nicht, ob ich in den nächsten zehn Jahren unter die Menschen gehe...
– Warum??
– Lieber eine Spionin als eine Hure!
Es tagt. Ich will nicht schlafen. Es kränkt mich nicht, daß sie nicht dankte. Es schmerzt mich, daß sie nichts verstanden hat. Daß so viele Menschen nichts verstehen wollen. Und dafür müssen sie büßen, auch in einer Zeit, die aufgestiegen ist, um die Menschen glücklich zu machen.

Bin ich glücklich? Ja und nein.

Warum gibt es in dieser Wunderwelt ein so leeres und trostloses Zimmer? Was machst du, mit wem bist du zu dieser nächtlichen Stunde? Wann wirst du endlich verstehen, daß dich Liebe nur dort erwartet, wo du sie verlassen hast?

---

30. Mai 1968 *Saarbrücken*
(aus dem Tagebuch des Schriftstellers PK)

Es war für mich der Gipfel des Glücks: Zwei Stunden lang zog ich an der TV-Kamera einen Drahtzaun vorbei, um die Illusion der Fahrt vollkommen zu machen. Endlich fiel Lída Matysová erfolgreich aus dem Zug. So eine Liebe ist schädlich... Mir kam es wunderbar vor, daß ich die Meinen bisher bei voller Gesundheit überlebt hatte. Ich sagte zweisprachig Auf Wiedersehen übermorgen, nahm von den Freunden Post für Prag entgegen und fuhr los. Die Welt sah wieder einmal herrlich aus, und ich sang mir sogar Evergreens vor – Bach bis Beatles.

Die Kupplung begann schon bei Frankfurt zu kratzen, aber auch das konnte mir die Laune nicht verderben.

Das Zollhaus in R. begrüßte mich um drei Uhr früh wie einen leiblichen Bruder. Das vorläufige Striptease erschien uns allen nur noch wie eine komische Geschichte aus der Kindheit. Sie sagten mir, daß der Erneuerungsprozeß auch ohne mich erfolgreich fortschreite.

Bei Pilsen funktionierte nur noch der vierte Gang, aber ich raste weiter im Bewußtsein, daß jetzt die Zeit der Wunder da sei.

Prag begrüßte mich wie eine schlafende Jungfrau: zärtlich und unbeteiligt. Ich ließ meinen Renault zur Reparatur am Stadtrand in Motol. Der Meister nahm ihn diesmal ohne Widerrede entgegen. Man fuhr mich sogar auf den Hradschin. Das war der erste effektive Profit von meiner politischen Tätigkeit.

Zum Schlafen war es zu spät, für Begegnungen zu früh. Ich ging die Post durch. So entdeckte ich die Todesanzeige. Weder P. noch S. nahmen das Telephon ab. Die Kremation war um fünf in Motol. Ich mußte sowieso hin, um den Wagen zu holen.

Als ich dann aus dem Haus trat, fuhr ein Tatra mit Dubček vorbei. Abergläubisch packte ich einen Knopf und hielt nach einem Offizier Ausschau, der auf den Kaminfeger folgen muß. Er kam gleich darauf vorbeigefahren: es war der Minister für nationale Verteidigung. Vom Barnabiterinnenkloster, das man zu einem Partei-Hilton befördert hatte, schritt gemessen eine Prozession froher und saurer Männer zur Burg. Offenbar eine Tagung des ZK.

Ich hätte kaum die Zeit gehabt, mich umzuziehen. So mußte ich schon vormittags dunkel tragen. Beim Mittagessen behauptete ich Z. gegenüber, es sei ihr zu Ehren. Ich war nicht sicher, ob sie meine Motive recht verstehen würde.

Übrigens vergaß ich es dann fast völlig.

Ich absolvierte eine Reihe Verabredungen, hörte eine Menge Informationen und Analysen. Zudem belustigte mich ein Brief, der auf Grund unserer Anfrage eingetroffen war, ob es nicht an der Zeit sei, Licht in eine gewisse alte Affäre zu bringen

»DER KOMMANDANT
DER HAUPTVERWALTUNG
DER STAATSSICHERHEIT

An das Komitee der Basisorganisation der KPČ
des Tschechoslowakischen Schriftstellerverbandes
Praha 1, Národní 11

Nr.: N/Ka-43/1-1968

Werte Genossen... eingangs bitte ich auch auf diesem Wege in meinem Namen und dem meiner Mitarbeiter von der Paßkon-

trolle in R., insbesondere im Namen des dortigen Kommandanten dieses Postens, des Genossen B, den Schriftsteller Genossen P.K, das im August des Vorjahres unsererseits gegen seine Person anläßlich seiner Reise in die Bundesrepublik Deutschland vorgenommene Eingreifen zu entschuldigen.«

»...In bewußter Sache ist auch die unbegründete Aussage gemacht worden, aber nur außerhalb unseres Ressorts, daß Gen. PK schädliche Korrespondenz und Presseerzeugnisse ins Ausland bringe. Zu beiden Behauptungen erkläre ich, daß sie nicht den Tatsachen entsprechen... Es handelte sich um die normal von ihm abonnierte Tagespresse, die er beim Aufenthalt in der Republik, wie er uns an Ort und Stelle erklärte, aus Zeitmangel zu Hause nicht gelesen hatte und deshalb auf die Reise mitnahm. Diese Erklärung hätte auch den Organen der Paßkontrolle genügen sollen, und es war kein Grund vorhanden, aus diesen Tatsachen irgendwelche Vermutungen abzuleiten. Was die persönliche Korrespondenz betrifft, so ist das seine persönliche Angelegenheit, und uns oblag es in keiner Weise, in diese Dinge einzugreifen oder irgendeinen Verdacht auszusprechen.«

»...Im Rahmen der durchgeführten Kontrolle auf der Amtsstelle in R. wurde auch ein Protokoll darüber aufgenommen, daß Gen. PK sich durch Nichtanmeldung bestimmter Summen unserer sowie ausländischer Währungen eines Devisenvergehens schuldig gemacht hat. Der Genosse PK hat an Ort und Stelle zu diesen Tatsachen eine Erklärung abgegeben, die meiner Ansicht nach überzeugend war... aber erst bei nachträglicher Prüfung der ganzen Sache hier in Prag wurde festgestellt, daß ein Verdacht auch in dieser Hinsicht jeder Begründung ermangelt, weshalb ich auch in dieser Hinsicht die Sache richtigstelle.«

»...Abschließend versichere ich Ihnen, werte Genossen, daß ich bereits Schritte unternommen habe, die eine Wiederholung ähnlicher Fälle vermeiden sollen. Mit Genossengruß

gez. Oberstlt. J. B., Stellvertreter
des Kommandanten.«

Es war reizend anzusehen, wie in diesem merkwürdigen Frühling auch die Staatssicherheit sich die Grundsätze guter Kinderstube aneignete. Schade nur, daß er bis dato nicht eingestehen konnte, was man bei mir gesucht und wer dazu den Segen gegeben hatte.

Ein weiterer Grund, mit P. zu sprechen.

Um drei Uhr erinnerte ich mich an den Wagen und damit auch an das Begräbnis. Die Taxifahrer waren ausgestorben. Ich hetzte durch die Menge zur Straßenbahn, und so stießen wir aufeinander.

Wenige Minuten zuvor hatte ich mich nach Jahren wieder an sie erinnert. Vielleicht darum, weil man bei Begräbnissen automatisch die Schubfächer seiner Beziehungen durchsucht. Sie sprach mich zuerst an. Fast hätte ich sie nicht erkannt. Sie sah besser aus als vor 15 Jahren. Die hochaufgeschossene Göhre auf Storchenbeinen, die sich neben ihr um einen fräuleinhaften Gang bemühte, hätte ganz gut als ihre jüngere Schwester gelten können. Das brachte ich ihr auch sofort zur Kenntnis.

– Das freut mich, sagte sie. Als ich dich unlängst in der ersten Reihe mit diesem Häschen sah, hatte ich das Gefühl, ich sei achtzig Jahre alt.

– Das Häschen ist sechsundzwanzig, bemerkte ich.

– Sag mir das nicht, sonst bekomme ich wieder Minderwertigkeitskomplexe.

Die Uhr blieb stehen. Der Tag samtblau, vom Wenzelsplatz her erscholl der lyrische Lärm der Preßlufthämmer auf dem Bauplatz der Unterführung, und die junge Dame ging sich diskret Metzgereiwaren ansehen. Wir sprachen durcheinander, über alles und nichts.

– Kürzlich war ich auf dem Vyšehrad spazieren, und so ging ich bei Vater vorbei, sagte sie.

– Dein Vater liegt auf dem Vyšehrad begraben??

– Ich meine doch deinen!

Kein Wort über Mutter. Frauen verzeihen einander auch über das Grab hinaus nicht.

– Da dachte ich mir, was er wohl sagen würde, wenn er das erlebt hätte.

– Vielleicht wäre er zur Abwechslung einmal konservativ, sagte ich, er war schon immer nonkonformistisch!

Ich war froh, daß ich wieder ruhig von ihm sprechen konnte. Als hätte die Zeit den Tod entwaffnet. Gräber verlieren ihre Tragik, und man meint, man könne jederzeit die alte Nummer wählen oder an die alte Adresse schreiben.

– Er war der einzige Kommunist, dem ich nie aufgehört habe zu glauben.

Ich mußte lächeln.

– Schönen Dank für das Kompliment.

– Wenn es dir Freude macht, dir hab' ich wieder angefangen zu glauben.

Die Interessen ihres Vaters wahrend, hielt die Tochter offensichtlich dafür, daß wir einander mehr als genug gesagt hatten, weshalb sie gelangweilt zu uns zurückkehrte. Wir verabschiedeten uns herzlich. Das vieljährige Schweigen hatte sich verflüchtigt, wie so viele andere Gespenster.

Hatte sie mir eine Freude gemacht? Ich weiß es nicht. Eines der Gebote, die ich mir im Jahre 1956 auferlegt hatte, lautet:

»Du sollst dir kein Urteil über dich selbst bilden auf Grund fremden Lobs oder Tadels, weder von rechts noch von links, denn dein Königreich und deine Macht und Größe sind allein in dir, Amen.«

Ich war ihr jedoch unerschütterlich dankbar, weil sie mich – ohne es zu wissen – aus den Gleisen geschleudert hatte, auf denen P. geblieben ist.

In der Tram kam ich mir wie ein Dorftrottel vor, denn der Umbau des Stadtzentrums hatte die gewohnten Linien vollkommen verheddert. Ich fragte ständig nach dem Weg, und die Schaffner antworteten mir mit Despekt; meine feine Kleidung machte allem Anschein nach den Eindruck, ich sei ein degradierter Politiker, dem man eben den Dienstwagen entzogen hatte.

Degradierte Politiker gibt es leider immer noch zu wenig, als daß sich dies im Stadtverkehr äußern würde. Alle Analysen, die ich heute gehört habe, stimmten darin überein, daß dieser Verzug Blumen des Bösen sät. Eine Reihe bedeutender Konservativer hatte sich in ihren Positionen verschanzt. Ohne ein Wort über ihren Anteil an der früheren Ära zu verlieren, setzten sie von neuem die Partei mit sich selber gleich und blähten nach stalinistischem Klischee die Seifenblase einer antisozialistischen Verschwörung auf. Neben den Massenmedien nannten sie als Beweis den Klub engagierter Parteiloser und den Klub der in den fünfziger Jahren laut § 231 verurteilten politischen Häftlinge.

Ich denke begreiflicherweise auch über diese beiden Organisationen nach. Nur sind meine Folgerungen entgegengesetzt. Ich glaube, daß der einigende Abwehrreflex der Parteilosen sich zu den Ergebnissen des Demokratisierungsprozesses innerhalb der Partei umgekehrt proportional verhält. Auf das A des Januars, der nur Hoffnungen weckte, muß nun ein B folgen, das Sicherheit bringt. Die besorgten Rufe der Führung nach Einheit der Partei erhalten in der jetzigen Situation einen gefährlichen Aspekt. Ich habe vormittags die vorletzte Nummer der »Literární listy« abgeholt, für die ich einen Leitartikel über dieses Thema geschrieben habe:

»Es ist Zeit, einzugestehen, daß Einheit zu den Begriffen von sehr wandelbarem Wert gehört. Hat doch schon die Einheit der Partei vor und nach dem Februar einen ganz unterschiedlichen Charakter.

Die Einheit vor dem Februar war moralisch. *Die Mitglieder der Partei akzeptierten freiwillig das revolutionäre Programm, weil es eine Botschaft der Menschlichkeit enthielt. Dieses Programm erfüllten sie und hatten die Kontrolle darüber.*

Die Einheit der fünfziger Jahre war unmoralisch. *Die Parteimitglieder ließen sich zu Soldaten degradieren, die der Unfehlbarkeit der Generale vertrauten. Die Generale haben die Revolution entmenschlicht. Die Schuld fiel auch auf die Soldaten.*

Ein Teil der Partei zog daraus die nötigen Konsequenzen. Seitdem existiert die Einheit de facto nicht mehr.

Die entstandene Uneinheitlichkeit ist proportional der Differenz zwischen dem Schuldanteil und den Ansichten Antonín Novotnýs und Ludvík Vaculíks. Wenn beide bisher in einer Partei sein müssen, so ist deren Uneinheitlichkeit wiederum moralisch.

Zwei Parteien in einer können nicht lange existieren. Eine Partei zweier Parteien kann kein neues Vertrauen gewinnen. Eine Partei zweier Parteien kann bestenfalls neue Kompromisse befruchten. Darum ist ein Außerordentlicher Kongreß *notwendig, damit die Kommunistische Partei sich entweder reinigt – oder spaltet.*

Nur so entsteht eine Partei von neuer moralischer Einheit.«

Die Berechtigung dieser Überlegung dokumentiert geradezu auf absurde Weise die Tatsache, daß sich selbst Antonín Novotný auf dem April-Plenum des ZK zum Erneuerungsprozeß bekannte.

Aus allen Gründen hatte ich das Gefühl, daß die Anti-Novotný-Koalition eben jetzt endgültig zerfiel. Das war selbstverständlich gut so, weil allmählich jeder mitfuhr. Schlimmer ist, daß es dabei zu einer ersten Kräfteverschiebung kam. Einen außerordentlichen Kongreß fürchteten nicht mehr ausschließlich die Konservativen, sondern leider auch zahlreiche Männer der Mitte, die einen nicht zu unterschätzenden Anteil an der Vorbereitung des Januars haben. Sicher erschraken sie nun auch deshalb, weil sie nicht fähig sind, aus der eigenen Haut zu schlüpfen und sich eine andere Technik der Gesellschaftsleitung vorzustellen, als sie ihnen jahrelang wesenseigen war. Aber das ist vielleicht, nein – bestimmt ist es auch unsere Schuld! Vielleicht betont man ihnen gegenüber allzusehr, daß sie nie mehr der Rolle gerecht werden können, die sie gern gespielt hätten.

Auch das beste Theater kann nicht ohne durchschnittliche Schauspieler existieren. Ein Schauspieler, dem man seine Durchschnittlichkeit ständig vorhält, ist zuletzt imstande, auch eine Szene zu verteufeln, die er sehr wohl meistern könnte. Sein geringes Risiko wird ihm durch die Feststellung ersetzt, die das beste Pflaster auf seinen Minderwertigkeitskomplex ist: daß in diesem Augenblick neben ihm auch die Leistung des Genies absinkt.

Vielleicht ist deshalb in Ostrava gerade Alois Indra mit seiner Kritik der Journalisten hervorgetreten, wie sie zum letzten Mal mit ähnlicher Schärfe im vorigen Jahr ertönte, gegen den IV. Schriftstellerkongreß.

Allerdings hat das auch einen positiven Aspekt. Als Antwort haben sich gerade in den Großbetrieben von Ostrava Komitees zur Verteidigung der Pressefreiheit gebildet. Wenn man bedenkt, daß die Arbeiter vom Januar bis heute vor allem Lohnforderungen stellten – entre nous insgesamt etwa 20 Milliarden Kronen –, so ist das ein Ereignis von fundamentaler Bedeutung: Die Arbeiterklasse hat nach Jahren ihre erste politische Forderung gestellt.

Das Kreiskomitee der Partei in Ostrava und die neugewählten, stark progressiven Stadtkomitees in Prag und Brünn kamen fast gleichzeitig mit einem Vorschlag, der am besten in Zdeněk Hejzlars Artikel »Die tschechische Initiative« formuliert ist. Wenn die Führung nach reiflicher Überlegung bei ihrer Ansicht bleiben sollte, daß entgegen den Forderungen der Mehrzahl aller Kommunisten ein außerordentlicher Parteikongreß nicht früher als nächstes Jahr verwirklicht werden kann, sollte sogleich – unter Umständen aus Delegierten der Kreisorganisationen – eine interimistische Gipfelrepräsentation der Kommunisten der tschechischen Länder gebildet werden, die der längst existierenden Parteivertretung der Slowaken entspräche. Das wäre einerseits ein Beitrag zur vorbereiteten Föderalisierung, andererseits entstünde damit ein vertrauenswürdiges Organ, das bis zur Einberufung des Kongresses einen Teil der Mandate des diskreditierten ZK übernehmen könnte.

Der Vorschlag entsprach den Bedürfnissen der Zeit und den Grundsätzen des Aktionsprogramms. Man konnte ihn unmöglich einfach vom Tisch fegen oder mit Schweigen übergehen.

Wie Freunde berichten, versuchte Alexander Dubček noch einmal auf die für ihn typische Weise einen Kompromiß. Er bat einige ZK-Mitglieder, freiwillig zurückzutreten und damit den öffentlichen Druck auf den Außerordentlichen Kongreß oder auf außergewöhnliche Maßnahmen zu verringern. In seinem bewundernswerten Enthusiasmus war er offenbar noch der Meinung, daß es ihnen wirklich um die Interessen der Partei zu tun war. Bis auf einen lehnten selbstverständlich alle ab. Wer würde auch freiwillig den Laden verlassen, wenn er dort weiter sein Manko verbergen konnte?

Das Problem fletschte also die Zähne wie zuvor.

Unterwegs stellte ich fest, daß der Transistorradio in Prag zum verbreitetsten Modeaccessoire avanciert war. Die Bevölkerung konnte sich offenbar nach der langjährigen Fastenzeit nicht an Informationen satthören. An der Tramhaltestelle »Zum Engel« konnte ich die Nachrichten von mehreren Seiten hören.

Laut ČTK war gerade heute, offenbar zu Ehren des Plenums des ZK, eine Gruppe der Truppenverbände des Warschaupaktes unter dem Oberbefehl General Kasakows in der Tschechoslowakei eingetroffen, um sich an den alliierten Stabsmanövern zu beteiligen. Es kam mir unglaublich vor, daß niemand den Verbündeten erklärte, wie fröhlich die Stimmung wird, wenn Gäste zum Mittagessen kommen, obwohl sie ein Telegramm erhalten haben, daß die Wohnung gerade gemalt werde. Ich erinnerte mich bald dabei auch an den kürzlich erfolgten Freundschaftsbesuch von Diplomaten der Prager Sowjetbotschaft bei uns im Schriftstellerverband. Ihre Befürchtungen, Vorstellungen und Ratschläge riefen den Eindruck hervor, daß sie ihre Mission in irgendeinem fremden, unbekannten Land ausübten und bei uns nur schliefen. Wir stellten uns, nachdem sie gegangen waren, ziemlich entsetzt die Frage, welche Informationen und Empfehlungen sie wohl ihrer Regierung senden mochten und welche politischen Entscheidungen sich daraus ergeben würden.

Eine hatte sich soeben ergeben: eine kleine brüderliche Demonstration der Stärke. Diese ganze Politik machte auf mich den gleichen Eindruck wie das Benehmen eines eifersüchtigen Ehemanns, der nach zwanzigjähriger treuer Ehe seiner Frau vorschlägt, sie solle einen Keuschheitsgürtel tragen.

Von den Renaults konnte ich noch einige Telephongespräche erledigen. P. meldete sich wieder nicht. Dafür war S. endlich am Draht.

– Jawohl, sagte er, ich weiß es aus der Zeitung.

– Du hast keine Todesanzeige bekommen?

– Nein. Aber ich würde dort auch ein wenig merkwürdig aussehen.

– Wie ist es geschehen?

– Freitag abend ist er normal aus dem Büro gegangen. Er hat

sich in der Garage an der Zentralheizung erhängt. Sie hat ihn am Samstag mittag gefunden.

So hat es sich mir bestätigt, daß sein Tod zu jener Serie gehört, die schon im März begonnen hat. Auch der Prager Frühling sollte, leider, seine Gräber haben. Einige der tragischen Akteure der fünfziger Jahre hatten sich entschlossen, selbst die Bilanz zu ziehen.

– Ich sollte ihm eigentlich dankbar sein, sagte ich, damals ging mir zum ersten Mal ein Licht auf, daß etwas auch in einem anderen Staat faul sein kann als im Staate Dänemark.

– Das Gesetz der Gesellschaftsentwicklung bestand bisher darin, sagte S., daß eine Generation etwas ablaugte und die andere sie fortjagte, um es wieder instandzustellen. Wir haben das alles allein geschafft. Unsere Kinder werden glauben, daß sie allesamt mindestens je zwei Väter hatten!

Das erinnerte mich daran, daß ich noch einmal telephonieren mußte. Anstelle des leisen Alts krächzte jedoch ein unbekannter heiserer Baß. Ich legte auf und wählte von neuem. Der Baß war wieder da. Das sah nach Einbrechern aus. Ich fragte scharf, mit wem ich spreche.

– Ahoj, Vati, sagte der Baß, Mutti ist nicht zu Hause.

– Ahoj, sagte ich, du hast dich erkältet?

– Nein, sagte er, ich mutiere, das sind die Hormone, weißt du?

– Aha, sagte ich, ich weiß, die Hormone. Also mutier ruhig weiter.

– Prima, daß du hier bist, sagte er. Kommst du am Abend zu uns?

– Nein, sagte ich, ich muß gleich wieder zurück.

– Aha, sagte er, ja, dieser dein Artikel in der Literarischen war prima!

– Aha, sagte ich, und hast du ihn verstanden?

– Na klar, sagte er, das sind alles Ochsen.

– Aha, sagte ich, dann lies das vielleicht lieber noch einmal.

– Na klar, sagte er, also gehab dich prima. Und bring mir bitte irgendeinen Paul Klee, und dann diese Vampirzähne, ich will damit die Mädeln schrecken!

– Na klar, sagte ich, bring' ich, grüße Mama, ahoj.

Ich legte mein eigenes Leben auf und fuhr zu einem fremden Tod. An sein Gesicht konnte ich mich nicht mehr erinnern. Ich versuchte, mir die letzten Jahre, Monate und Tage eines Menschen vorzustellen, um den sich die Schlinge des Gewissens zusammenzog. Wann mochte er begriffen haben, daß sein Dienst an der Partei sich in ein Verbrechen verwandelt hatte? Angesichts des Nichtseins empfand ich für seinen Tod fast etwas wie Achtung. Sie gab ihm zwar nicht die Ehre zurück, aber sie bewahrte ihm die Menschenwürde.

Im kleinen Krematorium von Motol waren nur wenige Menschen. Vermutlich Kollegen. Oder vielleicht alte Freunde von der Staatssicherheit? Jedenfalls sagte ihnen meine Anwesenheit nicht sehr zu.

Wann hatte ich sie zum letzten Mal gesehen? Ich glaube in irgendeiner Bar... nein! in jener Nacht, als sie mir die Geschichte ihrer Ehe mit diesem Toten erzählte; so grausig, daß ich kaum den Mut fand, sie niederzuschreiben. Jetzt hielt sie das Kind an der Hand, einen etwa fünfjährigen Jungen. Sie weinte laut. Ich hatte das Gefühl, sie spiele endlich keine ihrer Rollen mehr.

Ich dachte, daß sie vielleicht mit mir sprechen wollte, und wartete deshalb als letzter in der Reihe. Ihre Stimme war anklagend. Sie sagte nur einen Satz:

– Warum habt ihr ihn so weit gehetzt...?

Die Nacht war klar, der Wagen in Ordnung. Den Mitternachtsdienst in R. hatte der sympathische Leutnant, der mich schon beim vorjährigen Theater augenzwinkernd ermuntert hatte. Als Belohnung zeigte ich ihm das Entschuldigungsschreiben seines hohen Vorgesetzten.

– Scheiße, sagte er, jetzt sind wieder wir die Neger!

Das tschechoslowakische Schiff, an den Grenzpfählen vor Anker, verging in der mondlosen Nacht. Mich überfiel wieder die bekannte Nostalgie, die jedesmal schon hier begann. Ich mußte wieder darüber lächeln, daß überhaupt irgend jemand irgendwann mit meiner Emigration gerechnet haben mochte.

Zu dieser Zeit gab es keine Anhalter mehr, aber auch so schien mir, daß der Renault mit Schicksalen buchstäblich vollgestopft war. Derer, die ich geliebt habe, die mir nahe waren, mei-

ner Bekannten und meiner Unbekannten, zwischen denen mein Leben zwirbelte, floß, bummelte, flog. Auf der Autobahn hielt ich mich streng an die Hundertfünfzig, damit es wenigstens für eine Weile einen regelmäßigen Rhythmus hatte.

Die siebenhundert Kilometer legte ich in den gewohnten neun Stunden hin. Ich fuhr am Hotel Staden vorbei, direkt auf den Hallberg. Bei den Tankstellen standen Dutzende französischer Wagen. Der Generalstreik hatte schon das Benzin von der Biskaya bis zur Saar ausgetrunken.

Vor dem Studio begegnete ich einem jungen Requisiteur mit Kinnbart, einem begeisterten Anhänger der APO. Er teilte mir stolz mit, daß die Demonstration gegen die Notstandsgesetzgebung tadellos verlaufen sei.

– Aber diese alten Faschisten haben sie sowieso angenommen! sagte er aufgeregt. Ich glaube, wir müssen die in den Arsch kikken wie in Frankreich und bei euch!

Es freute mich, daß gerade hier meine eigene Jugend neu aufgelegt wird.

Ich kam gerade zurecht vor dem ersten take. Lida Matysová hängte sich abwechslungshalber Petrus an den Hals. Die Geschichte, in der sich Menschen aus Liebe den Tod geben, schien mir wie aus einem anderen Jahrhundert zu kommen.

Regisseur Bělka las am Monitor die Zeitung.

– Ahoj, sagte er strahlend. Na also!

– Was also?

– Das ist euch gelungen!

– Was ist uns gelungen?

– Das in Prag!

– Was in Prag?

– Mein Gott, wo hast du dich herumgetrieben?

Von ihm erfuhr ich, daß Antonín Novotný seiner Mitgliedschaft im ZK verlustig gegangen war und daß Alexander Dubček unerwartet vorgeschlagen hatte, den Außerordentlichen Kongreß schon im September abzuhalten.

Das hundertmal verwaschene Hemd, gebleicht wie Augustgras, steife, unnachgiebige Hosen, wie mit Sandpapier gefüttert, der Gürtel, der von weitem nach frischem Leder riecht, die schweren Halbschaftstiefel, von den Riemen gestrafft, die müden Augen, eingefallenen Wangen, die Hände, frostgeschwollen und mit violetten Narben bedeckt – bin ich das?

Die Straßen, in denen leblos schwarze Fahnen hängen, die schweigenden Straßenbahnen, die Spaliere übernächtigter Gesichter, der Rundfunk, der stundenlang das Pausenzeichen aus Smetanas »Vyšehrad« wiederholt, die Trauermusik aus den Lautsprechern auf der Straße – ist das meine Stadt?

Der zarte Duft von Parfüms, der leise fremde Atem, der offene Wäscheschrank, und darin seltsame Häuflein blauer und rosa Wolle, die mit peinlicher Sorgfalt geordnet sind – ist das mein Zimmer?

Ist das der gleiche Planet, der gleiche Kontinent, das gleiche Jahrhundert, in dem ich bis zum 4. März gelebt habe?

An jenem Tag trug ich den Lauf eines schweren MGs, ohne mich ablösen zu lassen; ein jeder von uns bewachte verbissen seine Last, als würde es helfen, die größte Bürde zu vergessen, die die Herzen verschüttet. Wir gingen schlafen, aber es war nicht der gesunde Schlaf müder Menschen, eher ein Schlaf vor der Schlacht, ein Schlaf vor dem Gerichtstag. Als der Wachthabende Licht machte, mußte er nicht einmal etwas sagen, obwohl der Weckruf erst in einer Stunde war. Niemand gab einen Befehl aus, aber auf dem Appellplatz versammelte sich das ganze Schulregiment und wartete auf ein Wort, das erlöst. Doch auch die Offiziere, die aus ihren Wohnungen kamen, blieben stumm. Von niemandem gerufen, marschierte aus der Dunkelheit die Regimentsmusik auf, und in die kalte Finsternis hallte der Marsch der gefallenen Reolutionäre.

Mehrere Nächte schrieb ich Verse, zählte sie nicht, zählte nicht die Tage, hielt Wache, schrieb, schlief und aß, aß, schrieb und schlief. Alle unsere Gedanken, unsere Hoffnungen knüpften sich an den andern!

Er starb am neunten Tag nach Stalin, als lehnte er es ab, ihn zu überleben.

An jenem Tag warf ich Angriffsgranaten, die kalt waren wie der Tod. Immer wieder lockte es mich, eine von ihnen drei Sekunden länger zu halten… in jener Hand, die er einst gedrückt hatte. Mir war, als endete ein Zeitalter und wir gingen mit ihm unter.

Am Abend bestiegen wir den gleichen Zug, der uns kahlgestutzte und niedergeschlagene Rekruten im Oktober nach Karlsbad gebracht hatte. Obwohl ich die zwei Jahre in der Armee des Volkes ehrenhaft bestehen wollte, begann ich schon damals die Tage zu zählen. Jetzt kehrte ich nach Hause zurück, aber ich nahm die Welt nicht nur Kenntnis. Bis heute, bis dreizehn Uhr. Dieser Stunde waren wir die ganze Woche lang hartnäckig entgegenmarschiert, her und hin, hin und zurück über die Betonstartbahnen des Flugplatzes in Ruzyně, damit die Bajonette unserer Gewehre zu einem einzigen verschmolzen. Die Stunde war da. Die Stunde der letzten Parade.

Irgendwo am anderen Ende Prags ertönte eine Sirene, dann eine zweite, dritte. Ihr mächtiger Choral erscholl von allen Seiten, wie vor fünf Jahren im Februar. Damals hatte er Sieg verkündet. Heute beweinte er den Tod.

Ich stand verloren in den streng ausgerichteten Quadraten auf dem Letná-Plateau. So wie ich, stand jetzt das ganze Land still. Die Drehbänke und Schreibmaschinen verstummten, und mitten in den frühlingsgrünen Feldern blieben die Züge stehen. Nur der Wind wehte, und die Zeit floß wie das Wasser der Flüsse und das Blut in den Adern.

Mit ihm sickerte Angst in die Herzen.

WAS WIRD WEITER?

Korea und Vietnam bluten. Deutschland baut seine Bundeswehr auf, in Europa entstehen neue Konzentrationslager, in der US-Todeszelle warten Ethel und Julius Rosenberg auf das Klirren der Schlüssel. Stalin ist nicht mehr, eben haben wir Gottwald begraben und man hat uns Urlaubsscheine ausgestellt. Ich sah zum ersten Mal Soldaten, die nur zögernd auseinandergingen.

WAS WIRD WEITER?

Ich sitze im fremdgewordenen Zimmer, sehe die seltsamen Dinge aus seidenweicher Wolle und höre D. in ihrer Traumwelt ruhig atmen. Sie klingelte damals an meiner Tür, eine Stunde nachdem ich von meiner Scheidung zurückgekommen war. Ich habe sie seit dem Sommer nicht gesehen, jenem schlimmen Sommer, in dem ich mich so vergeblich bemühte, die Hoffnungslosigkeit loszuwerden. Sie kam zu mir und sagte mit ihrer leisen Stimme, daß wir ein Kind erwarten und daß sie es sich nehmen lassen will.

Mein Gott! Wen ich auch wirklich liebte, immer dachte ich doch an das Kind! Ich wußte schon, wie kurz die Liebe lebt, aber das Kind wollte ich haben. Für es hielt ich ein Geschenk bereit, das dem Wunder des Geborenwerdens entsprach: eine Heimat, in der sich alle Träume der Menschheit verwirklichen würden. Ich bat sie, mich zu heiraten. Eine Woche später fuhr ich mit dem schwarzen Militärkoffer weg, um Republik und Revolution zu schützen.

WAS WIRD WEITER?

Das Leben beider war Parteigeschichte, sie kannten die Partei wie der Gärtner seinen Garten. Sie wußten, aus welchem Trieb eine unbekannte Rose erblühen wird, sie erkannten unfehlbar jedes hinterhältige Unkraut. Wer anders als sie beide verstand es, eine Million kleiner Energien zur Hochspannung der Revolution umzuwandeln! Wer anders als sie war imstande, auch im obersten Führungsgremium der Partei die Judasse zu erkennen, die erst vor drei Monaten ihre gerechte Strafe erhalten hatten! Tränen flossen heute vor Tausenden Katafalken in Werkstätten, Kasernen, Schulen und Fabrikhallen. Wieviele davon waren Krokodilstränen?

Die Schädlinge, die die beiden nicht mehr enthüllen konnten, tanzen in dieser Nacht auf unserem Unglück und zählen die letzten Stunden des Kommunismus. Wie in dieser sternlosen Nacht den Kurs finden, zwischen der Skylla des Verrats und der Charybdis der eigenen Müdigkeit und der eigenen Fehler – ohne Kapitän? In einem Europa, durch das kein normaler Weg mehr führt, einem Europa der Schützengräben, Panzersperren und

Minen, einem Europa, das zum Kriegsschauplatz wird, bevor es überhaupt Frieden geschlossen hat?

Wir sind eine Armee, die am Abend vor der Schlacht beide Oberbefehlshaber verloren hat.

WAS WIRD WEITER?

Wir haben Stalin und Klement Gottwald so bewundert und geliebt, daß wir nie an ihre Sterblichkeit gedacht haben. Jetzt sind wir überrascht und erschüttert, und manchmal scheint es uns, als wäre alles zu Ende.

D. schläft mit verweinten Augen.

– Ich weiß nicht, wie ich es ausdrücken soll, hat sie gestern gesagt, ich habe das Gefühl, daß es in einer schlechteren Welt geboren wird.

– Der Nachgeborene, sagte ich.

Ich sitze am Rand des Sofas, abgemagert, in der steifen Uniform, die nach Naphtalin riecht. In einer Weile muß ich gehen. Ich muß und will. Ich lege die Handfläche auf ihren warmen, hochgewölbten Leib, dessen Umrisse sich im Schein der Straßenlaterne abheben. Die gleiche Gestalt hat der Berg Říp, wo das tschechische Volk seine Existenz begann. Helm der Erde nannte ihn der Dichter Seifert. Ich lege meine Hand auf den Helm des Lebens.

Ich höre dich. Ich weiß nicht, wer du bist, wie du heißt, woher und warum du kommst. Aber wenn du beschlossen hast, in mein Haus einzutreten, ist es dein, mit allen und allem, was dazu gehört, mit Liebe, Enttäuschung, Niederlagen, Versen... und auch mit dieser Nacht der Großen Toten.

Wenn du älter bist, wirst du ihre Namen hören und von ihrem Heldenleben lesen. Sie haben in einer schweren, aber ruhmreichen Zeit gelebt. Es war die Zeit, da die Völker der Welt die Fesseln abstreiften und die Erdkugel unter ihren Schritten bebte. Es war die Zeit, da die alte böse Welt uns wie ein Pharao in ihr Grab mitzureißen versuchte. Es war die Zeit des Kampfes – auf Leben und Tod. Und eben damals, als wir zum letzten Mal mit der Waffe in der Hand deine Ankunft schützten – wurden wir von ihnen geführt.

Wenn du älter bist, wirst du Stalin entdecken und kennenler-

nen, so wie wir, die nach dem Jahre 24 Geborenen, Vladimir Iljitsch Lenin entdeckten und kennenlernten. Wenn du älter bist, wirst du die Weisheit und Umsicht Klement Gottwalds bewundern, der für uns ohne einen Schuß den Februar gewonnen hat. Wenn du älter bist, werde ich dir von ihnen erzählen, mitten im blühenden Frühling, in dem der Mensch dem Menschen ein Bruder ist.

Schlaf ruhig, Kleiner. Damit dieser Frühling kommt, damit der Frost ihn nicht abtötet, stehe ich auf und gehe fort, um wieder Handgranaten zu werfen. Und um dabei keine Angst zu haben, singe ich für mich im Schritt:

Wir sind nicht klein längst sind wir nicht mehr klein
Sind nicht wie Schafe schutzlos preigegeben
Ist Stalin nicht mit uns wollen wir Stalin sein!
Ist Gottwald tot so sei er unser Leben!

Donnerstag, 22. August 1968 Roma
(Fortsetzung)

Die Italienerin stand auf und schaltete das Tonbandgerät ein. Man hörte Laras Lied aus »Doktor Schiwago«, warm und voll. Sie begann sich auszuziehen. Unter dem Samtmäntelchen hatte sie nur ihre Haut. Ich mußte zugeben, daß sie prachtvoll war. Sie schaute mich an, mit einem seltsamen Lächeln, an dem die Lippen mehr beteiligt waren als die Augen. Sie kam zu mir. Ich blieb sitzen. Sie kniete nieder, nahm meine Hand in die ihren und führte sie zum Reißverschluß ihrer engen Hosen. Ich schüttelte den Kopf, befreite meine Hand und nahm eine Zigarette. Das Lächeln auf ihrem Gesicht wurde zur Maske. Aus der Nähe hörte ich ihr verächtliches Zischen. Sie wandte den Kopf zu ihm. Das Profil verriet, daß sie nicht älter als achtzehn sein konnte. Er überraschte mich: höflich verbeugte er sich, als ob er sich entschuldigte, und öffnete den Verschluß auf der ganzen Länge des Hosenbeins. Die Italienerin stand dabei allmählich auf, bis sie nackt war. Beifall ertönte. Sie dankte strahlend. Der Blick, den sie mir zuwarf, war wie ein Messer.

Die Lichter gingen an. Die Kellner nahmen weitere Bestellungen entgegen. Ich wollte wieder einen Seven-up, obschon er hier genauso teuer war wie der Whisky, mit dem sie vor einer Weile auf Du getrunken hatten. Er war bezaubernd, fast zu sehr. Bisher hatte ich ihn nie so erlebt. Ich trank die Limonade, um ihr anzudeuten, daß ich nach Hause wollte. Statt aufzustehen, begann sie zu sticheln.

– Ein gut erzogener Mensch soll die Spielregeln einhalten, sagte sie.

– Du weißt längst, daß mir Striptease von Herzen widerlich ist.

– Aber unser Genosse hier ist doch auch Jugendverbändler gewesen, oder?

– Offenbar ist er davon weniger betroffen als ich.

– Ich kann nicht behaupten, daß ich vor Begeisterung sterben würde, sagte er, aber es beleidigt mich auch nicht. Schließlich ist das eine Rückkehr zur Folklore des Alten Rom. Was geht dir daran so gegen den Strich?

– Ich weiß nicht. Vermutlich daß sie sich so stilisieren.

– Wie merkwürdig, sagte sie, bei einem Herrn vom Theater, der immer weint, wenn die Tiger seinen August fressen, obwohl er weiß, daß das der Herr Brodský ist.

– Also liegt es vielleicht anderswo, sagte ich gereizt. Beispielsweise an ihrer Unpersönlichkeit. Ein geschminkter Mensch verwandelt sich auf der Bühne. Eine nackte Frau verleugnet sich vor dem Publikum. Sie ist grotesk wie ein Klavier, das anstelle der Saiten einen Lautsprecher hat, absurd wie unsere Armee, die schon zweimal in diesem Jahrhundert Tonnen von Energie und Geld gekostet hat und dann der Heimat den größten Dienst dadurch erweist, daß sie nicht kämpfte.

– Was meinst du dazu, sagte sie zu ihm, als führte sie einen gezähmten Affen vor, wie er sogar vom Striptease über drei Sätze hinweg zum Kommunismus gelangt? War er immer so ein scheinheiliger Tartuffe?

Sie provozierte mit Absicht. Ich hätte sie gern an einen Abend erinnert, an dem sie eine kleine Gesellschaft zum Pfänderspiel »bis auf das Letzte« zwang, um dann einem vertrauensvollen Freund, der es ernst nahm, ein paar Ohrfeigen zu geben. Ich wollte auch bemerken, daß ich das ganze erste Jahr lang in der gewissen Situation nicht einmal die Skala des Radios leuchten lassen durfte. Aber ich sagte nur:

– Ich will in dieser Sache Amateur bleiben. Ich war nie so schlecht dran, daß ich den Damen für das Ausziehen zahlen mußte.

– Vielleicht hast du viel mehr bezahlt, nur daß es in anderer Form geschah!

Das war ein Ball für einen Smash, der auch sie treffen konnte. Vermutlich war das sogar ihr Ziel, damit sie zu einer weiteren Runde antreten konnte. Seit Perugia war die Situation jedoch anders, und anders war auch ich. Es machte mir keine Mühe, mich zu beherrschen.

– Ich habe Kopfschmerzen, sagte ich möglichst freundschaftlich, vermutlich von der Hitze, hättet ihr etwas dagegen, wenn ich vorausgehe?

Sie tat, was ich erwartet hatte: sie antwortete, als gehörte sie zu ihm.

– Aber keineswegs. Ich glaube, daß wir uns auch allein gut unterhalten werden. Du sagst uns dann, ob wir inzwischen eine sowjetische Republik geworden sind.

Er bemerkte nichts dazu. Als er aufstand, um mir die Hand zu reichen, sah ich, daß er angetrunken war. Er drückte sie mir so zeremoniell, als sähen wir einander zum ersten oder zum letzten Mal.

Ich ging zu Fuß am monströsen Denkmal Vittorio Emanueles vorbei, unter dem Balkon, von dem der größte Schauspieler des italienischen Faschismus – Duce Benito – sein Publikum fasziniert hatte. Die Via del Corso war ungewohnt still, wie alle Städte Europas im August – mit Ausnahme der unseren. Meine Gereiztheit verzog sich. Auch deshalb, weil es endlich kühler war. Mein Hirn, das auf dem Platz von Perugia von den drei Wörtern getroffen wurde wie von drei Steinen, funktionierte plötzlich wieder, kühl und rational.

Wie immer, wenn die Überschwemmung heranstürzte, waren alle Komplikationen unserer Beziehung vom Selbsterhaltungstrieb verschlungen. Wir hatten uns einer am andern festgehalten, weil es das einzige war, was wir in der Minute der Katastrophe greifen konnten. Die Sturzwelle war über uns hinweggegangen, und wir waren da, betäubt, verletzt, aber lebend. Das Gesetz der Todesgefahr wich wieder den Gesetzen des Lebens. Der Waffenstillstand war zu Ende, und unser Streit dauerte in seiner ganzen Unlösbarkeit fort. Während das Gewicht der Wasser, die auf meine Stadt gestürzt waren, mich niederdrückte, nahm sie ihren Badeanzug und erwartete, daß wir schwimmen gehen würden...

In der stillen Straße hörte ich plötzlich stürmisches Geschrei. Von der Piazza di Spagna her kam ein langer Zug junger Italiener mit zerfetzten Transparenten gezogen. ABASSO BREZNEV – EVVIVA DUBČEK! Berittene Polizei begleitete ihn. Ich erinnerte mich an das Lied, das der Wind einmal nach Böhmen getragen hat, um die Panzer der Befreier zu begrüßen: ABASSO RE – VIVA STALIN!

Ich hörte tschechisch und slowakisch sprechen und stieß zu einer kleinen Insel blonder Haare.

– Wohin geht ihr?

– Zu den Russen. Kommen Sie mit!

Ich war viel zu müde, und vor allem war ich auch jetzt noch nicht imstande, Botschaftsfenster einzuschlagen. Deutlicher als je wurde mir bewußt, daß das kein tschechischer Brauch ist. Sie marschierten in meiner Richtung. Ich erklärte ihnen meine Zweifel, obwohl ich begriff, daß der Motor ihres Handelns Verzweiflung war.

– Steine gehören doch zu den Argumenten jener Welt, gegen die wir im Laufe unserer ganzen Geschichte gekämpft haben.

Ein Jüngling mit klugen Augen, der eine verweinte Godiva um die Schultern hielt, sagte heftig:

– Aber wir haben bloß dann gewonnen, wenn wir sie zurückschmissen!

Mit einer breiten Geste wies er auf die Demonstranten, die wütend Parolen riefen, als ginge es um ihre eigene Sache:

– Schauen sie die an! Wenn Panzer in diese Gasse kämen, würden aus allen Fenstern Molotow-Cocktails fliegen!

– Und haben Sie darüber nachgedacht, warum in Prag keine fliegen?

– Weil wir feige Hunde sind! Weil wir unserer Existenz nicht würdig sind.

Ein solches Streitgespräch hatte ich schon einmal im Leben geführt. Nur hatte ich jetzt die Position gewechselt. Das Alter? Meinen Standpunkt vertrat damals jemand, der ebenso jung war wie er.

– Sehen Sie, sagte ich, jetzt sind wir genau bei dem, was man die Tschechische Frage nennt. Kampf oder Kompromiß? Riskieren, daß alles verlorengeht, oder Zeit und Raum gewinnen, um im Bogen wieder auf unsere Wege zurückzukehren?

– Sind Sie Kommunist? sagte er. Wahrscheinlich sind Sie es, denn Sie reden wie mein Vater; dann will ich Ihnen sagen: ein Bogen, der über Gefängnisse und Galgen führt, interessiert mich nicht mehr. Ich will nicht von neuem lernen, daß nicht Bell, sondern Popow das Telephon erfunden hat und daß Masaryk auf die Arbeiter schoß. Und ich habe schon gar keine Lust, die sibirischen Bären kennenzulernen.

Ich mußte an den Mann denken, der seine Bären in Kanada getroffen hat. Der kleine Unterschied bestand darin, daß er sie treffen wollte. Der Jüngling mit seinem Mädchen nahm von mir keine Notiz mehr.

– Verstehen Sie doch, sagte der dritte slowakisch, in Prag wird wieder eingelocht! Es wird wieder so sein wie in den fünfziger Jahren.

– Unsinn! Da müßten sie diesmal eine Million Menschen einsperren.

– Und was macht es ihnen aus? Haben sie nicht viel mehr Leute eingesperrt? Amerikaner oder Russen – alle sind doch die gleichen Gendarmen!

– Was wollen Sie also wählen?

– Die Schweiz. Man sagt, daß sie dort alle Tschechen und Slowaken nehmen. Das ist auch Europa wie bei uns, nur ist es nicht mehr Byzanz!

Auf der Piazza del Popolo trennte ich mich von ihnen.

– Wohin wollen Sie? fragte er mich.

Ich antwortete, ohne nachzudenken.

– Nach Hause.

– Grüßen Sie dort die Kollaborateure! rief mir der Junge mit dem Mädchen nach. Der Slowake winkte verlegen.

Ich ging durch die stille Gasse, die abwärts zum Hotel führte, und war entschlossen. Ich wollte nicht mehr Campari trinken, am Radio kleben, von der Vergangenheit schwatzen und mich beim Striptease langweilen. Seit Perugia waren dreißig Stunden vergangen. Meine Verspätung ließ sich einholen. Ich beschloß zu warten, bis sie kam, und ihr eine letzte Frage zu stellen.

Vor dem Hotel startete ein Škoda mit Brünner Nummer. Der Fahrer bremste jäh. Heraus quoll die Familie aus Mähren. Auf dem Rückfenster thronte zwischen dem Gepäck die Gondel.

– Der Autoklub hat ihn uns hierhergebracht! Sie haben ihn bei Venedig mit dem hier gefunden!

Auf dem Deckel einer Schuhschachtel hatte der Autodieb mit ungeübten Fingern geschrieben:

EVVIVA PRAGA ROSSA, PRAGA LIBERA!

– Wir fahren nach Hause, sagte er glücklich. Schlimmstenfalls überqueren wir die Grenze zu Fuß. Und Sie?

– Ich fahre auch, sagte ich.

– Wollen Sie nicht mit uns?

– Ich muß noch warten. Bis Mitternacht...!

Nun wußte ich, daß Mitternacht auch die Frist war, die ich ihr gebe.

– Also dann holen Sie uns bis Mailand ein, ich fahre wegen meinen Frauen wie mit einer Fuhre Mist.

– Wir wurden schon okkupiert und bestohlen, sagte die Frau, jetzt möchten wir wenigstens gesund bleiben!

Sie winkten mir bis an die Ecke. Dann ging ich ins Hotel und bat, man solle mir die Rechnung vorbereiten. Mit den Schlüsseln bekam ich wieder einen Brief mit dem US-Adler.

»Dear Sir«, schrieb der Kulturattaché, »soeben haben wir für Sie eine zweite Depesche aus Iowa/State Iowa erhalten. Wir erwarten dringend Ihre geschätzte Antwort.«

»DEAR SIR COMMA AUCH IHRE GATTIN IST SELBSTVERSTAENDLICH HERZLICH EINGELADEN VON STATE UNIVERSITY OF IOWA STATE IOWA FULL STOP IN ERWARTUNG IHRER SOFORTIGEN NACHRICHT YOURS SINCERELY STATE UNIVERSITY OF IOWA STATE IOWA END+++«

– Kein Zufall, sagte ich lachend. Ich habe deine Feldflugblätter gelesen, also ließ ich mich zu euch einteilen. Damit wir wirklich einmal Schulter an Schulter kämpfen!
– Aber ich werde nicht gefahren, sagte er, ich gehe mit den Panzergrenadieren!
– Also nimm mich doch mit!
– Da müßtest du dir das Lametta da abtrennen!

Er war in Felduniform. Ich mußte einsehen, daß meine Galauniform sich für ein solches Unternehmen wenig eignete. Ich wandte mich an den Regimentskommandanten. Er lachte mich herzlich aus:
– Die hätten Sie sich aus der Theatergarderobe leihen können, Genosse Leutnant!

Er hatte keine Wahl, er mußte mich ins Regiment nehmen. Ich hatte die rotweißblaue Armbinde der Manöverleitung, den Presseausweis des »Tschechoslowakischen Soldaten« und einen schriftlichen Befehl des Obersten Prchlík von der Politischen Hauptverwaltung der Armee. Als ich aus dem Schreibstubenwagen kletterte, hörte ich ihn sagen:
– Teilen Sie ihn irgendeiner Besatzung zu, die nicht viel quatscht. Die könnten einen Blödsinn reden, er schreibt es auf, und wir haben Scheiße bis auf den Dachboden!

Die Nacht hindurch war ich mit Petr auf den Beinen. Er verteilte den Propagandisten Papier und Farbstifte, damit sie auch während des Angriffs Blitzflugblätter produzieren konnten; die Tätigkeit der politischen Gruppen wurde gesondert geprobt. Der ganze Wald war voll vom Rattern der Panzer, die in ihre Ausgangsposition rollten. Um Mitternacht begann es zu regnen. Die Panzergrenadiere versuchten gar nicht erst zu schlafen. Sie saßen schweigend unter dem Reisig, eingehüllt in ihre Zeltplane. Petr fragte den nächsten neben ihm:
– Na also, Genosse, wie ist die Stimmung?
– Beschissen, Genosse Leutnant.

Gelächter. Das brachte mich auf; ich fragte ihn:
– Möchten Sie nicht aufstehen, wenn Sie mit uns reden?

– Das möchte ich nicht, sagte er. Aber wie wär's, wenn ihr mir zum Beispiel Meldung machen würdet?

Bevor ich mich von neuem lächerlich machte, erstattete Petr in aller Form Gruß und Meldung.

– Entschuldigen Sie, Genosse Hauptmann, ich habe Sie nicht erkannt...!

Es war der Kommandant der Panzergrenadiere. Er gab uns ein Zeichen, zu ihm zu knien.

– Die Leute haben den ganzen Tag nichts gefressen, also scheißt sie nicht an!

Sie gehörten zu einem anderen Regiment, und ihre Küche war nicht gekommen. Trockenproviant hatten sie nicht gefaßt, damit die Funktion der Etappe erprobt werden konnte. Trotzdem wandte ich ein:

– Wenn politische Arbeit überhaupt notwendig ist, dann gerade in einer solchen Situation, oder? Wenn die Leute Hunger haben, sollten sie wenigstens wissen, warum.

– Die wissen es doch. Wegen den beschissenen Etappenhengsten.

– Sie verstehen sicher, worum es mir ging: die Mannschaft zu überzeugen, daß sie auch mit leerem Magen die Kampfziele erfüllen muß.

– Das wissen sie auch. Je größer das Bullenkloster, umso größer das Bordell. Viele Scheißer verderben den Brei.

Ich teilte mit Petr die letzte Wurst. Dann rauchten wir die ganze Nacht in der hohlen Hand gehaltene Zigaretten, mit dem Rücken an die Fichten gedrückt, wie Verurteilte. Ich war froh, daß es immer noch einen Menschen gab, mit dem man nach zwei Jahren das Gespräch genau dort anknüpfen konnte, wo es geendet hatte.

– Wir sind bequem geworden, sagte er. Der da ist Arbeiter und Kommunist. Was kann er von anderen wollen?

– Du hast recht, aber das mit dem Essen ist ein Skandal. Wir reden fortwährend vom Klassenfeind, und dabei machen wir die größten Viechereien schon lange selber. Nach den politischen Prozessen haben wir geglaubt, daß wir ein reines Haus haben. Woran liegt es nun??

– Weil Leute sich an uns geheftet hatten, die die Partei als Mäntelchen für ihre Unfähigkeit umhängen.
– Aber wer ist dafür verantwortlich??
– Das ist doch klar, wir selbst.
– Und was fangen wir damit an?
– Wir müssen uns dafür herumschlagen wie vorher. Wir müssen kompromißlos und anspruchsvoll sein, nicht nur gegenüber andren, sondern auch gegenüber uns. Beispielgebend sein in allem, was wir tun, im Parteiapparat, in der Kunst – und auch jetzt in der Uniform!

Der Artillerieangriff begann um 06.00 Uhr. Ich lehnte stolz ab, als mir der Panzerkommandant Watte für die Ohren anbot. Später wollte ich ihn nicht mehr darum bitten. Die Minen der Pioniertruppen warfen Berge von Erde in die Luft. Ich war halb taub. Um 06.15 wuchs am Horizont ein Pilz. Die Pyrotechniker simulierten die Explosion einer taktischen Atombombe. Die erste Linie rückte in ABC-Schutzanzügen aus. Sie boten einen erschreckenden Anblick. Mich beruhigte nur, daß sie die Unsern waren. Wir stießen zwischen die »feindlichen« Bunker vor. Panzergrenadiere sprangen ab, um sie zu säubern. Ich erblickte Petr. Er trabte über den Acker und trug für jemand den Lauf eines Minenwerfers.

BEISPIELGEBEND SEIN...!

Der Tag lief schnell ab. Hinter Olmütz fuhren wir auf Autostraßen. Hunger und Regen machten uns nichts mehr aus, in den Gemeinden standen Scharen winkender Mädchen. Dann kam die Böhmisch-mährische Höhe und die Nacht. Das Panzerregiment gehörte zu einem Stoßtrupp; er rückte durch die Tiefe der »feindlichen« Verteidigungslinie als nördliche Flanke eines Keils vor, der bis 06.00 Uhr Přibyslav erreichen sollte. Aus den Kopfhörern im Helm regnete es Befehle, den Vormarsch zu beschleunigen.

Ich saß auf dem Turm eines T 34. Das war verboten: Vorgestern war ein Panzer mit Reservisten umgestürzt, die sich den Grundreflex abgewöhnt hatten – hineinzuschlüpfen. Zwei wurden buchstäblich entzweigeschnitten. Aber ich war hier überzählig, und unter mir saß der Ladeschütze. Ich war schon längst durchnäßt bis auf die Knochen und begann zu frieren. Ich beneidete die Panzergrenadiere: hinter dem Turm hatten sie sich mit Riemen an den Ventilationsschlitzen der Motoren festgebunden, denen Hitze entströmte. Regelmäßig drehten sie sich auf die andere Seite, wie Masthühner.

BEISPIELGEBEND SEIN IN ALLEM...!

Auch die Feldküchen des Panzerregiments waren hoffnungslos verlorengegangen. Solange man etwas sehen konnte, pflückten wir während der Fahrt unreife Äpfel von den Bäumen. Seit gestern hatte ich ein gutes Hundert geraucht. Und war ohne Informationen. Der Befehl des Regimentskommandeurs war erfüllt: die Besatzung war aus Košice und sprach ausschließlich ungarisch.

Es goß fürchterlich. Wir fuhren wieder auf Waldwegen, die sich augenblicklich in Sümpfe verwandelten. Die Panzer gruben tiefe Furchen, und die Jeeps blieben wie aufgespießte Käfer immer wieder an den Achsen hängen. Die Leute hatten eine eigenartige Wut, die nach innen explodierte. Keiner hatte noch die Kraft zu fluchen. Die Besatzungen der Fahrzeuge sprangen einfach herunter und schoben sie schweigend wie die Burlaken an der Wolga zollweise vorwärts, bis die Räder wieder griffen.

Die Schiedsrichter mit weißen Armbinden legten auf ihren Beobachtungsposten die Stirn in tragische Falten und schrieben unbarmherzige Urteile. Die Offiziere der Übung sahen sie an, als wären die ihr Tod. Dann blieben wir ganz und gar stecken. Die Motoren versoffen. Ich watete durch den Schlamm nach vorn. Dort gab es eine solide Brücke mit hoher Tragfähigkeit, sie hatte nur einen einzigen Fehler: Über der Fahrbahn hing an einer Schnur die Tafel »Gesprengt«. Hundert Meter seitwärts plätscherten Pioniere im Wasser, um in der Finsternis eine Pontonbrücke zu bauen. Ich stellte mir die Unmenge Panzer und Spezialfahrzeuge vor, die hinter uns stand. Dutzende Kilometer von hier standen durchnäßt Tausende von Männern, froren und hungerten. Es war klar, daß der Angriff zusammenbrechen mußte. An der Brücke hörte ich eine aufgeregte, heisere Stimme:

– Was habe ich Ihnen befohlen??

– Genosse Major, ich hatte die politische Information durchzuführen.
– Sie hatten die Information durchzuführen, die Kommunisten und den Jugendverband zusammenzurufen, damit sie sich freiwillig verpflichten, die Aufgaben zu erfüllen! Zeit war genug da, wir stecken zum dritten Mal fest!
– Genosse Major, die meisten Leute schliefen...
Ein kleiner dicker Schiedsrichter, ein Oberstleutnant, mischte sich ein:
– Haben Sie irgendeine Blitzinformation oder ein Kampfflugblatt herausgegeben?
– Nein, Genosse Oberstleutnant...
– Also was haben Sie eigentlich gemacht??
– Ich habe versucht, die Feldküchen zu finden!
Sein Vorgesetzter, der Major, begann zu schreien. Es war durchsichtig, daß er sich vor dem Schiedsrichter ein Alibi aufbaute.
– Habe ich Ihnen den Befehl dazu erteilt? Wir sind keine Caritas!! Wir haben unsere eigenen Aufgaben, die gewertet werden! Sie senken die Note der ganzen Division! Hunger haben wir alle, aber wenn schon die Etappe im Eimer ist, darf gerade die Politische Abteilung nicht auffliegen! Führen Sie den Befehl durch, sofort!!
– Genosse Major, gestatten Sie mir...
– Nichts gestatte ich! Abtreten!
Er trat ab, ins Dunkle. Ich holte ihn ein.
– Petz...!
– Scheißkrämer! Zum ersten Mal im Leben hörte ich ihn ein ordinäres Wort aussprechen. Ich geb's über das ZK in die Politische Hauptverwaltung. Vorher hat er eine Verkäuferin schikaniert, und jetzt will er die ganze Division buserieren?
– Wohin gehst du?
– Ich wecke die Kommunisten und sag' ihnen, daß wir feststekken, schnarchen wollen, vor Hunger heulen, aber frühmorgens null sechs null null Přibyslav stürmen müssen. Die sind sicher überrascht und erquickt!
– Kann ich dir helfen?

– Du kannst, sagte er auf einmal in einem anderen Ton, sogar sehr viel!

Sein Ärger war weg, und er hatte mit einemmal seinen einsatzwilligen Ausdruck wieder.

Wir trennten uns, und jeder ging von einem Ende aus die lange Reihe der T's entlang. Die wachgerüttelten Panzergrenadiere stolperten hinter uns her. Besonders tiefe Schläfer übersah ich. Auf halbem Wege versammelten sich an die vierzig Mann. Für ein Regiment war das nicht viel. Wir kletterten mit Petr auf den nächsten Panzer. Zum Glück regnete es nicht mehr.

– Nicht rauchen! befahl er, die Flugaufklärung sucht uns! Genossen, ihr würdet mich nachher gründlich auspfeifen, wenn ich euch jetzt verheimlichen würde, daß ein bekannter Dichter mit uns angriff. Hier ist er! Er hat zum Glück ein gutes Gedächtnis, so daß er kein Licht braucht!

Die meisten hörten meinen Namen zum ersten Mal, aber sie waren interessiert. Ein Dichter in dieser Situation, da waren sie offenbar mehr überrascht, als wenn Schneewittchen samt den sieben Zwergen erschienen wäre. Sieben Jahre nach dem Februar wiederholte ich also das FRONTHEREV. Der Unterschied lag nur im Repertoire. Ich wollte politische Gedichte rezitieren; vielleicht hatte ich in der letzten Zeit endlich ein paar passable Verse geschrieben. Aber als ich die Leute vor mir sah, klamm, schläfrig, schlammbespritzt bis hinter die Ohren, griff ich zu Lyrik und Witz. Das erste Lachen ertönte und ein dünner Beifall. Also nochmals! Durch die Dunkelheit nahte das metallische Klirren baumelnder MP's. Ein hungriger Bariton brüllte auf slowakisch:

– Frißt man hier was??

Die Leute zischten. Ob er blieb, weiß ich nicht, aber neue kamen. Sie kletterten auf die nächsten Panzer wie auf Tribünen. Der Applaus schwoll an.

– Den Brief dieser Hure, die wo auf ihn geschissen hat! bestellte einer.

Zustimmendes Gemurmel. Das Gedicht hieß anders, aber im Prinzip stimmte es. Diesmal folgten spontane Ovationen. Ich schätzte mein Publikum auf über hundert. Nun kam auch die

Aristokratie aus den Panzern, und ich bemerkte Offizierssterne. Die Poesie sättigte die Hungrigen. Jetzt war der rechte Augenblick für Verse gekommen, die auf die Sache selbst losgingen, und ich deklamierte eine Strophe auf den Schutz des Landes.

Der Beifall war nicht geringer. Ich nutzte das aus.

– Genossen, ich muß euch verraten, daß auch der Genosse Leutnant aus der Politischen Abteilung Dichter ist. Ich schlage vor, daß er mich ablöst.

Ich sprang vom Panzer und ließ Petr allein. Ich war sicher, daß er meinen Handschuh aufheben würde. Ich wollte ihn der gemeinsamen Bahn zurückgeben, die er auf unbegreifliche Weise verlassen hatte. Vielleicht erwartete er es. Er hatte ein Heft mit numerierten Seiten in der Hand.

– Jawohl, sagte er, ich habe hier ein Gedicht, aber ich möchte, daß ihr es mit mir rezitiert. Es heißt VERPFLICHTUNG und lautet: WIR ERFÜLLEN DIE AUFGABE!

Einer nach dem andern nahmen sie den Bleistift zur Hand und unterschrieben mit ernsten Gesichtern. Der einzige Schönheitsfehler war ein Dialog zweier Panzergrenadiere:

– Du Rindvieh, da mußt du schon zu Fuß vorausgehen, wenn du das einhalten willst!

– Quatsch, ich hab' doch nicht hingeschrieben bis wann, du Rindvieh!

Petr zählte die Unterschriften im Heft.

– Hunderteinundsiebzig. Ich danke dir.

– Warum bist du dem ausgewichen?

– Damit habe ich ein für allemal Schluß gemacht. Der Mensch muß wählen.

Neben der Brücke hatte man eine Furt gefunden. Die Panzer setzten sich in Bewegung. Ich hatte Mühe, meinen einzuholen. Die Lüftungsschlitze wurden abgedichtet, das Wasser reichte bis zum Turm. Ich tauchte die Hand hinein. Es war eiskalt. Ich mußte an die Pioniere und die Panzerfahrer denken. An alle, die hinter uns fuhren.

Und auch an jene, die in diesen T's vor uns gefahren waren, von Stalingrad bis nach Prag. Ich dachte an die Menschen, die immer und immer wieder zu den Waffen greifen müssen, um die

Poesie des Lebens gegen brutale Gewalt zu verteidigen. Wird mein Sohn noch in diesem Stahlsarg fahren? Das Knirschen des Eisens verstummte. Ich betrat mein Zimmer. D. saß auf dem Sofa und hielt unsere beiden Kinder auf den Armen. In ihrem Gesicht war das Lächeln der Madonna. Ich stieß mit dem Kopf an den Verschluß des Turmes. Offenbar war ich eingeschlummert. Wir standen. Zwei Grenadiere hoben einen dritten vom Panzer herunter. Er wand sich vor Schmerzen. Vielleicht ein Gallenanfall. Die Kolonne setzte sich wieder in Bewegung. Der Kranke lag am Wegrand und wartete, bis eine Ambulanz vorbeifahre. Die Nacht der Wahrheit war noch nicht zu Ende. Ich wandte mich mit dem Rücken zur Fahrtrichtung, weil mein Gesicht vom Wind brannte. Hinter dem Turm stand ein Panzergrenadier und hielt sich an einem Metallhaken fest. Er trug die Uniform des deutschen Afrikakorps, wie man sie kurz nach Kriegsende in unserem Militär verwendete. Der Kragen des Mantels verdeckte seine Nase; die Mütze hatte er bis zu den Augen gezogen. Ich glaubte, er lächelte mir zu.

– Woher sind Sie? fragte ich.

– Aus Prag...

– Haben wir uns nicht schon irgendwo gesehen?

– Sicher.

Ich mußte vor Aufregung schlucken. Ich dachte, ich träumte vielleicht. Aber immer wenn seine MP rhythmisch gegen den Turm schlug, gab es einen echten Metallklang.

– Wie heißt du...?

Er schob den Zipfel seines Kragens beiseite, und ich erblickte ein reines Knabengesicht.

– Robek...!

In dem Moment krachte in nächster Nähe eine Explosion. Er warf die Arme auseinander und fiel in die blendende Helligkeit.

Bei der zweiten Detonation öffnete ich die Augen. Der Panzer stand still, von Nebel umgeben. In der Nähe donnerte die dritte Salve der Selbstfahrartillerie. Dann das schwächere Ballern der Panzerabwehrkanonen und das Stakkato der MGs. Dazwischen hörte man ständig rhythmisches Geklingel. Ich kletterte schwerfällig zu Boden. Die Schulter, mit der ich stundenlang am eiskalten Turm gelehnt hatte, war völlig gefühllos. Die ganze Besatzung beschäftigte sich keuchend mit der Reparatur. Eine der Ketten war gerissen. Sie gestikulierten, ich solle auf einen anderen Panzer umsteigen. Ich trabte durch den dünnen Wald, aber die Kompanie war offenbar weit vorn. Das Terrain stieg an. Schweiß brach mir aus den Poren. Ich hastete in der Richtung der Schüsse und erkannte zu spät, daß mir ein steiler Hügel im Wege stand. Es blieb mir nichts anderes übrig; ich mußte klettern und hangeln. Ich hatte das Gefühl, das Herz würde mir zerspringen. Es war ein Everest!

Mit einem Mal stand ich oben und holte Luft. Der Nebel lichtete sich. An einem Baum stand ein korpulenter Zivilist mit wallender Mähne, der wie Jan Drda, der Vorsitzende des Schriftstellerverbands, aussah. Als er fertig war und sich umwandte, glaubte ich immer noch zu schlafen.

– Guten Morgen, sagte ich wohlerzogen mit letzter Kraft.

Er sah mich völlig fremd an. Ich erinnerte mich, daß ich Uniform trug und mein Gesicht mit Erde verklebt war. Ich sagte meinen Namen.

– Um Himmelswillen, fragte er, was machst du hier??

– Pilze suchen, sagte ich. Und du?

Er nahm mich um die Schulter und führte mich ein paar Meter weiter. Auf dem öden Hügel war plötzlich eine frisch asphaltierte Straße. Die Nachtgespenster geisterten tagsüber weiter: aus dem Nebel wuchsen die Umrisse großer Zelte und eines aus duftendem Holz gezimmerten Beobachtungsturms. Es wimmelte hier von Offizieren. Der niedrigste Rang war ein Oberst. Ein paar Meter weiter schrie ein kleiner General einen großen an, weil er ihm um eine Rangstufe höher war:

– Dafür sind Sie verantwortlich, Genosse General!

– Das ist die Schuld des Meteorologen, Genosse General...!

– Daß es hier Nebel gibt, hätte Ihnen jeder Briefträger gesagt, Genosse General! Wir hätten den Feindkontakt eine Stunde später einplanen können!

– Vielleicht verspäten sie sich..., wandte der hohe Rangniedrigere mit letzter Kraft ein.

– Das würde ich wirklich niemandem wünschen. Der Genosse

Čepička fährt um null sieben null null ab. Wenn er nichts zu sehen bekommt, läßt er das alles von Ihnen bezahlen!

Ich begriff, daß all das – Zelte, Beobachtungsstand und Straße – wegen der einstündigen Aussicht des Verteidigungsministers, Politbüromitgliedes und Schwiegersohns Klement Gottwalds aufgebaut worden war.

BEISPIELGEBEND SEIN…

Ich betrat das Zelt. Zu allererst erblickte ich aneinandergeschobene Tische, die mit weißen Tischtüchern gedeckt waren. Alles war da vom Kaviar bis zum Kognak.

BEISPIELGEBEND SEIN IN ALLEM…

Ich verspürte unmenschlichen Hunger. Wie in Trance begrüßte ich eine kleine Gruppe geladener Künstler und hörte eine klare, volltönende Stimme:

– Wann essen die Truppen?

Der Minister hatte ein junges, ein wenig gedunsenes Gesicht, intelligente Advokatenaugen und die Haltung eines Thronfolgers. Der hochgewachsene Etappengeneral war angespannt wie eine Saite:

– Um zehn null null auf der Linie Tiger. Die Feldküchen sind ständig hinter der ersten Linie.

Der kleine General stellte sich ein und machte Meldung wie bei einer Parade.

– Genosse Minister, erlauben Sie mir, Meldung zu erstatten!

– Bitte.

– Die Spitze des Stoßtrupps hat den vorgesehenen Raum erreicht!

Das Zelt leerte sich. Ich stürzte zum Tisch. Der General, der für den Nebel verantwortlich zeichnete, kam herein und goß sich ein volles Glas ein. Er sah aus wie ein Mann, der eben zwischen tobenden Elefanten hindurchgegangen ist. Er erblickte mich und sagte:

– Eine Scheißarbeit! Was war das für ein Leben, früher, bei der Tram!

Ich ließ den ehemaligen Schaffner allein mit Rum und Reue und ging hinaus. Stabsoldaten verteilten die letzten Feldstecher. Als sie meine Rangabzeichen bemerkten, übersahen sie mich wie einen Liliputaner. Ich hatte sowieso beide Hände voll Brötchen.

Es war ein reiner Herbstmorgen. Tief unter uns täuschten die Pioniertruppen den Brand von Přibyslav vor. Mit vollem Mund sah ich zu, wie auf den Feldern zwischen den Gräben die eisernen Käfer vorrückten, von laufenden Ameisen begleitet.

Meine Uhr zeigte 06.00

In dem Augenblick entwuchs ich unwiderruflich dem Rock meiner Poesie. Ich beschloß, über diese Nacht ein Stück zu versuchen.

---

30. Juni 1968 *Sázava/Sázava*
(aus dem Tagebuch des Schriftstellers PK)

Herr Kulhánek, der Landwirt aus Xaverov, der mir bei den Gartenarbeiten hilft, hat seinen regelmäßigen Kommentar zu den Zuständen in der LEG Xaverov und in der UNO beendigt, die Sense aufgehängt und sich auf den Weg gemacht. Die Sonne steht über dem Kloster, das gemähte Gras duftet, die Kirschen werden reif, im Glashaus räuchern die Gurkenkeulen, und der Dackel Adam hat sich nun auf den Rücken gelegt, von Seligkeit betrunken. Es ist Zeit, das Grammophon unter die Birken zu stellen, damit der ganze Garten die »Kleine Nachtmusik« spielt. Vielleicht wird diese Musik das zudringliche Getöse der verbündeten Panzer übertönen, von denen jetzt hier ein bißchen mehr fahren als früher in den Tagen, da keine fuhren.

Letztes Jahr zur gleichen Zeit spielte ich mir hier die gleiche Musik nach der Rückkehr vom Schriftstellerkongreß. Damals setzte ich mich ins Gras in meinem schwarzen Anzug, den ich am Morgen für mein eigenes Begräbnis angezogen hatte, aber ich dachte immer an Ludvík Vaculík. Der brave Genosse Novotný behauptete zwar, daß wir beide von der gleichen imperialistischen Aufklärungsdienststelle bezahlt werden, aber ich habe Vaculík damals zum ersten Male gesehen. Wer ihn nicht kennt, könnte annehmen, daß er an einem herostratischen Komplex leidet: einmal im Jahre eine Kirche anzuzünden, um sein Selbst-

vertrauen zu reparieren. Aber schon letztes Jahr, als ich ihn kennenlernte, hatte er Angst. Auch ich habe manchmal Angst, aber ich maskiere sie. Er tat nicht einmal das; in ihm erschien ein Phänomen, das in der Welt ausstirbt und eigentlich wieder gezüchtet werden müßte wie das Przevalsky-Pferd: ein Mann, der offen nicht das sagt, was er denken sollte, sondern das, was er wirklich denkt.

Binnen Jahr und Tag betrat er also wieder die politische Szene auf die ihm eigene Art. Er säte aufs Haar genau zweitausend Worte, die gerade in diesen Tagen einen Sturm von Bewunderung und von Zorn ernten, gleich beim zweiten Satz angefangen:

»Zuerst bedrohte der Krieg das Leben unseres Volkes. Dann kamen weitere schlechte Zeiten mit Ereignissen, welche seine geistige Gesundheit und seinen Charakter bedrohten. Mit Hoffnungen nahm die Mehrheit des Volkes das Programm des Sozialismus an. Seine Leitung geriet aber in die Hände der unrichtigen Leute. Es würde nicht so viel ausmachen, daß sie nicht genügend staatsmännische Erfahrungen, Sachkenntnisse und philosophische Bildung hatten, wenn sie wenigstens mehr Weisheit und Anstand hätten, um die Meinung anderer anzuhören, um ihre allmähliche Ablösung durch fähigere Menschen zuzulassen.«

Das fasziniert mich! Es ist ein politischer Text, der uns wie aus einer zukünftigen Zeit zufliegt, in der ich leben möchte. Im Gegensatz zu den Sammlern der immer gleichen Sätze, die mit einem Schlag alle ABER, OBZWAR und WENN töten wollen und die vor allem ängstlich jeden Gedanken meiden, der von oben her noch nicht gutgeheißen wurde, nennt er kurz und menschlich die Dinge mit ihrem richtigen Namen – auch mit dem Risiko eines Irrtums; er legt immer seine Visitenkarte vor. Ich höre ihn wieder, wie er im April den zurückgegebenen Parteiausweis übernimmt:

»Der neue Beschluß sagt eigentlich nur, daß irgendein Prozedurfehler geschehen ist… es wird nichts zum Wesen der Sache gesagt, also zu den Ansichten, die ich auf dem Kongreß geäußert habe.«

Er ahnte richtig – die Geschichte wiederholt sich. Es ist immer noch wie früher: man braucht uns als Rammböcke gegen die Macht, die man abzulösen beabsichtigt. Sobald sie es erreichen, werden wir für sie wieder nur Hofnarren sein, die man nicht ernst nehmen kann, oder Rebellen, für die nur das peinliche Recht gilt. Sie haben uns die Instrumente noch nicht gezeigt, aber binnen Jahr und Tag ertönt vom Parteipräsidium ein Ton, der dem letztjährigen ziemlich gleicht:

»Ohne Rücksicht auf die Absichten derjenigen, die das Manifest der 2000 Worte unterschrieben, zielen seine Formulierungen darauf hin, die Erneuerungsbemühungen der jetzigen Leitung der Kommunistischen Partei der Tschechoslowakei zu entwerten, die Partei als Ganzes für die Deformationen und Verbrechen der fünfziger Jahre verantwortlich zu machen und die Resultate der opferbereiten Arbeit von Millionen Werktätiger beim Aufbau des Sozialismus in den verflossenen zwanzig Jahren zu verurteilen.«

Und wieder wimmeln hier Millionen von Werktätigen, die man in Schutz nimmt, obwohl im Manifest nicht darüber gesprochen wird, was die Werktätigen erreichten, sondern darüber, was die Stumpfheit des Machtapparates verhinderte. Und dafür, ebenso wie für die Deformationen und Verbrechen, sind wir verantwortlich, die ganze Partei, weil wir mit der Mitgliedschaft außer den Rechten auch die grundlegendsten Pflichten angenommen haben: zu überwachen, daß die Revolution zur Erfüllung ihrer Ideale gelangt und nicht zu deren Negation. Übrigens führte eben dieses Verantwortungsgefühl im Januar die heutigen Kritiker von Ludvík Vaculík zu einem Versuch, die Partei zu retten. Hat er vielleicht ihre Tat in Zweifel gezogen? Oder hat er die Kommunistische Partei aus der Liste der progressiven Kräfte gestrichen, ihr die führende Rolle abgestritten?

»Vor allem werden wir den Ansichten widersprechen, wenn diese auftauchen sollten, daß es möglich ist, irgendeine demokratische Erneuerung ohne Kommunisten zu machen, oder gegen sie. Es wäre ungerecht, aber auch unvernünftig. Die Kommunisten haben die ausgebauten Organisationen – es ist nötig, deren fortschrittlichen Flügel zu unterstützen. Sie haben erfahrene Funktionäre, schließlich haben sie die entscheidenden He-

bel und Druckknöpfe in der Hand. Vor der Öffentlichkeit steht aber ihr Aktionsprogramm, das zugleich das Programm ist, das die größten Unstimmigkeiten ausgleicht, und niemand sonst hat ein gleich konkretes Programm.«

Wer zwanzig Jahre lang seine Resolutionen aus Emotionen und Phrasen aufgebrüht hat, kann sich natürlich darüber ärgern, daß man über solch heilige Dinge ohne die vorgeschriebene Liturgie spricht, also nicht: Wir müssen mit der Partei IM NAMEN und IM INTERESSE gehen, sondern: Wir müssen mit den Kommunisten gehen, weil sie da sind. Aber das ist immer noch kein Grund dafür, daß die Presse der Bruder-Länder, sogar auf den Stimmen unserer neuen Führung fußend, von einem Signal zur Konterrevolution spricht! Eine Million Worte sollen es an Hand von neunundsiebzig der zweitausend Worte beweisen:

»Wenn man in dieser Zeit« – also vor den Parteikongressen und Parlamentswahlen – »von den jetzigen zentralen politischen Organen nicht mehr erwarten kann, muß man in den Bezirken und in den Gemeinden mehr erreichen. Verlangen wir den Abgang von Leuten, die ihre Macht mißbraucht, das öffentliche Eigentum beschädigt, unehrlich oder grausam gehandelt haben. Es ist nötig, Wege zu finden, um sie zum Abgang zu bewegen. Zum Beispiel: Öffentliche Kritik, Resolutionen, Kundgebungen, demonstrative Arbeitsbrigaden, Sammelaktionen für ihren Ruhestand, Streiks, Boykott ihrer Türe.«

Als die Männer des Januars im ZK eine »Druckgruppe« gebildet hatten, um im Interesse des Gemeinwohles den Ersten Parteisekretär und den Präsidenten der Republik zu stürzen, fühlten sie sich kaum eines Verrates oder eines Putsches schuldig. Aber das Kollektiv der sozialistischen Bürger, das an der Spitze der Gemeinde keinen kleinen Antonín haben will, könnte »die konstruktive Entwicklung des sozialistischen Erneuerungsprozesses ernsthaft stören«. Das behauptet man, obschon in dem angeklagten Text unmittelbar darauf die folgenden Zeilen stehen:

»Gesetzwidrige, unanständige und grobe Handlungen jedoch ablehnen… Unser Ekel vor dem Schreiben grober Briefe muß allgemein sein… Organisieren wir bei unseren Versammlungen einen Ordnungsdienst… Wenn wir befremdliche Nachrichten

hören, überprüfen wir sie... Unterstützen wir die Organe des Sicherheitsdienstes, wenn sie eine wirklich strafbare Tätigkeit verfolgen; es ist nicht unser Bestreben, eine Anarchie und einen Zustand allgemeiner Unsicherheit herbeizuführen... Weichen wir den nachbarlichen Streitigkeiten aus, besaufen wir uns nicht in politischen Zusammenhängen!«

Eine solche Botschaft konnte nur auf Tschechisch geschrieben werden!

Aber in der Kritik an ihr irrt das Gespenst Ungarn 1956. Und das zwingt mich, mir eine Frage zu stellen, welche man weder verschweigen noch umgehen kann:

IST BEI UNS EINE KONTERREVOLUTION MÖGLICH?

Ich antworte sofort, es ist nicht möglich, es ist absurd – nicht weil der heutige Abend so still ist und weil unter den Birken besänftigend Mozart ertönt. Meine Überzeugung wird mir diktiert von facts, facts, facts – aus der Vergangenheit und auch aus der Gegenwart:

Die Tschechoslowakei gehört in Europa zu den Ländern mit der ältesten Tradition sozialer Volksbewegung. Der hussitische Kommunismus wurde deshalb hauptsächlich von den reaktionären Feudalen Deutschlands und Ungarns angegriffen.

Die Tschechoslowakei ist ein Land auf dem Kreuzweg Europas. Alle mächtigen Nachbarn, vor allem Deutschland, Ungarn und Polen, haben während Jahrhunderten darauf Anspruch erhoben. Zur nationalen Aufgabe wurde es also, nur uns selbst zu gehören; die Souveränität zu erreichen und zu erhalten – und Verhältnisse zu schaffen, in denen der Schwache nicht vom Starken und der Kleine nicht vom Großen unterdrückt wird.

Diese Aufgabe mußten sogar die herrschenden Klassen respektieren. Dadurch wurde seit dem Mittelalter im nationalen Unterbewußtsein der Sinn für die Wahrheit und das Recht kultiviert – nicht nur der Welt gegenüber, sondern auch gegenüber der eigenen Gesellschaft.

Die Tschechoslowakei wurde deshalb ein Land mit der Erbbotschaft der Demokratie und Humanität, die auch während der zwanzig Jahre des bourgeoisen Parlamentarismus da war. Man lehrte uns in den Schulen, daß DIE WAHRHEIT SIEGT, wäh-

rend man in den Schulen von Deutschland, Polen, Ungarn und Bulgarien hörte, daß der Stärkere siegt, oder mindestens, daß über Wahrheit und Recht das Volk steht.

Die Tschechoslowakei hatte schon damals eine starke und gut organisierte Arbeiterklasse, so daß sie – im Vergleich zu den wirtschaftlich rückständigen Ländern Polen, Bulgarien und Ungarn – eine Festung des Proletariats war.

Die Tschechoslowakei hatte schon damals eine kommunistische Partei mit einer Million Wähler und mit Dutzenden von Abgeordneten, während die Kommunisten von Deutschland, Polen, Ungarn und Bulgarien in den Konzentrationslagern und auf den Hinrichtungsstätten starben. Sie flüchteten oft gerade zu uns, um hier Asyl zu suchen.

Die Tschechoslowakei wurde zum Nest des Widerstands im Rücken der Faschisten. Den Verrat ihrer klerikalen Führer wusch die Slowakei durch den Volksaufstand gegen das Nazi-Regime rein, während die Soldaten Deutschlands, Bulgariens und Ungarns den ersten sozialistischen Staat der Welt – die UdSSR – aus der Landkarte ausradieren sollten.

Die Tschechoslowakei hat mit diesem Staat den ersten Verbündetenpakt schon im Jahre 1935 abgeschlossen!

Die Tschechoslowakei war mit Jugoslawien das einzige Land Europas, welches unmittelbar nach dem Kriege frei den Sozialismus gewählt hat, ohne die Anwesenheit fremder Armeen und in einer Zeit, als die DDR noch nicht existierte, als Ungarn seine konstitutionelle Monarchie und Bulgarien das Zarentum abschüttelten und in Polen die bürgerkriegsähnlichen Wirren zu Ende gingen. Der Unterschied der Traditionen ist also selbst für Volksschüler evident. Mit der DDR, mit Polen, Ungarn und Bulgarien haben uns die Anfänge der gemeinsamen sozialistischen Entwicklung verbunden und danach die lange Periode stalinistischer Deformationen, die gerade durch die verhängnisvolle Exkommunikation von Jugoslawien angefangen hat. Aber auch in diesen Jahren entstanden Unterschiede, die jeder gerechte Richter vermerken muß.

Die Tschechoslowakei hat – im Gegensatz zu Ungarn und Polen – die Landwirtschaft fast völlig kollektiviert.

Die Tschechoslowakei hat – im Gegensatz zur DDR – den privaten Sektor in Industrie, Handel und Gewerbe vollständig aufgehoben.

Die Tschechoslowakei hat – im Gegensatz zu Polen – keine westlichen Anleihen aufgenommen.

Die Tschechoslowakei hat – im Gegensatz zu Polen und Ungarn – die Kirche völlig entmachtet.

Die Tschechoslowakei hat – im Gegensatz zu Bulgarien – dem westlichen Tourismus die Türe nicht aufgerissen.

Die Tschechoslowakei hat – im Gegensatz zur DDR, zu Ungarn und Polen – den kleinsten Anteil am Westhandel im Verhältnis zum Gesamtumsatz.

Aber weiter: Welche Bedingungen hatte die Konterrevolution in Ungarn in jenem tragischen Herbst 56?

Eine reaktionäre Organisation von Bauern, einen mächtigen Einfluß des Vatikans, starke Untergrundgruppen der ehemaligen faschistischen Offiziere, alte antirussische und antikommunistische Ressentiments, die den Chauvinismus der Jugend entfesselten – und dies alles: acht *Jahre nach der Machtübernahme und im Jahre der Erschütterung, welche durch den XX. Kongreß der sowjetischen Kommunisten hervorgerufen wurde.*

Welche Bedingungen hat die Konterrevolution in der Tschechoslowakei heute, im Frühling 1968?

Zwanzig *Jahre nach dem Februar 48 und* zwölf *Jahre nach dem XX. Kongreß der KP der UdSSR hat das Land eine völlig veränderte soziale Struktur. Zwei Generationen wuchsen in der Bewunderung der Sowjetunion auf, einer Bewunderung, die ihren Ursprung schon im hundertjährigen Panslavismus der tschechischen und slowakischen Literatur hatte. Die höheren Offizierskader bildeten sich heran in den Armeekorps General Ludvík Svobodas an der sowjetischen Front. Jüngere Offiziere wurden nach dem Februar 48 aus den Fabriken heraus in die Armee berufen. Im Staatssicherheitsdienst und in der Polizei sind ausschließlich Kaderkommunisten vertreten. Die meisten Advokaten, Richter, Ingenieure und Funktionäre aller Art sind ehemalige Arbeiter, welche die Hochschule absolviert haben. Die gesamte Jugend im Alter bis zu 20 Jahren war schon im Sozialis-*

mus geboren. Auch der Klub der engagierten Parteilosen verkündete eine eindeutige Unterstützung des Sozialismus. Niemand verlangte die Rückgabe des verstaatlichten Vermögens. Keine einzige landwirtschaftliche Genossenschaft hat sich aufgelöst! Anstatt Tausenden von Schüssen fielen höchstens ein paar Wirtshausohrfeigen. Die letzte repräsentative und unverfälschte *Meinungsumfrage brachte dieses denkwürdige Ergebnis: Für die Rückkehr des Kapitalismus: 5%. Keine Meinung: 9%. Für die weitere Entwicklung des sozialistischen Aufbaus: 86% der Befragten.*

Wer will uns also einreden, daß die Konterrevolution hinter der Türe steht? Wo ist die Kraft, die sie verwirklichen könnte? Und warum wird es also wieder behauptet?

Wir waren in den fünfziger Jahren mit dem harten Kurs gegen den Klassenfeind einverstanden, unter den Bedingungen des Kalten Krieges und aufgrund der Behauptung unserer Führer, daß er die Ursache all unserer wirtschaftlichen und politischen Mißerfolge sei. Die Entwicklung zwang uns, eine neue Version zu suchen. Die denkenden Menschen aller sozialen Gruppen fanden die neue Ursache in den Deformationen, welche es ermöglichten, daß mit dem Firmenschild der Arbeiterklasse Bürokraten und sogar Verbrecher herrschten. Wenn wir wollen, daß jetzt endlich aus der Erkenntnis Taten werden, will uns jemand wieder zu der Version der fünfziger Jahre zurückbringen! Sollen wir nur die Namen Stalin und Gottwald ersetzen durch – ich weiß nicht welchen?

Sollen jene, die das behaupten, klaren Wein einschenken! Entweder glauben sie, daß wir die Grundlagen des Sozialismus aufgebaut haben – und in diesem Falle müssen wir uns nicht vor den fünf Prozent der Hinterbliebenen und den neun Prozent der Unschlüssigen fürchten –, oder sie glauben es nicht – und dann sind sie selbst die Nihilisten, welche die zwanzigjährigen Bestrebungen von Millionen entwerten!

Der Januar war ein Versuch, diese Bestrebungen aufzuwerten. Die Veränderungen, wie sie in den entwickelten Ländern der Welt vor sich gehen, können in eine solche Lösung der sozialen Fragen münden, daß der verbürokratisierte Sozialismus zum

Grabstein der revolutionären Ideen wird. Der Januar bedeutete einen Versuch, die sozialistische Gesellschaft mit den Forderungen der wissenschaftlich-technischen Revolution zu verbinden, um eben darin alle ihre Vorteile zu entwickeln und der Dritten Welt den so verzweifelt erwarteten Rettungsring zuzuwerfen! Dieser Versuch war unerläßlich *und in jeder Hinsicht* progressiv. *Im Gegensatz dazu sind gerade jene Kräfte, welche die Gesellschaft in der sozialistischen Urzeit konservieren wollen, ohne Rücksicht auf ihre Verdienste und Schlagworte* konterrevolutionär.

Jawohl, es ist ein gewagtes Experiment, wenn die Partei, welche nicht auf die leitende Rolle im erschütterten Staate verzichten will, ihre Methoden, Organisation, Statuten und sogar die führenden Kader ändert. Aber warum dürfte sie das nicht erlauben, wenn dieser Prozeß von einer Sympathiewelle des ganzen Landes begleitet wird? Wovor soll sie sich fürchten, wenn sogar die Priester ihren neuen Führern den Segen geben, nicht für den Verrat am Sozialismus, sondern dafür, daß sie ihm ein menschliches Gesicht *zurückgeben?*

Welchen Grund zur Aufregung haben also diese Führer, wenn der Schriftsteller und Kommunist Ludvík Vaculík – der gemeinsam mit ihnen und vielleicht schon früher als manche von ihnen den verhexten Kreis von Blöd- und Bosheit zu durchbrechen versuchte – zweitausend Worte schreibt, die ihnen zum Nachdenken dienen sollten?

»Wir betrachten die Föderalisierung als eine Lösung der nationalen Frage – sonst ist es nur eine Maßnahme zur Demokratisierung der Verhältnisse. Diese Maßnahme allein braucht auch den Slowaken kein besseres Leben zu bringen. Das Regime – separat in den böhmischen Ländern und separat in der Slowakei – wird dadurch noch nicht gelöst. Die Regierung der parteistaatlichen Bürokratie kann in der Slowakei um so besser andauern, als sie die Freiheit erkämpft hat.«

Wenn die Politiker die bedingten Reflexe nicht loswerden, die jeder von uns in sich trägt, wenn sie nicht lernen werden, eine Frage mit Argumenten anstatt mit Verleumdungen zu beantworten, dann werden sie wieder anfangen, den Turm von Babylon zu bauen, wo es keine Verständigung gibt. Siehe, zwei Argumente aus guten Quellen:

»Der Hauptgrund ihres Bankrotts bestand darin, daß sie sich selbst in einer bestimmten Form der Arbeiterbewegung und des Sozialismus gesehen haben, ihre Einseitigkeit vergaßen, den tiefen Bruch nicht sehen wollten, der als Folge der objektiven Bedingungen unerläßlich wurde, und nicht aufhörten, die elementaren, auswendig gebüffelten und auf den ersten Blick unbestreitbaren Wahrheiten bis zum Überdruß zu wiederholen: drei ist mehr als zwei. Aber die Politik gleicht eher der Algebra als der Arithmetik und noch mehr der höheren Mathematik. In Wirklichkeit füllten sich alle alten Formen der sozialistischen Bewegung mit einem neuen Inhalt, und vor den Ziffern erschien deshalb ein neues Zeichen minus, aber unsere Weisen hören nicht auf, hartnäckig sich selbst und anderen einzureden, daß minus drei mehr ist als minus zwei!«

Wer hat das gesagt und wo? Vladimir Iljitsch Lenin, Schriften, Band 31, Seite 97 der tschechischen Ausgabe.

»Die Machtfrage wurde in der Tschechoslowakei innenpolitisch im großen und ganzen eindeutig so gelöst, daß die innere Reaktion nicht dazu fähig sein wird, das volksdemokratische Regime aus eigenen Kräften zu stürzen, und ohne eine Intervention von außen kann sie uns nicht gefährlich sein.«

Wer hat das gesagt, und wann? Klement Gottwald auf der Sitzung des ZK der KPČ am 9. April 1948!

Wie paradox erscheint in diesem Zusammenhang das Getöse von Panzern, die die Orientierung verloren haben und den Rückweg zu ihren Grenzen nicht finden können! Ich fürchte, daß Geisterbeschwörungen ihre Reisegeschwindigkeit nicht erhöhen werden!

Es ist ein herrlicher Sommer in einem herrlichen Land, die Gurken wachsen, das Gras duftet, Mozarts Musik ertönt, aber ich lese immer wieder die zweitausend Worte, in denen auch meine Hoffnung und meine Angst ist:

»In diesem Frühling kam uns wieder, wie nach dem Kriege, eine große Gelegenheit zurück. Wir haben wieder die Möglichkeit, unsere gemeinsame Sache, die den Arbeitstitel Sozialismus

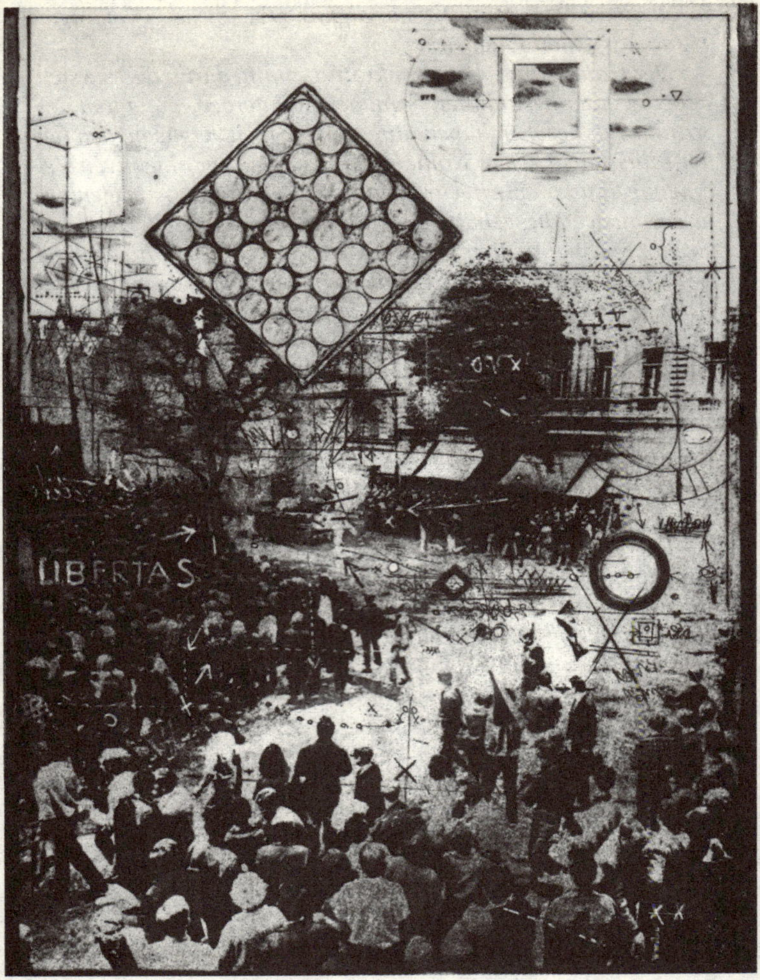
LIBERTAS

trägt, in die Hände zu nehmen und ihr die Form zu geben, welche unserem einst guten Rufe und der verhältnismäßig guten Meinung, die wir von uns selbst ursprünglich hatten, mehr entspräche. Dieser Frühling ist eben zu Ende gegangen und wird nicht zurückkehren. Im Winter werden wir alles erfahren.«

28.X.56 Praha

Wie in den Kriegszeiten hörten wir nacheinander die Abendnachrichten in englischer, französischer und deutscher Sprache. Nur das Christusgesicht Vladimír Petřeks fehlte uns. Dafür war zum Rundfunkempfänger ein Fernsehgerät hinzugekommen. Durch die geschlossene Tür drang Lachen und Weinen zu uns: D. badete die Kinder. Auf dem Bildschirm brannten schon wieder mit Benzin begossene Gehenkte.

Ich erinnerte mich an den Abend des 9. Mai dieses Jahres. Die beiden Abende hingen zusammen. Damals flammte über Prag die Fontäne eines Feuerwerks, und Kanonensalven erinnerten an den Tag, da der Flieder erblüht war für den toten Robek und die lebenden Befreier. D. ging allein mit den Kindern hin; ich war in einer hundsmiserablen Laune. Auf Vaters Schreibtisch lag die Zeitung mit Aufnahmen der frischgebackenen Staatspreisträger. Meine Freunde.

– Das ist doch eine Ungerechtigkeit, sagte ich. Was wirft man mir vor? Das war doch kein Schriftstellerkongreß, sondern seine Parteigruppe! Es brachte mich auf, als Jiří Hendrych uns einfach bekanntgab, sie hätten bei uns den ganzen Personenkult erledigt, indem sie Verteidigungsminister Čepička hinausschmissen. Um Himmels willen, wer weiß wohl besser als ich, daß er die Armee zu einem Staat im Staate gemacht hat, aber im Politbüro saßen doch auch andere! Und die waren den ganzen Krieg hindurch in Moskau! Da mußten sie bis zum XX. Parteikongreß warten? Haben sie denn vorher nichts, überhaupt nichts gewußt??

– Du warst auch in Moskau, sagte Vater. Er saß schon im Pyjama am Schreibtisch und trank seine allabendliche Milch.

– Und ich auch, fügte er hinzu.
– Nur, daß ich erst zwanzig Jahre alt war! Warum habt ihr mir denn nichts gesagt??

Er wechselte die Brille.

– Verzeih, sagte ich, ich will die Schuld nicht auf andere schieben. Aber solch eine Selbstkritik genügt mir für mein ganzes Leben. Ich habe sie aufgefordert, Stalin Stalin sein zu lassen und dafür lieber zuzugeben, wo sich das bei uns breitgemacht hat. Čepička war schließlich nicht der Parteichef!
– Aber Zápotocký.
– Zápotocký hat betont, daß er mit mir nicht als Parteichef und Präsident diskutiert, sondern als Schriftsteller. Er saß sogar hinter mir im Plenum. Als er mit der Lektion zu Ende war, sagte er ausdrücklich, daß sie nie mehr jemanden wegen seiner Ansichten bestrafen werden, die er auf Parteiboden ausspricht. Warum also haben sie mir den Staatspreis gestrichen, wenn sie mich tags vorher dafür photographiert haben?? Nota bene für ein Stück, das schon vor dem XX. Kongreß das gleiche Thema angeschnitten hatte?!
– Damit hast du vielleicht rechnen müssen, als du dich entschlossen hattest, in die Diskussion einzugreifen.
– Ich wüßte nicht warum.
– Jetzt weißt du es also, sagte Vater.
– Und was soll die Moral der Geschichte sein? Daß der Staatspreis den Kommunisten fürs Maulhalten verliehen wird?
– Nicht nur dafür, aber wahrscheinlich auch dafür.
– Wenn ich aber nicht das Maul halten will?!
– Dann laß dich nächstes Mal nicht photographieren...
– Ich pfeife auf den idiotischen Preis! Aber wenn sie mit solchem Hallo die Deformation enthüllen und dann nicht B sagen wollen – wie soll ich da wissen, daß wir bei den Prozessen nicht hinters Licht geführt wurden??
– Gerade das überlege ich mir auch. Als man Eugen Löbl verhaftete, begriff ich es nicht, aber als ich die Übertragung aus dem Gerichtssaal hörte, erschien es mir absurd, es nicht zu glauben. Und jetzt erscheint es mir absurd, daß mir das absurd erschien.
– Und wir zwei allein in dieser Wohnung! Und wie ist es mit den

Millionen Nichtkommunisten, die das einander früher zuflüsterten als wir?? Was, wenn die B sagen??

Das war im Mai. Jetzt war Oktober. Und die an den Budapester Laternen brannten, waren Kommunisten. Ich trank mit Vater Wodka, aber er wirkte nicht. Das Hirn stumpfte nicht ab.

Wie konnte das geschehen? War in dem von Kommunisten regierten Land tatsächlich ein unschuldiger Rajk hingerichtet worden? Und wie war es bei uns? Ich hörte ständig, wie der Dichter Jaroslav Seifert am 28. April auf dem Podium des II. Schriftstellerkongresses sagte:

»Kein einziges Mal ist hier gesagt worden, daß die Schriftsteller das Gewissen ihres Volkes sind... Wenn wir es in diesem Augenblick doch wirklich wären! Denn, glauben Sie mir, ich fürchte, daß wir es schon viele Jahre nicht mehr waren, daß wir nicht das Gewissen der Menge waren, das Gewissen der Millionen, ja sogar nicht einmal das Gewissen unserer selbst!«

Was wollte er damit sagen? Daß ich, Vater, Mutter, meine Verwandten, Freunde, daß wir elf Jahre unseres Lebens hingegeben haben für ein Gesellschaftsspiel, in dem gemordet und gestohlen wurde? Aber ich hatte doch Marx, ich hatte doch Lenin gelesen, wo hatte es darin eine Seite gegeben, die ich nicht unterschreiben konnte? Wann und wo habe ich gelogen?? Oder haben wir wirklich so schrecklich wenig gewußt?? Als man uns die Rede Chruschtschows vorgelesen hatte, rannte ich geradewegs zu Petr. Er war aufgeregt, wie ich ihn noch nie gesehen hatte. Er sagte:

– Wie haben sie das tun können?!

– Was? Wie sie es haben zulassen oder wie sie es haben sagen können?

– Beides. Kannst du dir vorstellen, wie in diesem Augenblick den Genossen in Italien oder Frankreich zumute ist?

– Die Franzosen haben schon Stalins Pakt mit Hitler überlebt, sagte ich. Kannst du dir vorstellen, wie mir in diesem Augenblick zumute ist?

– Wahrscheinlich haben wir beide die gleichen Gefühle. Ich frage mich nur, ob es sich die kommunistische Bewegung leisten kann, ihre schmutzige Wäsche vor der ganzen Welt zu waschen.

Warum haben sie das nicht vorher durch Taten überwunden? Warum haben sie es uns an den Kopf geworfen wie einen Ziegelstein?

– Einverstanden. Aber sie haben ihn jetzt geworfen, und wir haben eine Beule an Kopf und Seele. Was nun??

– Vor allem keine Hysterie, sagte er. Wir selbst haben uns ihnen an den Hals gehängt wie Wickelkinder. Das kommt daher, daß in unserer Führung immer die Moskauer Emigranten obenauf waren. Zápotocký und vor allem die Jüngeren wie Novotný und Hendrych müssen sich auf unsere eigenen revolutionären Traditionen stützen. Nicht kopieren, sondern ein eigenes Modell suchen.

– Wie die Jugoslawen?

– Warum die Jugoslawen? Warum geht ihr wieder in den fremden Laden einkaufen, wo wir doch auch einen haben? Dort waren immer genug eigene Gedanken auf Lager. Kehren wir also zu ihm zurück. Bei uns war doch Gottwald und nicht Stalin Magazinmann!

– Bist du sicher, daß er nicht zuviel verschenkt hat...?

– Ich hoffe es...!

Als ich ihn über die Prozesse fragen wollte, kam seine Frau, und er ging zu meinen Fernsehkommentaren über. Er warf mir vor, daß ich mit der Zigarette in der Hand rede... Warum ließ er es nie zu, daß wir vor ihr über Politik sprachen? War sie vielleicht kritischer als ich? Fürchtete er, daß sie ihn kompromittieren würde? Jedesmal spürte ich bei ihnen ein Geheimnis. Und jedesmal merkte ich, wie die Ehe uns beide verändert hat.

Ich begegnete ihm wieder im Juni, nach der außergewöhnlichen Parteikonferenz, auf der Václav Kopecký, Politbüromitglied und Informationsminister, mit unerwarteter Härte aufgetreten war:

»Manche Schriftsteller haben sich eine ganz irrige Vorstellung von ihrer Mission im Zusammenhang mit der Kritik in unserer Partei einsuggeriert und dieser Vorstellung auf ihrem Kongreß gehuldigt, ohne sehen und hören zu wollen, und so war ihr Auftreten in der Diskussion eine große Sensation nur für die ›Literární noviny‹, und leider auch für Radio Free Europe. Free Europe erwartet jetzt offenbar, daß wir Persekutionsmaßnahmen gegen die Schriftsteller ergreifen, die auf dem Kongreß gegen unser Regime aufgetreten sind. Aber Free Europe kann lange warten. Es wird Sache der Schriftsteller selbst sein, sich über ihren Standpunkt gegenüber diesen Äußerungen klarzuwerden!«

– Ich stimme nicht mit Seifert überein, sagte ich zu Petr, aber noch weniger mit Kopecký! Warum versucht er sich hinter dem Regime zu verstecken, wenn doch in erster Linie er kritisiert wurde? Warum wird jenen Organisationen gedroht, die einen außerordentlichen Parteikongreß gefordert haben, und warum müssen sie es sogar ex post widerrufen? Warum klettern wir auf Leitern herum, um die Bilder Stalins zu entfernen, wenn er jetzt offensichtlich vom Tode aufersteht??

Ich war wütend, und mir schien, daß wir in diesem Jahr auf unserer Fahne anstelle von Hammer und Sichel ein großes Fragezeichen haben sollten.

– Bruderherz – nach Jahren nannte er mich wieder so –, die Zeit ist wieder da, wo Kommunist sein in Reih und Glied marschieren heißt. In Polen hat man die Zügel gelockert, und schon naht der Zusammenbruch.

– Aber wir sind doch nicht Polen!

– Das kann überall geschehen. Weil wir oben ein paar Idioten haben, habe ich noch lange nicht die Absicht, beim Begräbnis des Sozialismus zu ministrieren. Und schon gar nicht bei meinem eigenen.

Es war Oktober, und auf dem Fernsehschirm floß ungarisches Blut. Aus dem Badezimmer kamen die Kinder, um uns gute Nacht zu sagen.

Ich sah mir diesen klugen, immer noch attraktiven Herrn an, wie er im Bruchteil einer Sekunde zum Großvater wurde. Als wir wieder allein waren, fragte ich ihn:

– Sag mir bitte, wann wird aus einem Mann ein Vater?

– Je nachdem.

– Aus mir wahrscheinlich nie.

– Wie meinst du das?

– Ich weiß nicht, was das ist. Ich hab sie gern, aber eigentlich gehen sie mir auf die Nerven.

– Vielleicht, weil du mehr für die Schreibmaschine taugst als für den Ehestand.
– Warum hast du ihn mir also nicht ausgeredet??
– Glaubst du nicht, daß du von mir wirklich ein bißchen zuviel verlangst?? Übrigens – ich beklage mich nicht. Ich bin ganz gern ein Opa.
– Das habe ich gemerkt.
– Vielleicht wird es dich trösten, sagte er, daß ich mich mit der Zeit sogar an dich gewöhnt habe.
– Aber seit wann bist du Vater?
– Zufällig weiß ich das genau: als ich feststellte, daß du ex privata industria den »Cyrano« auswendig gelernt hattest. Seitdem kann man mit dir manchmal vernünftig reden.

Mutter kam ins Zimmer. Sie war eben von der Plenarsitzung heimgekommen, wurde niedergeschlagen.
– Das ist grauenhaft, sagte sie, stellt euch vor, daß nur wir vom Ausschuß dort waren. Und heute hat der Kaderleiter schon einen Brief bekommen, daß er sich die Laterne aussuchen soll.
– Beruhige dich, sagte Vater, so wie ich ihn kenne, hat er ihn wahrscheinlich selbst verfaßt. Solche Sachen sind hierzulande nicht der Brauch.
– Entschuldige, wandte ich ein, etwas Ähnliches haben wir Fünfundvierzig miteinander gesehen!
– Haben wir, aber wir werden es nicht mehr sehen.
– Wie kannst du das wissen?
– Weil es die Sowjets nicht zulassen.
– In Ungarn haben sie sogar Garnisonen! Und trotzdem verlassen sie Budapest.
– Sie kehren zurück. Es wird ihnen nichts anderes übrigbleiben.
– Geb's Gott, sagte Mutter und wandte sich zu mir um; wenn wir schon dabei sind, sag D., daß ich sie nochmals bitte, sie möge freundlicherweise die Wäsche nicht so niedrig über die Wanne hängen, wie soll man denn drin baden!
– Erstens, Mama, hast du wirklich merkwürdige Assoziationen, und zweitens, warum sagst du es ihr nicht selbst?

Wortlos ging sie in ihr Zimmer. Das Telephon läutete. Sie riefen an aus dem Theater.

– Setz dich erst auf den Stuhl!
– Warum...?
– Wir hören auf, dich zu proben.
– Warum, um Gottes willen??
– Außergewöhnliche Zensurmaßnahme, wegen Ungarn...!

Ich schüttete einen großen Wodka in mich hinein. Es half nicht im geringsten.

– Vater, sagte ich, zum ersten Mal habe ich als Erwachsener das Gefühl, daß ich lieber nicht wäre!

– Laß gut sein, Sohn, antwortete er, aus eigener Erfahrung weiß ich, daß die ersten siebzig Jahre am ärgsten sind.

– Aber du bist doch erst vierundsechzig!
– Na eben.

Donnerstag, 22. August 1968 Roma
(Fortsetzung)

Das Zimmer, das ich betrat, erinnerte in nichts an all die Räume, in denen ich je mit ihr gewohnt hatte. Für einen kurzen Augenblick erlebte ich jene Zufriedenheit, die mich fast ständig erfüllt hatte, bevor ich ihr begegnet war. Das gelegentliche Gefühl der Einsamkeit ließ sich ertragen. Phantastisch und immer beruhigend war das Bewußtsein, daß nach Jahrzehnten, in denen ich meine Privatsphäre mit anderen geteilt hatte, plötzlich nur ich es war, der bestimmte, in welchem Zustand ich die Behausung antreffen würde, die ich gerade verließ. Die dicke und brave Frau aus der Altstadt, die für mich einkaufte, aufräumte und wusch, hatte gelernt, sich in meiner winzigen Wohnung wie ein Archäologe zu bewegen: sie pickelte die Staubschichten von den Gegenständen, ohne sie auch nur im geringsten zu bewegen; zudem wurde sie mit der Strenge eines ehemaligen Disponenten der Živnobank von meinem alten prächtigen Onkel beaufsichtigt, der mein Archiv führte. Das war nun vorbei. An jenem Morgen, als sie dort zum ersten Mal aufgewacht war, begann ein irrer Tanz der Gegenstände, der dann immer unsere Übersiedlung und Reisen wie ein Schwarm gereizter Bienen begleitete. Heute war das zum ersten

Mal anders. Die Zeit hatte ihr gerade gereicht, um die Reisetasche mit den Sommerkleidern zu öffnen; die übrigen Gepäckstücke lagen noch säuberlich aufgestapelt in der Zimmerecke, so wie ich sie gestern aus dem Wagen gebracht hatte.

Ich öffnete das Fenster, um die Nachtluft hereinzulassen, und schaltete das Radio ein. Ich erfrischte mich im scheußlichen Waschbecken und legte mich nackt auf das Bett.

Es war gegen elf Uhr, und der freie, legale Sender Československo kündigte sich mit Smetanas Blaník an, wie einst in der Friedenszeit. Ich schloß die Augen. Nach langer Zeit sah ich Mutter wieder, über die Stricknadeln gebeugt.

ABER DU MUSST WEITER SEHEN!

Jawohl, ich war wieder ich selbst. Der Entschluß, den ich vor einer Stunde gefaßt hatte, schien mich bis in die Atome verwandelt zu haben. *Fahr ruhig!* Die Sicherheit von Perugia kehrte zurück. *Fahr und sorg dich nicht!* Ich wußte, daß ich in einer Stunde aufstehen und wegfahren würde, dem Berg Blaník entgegen. Daß das ohne sie geschehen würde – ich bedauerte es nicht einmal. Der Schuß, den der Panzer aus der Titelseite der Zeitung abgefeuert hatte, dröhnte lauter als jedes private Trauma.

Jetzt, da ich wieder zurechnungsfähig war, erschien es mir unverständlich, daß ich mich vor fünfzig Stunden endgültig entschlossen hatte, für sie meine ganze Lebensweise umzustellen *kehr allein zurück!* auf das zu verzichten, was darin am wesentlichsten war: auf meine Arbeit, deren Sinn doch immer viel mehr war als das bloße Ausdenken fiktiver Gestalten und Handlungen. In einer unbekannten Trattoria am Fuß des Felsens von San Marino hatte ich die Stafette fortgeworfen *kehr allein zurück, mich interessiert die Aussicht nicht mehr*, die mein Erbe und einziger Nachlaß war: die fünfhundertdreiundfünfzig Jahre alte Botschaft der tschechischen Intelligenz.

Am 6. Juli 1415 beging die Macht einen ihrer blutigen Irrtümer, als sie in Konstanz einen böhmischen Priester verbrennen ließ, um das friedliche slavische Denken seiner Schäflein zu bewahren vor der Häresie. Er litt an Zahnschmerzen, und oft fällt mir da als Thema eines Stückes ein: was wäre etwa geschehen, wenn sie ihn zum Bader geführt und dann mit einer väterlichen Ermahnung nach Prag *wir können Prag austauschen* zurückgeschickt hätten, so wie es ihm der kaiserliche Geleitbrief zugesichert hatte. Wer weiß, ob er nicht aus der Fassung geraten wäre, wie so viele Intellektuelle vor und nach ihm, wenn ihnen der kluge Herrscher statt eines Fußtritts einen Orden verpaßt hätte. Wer weiß, wie unsere Geschichte aussähe, wenn er mit dieser Lehre nach Prag *wir können Prag gegen jede Stadt austauschen* zurückgekehrt wäre und dann eifriger als zuvor Demut und Gehorsam gelehrt hätte. Sie fanden jedoch wiederum den Scheiterhaufen hübscher, und naiv streuten sie seine Asche in den Rhein und erweckten so den Zorn des letzten Schweinehirten, der beschloß, Ketzer zu werden, ähnlich wie heute nacht die Hippies das Wort Dubček auf die Panzer gemalt haben. *Wir können Prag gegen jede Stadt austauschen und büßen nicht mehr ein als ein paar schöne Portale, die man überall finden kann*. Sie riefen eine Bewegung wach, die sich im Herzen des mittelalterlichen Europas so weit demokratisierte, daß sie auch nach der Niederlage der Hussiten einen beinahe modernen Konkurs auf den böhmischen Thron ausschrieb, in dem der fähige heimische Politiker Jiřík von Poděbrady über die gesalbten Häupter Europas den Sieg davontrug.

»Am 6. November 1620, in einer weiteren Schlacht um den gleichen Thron, besiegten die katholischen Habsburger das Heer der böhmischen protestantischen Stände auf dem Weißen Berg bei Prag« *wir können die Hymne wechseln*, drei Kilometer vom Flughafen Ruzyně entfernt, wo jetzt schon die dritte Nacht die Invasionsarmee landet. Wieder hatte die Macht eine einmalige Gelegenheit gehabt, das erschöpfte und korrumpierte Land durch Großzügigkeit für sich zu gewinnen, und sie hätte die Besiegten zum zweiten Mal besiegt, diesmal im Denken des Volkes, wer weiß, vielleicht hätte es Religion und Kultur der Sieger um so stärker angenommen *wir können Hymne und Fahne wechseln*, je weniger man sie ihm propagiert hätte. Sie gaben jedoch wiederum einem Monsterprozeß den Vorzug, und damals, am Junimorgen 1621, wurde die Elite des böhmischen Adels geköpft, gehenkt und gerädert. Was übrigblieb, und die von ihm abhängige protestantische Intelligenz mit Comenius mußte vor der Finsternis ins Ausland fliehen, wo sie vergeblich Verbündete gesucht hat, bis sie das

Grab fand. Dann ließ die Macht die tschechischen Schulen schließen und die tschechischen Bücher verbrennen und zwang so den Bauern des hintersten Stück Landes, nachts die Kralitzer Bibel abzuschreiben, genau wie man nach dem letztjährigen Schriftstellerkongreß den Diskussionsbeitrag Ludvík Vaculíks abschrieb und weiterreichte. Und so brachte sie es fertig, daß die neue tschechische Intelligenz zwei Jahrhunderte später unter den Strohdächern der Dörfer und in den Arbeitervierteln an der Peripherie der germanischen Städte geboren wurde – und mit einem Schlag die demokratischste Intelligenz Europas war. Lehrer, Leutpriester und Wanderschauspieler, die selbst noch in deutschen Schulen erzogen wurden, gaben der halbvergessenen Sprache der Väter ihren Klang zurück *wir können Hymne, Fahne und Sprache wechseln*, schrieben die Gesetze ihrer Grammatik auf und füllten ihr dünn gewordenes Wörterbuch auf, damit sie das moderne Denken widerspiegelte und gleichzeitig zur wichtigsten Waffe des Volkes wurde in seinen nationalen und in seinen sozialen Kämpfen!

Und darum war Comenius in meinem Schullesebuch, nicht nur mit seinem pädagogischen Prinzip »schola ludus«, sondern auch und vor allem wegen seines demokratischen Humanismus. Darum begeisterten mich die Verse, Romane und Theaterstücke, die durch meine Jugend gezogen sind, denn sie waren modern in der Technik und gleichzeitig ausgeprägt sozialistisch. *Wir können Hymne, Fahne und Sprache wechseln, ohne mehr zu verlieren als einige leere Symbole, die man überall haben kann*. Und darum übernahm ich im Augenblick, als ich mein erstes ungeschicktes Gedicht schrieb, ganz selbstverständlich jene Stafette: das ENGAGEMENT.

Mit einer solchen Tradition, einem solchen Inhalt – ließ es sich dennoch, freiwillig fast, in eine neue Finsternis hineinmanipulieren. Es genügte die vom Krieg verursachte Lücke in der Allgemeinbildung und eine Verschiebung im Denken, als organisierte Zuteilung von Emotionen allmählich immer mehr die Informationen ersetzte. Die tschechische und slowakische kommunistische Intelligenz funktionierte wie ein Elektrohirn, das falsch programmiert wurde. Sobald der Fehler jedoch entdeckt war *das Vaterland wechseln!*, vernahm man die Stimmen zweier tschechischer

Schriftsteller, die schon im Jahre 1956 ihr Versagen eingestanden und die Konsequenzen daraus zogen: die Stimmen Seiferts und Hrubíns, die ich damals noch abgelehnt habe, weil sie meine idiotische Unschuld beleidigten! Es war vor allem ihr Verdienst, wenn die Literatur so bald zum Bestandteil der neuen Avantgarde werden konnte *das Vaterland wechseln ist für uns nicht schwierig*, die sich in- und außerhalb der Partei formierte, um sie aus der Lehensmacht des Ersten Sekretärs und seines Apparats zu befreien. Auch wenn Ökonomen und Politologen ihr ein Programm gaben, auch wenn Fabriken und wissenschaftliche Arbeitsstätten zu ihren Stützpunkten wurden, es war die Stimme der Literatur, die sie einte, weil sie die künstlich unterbrochenen Kommunikationsstränge ersetzte, ohne die man den Weg zu einem modernen Kommunismus kaum je finden könnte.

Was machen sie, wo sind sie in diesem Augenblick, meine Freunde aus dem Prager Frühling?

Übermorgen finde ich sie!

Blaník war zu Ende. Auf der Treppe hörte ich einen doppelten Schritt. Ich sprang im wahren Sinn des Wortes in die Hosen. Ich hatte nicht erwartet, daß er sie bis ins Zimmer begleiten könnte. Augenblicklich fiel mir jedoch ein, daß unser Gespräch in seiner Gegenwart wenigstens ohne Hysterie stattfinden würde. Ich wurde auf seine Reaktion neugierig. Wird er sie überreden, mit mir abzureisen, oder wird er ihr seine selbstlose Hilfe anbieten? *Das Vaterland wechseln ist für uns nicht schwieriger, als von einer Tram in die andere umsteigen*. Es ließ sich auch nicht ausschließen, daß sie längst verabredet waren. Der Gedanke tat mir weh. Und der Schmerz beunruhigte mich. Ich mußte Aufwallungen von Sentimentalität und Eitelkeit unbedingt unterdrücken. *Aber du mußt noch weiter sehen*. Ich mußte endlich aus dem Zug aussteigen, der mich in die falsche Richtung führte, und endlich einmal auf der eigenen Spur zu mir selbst zurückkehren.

AM SCHLIMMSTEN SIND DIE ERSTEN SIEBZIG JAHRE.

Als sie vor meiner Tür stillstanden, war ich sicher, es fertigzubringen.

Der Koch der »Olympia« arbeitete noch immer hinter der Glaswand, und die Cocktails mischte die gleiche Bardame, die von der gleichen Unveränderlichkeit ist wie Frau Makropulos. E. hatte mich geradezu hierher geschleppt, obwohl ich mich gewehrt hatte:

– Ich kann nicht! Wenn ich auf das Parkett schaue, sehe ich ihn dort wieder, wie er bei seinem fünfundsechzigsten Rock 'n' Roll tanzt!

– Meister, bat sie mich, hören Sie schon mit dieser finsteren Gewohnheit auf, bei jedem Schritt Grabsteine aufzustellen!

Ich zeigte auf ihr schwarzes Kleid.

– Dann dürftest du nicht schon ein Jahr lang für einen Herrn Trauer tragen, mit dem du im Leben kein Wort gesprochen hast.

– Gérard Philippe ist ein Traum, sagte sie. Ein Maßstab des Menschentums und der Kunst, den ich mit mir herumtrage wie eine Schneiderin ihre Elle. Er ist mir in keiner Weise hinderlich, während du ständig über deine Gräber stolperst. Ich habe deinen Vater nur einmal gesehen, aber ich glaube, er würde dein Begräbnis sicher mit Wein wegspülen, genau dort, wo die Tapeten noch vom Ton eurer Gläser klingen...

Immer wenn sie so sprach, fiel die unruhige Resignation von mir. Der Kellner, klein an Gestalt, aber groß durch jene Gabe, die Wasser in Wein und Handwerk in Kunst verwandelt, hieß mich willkommen wie einen verlorenen Sohn, begrüßte E. so warm, als hätte er sie hier seit je mit mir gesehen, und führte uns zu meinem Lieblingsplatz »in Leder«. Ich erzählte ihr eben, wie ich ihn vor acht Jahren um zwei Kronen Kleingeld gebeten hatte und wie er sie mir schon acht Jahre lang bei jeder Rechnung immer wieder zurückgab; da erblickte ich A.

Sie tanzte mit einem Jüngling, den sie ohne weiteres als ihren Sohn hätte ausgeben können, wenn sie sich zu ihm nicht ostentativ wie zu einem Liebhaber verhalten hätte. Sie hatte ihr Haar wieder kurz schneiden lassen, vielleicht um ihr mädchenhaftes Gesicht hervorzuheben; das mit Metallfäden durchwirkte gelbe Kleid betonte jedoch allzusehr ihre Frauengestalt.

Stundenlang ließ sie sich nicht einmal durch ein Augenzwinkern anmerken, daß sie mich gesehen hatte. Aber kaum war E. für ein Weilchen hinausgegangen, verließ sie ihren Partner mitten im Tanz und setzte sich auf ihren Platz.

– Du siehst gut aus. Und hast ein hübsches Fräulein. Studiert sie nicht per Zufall an der Theaterfakultät?

– Per Zufall.

– Es freut mich, daß du zu uns zurückgekehrt bist. Bist du jetzt wieder ledig?

– Ja.

Ihr Ton wurde mir unangenehm.

– Du auch? fragte ich.

– Nein, warum?

Ihren Jüngling schüttelte sie mit einer Handbewegung ins Nichts. Schon als sie damals geheiratet hatte, brauchte ich nicht im geringsten eifersüchtig zu sein, und dennoch berührte es mich. Er hatte sie doch vor meinen Augen so beleidigt, daß zum ersten Mal meine Gewißheit – ein Kommunist sei unter allen Umständen ein Bote der Menschlichkeit – erschüttert wurde. Ihr Entschluß war mir völlig unbegreiflich.

– Versteht ihr euch schon gut? fragte sie.

– Es scheint, du hast bereits seine Untersuchungsmethoden übernommen.

– Von ihm hab ich einen Dreck übernommen.

Ich glaubte, sie zum ersten Mal zu sehen. Dies paßte überhaupt nicht zu ihr. Sie lachte verlegen und war sich wieder ein wenig ähnlich.

– Verzeih. Aber das ist das einzige, was er mich wirklich gelehrt hat. Wohnst du jetzt auf dem Karlsplatz?

– Wieso weißt du das?

– Allein?

– Ja...

Sie wartete, bis E. fast bei uns war. Erst dann erhob sie sich aus dem Lederfauteuil und sagte mir mit strahlendem Lächeln:

– Ich ruf dich mal an. Ahoj!

Sie holte ihren Karnickel ab und führte ihn wieder auf das Parkett. E. bewahrte ihr gewohntes Niveau.

– Mein Herr, wenn Sie ihr letztes Abendmahl geben, vergessen Sie nicht, mich einzuladen. Ich glaube, das gibt eine lustige Gesellschaft.

Die Vergangenheit trifft mich fast immer mit einer Salve. Anderntags am Morgen weckte mich ein Anruf. Ein Unbekannter, der mich freundschaftlich duzte, wollte wissen, ob er mich besuchen darf. Ich sagte, daß mir sein Name entfallen sei. Er lachte.

– Das soll eine Überraschung sein. Eine angenehme, muß ich betonen.

Ich lehne selten ab. Vielleicht aus übertriebener Höflichkeit, vielleicht aus professioneller Neugier. In den sterilsten Gesprächen drang hin und wieder ein Wort vor, das nach Monaten ein Stück gebar.

Ich hatte mich noch nicht einmal waschen können, als es klingelte. Ich öffnete im Pyjama. Mein visuelles Gedächtnis, das mir so reichlich und so nutzlos ins Hirn gestopft worden ist, sagte mir überhaupt nichts.

– Du kennst mich vermutlich nicht, sagte er, aber ich kenne dich.

Er klappte den kleinen Ausweis der Staatssicherheit auf. Ich setzte mich auf das Bett.

– Ich kann nicht sagen, daß mich das mit übermütigem Frohlocken erfüllt.

– Verzeih, ich habe das ganz anders gemeint. Wir haben miteinander am Kollektivhaus in Litvínov gebaut. Ich habe in Moskau studiert, als du dort auf der Botschaft warst. Beide Male war ich in deinem Rezitationsensemble. Nur hast du uns alle auf einmal gesehen, wir dich aber solo.

– Verzeih, sagte diesmal ich.

– Gern geschehen. In der Masse zu verschwinden gehört zu meinem Beruf, wie es zu dem deinen gehört, auf dem Podium zu thronen.

– Ihr wollt ein Ensemble gründen? fragte ich. Ich weiß nicht, ob ich für euch der ideale Leiter wäre. Mir scheint, daß ihr über mich schon ein ganz anständiges Dossier habt.

– Überschätze dich nicht, grinste er. Euch nehmen wir hin wie eine Naturkatastrophe.

– So daß es worum geht?
– Vorgestern haben wir deinen Kameraden laufen lassen.
– Slávek??
– Er ist bedingt auf Amnestie draußen. Ich kam, um es dir zu sagen, weil die ersten Tage die schlimmsten sind. Hab ein Auge auf ihn, er hat sich zwar tüchtig gehalten, aber er soll vor lauter Freude keine Kalbereien machen.
– Guter Gott, aber wovon wird er leben? Wo wird man ihn mit diesem Bedingt nehmen?
– Wir haben für ihn ein Plätzchen gefunden.
– Aber ein Schauspieler, der nicht ausstudiert hat…!

Er grinste siegessicher.
– Keine Verwechslungen bitte. Wir sind Spitzel – nicht Trottel. Wir haben für ihn in einem anständigen Provinztheater ein Wörtchen eingelegt…

Ich kam in K. kurz nach zehn an. Die Probe hatte bereits begonnen. Der Portier erkannte mich zum Glück und versprach bereitwillig, ihn zu holen. Ich bat ihn:
– Sagen Sie ihm nicht, wer hier wartet. Es soll eine Überraschung sein!

Es war eine. Auch für mich. Auf den Gehsteig trat ein zierlicher, blasser Mensch mit angegrautem Haar heraus; in einer Hand hielt er die brennende Zigarette, in der anderen den Text. Er erblickte mich, und der Text fiel ihm aus der Hand. Ich bückte mich und reichte ihn ihm. Die Zigarette fiel ihm aus der Hand. Ich bückte mich und reichte sie ihm. Der Text fiel ihm aus der Hand. Ich bückte mich, und er fiel mir auch aus der Hand.
– Weißt du was, sagte ich, lassen wir das einfach liegen…

Wir umarmten einander. Unter dem zu ausgeweiteten Pullover spürte ich seine spitzen Knochen. Dann sah ich ihn mir an.
– Ich sehe, daß sie dich gerade rechtzeitig entlassen haben. Du hattest schon den Schneider nötig.

Er antwortete wie vor langen Jahren mit Cyrano:

IN MEINEM HERZ TRAG ICH DER ELEGANZ GESCHENK,

DOCH TRAG ICH MICH NICHT WIE MODERNE STUTZER…

Er hatte eine Stunde Zeit. Es war regnerisch und er ohne Rock.
– Gehen wir in irgendein Café da in der Nähe? fragte ich.
– Nein, nein, sagte er schnell, gehen wir spazieren, dort im Park ist... so viel Platz... wenn dir nicht kalt ist, selbstverständlich...
– Mir nicht, aber dir!
– Gott, wie kann es mir kalt sein! Ich hab doch ein Hemd...
Dann erzählte er plötzlich davon, wie gut man ihn im Theater aufgenommen habe.
– Du willst nicht darüber reden? fragte ich ihn geradeheraus.
– Worüber? Über den Krim...? Lieber nicht...
Er fügte hinzu, als wolle er sich entschuldigen:
– Ich habe einen Revers unterschrieben, verstehst du...
Ich verstand. Eines wollte ich jedoch wissen, weil es mir die ganzen Jahre im Kopfe war.
– Hör mal, ich kann es immer noch nicht fassen... warum hat sie dich damals dort im Stich gelassen? Wie konnte sie so abreisen?
Er antwortete ruhig:
– Sie erwartete ein Kind, verstehst du...
– ???
– Das habe ich erst später erfahren. Sie hat es sich in Amerika nehmen lassen.
– Wie konnte sie das tun??
– Doch meinetwegen.
– ???
– Ich wäre natürlich bei ihr geblieben, und sie wußte die ganze Zeit, daß das totaler Blödsinn ist. Sie wollte nie, daß ich dort hingehe... Mensch, ich gehöre doch hierher wie die Zwetschge in die Knödel...!
Ich war nicht sicher, ob das nicht nur eine schöne Legende war, die ihm half. Aber auf der Heimfahrt wußte ich, daß er sich gefunden hatte und sich kaum wieder verlieren würde.
A. hat erst gestern abend von sich hören lassen. Nach vier Wochen hatte ich sie vollkommen vergessen. Sie rief mich, eine Weile nach Torschluß.
– Ich bin da unten. Willst du mir aufmachen?

Wenn sie sich vorher angemeldet hätte, hätte ich sicher eine Ausrede gefunden. Überrumpelt, sagte ich ja. Im Aufzug küßte sie mich flüchtig auf die Wange.

– Wegen neulich sei mir nicht böse. Ich hatte einen schlechten Tag. Hoffentlich verderbe ich dir kein Rendezvous, sonst schmeiß mich lieber gleich raus.

Sie sagte das so freundschaftlich, daß ich mich nicht mehr ärgerte. Ich brachte Whisky aus dem Eisschrank. Sie stand in der Mitte der Garçonniere, aufrichtig verwundert.

– Wieviel Quadratmeter hat das? Vier?

– Zehn!

– Da mußt du sie aber gehaßt haben, daß du aus dieser Wohnung hierher übersiedelt bist?!

– Warum gehaßt? Es hat bei uns ganz einfach nicht geklappt...

– Erzähl mir etwas von ihr!

Ich lehnte ab. Nie zeugte ich gegen Menschen, die mein Leben passiert haben. Schon gar nicht gegen D. Passionen hatten den Stachel verloren, waren endgültig verlöscht. D. blieb in meinem Bewußtsein als neuralgischer Punkt. Ich höre sie immer noch, wie sie unserem Richter sagt:

– Herr Präsident, verlangen Sie von uns nicht, daß wir aneinander Teller kaputtschlagen. Partner können sich doch auch gerade darum voneinander trennen, weil einer den anderen achtet. Wenn es Ihnen wirklich um die Kinder zu tun ist, so geben Sie uns die Scheidung. Sie werden uns wenigstens immer alle beide als anständige Menschen kennen!

Sie wollte Cinzano. Ich bot ihr den einzigen Stuhl an, sie setzte sich neben mich auf die Couch und trank mit langen Zügen, als wäre es Limonade.

– Ich bin froh, daß es dir schmeckt, aber du wirst bald blau sein.

– Hab keine Angst. Ich hab einen teuren Affen.

– Was meint die Leber dazu?

– Du fragst wie mein Gatte. Soll ich dir gleich antworten?

Darauf bestand ich wirklich nicht. Ich fragte sie, ob sie immer noch spiele.

– Theater? Natürlich: in B. doch. Der an-debilte Windhund, mit dem du mich gesehen hast, ist unser Romeo. Genügt das?

In B. gab es tatsächlich eine berüchtigte Schmiere. Ich sagte vorsichtig:
– Macht's dir dort Spaß?
– Nein. Aber er haßt das geradezu.
– Was meinst du?
Sie goß sich ein weiteres Glas voll.
– Siehst du Petr noch?
– Das ist nicht das richtige Wort. Ab und zu begegnen wir einander amtlich. Nach dem XX. Kongreß war er eine Zeitlang weichgekocht. Jetzt wirft er mir schon wieder vor, ich sei ein Tito-Revisionist.
Sie streifte sich die Schuhe ab:
– Haßt ihr mich…?
– Weshalb…?
– Weil ich ihn geheiratet habe…?

Jetzt begriff ich. *Sie* haßte! Der Haß durchdrang sie so, daß sie vielleicht kaum etwas anderes fühlen konnte. Ich sagte es ihr. Sie lachte mich an wie ein Kind, das ein einfaches Rätsel löst. Sie legte ihre geraden, starken Beine auf die Lehne meines Stuhls. Wie in jener Nacht vor dem Prozeß schien es mir, als erzähle sie die Geschichte eines Fremden.

Sie war ihm ein Jahr später wieder begegnet. Der Kultusminister, dieser tragische Clown, lud oft und gern junge Künstler zu den Staatsbanketten ein. Der Staatsanwalt stand im Mittelpunkt der Aufmerksamkeit als einer von denen, die die Partei von dem Schlangenknäuel befreit hatten. Edi, kümmere dich um sie, sagte ihm der Minister.

Er kümmerte sich den ganzen Abend um sie. Verstehen Sie denn nicht? sagte er immer wieder, das war die einzige Art und Weise, wie ich Sie aus dieser Affäre heraushalten konnte! Dann fuhr er sie ins »Olympia«. Sie tranken Champagner, und er behauptete, sie hätte ihn tanzen gelehrt. Im Wagen umarmte er sie. Sie machte sich los. Wollen Sie mir vielleicht beweisen, daß Sie recht hatten? Er entschuldigte sich lange. Anderntags kam er ins Theater. Er schickte ihr einen massigen Rosenstrauß. Dann weitere und weitere. Sie lehnte ab, ihn zu treffen. Er verlor den Verstand. Schließlich machte er ihr einen Heiratsantrag.

– Er war verheiratet. Fast hätte es ihm das Genick gebrochen. Er hatte Glück, daß sie rechtzeitig Selbstmord verübte.
– ???
– Es wurde vertuscht. Sie war lange krank gewesen. Aber vor allem konnten sie nicht zulassen, daß er einen Skandal hatte. Damals entstanden die Gerüchte, daß die Prozesse ein Betrug waren. Er selbst verklagte einige Leute wegen Verleumdung des Regimes. Damals heirateten wir.
– Sag mal, und mochtest du ihn?
Sie ging seinetwegen vom Theater fort. Er wollte eine Frau haben, die ihm ein Heim gestaltet.
– Das war eher ein Nachtlokal, wo die vielleicht größten Idioten aus dem ganzen Friedenslager verkehrten. Generale. Minister. Sekretäre. Einmal tauchte dort sogar Taťka selbst auf. Als er gegangen war, sagte dieser mein Kasper: Früher kam der Präsident zu den Schriftstellern, heute kommt er zum Staatsanwalt; ist das nicht ein Beweis, daß das Drama der Zeit eigentlich von uns geschrieben wird?
Ich mußte fragen:
– Weißt du etwas über die Prozesse?
– Nein. Er mußte mir versprechen, daß über seine Arbeit vor mir nicht ein Wort fallen wird. Nein, nein! Mir genügen meine eigenen Sorgen.
Sie erhielt einen anonymen Brief und fand ihn in der Nacht in der Wohnung seiner Sekretärin. Er gab zu, daß er die ganze Zeit ein Verhältnis hatte. Er bat sie auf Knien, ihn nicht zu vernichten.
– Ich wollte die Scheidung beantragen, aber dann sagte ich mir: Warum? Er wird sich sicher rauswinden, und ich bin mit dreißig ohne einen Heller. Ich machte ihm angst und diktierte dann die Bedingungen. Mir wird manchmal übel davon, aber ich mache alles, damit es ihm noch schlechter geht.
Ich schwieg. Sie streichelte meine Hand.
– Verzeih... aber endlich konnte ich es jemandem sagen...
Dann kamen wir, ich weiß nicht wie, auf unseren Sommer 44 zu sprechen.
– Merkwürdig, sagte sie, überall ringsum Krieg und Tod, und

doch weiß ich, daß nur damals in mir Frieden war... Weißt du überhaupt, daß ich die ganze Zeit schrecklich in Robek verliebt war...?

Warum war mir das nie eingefallen?!

– Er war der einzige, der wußte, was er nicht will. Und darum *mußte* er sterben.

Um Mitternacht hörten wir auf der Terrasse die Prager Glokken läuten. Sie fragte:

– Läßt du mich bei dir?

Wie viele Jahre war ich bereit gewesen, jede meiner Lieben zu verlassen für ihre Liebkosung, für ein einziges Wort...

– Ich muß früh aufstehen, sagte ich. Du würdest dich nicht ausschlafen.

Sie ließ sich nichts anmerken und führte noch eine Weile ein lustiges Gespräch über alles und nichts. Als ich ihr endlich die Haustür aufsperrte, schlug ich mir mit der Handfläche vor die Stirn.

– Ich habe dir die größte Neuigkeit nicht gesagt: Sie haben Slávek freigelassen!

– Ich weiß. Ich war mit ihm eben eine Woche in den Bergen.

Das nahm mir die Sprache.

– Mein Gemahl war der erste, der nachgewiesen hat, daß ich eine Hure bin. Ich tue alles, um ihn nicht zu enttäuschen.

Donnerstag, 22. August 1968 Roma
(Fortsetzung)

Statt des Anklopfens rumorte ein Schlüssel im Schloß. Wo hatte sie ihn her, wenn unserer von innen steckte? Ich öffnete. Ein glatzköpfiger Herr sah mich nicht weniger entgeistert an als ich ihn. Ich stellte fest, daß sich italienisches Gestotter in nichts von tschechischem unterscheidet. Dafür brachte der Irrtum seine Gefährtin überhaupt nicht aus der Fassung. Im Minirock, der magere Beine bloßlegte, mit buntem Täschchen und flacher Brust schien sie der notte di Cabiria entstiegen zu sein. Der Herr mit der Glatze sah die

Schlüsselnummer an und öffnete die benachbarte Tür. Ich begriff, warum ihm die Hand leicht zitterte. Das Mädchen war wohl kaum vierzehn; das Hotel hatte offenbar noch eine weitere wichtige Mission, als nur den vornehmen Gästen aus der ČSSR ein Dach zu geben.

Ich fiel wieder aufs Bett und legte den Kopf auf die Hände. Das linke Auge berührte beinahe das Glas meiner Uhr. Aus der Nähe gesehen glich das Zifferblatt dem nächtlichen Himmel, und der Sekundenzeiger kreiste darauf wie der Sucher eines Radarbildes. 23.00. Aber niemand erschien vor der Tür. *Ich glaube, daß wir uns auch allein gut unterhalten werden*. Hinter der dünnen Mauer betrunkenes Gelächter und hinter meinem Rücken wieder die Stimme des Freundes. Er las einen Satz, seit dessen Niederschrift noch kein Monat vergangen war, der aber dennoch bereits wie ein Nachhall vergilbter Pergamente klang.

WEG, DEN WIR EINGESCHLAGEN HABEN UND VON DEM WIR LEBEND NICHT ABGEHEN...

»...erinnert ihr euch an diesen Satz, teure Freunde am Empfänger? Eine Million Unterschriften haben unsere Entschlossenheit bestätigt, unerschütterlich dafür einzustehen. Denn der Satz stand in der Botschaft der Bürger an das Präsidium des ZK der KPČ vor dessen Abreise nach Čierna zu den Verhandlungen mit dem Politbüro des ZK der KPdSU. Vielleicht sind wir uns damals nicht einmal richtig bewußt gewesen, was er alles bedeutet. Jetzt ist die Zeit gekommen, in der es notwendig ist, unsere Entschlossenheit, unsere Festigkeit zu beweisen und diesem Satz den Sinn zu geben, den er tatsächlich hat. Wir können lebend nicht von diesem Weg abgehen! Wenn wir unser Wort einmal gegeben haben, ist es unsere Pflicht, heute dazu zu stehn!«

Die Worte der Botschaft, unterschrieben auf den Plätzen der Städte und den Märkten der Dörfer, erinnerten mich an alle ähnlichen Schriftstellertexte von München bis heute. *Ich hab es satt!* Innerhalb eines Vierteljahrhunderts hatten wir mehr Manifeste verfaßt – und oft zweifelhafte – als künstlerische Werke; das konnte uns die Welt der großen Literatur mit Recht zum Vorwurf machen; sie mußte aber auch zugeben, daß wir in den Schicksalsstunden der nationalen Existenz angehört und ernst genommen wurden *ich hab es satt, das Leben im Käfig* 23.09, wie kaum Autoren sonstwo in der Welt.

Jetzt schon die dritte Nacht – einer Übermacht von einer halben Million bis zu den Zähnen bewaffneter und nervöser Soldaten stehen vierzehn Millionen meiner beleidigten und zornigen Mitbürger gegenüber. Auch sie haben Waffen: eine moderne Armee *wenn Panzer in diese Gasse kämen*, die sich in ihren Kasernen eingeschlossen hat – und dazu das Bewußtsein des Rechts. Wieviel fehlt – und irgendwo flammt eine verzweifelte Tat auf *wenn Panzer in diese Gasse kämen, würden aus allen Fenstern Molotow-Cocktails fliegen*, die endlich die nicht existierende Konterrevolution ersetzen würde und die begründete Vergeltung entfesselt? Die dritte Nacht hört man ein paar Dutzend Stimmen aus den legalen Sendern *weil wir feige Hunde sind!*, die mehr vom Willen als von der Technik in Betrieb gehalten werden, die dritte Nacht arbeiten ein paar hundert Journalisten und Schriftsteller, damit die Hoffnung jeden Morgen wieder aufgeht *weil wir unserer Existenz nicht würdig sind*, die Hoffnung, die jetzt zwei Namen hat: Gewissen und Vernunft.

TUN, ALS HÄTTEN WIR SIE NICHT BEMERKT!

Das ist die Spielregel, die die Übermacht paralysiert und Leben rettet. 23.19 In den Schlachten um London, Tobruk, Sokolowo, Dunkerque, in den KZ und an den Mauern der Hinrichtungsstätten, dort überall starben allein im letzten Krieg Tschechen und Slowaken – und sie starben nicht schlecht. Doch in dieser absurden Situation geht es nicht darum, einen Paradeselbstmord vorzuexerzieren: er würde mehr als nur zwei kleine Völker vernichten. Aus der langwierigen Krankheit des Sozialismus möchte leicht ein bösartiges Geschwür entstehen. Als China, das riesige China, noch ein fetter und wehrloser Bissen für gewiegte Krieger war, wehrte es sich, indem es sie lautlos und restlos, langsam, aber sicher absorbierte. Die kleine Tschechoslowakei hatte heute wie immer nur eine Chance: dem Unrecht und der Gewalt mit dem angeborenen Intellekt und der vererbten Erfahrung entgegenzutreten. Sie würde damit nicht allein sich selbst retten; auch das Prestige des Sozialismus und die Geschichtsbücher der fünf Länder.

Zum ersten Mal seit dem Dienstagabend erinnerte ich mich wie-

der an meine Freunde in Moskau und Leningrad 23.23, seit dem Dienstagabend in San Marino, an dem ich ihnen auf farbigen Postkarten froh in angetrunkener Kyrilliza angekündigt hatte, daß ich dem Treiben der Welt entgültig entfliehe und den stillen Ufern der Kunst und der Liebe zustrebe. *Fahr allein!* Wie oft haben wir um Mitternacht unsere Rubel für eine Batterie Flaschen zusammengetan, um den nie endenden Streit in der Wohnung eines von ihnen fortführen zu können; diese aufgeregten Nächte in kleinen engen Zimmern, wo man sich vor lauter Menschen nicht bewegen konnte *ich mußte mich mit Leuten zusammensetzen*, an Tischen 23.27, die sich unter der Last von Büchern und Kaviar, Würsten und Graphiken, Notizbüchern, Käse und Wodka bogen. Hartnäkkig versuchten sie, das jahrelange Handicap der sowjetischen Intelligenz zu überwinden – ihre künstliche Isolation von den anderen Völkern, zu der es gehört, daß die Gedanken anderer Marxisten, die Gedanken Gramscis, Garaudys oder Fischers von den strengen russischen Briefträgern aus dem lokalen Postverkehr ausgeschlossen wurden. Ich hatte sie gern *ich mußte mich mit Leuten zusammensetzen, die unerträglich langweilig waren* wegen der spontanen Art, mit der sie Freundschaften schlossen, und wegen der hingebungsvollen Treue, mit der sie diese Freundschaften bis zur Grenze der Selbstaufopferung gehalten haben. Sie ersetzten so durch eine rührend archaische Fürsorge für den einzelnen, was die schwerfälligen Führer in den Beziehungen der Supermacht zu dem kleinen Sputnik demoliert hatten. 23.33 *Fahr ruhig!* Unsere Geschichte, unsere Kultur, unsere Denkart und unser praktisches Bemühen, alles provozierte sie zu einer endlosen Konfrontation, die um so wichtiger war, als die Gesprächspartner aus einem brüderlichen und sozialistischen Land kamen.

GUTTA CAVAT LAPIDEM NON VI SED SAEPE CADENDO…

Das hat einer von ihnen einmal gesagt: vielleicht ist die Tschechoslowakei gerade jener Tropfen 23.37, der ihnen hilft, die Oberfläche des russischen Felsblocks zu glätten *fahr ruhig, ich garantiere dir*, jetzt hatte uns der Felsblock unter sich begraben. Was taten sie, woran dachten sie jetzt, Wolodja, Oleg, Lala und die anderen, hatten sie das ganze Unglück begriffen? Und wenn, und wenn – was blieb ihnen übrig? Vermutlich ist ihnen nichts anderes übriggeblieben, als was den meisten aufgeklärten Russen seit Menschengedenken übrigblieb, wenn der Zar wahnsinnig wurde: trinken *ich garantiere dir, daß auch ohne dich*, um das LEIDEN zu ertränken, das ihnen der VERSTAND schaffte.

Nie vergesse ich die morgendliche Minute im Mai 1945, das Dröhnen der Panzerketten, es verkündigte mir die Auferstehung, mir und allen; aus Millionen ähnlichen Minuten ist dann ein internationales Empfinden gewachsen, es durchdrang mit einer althergebrachten Sympathie für Rußland das Denken und Handeln des befreiten Landes. So stark war es *daß ich auch ohne dich am Abend in Rom bin* 23.45, daß es auch die Prüfung des Stalinismus bestanden hatte. Und die Kritik des Prager Frühlings hat es nicht verbrannt, sondern gereinigt: das Gefühl der Freiheit und Gleichheit war zu einem neuen Impuls der Brüderlichkeit geworden, denn die Gleichung hat immer gelautet und wird immer lauten

LIBERTE + EGALITE = FRATERNITE

FRATERNITE – LIBERTE – EGALITE = 0

Was für Gesichter hatten jene mitternächtlichen Minuten vom 20. auf den 21. August? Was hat mein Freund gefühlt, der Regimentskommandant in K., als aus der Tiefe der Straße eine Schlange von Panzern auftauchte, die jenen so ähnlich waren, in denen er bei Kiew und auf dem Dukla-Paß fast verbrannt war? Was hat die Kommunistin aus dem Rundfunk beweint, die von einer Kosakenstreife auf dem Todesmarsch gerettet worden war: zerschossene Häuser oder zerschossene Liebe? Woran haben die Kumpels, Trunkenbolde und Liebespaare gedacht *ich bin in einer Woche verlobt*, als sie aus Nachtschichten, Nachtlokalen und Betten hergekommen sind und vor den Läufen standen, bedroht von denen, die sie zwanzig Jahre lang Brüder nannten? Welches Empfinden wird aus diesen Millionen Minuten wachsen? Und wohin wird es das Denken und Handeln des gedemütigten Landes treiben?

Eine weitere Prüfung erwartete uns, und ohne sie wäre unser moralischer Sieg nur Stückwerk: Wenn einmal die Zeit der Entschuldigung kommt – sich über die Beleidigung hinwegsetzen können und eine inspirierende Großzügigkeit zeigen, wie sie uns gegenüber die Jugoslawen gezeigt haben, die wir vor zwanzig

Jahren ebenso schwer beleidigt hatten. Denn Vendetta ist kein Programm, Vendetta führt zu neuer Vendetta, Vendetta ersetzt ein Unrecht durch das andere, Vendetta verletzt die Verführten, während die Verführer ihre Throne befestigen. Auch die Nation ist kein Programm, es gibt Tschechen *denen ich nicht die Hand reichen würde, selbst wenn ich am Ertrinken wäre*, im Gegensatz zu einem Russen, der in seinem Holzhaus bei Kasan vermutlich jetzt noch wacht und schreibt 23.53 *in einem Monat bin ich verheiratet*, er hat nie einen Schritt über die russische Erde hinausgetan, und doch umfaßt er in seinem Werk jede menschliche Erfahrung, so wie die Genies, die mit dem Hund Charlie oder mit dem Jagdgewehr die ganze Erde abgeschritten haben – Alexander Solschenizyn, ein Russe, den ich nie gesehen habe, und doch ein Mensch, mit dem ich gerade diese Nacht überstehen möchte.

Die Stafette der Hoffnung, die ein Dutzend legaler Sender einander weiterreichten, traf wieder in Prag ein. Die Stimme des Freundes las die letzten Nachrichten. Die fremden Truppen sollten auch ihre dritte Nacht unter den Sternen und ohne Verpflegung verbringen. Der Traum von einer neuen Regierung *verheiratet nicht nur reich*, die ihnen die Tore der Kasernen und Depots öffnen würde, scheiterte 23.55, der weißhaarige Mann auf der Burg verteidigte die Linie der Ehre wie einst die Linie von Sokolowo. Der XIV. außerordentliche Parteikongreß hat die Richtigkeit der Nachjanuarpolitik bestätigt und die Verletzung der Souveränität erneut verurteilt. Er hat ein neues ZK gewählt *verheiratet nicht nur reich, sondern auch aus Liebe*, mit den besten Namen, die die Partei dem Volke anbieten konnte. Zuvorderst auf der Kandidatenliste standen die Namen der Internierten. Ich sah vor mir die Gesichter des Ersten Sekretärs der Partei, des Vorsitzenden der Nationalversammlung und des Ministerpräsidenten... Als fremde Fallschirmjäger in ihre Büros eindrangen – setzten sie sich zur Wehr oder resignierten sie, erwarteten sie den Tod, hatten sie Angst, hofften sie auf etwas, glaubten sie an etwas, dachten sie an jemanden, an die Frau, an Lenin oder Gott? Seit dem Tod der stählernen Führer 23.57 *wenn du verschwindest*, deren Mythos und Körperlichkeit der XX. Kongreß der KPdSU zu Asche verwandelt hatte, ergriff mich zum ersten Mal das Schicksal von Politikern.

– Der zweite Okkupationstag endet, sagte die Stimme aus Prag. Bleiben wir allem treu, was wir geschworen haben.

23.58 *wenn du in der Gasse da drüben verschwindest* Pause. Durch die Wand hörte ich das Bett rhythmisch ächzen. Der glatzköpfige Herr *wenn du in der Gasse da drüben verschwindest, werde ich das Gefühl haben* verschwendete die bezahlte Zeit nicht. 23.59 Ich stellte mir den mageren, noch kindlichen Körper des römischen Mädchens vor. Über drei Grenzen hinweg überfiel mich die Ängstlichkeit meiner Tochter, die doch nie mehr erfahren sollte, was Erniedrigung ist. Das Schloß, das ich für sie baute, versank im Sand.

Die Nationalhymne ertönte. Ich drehte das Radio voll auf, um Trauer und Ekel hinwegschwemmen zu lassen. *Wenn du in der Gasse da drüben verschwindest, werde ich das Gefühl haben, du seiest nie gewesen!*

Mitternacht. Ich begann zu packen.

---

12. Juli 1968 *Sázava/Sázava*
(aus dem Tagebuch des Schriftstellers PK)

Noch um fünf Uhr nachmittags lag ich unter meinen Birken.

– Wirst du wirklich nicht dorthin fahren? fragte sie.

Schon vierundzwanzig Stunden habe ich mich selbst verflucht, daß ich mich schließlich doch überreden ließ, für den Tschechischen Nationalrat zu kandidieren. In der Nationalversammlung ist die Wahl natürlich genauso ausgefallen wie im März in der Bezirkskonferenz Prag 1; zum zweiten Opfer wurde außer mir der Schriftsteller Jiří Hanzelka. Professor Šik kam mit einer Stimme durch. Die Tatsache der Nichtwahl brachte uns zwar allgemeine Volkssympathien und schenkte mir die Vision der Ferien am Meer, aber der Siegesruhm der Konservativen, die noch einmal ein so billiges und vermeidbares Tor erzielen konnten, ärgerte mich trotzdem.

– Ich habe schon alle Zähne voll von Politik! sagte ich.

Seit dem frühen Morgen brütete ich an einem Drehbuch, und wieder schlüpfte daraus ein Brief. Diesmal an den Botschafter der UdSSR in Prag.

»Erklären Sie Ihrer Regierung, daß das Land, in dem Sie Ihr Amt bekleiden, in seiner ganzen Grundsubstanz sozialistisch war und ist. Wer sonst als Sie könnte während den Jahren Ihres Wirkens begreifen, daß die Rückkehr zu demokratischen Traditionen, von denen wir uns in den fünfziger Jahren so unglücklich entfernt haben, den fast verlorenen Kredit unserer Kommunistischen Partei erneuert hat, deren führende Rolle heute durch die ganze Gesellschaft wie nie zuvor anerkannt wird. Lassen Sie nicht zu, daß die entstellten Informationen die Beziehungen zwischen unseren Ländern verschlechtern, Beziehungen, die in Europa keine Parallele haben. Lassen Sie nicht zu, daß die Sowjetunion in der Tschechoslowakei je ein anderes Prädikat hat als das: der Befreier!«

Als ich mit dem Brief nach drei Stunden zu Ende war, war ich wieder ruhig geworden, und ich konnte ihn wieder zerreißen. Aber meine Lust zum Schreiben war vorbei. Ich lag auf dem Rücken und sah in die Birken hinein, verdrossen über alles, über alle und vor allem über mich selbst.

– Du hast versprochen, die Politik erst sein zu lassen, wenn du vierzig bist! verkündete Z. überraschend. Die paar Tage wirst du es wohl aushalten!

– Ich glaube, daß die Verkürzung dieser Frist nur von Vorteil sein wird, sagte ich. Ich bin froh, daß ich die Möglichkeit erhalten hatte, meine Jugendfehler zu korrigieren, und ich weiß nicht, warum ich neue begehen sollte. Ich überlasse es gerne eurer aufgeklärten Generation, die davon überzeugt ist, daß sie dieses Land nach fünfzig Generationen Idioten erbt; der erste war sicher schon der Urvater Čech, der seinen Stamm, statt ihn zu den Ufern von Manhattan überzuschiffen, gerade in dieser faden Landschaft ohne Meer und Coca-Cola ansiedelte, eine Wüstenei, die nota bene jeder Nachbar, gleich ob im Westen, im Osten, im Norden oder im Süden, nur als eine Vorlage vor seiner Tür hat. Ich habe dir vertraut, und für den Rest meines Lebens beabsichtige ich, mich nur meinen blut- und fleischlosen Helden zu widmen, die kaum irgendwelche Schäden anrichten können, da der Theaterbesuch nicht obligatorisch ist. Vielleicht hatte ich ein bißchen dazu beigetragen, daß bei uns eine fast grenzenlose De-

mokratie aufkommt und das Steuer des Nationalschiffes nach Jahren wieder von Männern ergriffen wurde, die nicht nur lesen, sondern sogar zählen können. Sie sollen also jetzt, durch euren entwickelten Kritizismus überwacht, für den Bau der Autostraßen und für den Striptease-Überbau sorgen, ebenso für den baldigen Abzug der verbündeten Truppen, die sich offenbar an ihren Exerzitien nicht sattun können. Ich spiele nicht mehr mit!

– Warum hast du also heute an diesem Brief herumgeschrieben?

– Selbstbeharrungsvermögen, mein Schatz! Im Stadium der Senilität, in das ich nach deiner Meinung gleichzeitig wie in die Kommunistische Partei eingetreten bin, ist es ausnehmend schwierig, seine Gewohnheiten loszuwerden. Gratuliere mir also zu meinem Entschluß und rühre den Teig für die Erdbeerknödel an, damit wir meine Rückkehr in den Schoß der Unschuld feiern können!

– Hat dich schon oft der Ministerpräsident eingeladen? fragte sie raffiniert.

– Du weißt selbst, daß er es nie getan hat, mein Liebling, weil alle vorhergehenden kommunistischen Regierungen die kommunistischen Künstler für Hampelmänner hielten, worin du mit ihnen seltenerweise einer Meinung bist!

– Laß das! sagte Z. streng. Gebärdet euch doch nicht immer so lächerlich, als ob euch ein Unrecht geschehe! Wir hatten nicht den geringsten Grund, euch zu lieben, solange ihr im Namen einer gewissen Disziplin Psychopathen regieren ließet. Ihr müßt schon einmal begreifen, daß wir kaum die Räudigen von den Seidigen trennen konnten. Jetzt habt ihr euch selbst getrennt, und eben dafür fangen wir an, euch zu glauben.

– Wir danken euch! rief ich gerührt, weil sie gesprochen hat, als ob sich auf dem Rasen zwischen den Birken und dem Gartenzaun ihre und meine Generation drängen würde. Aber nicht einmal das brachte sie aus dem Konzept. Sie kam zu einem würdigen Ende:

– Und wenn gerade euch, die man noch letzten Herbst aus der Partei ausgeschlossen hat, heute der Ministerpräsident zum Dinner einlädt, dann ist eine demonstrative Abwesenheit nicht

nur unanständig, sondern auch beleidigend. Du selbst warst begeistert, als Ludvík Vaculík ohne Umstände den Parteiausweis wieder angenommen hat. Ich begreife also nicht, warum du den ehrwürdigen Sieg über deine eigene Torheit dadurch zu krönen beabsichtigst, daß du dich schließlich wie ein Spitzbub benimmst!

In einer Stunde war ich in Prag, wo ich meine Jeans auszog und mir Hals und Kopf wusch, um die tschechische Skribenterei vor dem Antlitz der Höchsten repräsentieren zu können.

Schlag acht bekamen wir einen Lachanfall, als wir uns gegenseitig zum Hrzán-Palast gehen sahen. Goldstücker, Vaculík, Procházka, Liehm, Klíma, Hanzelka, Havel, Skvorecký et alii. Zwanzig Leute, die durch ihre literarische und außerliterarische Tätigkeit in den vergangenen Jahren gut ein paar Dutzend Parteiadler und Staatsdetektive beschäftigt haben.

Jan Procházka meinte:

– Wenn uns der ehemalige Staatspräsident so auf einer öffentlichen Straße sähe, würde er sogleich das Standrecht verkünden.

Doch der jetzige Ministerpräsident führte uns statt dessen persönlich auf die Terrasse, bot uns einen Drink an und stellte uns einen Teil seines Kabinettensembles vor. Wir waren sehr erfreut, die qualifizierteste Regierung in der fünfzigjährigen Geschichte der Republik zu sehen. Die Zahl der akademischen Titel überstieg die Zahl der Mitglieder. Allein der Minister für Bauwesen besaß deren vier.

– Guten Abend! grüßte eine wohlbekannte, tiefe Stimme.

– Du hast doch heute Journalisten, Josef! staunte Oldrich Černík.

– Ich sollte, erwiderte der Präsident der Nationalversammlung, aber meine Spione trugen mir zu, daß ihr da seid, darum habe ich es verschoben!

Unter dem grauen Bürstenschnitt leuchtete ein weißes offenes Sommerhemd. Er war um einen Kopf größer als wir, und als er mir warmherzig die Hand drückte, um so sein Mitleid zum Ausgang der gestrigen Wahl, die er präsidierte, auszudrücken, fragte ich ihn endlich, warum er keinen Chirurgen mit sich führe.

– Ich bin froh, daß ihr es so sportlich aufgefaßt habt, sagte er zu

mir und Jiří Hanzelka. Aber sowieso ist es eine Gaunerei. Die haben den Mund voll von Parteidisziplin, aber in einer geheimen Wahl sind sie die ersten, die auf die Parteibeschlüsse pfeifen.

Jemand fügte bei, einer von den Organisatoren dieser Strichaktion sei der abgelöste ZK-Sekretär Jiří Hendrych gewesen.

Vor ganz kurzer Zeit begegnete ich ihm im ZK-Gebäude. Wir waren allein im Gang. Er antwortete mir auf meinen Gruß mit dem gutmütigen Lächeln eines Schrebergärtners, der sich gerade in seinem teuren Alpinum erhoben hat.

– Ich bin froh, dich zu sehen, sagte ich aufrichtig.

Entmachtete Männer waren bis jetzt in unserem allermenschlichsten System fast immer der Einsamkeit und der Unbilden ausgesetzt. Ich wollte ihm beweisen, daß wir die byzantinischen Pfade nie mehr beschreiten wollen:

– Was machst du jetzt eigentlich?

Erfreut begann er darüber zu reden, wie er im Institut für Geschichte der KPČ die dreißiger Jahre bearbeite. Er war davon so eingenommen, daß er nicht einmal Pausen machte oder Worte wiederholte, wie er es früher bei seinen großen Auftritten bis zurück vor zweiundzwanzig Jahren zu tun pflegte. Als ich ihm nachschaute, wie er durch den langen Gang wegging, gebeugt unter dem Gewicht der schweren Aktentasche, wischte ich in meinem Gedächtnis die böse Erinnerung an den letztjährigen Schriftstellerkongreß aus.

Offenbar werde ich naiv bleiben, bis an die Schwelle des Massengrabes. Soll dem so sein...! Grau, Genosse, ist alle Theorie, und grün des Lebens goldener Baum!

Die Sonne ging unter, und der Rauch über den Kleinseitner Dächern verwandelte die Stadt in eine riesige Ansichtskarte. Doch wir kehrten ihr den Rücken. Die Macht verband sich auf der Terrasse mit der Literatur und eröffnete einen langen, notwendigen Dialog, der erst dann aufhörte, als unangemeldet und ohne Fanfaren, ebenfalls durch einen zufälligen Zufall herbeigeführt, der Erste Sekretär der Partei – Alexander Dubček – eintraf. Er trug sein ewig verlegenes Lächeln; als ob er sich sogar auf den Tribünen und auf den Bildschirmen dafür entschuldigen wollte, daß er existiert und also auch stört.

Ich blieb mit Hanzelka bei Josef Smrkovský. Ich traf ihn erst zum vierten Mal in meinem Leben und hatte trotzdem das Gefühl einer vertraulichen Bekanntschaft. Vielleicht, weil ich gerade mit ihm die beiden stürmischen Märztreffen erlebt habe, auf denen die Politik aufgehört hat, Angst zu erwecken. Vielleicht spielten dabei auch die Erinnerungen an den Prager Aufstand eine Rolle, als er, ein magerer, langhaariger Jüngling, Vizepräsident des Tschechischen Nationalrats war.

Où sont-ils les neiges d'antan?

Ich war nie fähig zu entscheiden, ob JS älter aussehe als er wirklich ist, oder ob er älter sei, als er aussehe. Seine volle, temperamentvolle Stimme und die fast knabenhaften Augen paßten nicht zu dem müden Gang und zu der schlaffen Körperhaltung – Gegensätze, die so oft bei Menschen erscheinen, die lange Jahre in einem Kerker gewesen sind; als ob sie den Rest ihrer Kräfte in einige Punkte, wo sie am nötigsten und am zweckmäßigsten sind, konzentrieren würden.

Allein auf dieser kleinen Terrasse standen drei, die in den fünfziger Jahren zu lebenslänglicher Haft verurteilt wurden. JS, Dr. Gustav Husák und Professor Goldstücker verbüßten momentan den Rest ihrer Strafen in den Funktionen des Parlamentspräsidenten, des stellvertretenden Ministerpräsidenten und des Vorsitzenden des Schriftstellerverbandes. Ich versuchte vergeblich, mir vorzustellen, wie sie sich in Achtungstellung, die Mütze an das Bein gedrückt, bei einem wichtigtuerischen Rotzlümmel melden, der das Essen, den Schlaf und die harte Arbeit dieser Hundeverräter der Revolution überwacht.

– Ich bitte dich, fragte ich JS, bist du wirklich davon überzeugt, daß ihr den Sicherheitsdienst schon in den Händen habt?

– Ich verstehe dich! – ein typischer Satz, mit dem er die meisten Antworten einleitete – das kann heute wahrscheinlich keine Regierung, weil die Polizisten nicht nur ein Staat im Staate sind, sondern eine Welt in der Welt.

– Einverstanden, sagte Jiří Hanzelka, aber solltet ihr ihnen gerade deshalb nicht die höchste Aufmerksamkeit zuwenden? Ich sage dir aufrichtig, daß ich zum Beispiel gern auf das Reisen warte, wenn ich nur in punkto Sicherheit sicher bin.

– Jawohl, sagte JS, ich bin auch nicht erfreut, wenn ich unter den Geheimen gerade dem begegne, der mir die Handschellen angelegt hatte. Aber andrerseits ist er der einzige gewesen, der es mir gestattete, von meiner Frau Abschied zu nehmen, und das war damals nicht wenig… Darum haben wir dort Pavel hingestellt! Das sagt vielleicht etwas.

Das sagte etwas. Ich bin selten so vielen begeisterten Menschen begegnet als nach jenem Abend, an dem er das erste Interview im Rundfunk gegeben hatte. Ein einstiger Kämpfer Spaniens, der im Februar 1948 das Kommando über die Arbeitermiliz führte, brachte für seine Funktion intime Kenntnisse aus allen unseren Gefängnissen und verkrüppelte Finger mit, die das Schuldgeständnis nie unterschrieben haben. Als er seinen Zuhörern versicherte, er werde nur so lange in seinem Amt bleiben, als er eine absolute Gesetzlichkeit sichern könne, erteilte er eine halbe Stunde lang Ratschläge aus dem Fach, das er in seinem politischen Ruhestand erlernt hatte: wie man in höheren, rauhen Regionen Erdbeeren pflanzt.

– Jawohl sagten wir, Pavel geht in die Geschichte ein als der erste Innenminister, dem die Bürger Sympathiekundgebungen senden und ihn zugleich um Setzlinge bitten. Aber ist es richtig, daß sein Stellvertreter für die Staatssicherheit Šalgovič ist?

Ich bemerkte, wie Dr. Husák auf französisch verschwand. Es schien mir die ganze Zeit, daß er sich in dieser Gesellschaft nicht wohlfühlte, obgleich gerade sie jahrelang für seine Rehabilitation kämpfte.

Prag hat sich den aparten Hut der Nacht aufgesetzt, mit Lichtgirlanden verziert. Ludvík Vaculík, auf die Mauer der Terrasse gelehnt, zeigte dem Ersten Sekretär das nahe Fenster:

– Ein Maschinengewehr dort drüben würde genügen, und für ein paar Jahre hätte das Land seine liebe Ruh.

Ein herzliches Lächeln. Neben mir nahm JS eine Zigarette aus seinem Päckchen und nickte bedenklich den Kopf.

– Möge das alles Spaß bleiben!

– Ist was los?

– Frag mich nicht! Manche Dinge müssen sich nach dem Protokoll richten. Dann werden wir euch alles sagen!

Ich konnte jetzt die Frage aussprechen, die mich den ganzen Abend beunruhigte:
– Ihr habt es abgelehnt, zum Konzil zu fahren, oder?
– Zu welchem Konzil?
– Na, nach Warschau, zum Treffen der Fünf.

Seine Reaktion hatte ich nicht erwartet. Er brachte das Streichholz nicht zur Zigarette.
– Wieso weißt du das?
– Du wirst dir die Finger verbrennen!
– Wer hat dir das gesagt?

Ich winkte in alle Winde.
– Kameraden. Ich kam vom Lande. In Prag wußte es schon jedermann.

Endlich verbrannte er sich die Finger.
– Das ist schon wirklich das letzte.
– Warum wunderst du dich so? Deine Dezemberrede im ZK hat man in Prag am gleichen Abend zitiert. Daß Svoboda Präsident sein soll, wußte mein Haarschneider früher, als er selbst. Reg dich nicht auf! Ihr könnt selbstverständlich Chauffeure, Tippfräulein, Sekretäre oder das ganze Präsidium auswechseln. Aber viel einfacher ist es – eine offene Politik zu treiben. Die Leute früher zu informieren, als es die Haarschneider können. Darf ich dir sagen, worin ich den Schlüssel zum Erfolg eines tschechischen Politikers sehe?
– Na?
– Wenn er sich dessen bewußt wird, daß er ein tschechischer *Politiker ist!*
– Ich verstehe dich!

Er lächelte wieder jungenhaft, aber es war nur ein Aufblitzen. Das Warschauer Thema ließ ihn nicht los. Noch mehr als sonst gebückt, zog er aus der Nachbargruppe den Ersten Sekretär heraus; sie entfernten sich und flüsterten bedrückt miteinander.

Es wurde kühl. Der Hyde Park zog in den Speisesaal um. Der Premier ging an mir vorbei, in eine feurige Diskussion mit dem Autor der Zweitausend Worte vertieft, die er im Parlament so scharf abgelehnt hatte. Er stritt weiter mit ihm, aber er nannte ihn schon Ludvík.

Ich blieb auf der Terrasse. Über der leuchtenden Stadt, fast in Reichweite, zeichnete sich die dunkle Silhouette des Petrín-Parks ab. Ganze Generationen von Geliebten pflegten dort mit Erfolg die Glühbirnen der Laternen mit Steinen zu zerschlagen, um länger verborgene Schätze suchen zu können. Ich dachte an meinen bevorstehenden Vierzigsten, an meine Kinder, die Versammlungen, Theaterpläne, meinen Dackel und Z. Ich hatte plötzlich Angst, daß alle meine Steine vielleicht schon geworfen sind: Mit gewisser Nostalgie kehrte ich mich um und begann durch das Fensterglas die Leaders zu beobachten.

Wenn ich ein Stück für ein Männertrio mit möglichst verschiedenen Charakteren schreiben sollte, könnte ich kaum eine bessere Besetzung als diese drei finden.

AD: Als vor neun Monaten bekannt wurde, daß er auf der Oktobersitzung mit Antonín Novotný in einen harten Streit geraten war, fragte man sich in Böhmen: Wer ist das? Bald kursierten Informationen, daß er, den Taťka vor ein paar Jahren zum Ersten Sekretär der slowakischen Partei ernannt hatte, weil er als ein sittlicher Knabe mit einer perfekten parteilichen Herkunft galt, zwar nicht widersprochen, aber dafür in der Slowakei still und ausdauernd eine vernünftige Politik gemacht habe. Als Sprecher der geschlossensten Gruppe war er praktisch der einzige, der im Januar zum neuen Parteioberhaupt gewählt werden konnte – mit der stillschweigenden Zustimmung der Konservativen, für die er doch annehmbarer war als die tschechischen Progressiven. Im Banne der Innenpolitik, dachte begreiflicherweise kaum jemand daran, daß die scheinbar unmerkliche Kräfteverschiebung an der Spitze zur Entstehung einer neuen Alternative des Sozialismus führen werde, die im Osten und Westen begeistern wie empören würde.

AD wurde zu einem politischen Weltstar, dem man es zu sagen vergaß. Er erinnerte mich an jenen genialen Laienschauspieler aus den Forman-Filmen, der auf allen Festivals von Cannes bis zu Mar del Plata ausgezeichnet wird, der aber die Auszeichnung nicht persönlich entgegennehmen kann, weil er täglich die Blasmusik in Kolín bei Prag dirigieren muß. AD war jetzt eine anschauliche Anklage gegen das persönliche Machtregime, das aus den latenten Individualitäten Sardinen in einheitlicher Verpackung fabrizierte. Er war geradezu ein Schulbeispiel dafür, wie sich aus einem scheinbar unbedeutenden Menschen eine Persönlichkeit entwickeln kann, wenn die Gesellschaft dazu die Bedingungen schafft.

Erstmals wurde ein Slowake Erster Sekretär der Partei, in der die Tschechen die überwältigende Mehrheit hatten. Trotzdem mußte er nicht mit Schweiß und Tränen die nationalen Ressentiments überwinden. Er überwand sie durch seine bloße physische Existenz. Nach vielen slowakischen Politikern, die sich in der richtigen Aussprache des Tschechischen überboten, ohne damit größere Sympathien zu gewinnen, trug er sein Slowakentum ebenso sichtbar wie sein weißes Hemd – und der tschechische Organismus hat ihn dennoch restlos aufgenommen. In den Prager Trams, in den Wirtschaften und unter Freunden fing man aus Spaß an, slowakisch zu sprechen. Es klang wahrscheinlich grauenhaft, aber es war kein Funke Spott dabei. Prag hat immer eigenartig geliebt. Und selten!

Er war nach dem Februar 1948 der erste Politiker, der wieder den Willen der Mehrheit respektierte. Das bewies er, als er seinen Standpunkt zum Außerordentlichen Kongreß änderte. Aber der wirkliche Zauber, durch den er sich ebenso Großmütter wie Kernphysiker eroberte, lag in seinen Schwächen. Nach den göttlichen Führern der stalinistischen Aera, die streng darauf achteten, daß ihnen die Fotografen die Warzen retuschierten und die Rundfunktechniker die Zischlaute schnitten, war es einfach eine Wonne, plötzlich einen Mann zu sehen, der vor Lampenfieber zu sterben schien. Mit seinen schweren Augenlidern sah er bei jedem Auftritt aus, als ob man ihn gerade aus dem Bett gejagt hätte. Und wie er stotterte! Wenn er etwas vorlas, war es eine Qual, ihm zuzuhören. Merkwürdig, wenn er den Text sinken ließ und direkt in die Kamera schaute…

– Verzeihung, fragte ich ihn heute, wie kommt es, daß du so unvergleichlich besser aus dem Stegreif redest?

– Wenn ich in das Papier hineinschaue, habe ich den Eindruck, daß man über mich heimlich lacht…

Doch seinen entscheidenden Sieg errang er gewiß dadurch,

daß er verständliche, unkaschierte Worte in die Politik brachte. Vielleicht konnte er keine höhere Bewertung erreichen, als die aus dem Munde des verehrten und allseits beliebten Schauspielers Jan Werich:

– Mit ihm kann man sprechen!

Wieder war es Jan Werich, der aus seinen Ansprachen einen ganz kurzen Satz auffischte, der zwei Substantive, ein Attribut und einen Artikel enthielt, und ihn als sein Programm bezeichnete, das in der Welt schon lange nicht mehr existierte:

SOZIALISMUS MIT MENSCHLICHEM GESICHT!

AD gab grundsätzlich keine Interviews. Vor den Fotografen wurde er steif wie Holz. Seine Familie mit drei heranwachsenden Jungs ließ er in Bratislava, er wohnte schon ein halbes Jahr im Hotel. Vielleicht, damit er irgendwohin zurückkehren konnte, wenn das schiefgehen sollte. Übrigens hat er sich den Titel eines Doktors der Sozialwissenschaften erworben; schlimmstenfalls konnte er also eine Landpraxis eröffnen.

Er kam mir sehr sensibel vor. Wie er so in der Ecke des Raumes immer noch besorgt mit Smrkovský sprach, fragte ich mich, wie er wohl der Gewalt widerstehen würde. Sofort unterdrückte ich diesen Gedanken wieder; er war Europas, unseres Jahrhunderts, unser und unserer Verbündeten unwürdig.

OČ: Neben dem Proletariatstribunen JS und dem Funktionärslyriker AD sah er aus wie einer von den Tausenden von Männern, die nach Beendigung ihrer Arbeitszeit die berühmten Prager Bierstuben füllen. Nach dem Stakkato der Silben könnte man ihn höchstens für einen Ostravaner halten. Es gibt ein Spiel, bei dem man einer Reihe von Menschen eine Fotografie zeigt und die Frage vorlegt: Wer wäre das, wenn er das nicht wäre, was er ist? Im Falle von JS haben sieben von zehn geantwortet: Ein Bauer. Im Falle von AD fünf von zehn: Ein Lehrer. Bei OČ waren es: Ein Beamter (zweimal), ein Kellner, ein Zahnarzt, ein Geschäftsleiter, ein Masseur, ein Fußballtrainer, ein Funktionär (auf die Frage: Was für einer? – Irgendeiner), ein Filmregisseur und ein Komiker.

In Wirklichkeit war er, wie die beiden anderen, ein Arbeiter, einer aus der Unzahl derer, denen erst der Februar 1948 den Weg zur Entwicklung ihres Talentes geöffnet hat. Wie ein anderer von Natur aus Schauspieler wird, war er von Natur aus Manager. Auch er verlor sich während der Jahre im politischen Apparat von Antonín Novotný, der die Durchschnittlichkeit in den Adelsstand erhob. Dann avancierte er schnell bis in die Funktion des Präsidenten des Planamtes. Als einer von wenigen mußte er die katastrophale Lage unserer Wirtschaft kennen. Eigentlich zielte die Kritik Professor Šiks also auch auf ihn. Genaugenommen beteiligte sich auch er am Aufbau des Potemkinschen Dorfes, das Taťka unseren Söhnen als eine Oase des Kommunismus präsentieren wollte, obwohl wir uns durch den Rückstand gegenüber der westlichen Welt den elegischen Zeiten näherten, in denen der Pflug erfunden wurde. Aber auch Professor Šik ist für manches mitverantwortlich. In der Praxis ist es wahrscheinlich die einzige Möglichkeit, inmitten eines monolithischen Systems, das zudem noch Teil einer riesigen Machtgruppierung ist, eine Reform vorzubereiten und durchzuführen – ohne Blut, das sonst ebenso reichlich wie vergeblich fließen würde.

Die Zeit wurde reif. Die von Marx durchgerechneten Gesetze waren so brillant, daß sie sogar gegen die eigene Kirche funktionierten. Unsere Eiserne Konzeption, die Frucht des Kalten Krieges made in USA, der Thesen von Stalin und des Dilettantismus made in Zuhause, rief in der ganzen Wirtschaft schwere Erschütterungen hervor, die nicht einmal der Ausruf Es wird Fleisch geben, Genossinnen! vertreiben konnte. Eine Gruppe von Wirtschaftswissenschaftlern, repräsentiert durch Professor Šik, trat mit dem Vorschlag eines neuen Modells auf. Seine konterrevolutionäre Gesinnung bestand darin, daß er das Denken der sozialistischen Gesellschaft vom voluntaristischen Idealismus zum Marxismus zurückführte. Die Karavelle neigte sich schon sichtbar, und nach längerem Zögern gab der Kapitän seine Zustimmung zur Konstruktion der Entwässerungspumpen. Er lehnte aber kategorisch jenen Teil des Projektes ab – leider den entscheidenden –, der auch die politischen Reformen voraussetzte. Das neue Modell sollte versuchsweise nur in einigen auserwählten Betrieben eingeführt werden, und dabei wollte der Höchste

Kutscher auch weiterhin die Zügel der Direktive in der Hand behalten.

Eine Posse begann, die am besten durch eine treffende Anekdote charakterisiert wird: Der Prager Verkehrsbetrieb wollte den katastrophalen Zustand des städtischen Taxidienstes verbessern. Als er erfuhr, daß der Taxidienst das höchste Niveau in London habe, entsandte er dorthin seine Experten, um die Ursachen zu analysieren. Er ließ dann in ihrem Bericht alle unerwünschten politischen Aspekte weg und verkündete ein Experiment: Die Hälfte der Prager Taxis wird in Zukunft versuchsweise links fahren.

OČ hat sich damals für Šiks Projekt weniger exponiert, als es sich gehört hätte. Jetzt wurde er Ministerpräsident einer Regierung, welche Šiks Projekt realisieren sollte. Ein Paradox? Nur die Realität: nicht AD, sondern gerade Šik war in den Augen der Konservativen die wirkliche Ursache ihrer Niederlage, da er mit seinen Argumenten auch einen Teil des Parteiapparates ansteckte, mit Argumenten, die von »Gemeinheiten strotzten, deren nur ein Professor fähig ist«, wie der Genosse Jodas sicher sagen würde. Šik war der Gefährlichste, weil er nicht nur für Fabrikdirektoren, sondern auch für politische Funktionäre die Qualifikation zum Gesetz machen wollte.

Obwohl ich bestimmt zu jenem Flügel der Gesellschaft gehörte, den man vielleicht mit Jaroslav Hašek als »gemäßigt radikal im Rahmen des Gesetzes« nennen könnte, begriff ich allmählich, daß das Wort »die Mitte« nicht immer eine Beschimpfung bedeuten muß. In einer Demokratie – auch der sozialistischen – ist wahrscheinlich immer jemand nötig, der die gegensätzlichen Kräfte ausgleichen und so das Gleichgewicht immer wieder erneuern kann, ein Gleichgewicht, ohne das keine Demokratie existieren kann – um so weniger die sozialistische, die vorläufig noch so schwach ist wie ein frisch ausgeschlüpftes Küken. Professor Šik wurde zum stellvertretenden Ministerpräsidenten gewählt, und ich zweifelte nicht daran, daß OČ ihm den nötigen Raum schafft. Kaum ein Kapitän torpediert sein eigenes Schiff. Um so weniger, wenn es endlich einen Kurs einschlägt, der auch ihm Ehre macht.

Wie ich heute feststellen konnte, hatte OČ auf den Tribünen wie im privaten Leben die gleiche Art zu reden. Er sprach trokken, ohne Emotionen, fast monoton. Aber diese schroffe Sachlichkeit gehörte irgendwie zu ihm. Sie war mir um so sympathischer, je weniger ich die lärmige Geschwätzigkeit der Alten Garde vertrug. Es hieß, daß er sich betont würdig gebe, daß er keinen Sinn für Humor habe. Ich hatte diesen Eindruck nicht, obwohl er hier während vieler Stunden wirklich so dasaß, als ob er ein Lineal verschluckt hätte. Ich bemerkte aber, daß er über Witze gleichsam für sich selbst lachte, und wenn er dann trocken einige Bonmots zum besten gab, war ich sicher, daß man ihm in England keinen Mangel an Humor vorwerfen würde. Dieser Ruf kam wahrscheinlich von Menschen, für die ein Spaß erst dann beginnt, wenn sich zwei Herren auf der Bühne in den Hintern treten. Was die Würde angeht, gefiel mir, daß er sich vor einiger Zeit nicht schämte, seine Prüfungen an der Hohen Bergbauschule abzulegen, obgleich er ein Ressortminister war.

Er strahlte eine ungewöhnliche Zähigkeit aus, kombiniert mit Starrköpfigkeit. Diese zeigte sich in seiner Argumentation. Dann war da noch eine Schicht, wahrscheinlich die interessanteste: die schußsichere Jacke des Selbstbewußtseins verdeckte eine Art von Schwanken, vielleicht der Gefühle, der Teufel weiß es, aber ich würde wetten, daß er manchmal heimlich Verse schreibt, in denen er ganz anders ist, als er zu sein scheint. Eine solche zweite Schicht in der Seele eines leitenden Politikers kann ebensogut eine innere Harmonie bilden als auch zum Zwiespalt der Persönlichkeit führen: Cäsar, Napoleon, Stalin. Als Bürger würde ich mich ärmer fühlen, wenn OČ nicht Mitglied des regierenden Gremiums wäre. Wäre er Alleinherrscher, würde ich mich bedroht fühlen. Es ist genau das gleiche Gefühl, das in mir auf die Distanz die Persönlichkeit von Dr. Gustav Husák erweckt.

Ich erinnerte mich an den Ökonomen Selucký. Dieser begann seine Ansprache im März, auf dem Treffen im Slavischen Haus, mit folgenden Worten: »Ich hatte einen schrecklichen Traum! Ich träumte, daß uns alle, wie wir hier auf der Tribüne stehen, Oldrich Černík verhaften ließ!«

Wieder waren alle auf der Terrasse. Der Vollmond hatte sich schon bis zu uns gedreht. Mit dem roten Rand sah er aus wie ein riesiges Durchfahrt-Verbotsschild. Er prophezeite entweder Regen – oder verfluchte schlimme Zeiten. Man sprach von einem Mann, den AD, JS und OČ trotz ihres verschiedenen Charakters zärtlich Ludvíček nannten. Damit war das graue Staatsoberhaupt gemeint.

– Wir sind dir eine Entschuldigung schuldig, sagte ich befreit zum Ersten Sekretär. Wir kamen seinerzeit zu dir mit einer Petition, daß sich auf den verschmähten Sessel wieder ein Präsident setzen sollte, der des Namens würdig ist. Wir haben betont, daß zu seinen Eigenschaften ein junger Geist und ein frischer Körper gehören müßte. Du hast begriffen, daß wir soeben deinen Kandidaten entdeckt haben. Jawohl, warum es verheimlichen: Die medizinischen Kapazitäten waren sich fast einig, daß sein Organismus höchstens drei Stunden im Tag auf Volltouren laufen kann. Wir haben dich beschworen, aber vergeblich, du hast ihn im ZK durchgesetzt. Dann bekreuzten wir uns bei der Wahl, als er kaum die Stufen zum Mikrophon hinaufsteigen konnte, als ihm die Hand bei der Ablegung des Eides zitterte und die Stimme fast versagte. Na, und dann kam der große Umschlag: der Alte Herr, der schon lange auf dem weiten Meer der Pension schiffte, von wo es keine Rückkehr gibt, landete wieder, und mit einem Male wurde er lebendig wie ein ehemaliges Schlachtroß, wenn es die Feldtrompete hört. In einem Vierteljahr fuhr und flog er durch die ganze Republik, so daß ihr fast Brot und Salz ausging. Er war an Orten, in denen die Leute das Staatsoberhaupt während der ganzen fünfzig Jahre nicht einmal gesehen hatten. Er gab vielen Dingen ihren vergessenen Sinn zurück. Ich bin hart trainiert und werde nicht so schnell gerührt. Aber immer wenn ich jetzt aus meinem Fenster sehe, wie über dem Burgdach die Präsidentenflagge aufsteigt, schneuze ich laut und hole mir einen Whisky. Die Ärzte behaupten, es sei ein biblisches Wunder. Wenn ja, dann hast du unsere doppelte Bewunderung, weil du es warst, der ihm sagte: Steh auf und geh!

AD sah so aus, als falle er binnen einer Minute in Ohnmacht. Er wich zu seinen beiden Partnern zurück, wie ein junger Schau-

spielnovize, der sich gemeinsam mit Olivier und O'Toole verbeugt.

– Darauf sind wir alle gekommen!

Dann siegte in ihm die natürliche Eitelkeit des Politikers.

– So habt ihr begriffen, daß auch ihr irren könnt?

– Du bist der erste Politiker, dem ich es – ungern – gestehe.

– Und du bist der erste Schriftsteller, von dem ich es – gerne – höre!

Es half nichts, wir waren nicht gekommen, um nur Komplimente auszutauschen, sondern vor allem die gegensätzlichen Ansichten.

– In einer Sache irrst du dich sicher, sagte Jan Procházka, und zwar, wenn du immer noch solchen Genossen wie Šalgovič oder Bil'ak glaubst!

AD warf die Arme auseinander, gerade wie vorher JS. Nur wollte damit JS die Frage höher schicken. AD konnte nichts anderes tun, als sie zu beantworten, was er offensichtlich schon zum x-tenmal und immer ohne Erfolg getan hatte.

»Šalgovič machte Fehler, aber er ist ein ehrlicher Mensch, ebenso wie Bil'ak. Wenn wir so handeln, wie ihr es vorschlagt, wird das sehr ungerecht sein jenen gegenüber, die ihr ganzes Leben der Partei geopfert haben. So können wir sie auf unsere Seite bringen.«

Es bestand kein Zweifel darüber, daß in dieser Großmütigkeit die Partei- und Standeszusammengehörigkeit ihre Rolle spielte, die sentimentalen Beziehungen der Kommunisten vom Apparat, die Beziehungen, die in den Zeiten aufgekommen sind, wo alle anderen Kommunisten Agenten des imperialistischen Spionagedienstes waren. Mir kam die berühmte Rede in den Sinn, welche die ernsteste Belehrung für alle Revolutionäre enthält:

For Brutus is an honourable man,
So are they all, all honourable men.

– Armer Alexander – Brutus! rief ich aus. Um Gottes willen, erlaube den Antonýs nicht, zusammen mit dir Cäsar zu bestatten; dann werden sie dich schließlich einen Verbrecher nennen und zusammen mit uns ins Verderben stürzen!

Als ein Mensch, der gerade daran ist, erwachsen zu werden, sagte ich es begreiflicherweise leise, höflich und mit ganz geläufigen Worten.

Als wir aus dem Hrzán-Palast hinaustraten, war schon der neue Tag angebrochen. Und morgen, das bedeutete Sorgen. Wir nahmen Abschied voneinander, ein wenig wie Abiturienten, die sich nach zwanzig Jahren wiedersahen, aber ein nächstes Mal nicht unbedingt wiedersehen. Der Parlamentspräsident verkrüppelte mir wieder die Hand. Ich überlebte und fragte:

– Glaubst du nicht, daß ihr umfallt?

Überzeugt schüttelte er den Kopf und sagte beim Abschied:

– Ludvíček wird uns halten.

Zu meinem Prager Bett waren es nicht mehr als zweihundert Meter, aber ich wählte meine Couch in Sázava, fünfzig Kilometer entfernt. Wie immer, wenn mir nicht allzu fröhlich zumute war, wollte ich zwischen Gurken und Spechten erwachen. Ich fuhr durch die schnarchenden Dörfer und schlug Haken zwischen hoppelnden Hasen; die erlebten offenbar auch irgendeine aufgeklärte Ära, denn massenhaft zeigten sie Selbstmordabsichten.

Ich überlegte, warum die drei ausgerechnet den gestrigen Abend zum Treffen mit Leuten gewählt hatten, die von ihren Vorgängern als Blitzableiter benützt wurden, wenn etwas schief ging. Haben sie endlich begriffen, daß wir die treuesten Verbündeten jeder Regierung sind, die reine Absichten und Hände hat? Oder war die Lage wirklich so schlimm, daß das Gesetz der bedrohten Nation zu gelten begann?

Um eins fuhr ich in die Garage. An den Wänden hingen noch immer leere Stücke aufgezogener Leinwand, genauso, wie Pravoslav Sovák sie verlassen hatte, nachdem er einst für geraume Weile meinen Wolga-Wagen seines Dachs beraubt hatte, weil er in ganz Europa einfach kein besseres Atelier fand.

Die weißen Rechtecke ungemalter Bilder waren geheimnisvoll wie der morgige Tag.

Unter den Füßen knirschte der Sand, das Haus war dunkel, aber Adam erwachte und feierte die Rückkehr des geliebten Herrn mit schläfrigem Bellen. Die Nacht war warm, der Himmel klar. Alles in allem, es ging mir schlimmer vor einem Jahr.

25.–29. Juni 1967 *Sázava/Sázava*
(aus dem Tagebuch des Schriftstellers PK)

DER IV. SCHRIFTSTELLERKONGRESS oder DIE HENDRYCHIADE
Tragikomödie in 5 Akten mit Prolog und Epilog. (Kurzer Inhalt des Werkes, ergänzt durch den unwesentlich verkürzten Text des vierten Aktes.)

Personen und Besetzung:

Der Sekretär des ZK der KPČ und der Präsident der Ideologischen Kommission des ZK der KPČ	*Jiří Hendrych*
Der Sekretär des ZK der KPS und der Präsident der Ideologischen Kommission des ZK der KPS	*Vasil Bil'ak*
Der Leiter der Ideologischen Abteilung des ZK der KPČ	*Frantisek Havlíček*
Der Cousin und dessen Frau	*JK & LK*
Ein Genossenschaftslandwirt	*Herr Kulhánek a. G.*
Z	*Z.*
P	*P.*
Die Zween Stimmen aus dem Saal	*+ +*
Dichter, Schriftsteller, Übersetzer, Kritiker und Literaturwissenschaftler	*Mitglieder und Kandidaten des Tschechoslowakischen Schriftstellerverbandes*
Viel Volks aus dem Dorf	*+ + +*

PROLOG

Sázava/Sázava, ein Spätnachmittag am Sonntag, dem 25. Juni 1967. VIEL VOLK AUS DEM DORF baut fröhlich Familienhäuschen, während auf den Feldern des staatlichen Bauerngutes das Heu verfault. Es weht ein Westwind, so daß nur wenige das Schießpulver aus dem Mittleren Osten spüren. Der

Schriftsteller PK hat seinen Diskussionsbeitrag für den Kongreß fertig geschrieben und steigt nun vom Dach herab, um ihn vorzulesen. Er tut das in der Badehose, unter einer malerischen Birkengruppe. Seine Zuhörer sind: der COUSIN-Arzt und dessen FRAU, mit denen ihn überdies noch die gleichlange Parteimitgliedschaft verbindet, der Genossenschaftslandwirt Herr KULHÁNEK und Z., die den Kaffee serviert. Als er fertiggelesen hat, sagen die Anwesenden fast unisono –

ANWESENDE: Na Servus…!

Schriftsteller PK stellt sich für einen Augenblick anstatt der Birken, Sträucher und Gräser die Versammlung der schöpferischen Geister vor und anstatt der Verwandten und Bekannten die Delegation des ZK der KPČ. Er verspürt einen leichten Schwindel und durch den Kopf fliegt ihm die Erinnerung an Hunderte von Stunden, die er in dem vergangenen Jahrzehnt mit der Vorbereitung von anderen Diskussionsbeiträgen verschwendet hat, und an die Kette von Repressionen und Depressionen – die einzigen Früchte, die diese Beiträge gezeitigt haben. Er sieht um sich. Überall schafft der eben geborene Sommer wahre Wunder. Das Gras, das Wasser, die Sonne und die Luft spielen ein göttliches Quartett. Auf dem Dach wartet ein halbgeschriebenes dramatisches Werk wie eine fruchtvolle Frau, die gerade aufgehört hat, sich zu verweigern. Er denkt sich, daß seine dilettantischen Auftritte auf der politischen Szene nicht von geringstem Belang sind; sein Lebensweg ist schon jahrelang mit den kleinen Leichen von Themen gepflastert, die niederzuschreiben er die Zeit nicht hatte. Er fühlt, daß er sich jetzt entschließen muß, ob er der Nachwelt einige dramatische Geschichten hinterlassen will oder eine Sammlung von eintagsfliegenhaften Kundgebungen. Er beschließt, nicht zu dem Kongreß zu fahren, was sein COUSIN mit Ablehnung, Herr KULHÁNEK mit Verständnis und Z. mit einem Freudenschrei quittiert. Die Verwandten mit Landwirt ab. Wie er sie begleitet, findet der Schriftsteller PK in dem Briefkasten beim Gartentor einen Umschlag, der dort wahrscheinlich schon seit längerer Zeit modert. Ein Freund aus der Sowjetunion, der ihn in Prag nicht gefunden hat, schickt ihm eine Kopie des Briefes, den Alexander Solschenizyn an den jüng-

sten Kongreß der sowjetischen Schriftsteller adressiert hat. Der Brief ist ein leidenschaftlicher Protest gegen die Zensur, die wieder die menschliche Kommunikation zu zerreißen droht, was in der Vergangenheit zur Entstehung eines unmenschlichen Systems führte, welches die sowjetische Gesellschaft und die ganze Welt eine Unzahl von Talenten kostete. Der Schriftsteller PK liest den Brief im dunkelnden Garten, den die Lämpchen der St.-Johanniswürmchen illuminieren. Die Botschaft des Mannes aus Kasan, dessen Werk ihm nach so langer Zeit wieder die Stimme der großen russischen Literatur brachte, schockiert ihn. Er wird sich einer unsichtbaren Verbindung bewußt, welche über Tausende von Wersten hinweg den Menschen die Kraft gibt, sich ihre Köpfe immer von neuem wundzuschlagen für Ideale, die tausend Jahre jung sind. Z. bringt ihm seine Lieblingsspeise – Linsen mit Reis – und schildert in einem langen lyrischen Monolog die Schönheiten des ländlichen Lebens. Der Prolog erreicht seinen Höhepunkt durch ihr Versprechen, daß das Wasser morgen noch wärmer sein wird als heute und daß zum Mittagessen die Erdbeerknödel duften werden.

I. AKT – Exposition

Großer Saal des Zentralkulturhauses des Verkehrs- und Fernmeldewesens in Prag-Vinohrady, Montag, 26. 6. 67 um 14.12 Uhr. Es beginnt die Vorkongreß-Versammlung der Parteigruppe, die nach vielen dringlichen Aufforderungen absichtlich so einberufen wurde, daß das einzige freie Podium unter Zeitdruck steht. Schriftsteller PK begrüßt seine Freunde, denen er viele Wochen nicht begegnet ist. Auf allen Gesichtern macht sich dieselbe Skepsis bemerkbar. Auf der Szene erscheint Leiter HAVLÍČEK, der an der Tribüne die Sekretäre HENDRYCH und BIL'AK willkommenheißt. Sekretär HENDRYCH liest den Brief vor, den das Präsidium des ZK der KPČ der Parteigruppe sendet. Aus dem Inhalt ergibt sich, daß die Partei durch die Tendenz beunruhigt ist, diejenigen Schriftsteller-Kommunisten ihres Einflusses im Verband zu entheben, die eine parteitreue Haltung bewiesen. Die Partei verlangt deshalb, man solle in die neuen Organe nicht Leute mit verworrenen Ansichten zulassen oder sogar solche, welche den Bestrebungen unserer sozialistischen Gesellschaft programmatisch ferne stehen. Hernach kritisierte der Brief die »Literární noviny« wegen einer Reihe von Artikeln, die in der letzten Zeit von der Zensur zurückgehalten wurden, vor allem wegen des Versuches der Schriftsteller Procházka, Klíma und Lustig, eine Diskussion zu veröffentlichen, welche Israel verteidigt und die geschichtliche Aufgabe der VAR herabsetzt. Sofort danach tritt Schriftsteller SOTOLA vor, und – als Chef der »Literární noviny« – liest er ein unendliches Verzeichnis von konfiszierten Beiträgen vor, woraus hervorgeht, daß man für jede Nummer der LN eine Ersatznummer machen muß. Das gleiche macht dann Schriftsteller TREFULKA von der Brünner literarischen Zeitschrift »Host do domu«. Schriftsteller PROCHÁZKA, Leiter der Parteigruppe des Verbandes, berichtet über die Tätigkeit der Schriftsteller-Kommunisten zwischen dem III. und dem IV. Kongreß. Dessen unfröhlicher Monolog, eine Bilanz von Krisensituationen, die durch die ungedungenen Eingriffe vom Partei- und Staatsapparat hervorgerufen wurden, enthält einige lustige Stellen; so wenn er zum Exempel anführt, daß Zitate von Marx in Bratislava konfisziert werden – von einem Angestellten des Innenministeriums, der Jan Hus heißt. Weiterhin vermittelt er auch den Brief des parteilosen Schriftstellers Václav Havel, der Verband solle doch für den Schriftsteller Jan Beneš bürgen, gegen den ein politischer Prozeß eröffnet werden soll. Schriftsteller VACULÍK wendet zum Auftritt des Sekretärs Hendrych ein, er begreife nicht, warum die Bürger die Tätigkeit ihrer Regierung nicht kritisieren könnten, die Auslandspolitik inbegriffen. Schriftsteller LUSTIG liest einen Brief vor, den er zusammen mit Schriftsteller Procházka und mit Schachgroßmeister Pachmann der Parteiführung übermittelt hat. Darin wird gesagt, daß eine moralische Nahostpolitik eines sozialistischen Landes die Unterstützung der progressiven Kräfte beider *Seiten anstreben sollte. In dem Brief erinnert man auch an die arabische Doktrin der physischen Liquidation von Israel, was man bei uns verschweige. Schriftsteller HANUŠ kritisiert die Redaktion der LN, die nach seiner Meinung die Tätigkeit des ganzen Verbandes negativ beeinflusse. Als er von den ZWEEN STIMMEN AUS DEM*

SAAL aufgefordert wird, sich konkret zu äußern, erbittet er eine halbe Stunde Zeit, damit er sich vorbereiten könne. Leiter HAVLÍČEK deutet an, daß man hier eine Fraktionstätigkeit zu züchten versuche. Zu unser aller Glück sind aber Menschen unter uns, die zum ZK der Partei gelangen und uns dort über alle berichten. Schriftsteller PK, obwohl selbst, wie er sagt, kein geliebtes Kind der »Literární noviny«, lehnt die Kritik des Schriftstellers Hanuš als unbegründet ab. Nach einigen weiteren Auftritten ist eine kurze Pause. Im zweiten Bild tritt einleitend wieder Leiter HAVLÍČEK auf. Er lehnt die Kritik an der hohen Zahl der zensurierten Beiträge mit der Begründung ab, daß daran nur jene paar Individuen die Schuld tragen, die mit Absicht ihre Artikel so verfassen, daß sie immer zensuriert werden müssen. Dann schlägt er vor, die Diskussion zu beendigen, weil man die Kandidatenliste vorbereiten müsse. Kritiker JUNGMANN, der unlängst freiwillig vom Posten des LN-Chefredakteurs abgetreten wurde, verlangt jedoch, daß die Parteigruppe zum Briefe des Schriftstellers Havel und zur Beschuldigung der LN eine klare Stellung einnehme. Weiterhin verlangt er von Leiter Havlíček eine Erklärung darüber, wer eigentlich an das ZK der Partei gelangt sei und über wen er berichtet habe. Leiter HAVLÍČEK lehnt eine solche Erklärung ab, weil er damit schlechte Erfahrungen gemacht hat. Sekretär HENDRYCH zeigt sich darüber verwundert, daß bis jetzt niemand den Brief des Parteipräsidiums erwähnt hat. Was die Frage des abgetreten gewordenen Jungmann anbelangt, so weiß Sprechender wirklich nicht, ob wir mit geschlossenen Augen herumgehen oder ob wir sie offenhalten. Was die Kandidatenliste anbelangt, ist es nicht nötig, eine gewisse Taktik in Anwendung zu bringen, da wir alle wissen, wie die Sachen stehen. Schriftsteller SPITZER schlägt vor, die Verbandsorgane sollen über die Garantie für den Schriftsteller Beneš verhandeln. Schriftsteller SULÉŘ bittet den ehemaligen Chefredakteur Jungmann, er möge ihm verzeihen, aber in der Kandidatenliste zeichne sich doch ein deutliches Gruppeninteresse der LN ab. Schriftsteller HANUŠ schlägt vor, Jungmann, Klíma und Vaculík auf der Kandidatenliste zu streichen. Beim Schriftsteller Klíma gefiel ihm nicht dessen Tätigkeit hinter den

Kulissen. Schriftsteller KLÍMA fordert eine nähere Beschreibung dieser Tätigkeit. Schriftsteller HANUŠ meint, es sei nicht seine Aufgabe, die Tätigkeit zu beschreiben. Er wird Schriftsteller Klíma einfach nicht wählen. Schriftsteller Vaculík sei ein netter Kerl, er hätte ein hübsches Büchlein geschrieben, er habe jedoch zu wenig Erfahrung. Schriftsteller KLÍMA beharrt auf der Spezifizierung seiner Tätigkeit hinter den Kulissen. Damit seine Behauptungen dem Schriftsteller Klíma nicht wehtun, korrigiert sich Schriftsteller HANUŠ, seine Tätigkeit habe ihm einfach nicht gefallen. Die ZWEEN STIMMEN AUS DEM SAAL fassen zusammen, daß es sich also um eine Tätigkeit ohne Kulissen handle. Auf dem Tisch liegen jetzt neben den ursprünglich vorbereiteten 45 Kandidaturen weitere 26 aus dem Saal. Der Schriftsteller PTÁČNÍK macht darauf aufmerksam, daß die Wahlen sicher schwierig sein werden und unterbreitet, er könne sie, als erfahrener Verbandsfunktionär, leiten. Leiter HAVLÍČEK weist aber stolz darauf hin, daß die Partei ihn mit der Leitung der Versammlung beauftragt hat. Es gelingt ihm jedoch bald, einen außerordentlichen Wirrwarr hervorzurufen. Die Abstimmung wird durch Handaufheben durchgeführt, über jeden einzelnen separat. Die Stimmenzähler rufen die Resultate den Herren der Wahlkommission zu. Mit verrinnender Zeit kommt zum Vorschein, daß ausgerechnet diejenigen Kandidaten, an denen die Partei am meisten interessiert ist, die wenigsten Stimmen erhalten. Sekretär HENDRYCH verläßt seinen Stuhl auf der Tribüne und stellt sich in einem weißen Hemd mit Hosenträgern direkt bei der Wahlkommission auf, um zu sehen, ob da kein Schwindel vorgeht. Trotzdem schreitet die ungünstige Entwicklung weiter. Auch Schriftsteller PK, der ursprünglich an einer Kandidatur nicht interessiert war und den man in letzter Minute vorgeschlagen hat, wird trotz zunehmender Abwesenheit der Anwesenden gewählt. Leiter HAVLÍČEK erklärt müde, daß die Wahlen beendet sind. Er schlägt vor, die Parteigruppe möge beschließen, daß die Schriftsteller-Kommunisten auf dem Kongreß zur positiven Lösung der Fragen der weiteren Entwicklung der tschechischen und slowakischen Literatur im Geiste der Resolution des XIII. Kongresses der KPČ beitragen. Dann dankt er mit heiserer

Stimme für die Teilnahme und beendigt die Séance schon am Dienstag um 00.09 Uhr.

II. Akt –Krise

Am gleichen Ort, nächstentags, Dienstag, den 27. Juni 1967. Die vorherigen Personen treten herein, zu ihnen gesellen sich die parteilosen Schriftsteller und spärliche Gäste. Die Journalisten sind nur in einer beschränkten Zahl zugelassen und nach einer Untersuchung ihres heimatlichen Ursprunges. Die Schriftsteller trinken düster Kaffee und bestärken sich auf Grund der gestrigen Erfahrungen in der Meinung, daß sie drei Tage eines kurzen Lebens sinnlos ermorden werden. Schriftsteller PK meldet sich trotzdem für die Diskussion an. Auch wenn er sicher ist, sich ganz überflüssig und allein in ein Malheur zu stürzen, will er mindestens auf diese Weise den Mann in Kasan begrüßen. Die Uhr zeigt 10.06. Auf der Szene erscheint das gestrige Präsidium. Nach der Eröffnung werden die Kommissionen gewählt. Schriftsteller PK wird in die Kommission delegiert, die die Kongreßdokumente vorformulieren soll. Daraufhin ergreift Schriftsteller KUNDERA das Wort. Man weiß, daß die Partei diese Einleitungsrede monatelang bearbeitet hat. Der Text, den er schließlich vorzulesen versprach, ohne sich schämen zu müssen, magerte auf bloße zwei Seiten ab. Wenn er aber schon auf der Tribüne steht, verlangt er, einige Worte für sich selbst beifügen zu dürfen. Dann, ganz unerwartet, äußert er sich über den Sinn der Kultur eines kleines Volkes, dessen Existenz nie eine Selbstverständlichkeit war. Er fährt mit einer brillanten Studie über den Vandalismus fort, zu dem er auch das Verbot von Kunstwerken rechnet, die den menschlichen Horizont der Beurteiler übersteigen.

Schriftsteller KUNDERA:... Selbstverständlich hat jede Freiheit ihre Grenzen, die beispielsweise schon durch das Maß der zeitgenössischen Kenntnisse, der Bildung, der Vorurteile festgelegt sind. Nur hat sich bisher keine progressive Periode durch ihre Beschränkungen selbst definiert... Bei uns ist es aber immer eine größere Tugend, die Grenzen zu bewachen, als sie zu über-

schreiten. Die verschiedensten momentanen gesellschaftlich-politischen Umstände sollen die Tatsache rechtfertigen, daß die geistigen Freiheiten auf verschiedenste Arten beschränkt werden. Aber Politik ist nur groß, wenn sie die Interessen der Epoche den Interessen des Augenblicks überordnet. Und die Größe der tschechischen Kultur ist für das tschechische Volk von epochalem Interesse... Dieses Volk hat in diesem Jahrhundert vielleicht mehr erlebt als viele andere Völker, und wenn sein Genius wach war, weiß er also vielleicht auch mehr. Dieses größere Wissen könnte sich in jenes befreiende Überschreiten der bisherigen Grenzen verwandeln, in das Überschreiten der Grenzen unserer bisherigen Kenntnisse vom Menschen und seiner Bestimmung, und so der tschechischen Kultur Sinn, Reife und Größe geben...

Diese Einleitung, welche mit einem Schlag das Niveau der Diskussion erschreckend hoch emporgehoben hat, schafft im Saal gespannte Aufmerksamkeit. Da ertönt die Stimme Sekretär HENDRYCHs. Nach dem gewohnten Ritual, nämlich der Erwägung über die außergewöhnlich außerordentliche außenpolitische Situation, verblüfft er den Kongreß mit dem Gedanken, daß die Kraft, welche die verschiedenen Interessen der Volksschichten und Volksgruppen in einen gemeinsamen Strom der sozialistischen Entwicklung integrieren kann, die Kommunistische Partei ist, wozu die große Mehrheit der Anwesenden schon vor mehr als zwanzig Jahren ihre aufrichtige Zustimmung ausgesprochen hat. Dann erwähnt er die fortschrittliche humanitäre Tradition der tschechischen und slowakischen Literatur, von welcher die Anwesenden desgleichen irgendeine vage Ahnung haben. Die gefährlichen Tendenzen im Schriftstellerverband, von denen er im Einleitungsakt ausführlich gesprochen hat, berührt er nur in einer taktvollen Andeutung. Ohne die Probleme der Zensur auch nur zu erwähnen, verspricht er das Suchen von neuen Wegen auf dem Gebiet der Ökonomie der Kultur, womit bedeutungsvoll die Möglichkeit von Honorarerhöhungen und Steuersenkungen angedeutet wird.

Dann gibt er seinem festen Glauben Ausdruck, daß der IV. Kongreß die Harmonie der ideellen Ausgangspunkte des Verbandes mit der Parteipolitik beweisen wird und wünscht den

Verhandlungen, daß sie zu fruchtbaren Anregungen gelangen mögen. Der vorsitzende Schriftsteller PTÁČNÍK ruft Schriftsteller PK auf die Rednertribüne. Dieser tritt in einem grauen Sporthemd mit kurzen Ärmeln auf, da die Temperatur im Saal zu einem Punkt ansteigt, bei dem in den botanischen Gärten die Palmen verdorren. Auch die Gäste ziehen ihre Jacken aus und die Tribüne verwandelt sich in eine Schau von verschiedenen Hosenträgermodellen. Schriftsteller PK bleibt jetzt nichts anderes übrig, als seinen Text vorzutragen. Er beginnt mit einer historischen Anspielung, aus welcher er deduziert, daß die Bürger eines Staates, der sein München erlebt hat, über den Konflikt im Mittleren Osten ohne jegliche Entstellung informiert werden sollen. Dann analysiert er kritisch das neue Pressegesetz und klagt, daß das Recht des Protestes nicht den Autoren, sondern nur den Redaktionen vorbehalten ist. Diese aber sind durch eine geheime Parteiabmachung gebunden, nach der ein Streit mit der Zensur nicht gerichtlich gelöst werden darf, sondern nur durch ein Schiedsgericht. Aber als Schiedsmann wird der Parteiapparat bestellt, der oft selbst eine der Streitparteien ist. Schriftsteller PK weist auf die riesige Zahl der Manuskripte hin, welche allein von der Redaktion in der Presse des Verbandes konfisziert wurden und fragt, wievielmal die Zensur geklagt hat.

Vorsitzender PTÁČNÍK: Nicht ein einziges Mal.

Schriftsteller PK: ... Ich glaube, es ist Pflicht unseres Kongresses, eine Erneuerung des Pressegesetzes zu verlangen, damit jeder Autor selbst das Recht hätte, im Rahmen der sozialistischen Verfassung seine Meinungsfreiheit zu verteidigen ...!

Er spricht weiter von Schäden, die durch spärliche und entstellte Informationen über den Stand der Gesellschaft und der Welt bei der jungen Generation verursacht werden, deren denkfähigem Kern die Partei in ihrer heutigen Gestalt des Verbieters und Anordners immer fremder wird.

Schriftsteller PK: ... Eine Revolution mag mit den Waffen begonnen werden, aber ihr Sein und Nichtsein entscheidet sich ausschließlich auf dem Schlachtfeld der Herzen und Gehirne, vor allem der künftigen Generationen, die diese Revolution erben ... Die historische Erfahrung bestätigt den dialektischen Teil des Marxismus. Die Tschechoslowakei, hat eine eigenartige und einzige Gelegenheit: unser spezifischer Weg soll die sozialistische Geistesfreiheit sein.

Während er wieder seinen Platz einnimmt, steigt der parteilose Schriftsteller KLÍMENT auf das Podium. Auch er spricht sich für die Aufhebung der Zensur aus, und in diesem Zusammenhang bezeichnet er es als skandalös, wenn die Schriftsteller von der Existenz des Briefes von Alexander Solschenizyn nicht aus eigenen Informationsquellen, sondern aus »Le Monde« erfahren, die in den Prager Hotels verkauft wird. Er verlangt, daß man den Kongreß mit diesem Brief bekanntmacht. Reflexartig steht Schriftsteller PK auf und ruft von seinem Platz aus:

Schriftsteller PK: Ich habe den Brief hier. Wünscht der Kongreß, mit ihm bekannt gemacht zu werden? (Applaus)

Vorsitzender PTÁČNÍK: Genossen, auch wenn der Applaus irgendeinen Ausdruck eurer Wünsche bedeutete, seid nicht böse, ich muß darüber abstimmen lassen!

Es wird abgestimmt. Einer dagegen, die ZWEEN STIMMEN AUS DEM SAAL haben sich der Abstimmung enthalten. Schriftsteller PK geht wieder auf die Tribüne und beginnt vorzulesen. Etwa nach einer Minute stört ihn ein Geräusch. Er liest und dabei sieht er, wie sich hinter dem Vorstandstisch ein weißes Hemd erhebt, wie ein Kittel, den man von der Stuhllehne gerissen hat, vorbeihuscht, wie sich Sekretär HENDRYCH zwischen zwei Reihen der Vorstandstische zu der Drehtüre begibt, er liest und hört eine gedämpfte, aufgeregte Stimme.

Sekretär HENDRYCH: Ihr verspielt alles!

Dann schaukelt die Tür, der Abgang ist vollendet, die Krise ist ausgebrochen, eine Krise, wie noch nie, ein Abgang, wie noch nie, und Schriftsteller PK bleibt es noch, deutlich und laut die weiteren fünf Seiten des Briefes zu verlesen. Seinem Verfasser gehört dann ein langer Applaus der Solidarität. Schriftsteller PK geht inzwischen aus dem Saal, im Gang hält er sich am Geländer fest, weil er sich plötzlich zu leicht vorkommt, dann blickt er hinunter, es wird ihm schwindlig, jedoch gelingt es ihm noch, zu der Bar zu kommen und einen Wodka Stolitschnaja zu bestellen. Den Rest des Tages verbringt er wie im Nebel. Der Leser wird an dieser Stelle auf den Text dieses Spieles verwiesen, das unter dem Titel »Protokoll des IV. Kongresses des tschechoslowakischen Schriftstellerverbandes« im In- und Ausland veröffentlicht wurde, selbstredend ohne Prolog, Epilog, I. und IV. Akt.

III. AKT – Kollision

Schriftsteller PK ist an der Spitze des rechten Turmes von St. Veit angekettet, und dreimal am Tag kommt eine fette, fast menschengroße Hornisse herangebrummt, die in einem mächtigen weißen Hemd steckt und lotterige Hosenträger über die Schultern baumeln hat und in deren Augen statt der Facetten wie Straßenampeln lauter Hs rot aufleuchten, und sie dreht ihren korkenzieherförmigen Stachel knirschend durch seine Stirn in das Hirn und saugt langsam schlürfend zwei Drittel der Vorderlappen aus, und immer wächst die klopfende Masse zuckend wieder nach, und immer, bevor sie wieder wegfliegt, grinst sie zwischen den dreieckigen Zähnchen und sagt, als hätte sie einen höheren Auftrag zu bestellen.

HORNISSE: Ihr verspielt alles,

verbeugt sich dann, blinkt mit den roten Hs und verspricht in acht Stunden wiederzukommen, und Schriftsteller PK erwacht. Er erzählt den Traum Z., die japanpapierbleich wird und sich weigert, ihn zu deuten. Schriftsteller PK spürt, daß sich das Genre des Spieles geändert hat, weshalb er, trotz der anhaltenden Glut, ein seriöses Hemd mit langen Ärmeln anzieht. Seit Beginn der Verhandlungen kann man fühlen, daß der Teilungsstrich nicht zwischen Parteidelegation und Schriftstellern liegt, sondern daß er sich quer durch den Kongreß zieht. Schriftsteller PK wird jetzt selbst Spectator. Er hört dem slowakischen Dichter LAJČIAK zu, der beweist, daß der Kongreß von einem Regiegrüppchen raffiniert beherrscht wird, was einen Zustand hervorruft, der geradezu eine Zensur erzwingt. Der Redner verlangt sie auch für sich selbst: es ist ein einzigartiger Fall in der Geschichte des Schrifttums. Schriftsteller PK hört von seinem Zeitgenossen dieselben Formulierungen, die er selbst auch vor fünfzehn Jahren benützt hat und denkt mit Zorn an die Großen Manipulato-

ren, die soviele menschliche Tragödien entworfen haben. Aber schon steigt der mit Spannung erwartete Philosoph KOSÍK auf die Tribüne und fängt an, den Brief eines tschechischen Intellektuellen vorzulesen, der im Gefängnis am 18. Juni 1415 geschrieben wurde.

HUS (durch den Mund von KOSÍK): Ein Theologe sagte mir, daß alles für mich gut und erlaubt ist, nur wenn ich mich dem Konzil unterwerfe, und fügte bei: Wenn das Konzil erklären würde, du habest nur ein einziges Auge, ob du gleich zwei hast, wäre es deine Pflicht, mit dem Konzil zu bekennen, daß dem so sei. Ich antwortete ihm: Auch wenn es mir die ganze Welt behauptet, ich könnte es, da ich den Verstand habe, es ohne den Widerstand meines Gewissens nicht zulassen.

In seinem kurzen, aber umso suggestiveren Monolog legt der Philosoph und Marxist einen Bogen für die Abschlußthese vor.

Philosoph KOSÍK: Der tschechische Intellektuelle des 15. Jahrhunderts verteidigte die Einheit der Vernunft und des Gewissens und lehnte das Angebot des Konzils als eine falsche Alternative ab. Denn der Mensch, der auf Befehl des Konzils bekennt, daß er nur ein Auge hat, obschon er weiß, daß er zwei hat, gewinnt nichts, sondern verliert alles, weil der Verlust von Vernunft und Gewissen bedeutet: die Grundlage seines Menschentums verlieren. Ein Mensch, der die Vernunft durch private Rechenkunst ersetzt hat und sein Gewissen so unterdrückt, daß er es zum schlechten Gewissen umwandelte, ist ein Mensch ohne Vernunft und ohne Gewissen. Solch ein Mensch verlor alles und gewann nichts. Und wenn wir wissen, daß nichts nihil *bedeutet, ist ein Mensch ohne Vernunft und Gewissen der wirkliche Nihilist. Der tschechische Intellektuelle des 15. Jahrhunderts wählte deshalb zwischen Vernunft und Gewissen auf der einen Seite und Nihilismus auf der anderen Seite. Und weil der Zwiespalt zwischen Wahrheit und Nichtigkeit radikal ist, konnte auch seine Wahl nur radikal sein.*

Der Saal applaudiert gerührt. Es spricht Schriftsteller KLÍMA. Er gibt einen historischen Überblick über den Kampf des tschechischen Volkes gegen die Habsburger Zensur, die im Jahre 1867 endlich abgeschafft wurde.

Schriftsteller KLÍMA: Man muß also mit einer gewissen Anerkennung feststellen, daß jene, die für die Veröffentlichung des Pressegesetzes, das die vorläufige Zensur erneuert, gerade das hundertjährige Jubiläum ihres Aufhebens ausgewählt hatten, des Sinnes für eine bestimmte Art des absurden Humors nicht entbehrten.

Die Intensität des Zusammenstoßes steigert sich. Auch wenn es ganz klar ist, wer die Sympathien der Mehrheit hat, ist die Waagschale der anderen Seite mit dem Gewicht eines außerordentlichen Kalibers verstärkt: durch den leeren Stuhl am Vorstandstische. Sekretär HENDRYCH kam seit seinem gestrigen dramatischen Abgang nicht zur Sitzung zurück. Es geht ein Gerücht um, daß das Präsidium tagt, mit dem Ersten an der Spitze. Die Informierten behaupten, daß man über Sanktionen berät, und mahnen zur Mäßigung. Inzwischen spricht schon der parteilose Schriftsteller HAVEL. Er nimmt einen Vorschlag von Professor Goldstücker auf.

Schriftsteller HAVEL: Ich bemühe mich zu glauben, daß es zum Vorteil der Sache ist, das Verlesen des Briefes von Solschenizyn für eine interne Angelegenheit dieses Kongresses zu halten. Wenn er aber schon einmal gelesen wurde, kann ich keinen Grund dagegen finden, ihn – wieder nur intern – zu kommentieren. Ich habe ein intensives Gefühl, daß der Autor darin gerade nur soviel gesagt hat, wofür er selbst restlos mit seinem ganzen Leben und bis zum Schluß bürgen kann...

Der junge Mann befaßt sich dann mit der Struktur des Schriftstellerverbandes, der in den fünfziger Jahren entstanden ist als einer der berüchtigten Transmissionshebel der Stalinisten, und legt zahlreiche Vorschläge zu dessen Demokratisierung vor. Schriftsteller PK arbeitet unterdessen an den Abschlußdokumenten der Vorschlagskommission. In das kleine Konferenzzimmer stürzen die ZWEEN STIMMEN AUS DEM SAAL, und mit einem Schrei verlassen sie es wieder.

Die ZWEEN STIMMEN AUS DEM SAAL: Menschen, kommt schnell, das ist jetzt aber ein richtiges Debakel!

Beim Mikrophon steht ein ungefähr vierzigjähriger Mann mit ungebändigtem, wuchernden Haar und einer soliden Brille, die gut das ebenso solide Gesicht eines Mährers von der slowakischen Grenze ergänzt. Schriftsteller PK wurde schon vor einem Jahr durch seinen Roman »Die Axt« gefesselt, der vom Leben, Glauben und Tod eines alten Kameraden erzählt. Jetzt sieht er Schriftsteller Vaculík zum ersten Mal in persona. Schriftsteller VACULÍK ist kein erfahrener Redner, aber auch kein Stotterer mit Lampenfieber. Er sieht wie ein von Natur aus scheuer Mensch aus, auf dem gerade die Bürde einer außergewöhnlichen Spannung liegt, welche auch auf dem Saal lastet. Das erste, was verblüfft, ist der Stil seiner Ansprache, die sich durch ihre gerade Linie, durch ihre Vorstellungskraft und vor allem durch ihre absolute Unalltäglichkeit von allem, was man je gehört hat, kennzeichnet.

Schriftsteller VACULÍK: ... Bürger – das war einmal ein festliches, revolutionäres Wort. Es bezeichnete einen Menschen, über den niemand unkontrolliert herrschen durfte, über den man nur geschickt regieren konnte, damit er den Eindruck hatte, er regiere sich selbst. Bei dem Regierten diesen Eindruck zu erwecken – das war das Ziel einer anspruchsvollen Arbeitsspezialisierung, die man Politik nennt... Die soziale Revolution ist bei uns gelungen – und das Problem der Macht dauert weiter. Obwohl wir »den Stier an den Hörnern gepackt« haben und ihn festhalten, tritt uns währenddessen irgend jemand dauernd in den Hintern und hört nicht auf damit.

Das Buffet und die Tischlein im Korridor verwaisen, alles drängt sich in den Saal. Die Schriftsteller des Landes hören mit Schrecken die Gedanken, die sie hundertmal selbst aussprechen wollten, aber es kam ihnen immer etwas dazwischen. Es ist eine lange Rede, es ist die gewagteste, die ehrlichste Rede, die hier vorgetragen wurde, aber trotzdem wird sie erst fast am Ende durch den ersten Applaus unterbrochen. Die Mehrheit der Anwesenden wird von Bewunderung und Angst ergriffen. Bewunderung darüber, daß der Kommunist auf der Tribüne mit einem Schlag alle Tabus umgestürzt hat und praktisch demonstriert, daß Vernunft und Gewissen auch 555 Jahre nach Hus gleichzeitig funktionieren können; Angst darüber, daß zum ersten Male die ungeschriebenen Spielregeln flagrant verletzt wurden, nach denen die Erhaltung aller Tabus die Bedingung für die Tätigkeit des Verbandes und seiner Einrichtungen war. Schriftsteller PK rührt sich minutenlang nicht, er sieht nur den Redner, der übrige Raum hört für ihn auf zu existieren – und er wird sich in Kürze bewußt, daß er nicht fähig ist, auch nur einen einzigen zusammenhängenden Gedanken zu reproduzieren, so wie er einst nach dem Besuch der Sixtinischen Kapelle kein Detail des Jüngsten Gerichtes im Gedächtnis behalten hatte.

Schriftsteller VACULÍK: ...Zum Schluß möchte ich ausdrücklich erklären, vielleicht überflüssigerweise, was sicher aus meiner ganzen Rede sich ergibt: Mit meiner Kritik der Macht in diesem Staate will ich nicht den Sozialismus vor den Kopf stoßen, weil ich nicht davon überzeugt bin, daß eine solche Entwicklung bei uns nötig war, und ich identifiziere diese Macht nicht mit dem Begriff Sozialismus, wie sich diese selbst damit identifizieren will... Und wenn die Leute, die diese Macht ausüben, hierher kämen und uns allen die eine Frage vorlegten, ob nämlich dieser Traum realisierbar sei, müßten sie es als eine Äußerung unseres guten Willens und zugleich höchster staatsbürgerlicher Loyalität ansehen, wenn die Antwort lautete: Ich weiß nicht.

Plötzlich ist Schluß, der Saal klatscht ausdruckslos. Der übliche Meinungswechsel in den Couloirs bleibt fast aus. Schriftsteller PK geht in den Gang hinaus und irrt dort wie entgeistert umher. Er sieht Schriftsteller VACULÍK, dem zwei oder drei Freunde die Hand drücken. Sonst umgibt ihn ein stiller Kreis der Einsamkeit und des Schweigens. Jeder hat einfach zu viel Sorgen mit sich selbst. Schriftsteller PK faßt den Mut und geht zu diesem Menschen, den er gar nicht kennt.

Schriftsteller PK: Ludvík, wie fühlst du dich?

Schriftsteller VACULÍK: Blöd. Mensch, ich esse vor Angst schon zwei Tage nicht und jetzt ist es noch schlimmer.

Schriftsteller PK: Brauchst du etwas?

Schriftsteller VACULÍK: Vielleicht schon. Vielleicht etwas, womit ich heute einschlafen könnte und dann etwas, womit ich morgen wieder aufstehen kann.

Schriftsteller PK ruft Z. an, sie solle sofort Librium und Va-

lium besorgen und hierherbringen. Die Diskussion geht weiter, aber fast niemand merkt, worüber man spricht. Nur eine einzige Information drängt sich in das Bewußtsein der Anwesenden. Leiter HAVLÍČEK gibt bekannt, daß morgen um 9.00 Uhr eine außerordentliche Sitzung der Parteigruppe stattfindet. Die Parteilosen werden gebeten, eine Stunde später zu kommen. Die strikt limitierte Frist ist das Vorzeichen der Katastrophe. Es folgt die Hauptpause.

IV. AKT – Peripethie

Am gleichen Ort, anderntags, den 29. Juni 1967 um 9.07 Uhr. Die Schriftsteller-Kommunisten aus dem I. Akt werden beim Eingang sorgfältig kontrolliert. Die Schriftsteller-Nichtkommunisten trinken hinter der verschlossenen Tür Kaffee und lärmen unzufrieden. Schriftsteller PK hat im Hinblick auf die Situation instinktiv einen schwarzen Anzug mit Krawatte angezogen. Wie um adieu zu sagen, ging er nochmals sorgfältig durch die Stadt: das Tor mit den dolch- und keulenbewaffneten Statuen, die Kleinstädter Häuschen – ein kleines Paris, nur lieber –, die Karlsbrücke mit all den Heiligen und Mädchen, deren knakkende Frische den herabgefallenen Putz an den Häusern ersetzt. Das alles gibt ihm Hoffnung: Wenn die Statuen fünfhundert und die Mädchen zwanzig Jahre überstehen konnten, kann er vielleicht wenigstens diesen einen Tag überleben. Sekretär HENDRYCH setzt sich wieder auf den verlassenen Stuhl.

Sekretär BIL'AK (auf slowakisch): Geehrte Genossinnen und Genossen, auf das Gesuch vieler Delegierter und im Auftrag des Präsidiums des ZK der KPČ wurde die Parteigruppe zur Beurteilung der sehr ernsten Situation zusammengerufen, die sich auf dem Kongreß gebildet hatte. Ich will nicht belehren, ich will nur an einige Prinzipien erinnern, die jeder Kommunist respektieren muß. In unserer Partei gilt eine breite innerparteiliche Demokratie, aber auch der demokratische Zentralismus. Wer diese Prinzipien – ob bewußt oder unbewußt – nicht respektiert, der versucht, die revolutionäre Parteiorganisation, welche die leitende Kraft der Gesellschaft darstellt, in einen formlosen Verein zu ver-

wandeln... Wir vertreten hier nicht uns selbst, sondern das Zentralkomitee der KPČ... Ich bitte den Genossen Hendrych, den Delegationsleiter, das Wort zu ergreifen.

Sekretär HENDRYCH: Genossinnen und Genossen... ich glaube, daß das, was sich auf dem Kongreß abgespielt hat, besonders in einigen seiner Phasen, keinen wirklichen Kommunisten in Ruhe lassen konnte. Er mußte ernstlich besorgt sein über die Tendenzen, die einige Einzelpersonen in den Kongreßverhandlungen aufbringen. Man sieht, daß es sich um eine verabredete Gruppe von Leuten handelt, meistens um die Parteimitglieder, die mit Ansichten hervorgetreten sind, die sich von der Politik unserer Republik, von der Politik der kommunistischen Partei, von der Linie des XIII. Kongresses grundlegend abheben... Man darf einfach nicht darüber hinwegsehen, daß der Genosse PK trotz der Verhandlungen der Parteigruppe des Kongresses es für nötig hielt, auch auf dem Kongreß mit dem falschen Standpunkt in den Fragen des Nahen Ostens hervorzutreten. Wir können die Unklarheiten begreifen, aber wir können weder verzeihen noch dulden, daß ein Kommunist in der Öffentlichkeit mit der Kritik an der Regierungspolitik hervortritt, daß er die Regierung und seine kommunistische Partei angreift, in einer Zeit, wo die Fronten in der Welt bedenklich ins Wanken geraten sind und wo man schießt. Ebenso müssen wir scharf kritisieren, daß der Genosse PK ein Dokument verlesen hat, das dem Kongreß nicht zugeleitet wurde und nicht einmal als ein Dokument des brüderlichen Schriftstellerverbandes publiziert wurde. Diese Tat muß man als einen verantwortungslosen Schritt bezeichnen, der unsere brüderlichen Bande ernsthaft beschädigt... Man muß sich fragen, was wollen Vaculík und seinesgleichen, was wollen Havel und seinesgleichen. Was wollen Sie, Vaculík?... Wir lassen die Streichhölzer nicht in den Händen von verantwortungslosen Leuten! Die Geduld hat ihre Grenzen und die Nachsichtigkeit auch. Wir werden es nicht zulassen, daß irgend jemand diese Republik zerrüttet! Diejenigen, die mit verschiedenen anarchistischen Ausschreitungen wie Vaculík auftreten, weichen von der Partei ab... Seit dem Februar 48 war die Republik nicht solchen Angriffen ausgesetzt wie diesen, die seitens bestimmter Leute

kommen – und mit diesen werden wir in dieser Richtung kurzen Prozeß machen. Ich will mit dem gestrigen Auftritt des Schriftstellers Vaculík nicht konkret polemisieren. Es ist ein absolut unqualifizierter Auftritt, und seine Angriffe zeigen klar seine Absichten. Wenn wir veröffentlichen, was Vaculík hier gesagt hat, dann vergelt's Gott! Das wird mir ein Bild! Darunter schreiben wir noch, daß es einen langanhaltenden Applaus gab!... Ich glaube, daß man aus dem Verlauf des Kongresses Schlußfolgerungen für die Kandidatenliste des Zentralkomitees des Verbandes ziehen muß... Wir empfehlen, die Kandidatenliste vorwiegend mit den Schriftstellern zu ergänzen, die am Montag weniger Stimmen erreicht haben als das dreißigste vorgeschlagene Mitglied. Ich empfehle, die Kandidatenliste nach eventueller Teilbearbeitung insgesamt gutzuheißen... mit anderen Worten alle anwesenden Genossen zu verpflichten, für sie zu stimmen. Für den Fall, daß die Beschlüsse des Kongresses und die Zusammensetzung des Organes nicht dem entsprechen werden, worüber wir sprachen, verpflichtet das ZK der KPČ die Kommunisten, den Kongreß zu verlassen. Das würde natürlich das Ende des Verbandes bedeuten!... (Aufregung im Saal.)

Sekretär BIL'AK: Sie haben den Standpunkt der Delegation des ZK gehört. Die Situation erlaubt es nicht, über Einzelheiten zu diskutieren... Bitte, will sich von Ihnen jemand dazu äußern? (Als erste faßt sich die Schriftstellerin VOLANSKÁ.)

Schriftstellerin VOLANSKÁ: (steigt auf die Tribüne, spricht ebenfalls slowakisch): Genossinnen und Genossen, ich bin nicht vorbereitet, und ich dachte nicht, daß ich auf dem Kongreß sprechen werde. Entschuldigen Sie, daß ich sehr aufgeregt bin. Ich möchte die Genossen aus dem ZK nur bitten zu bedenken, daß es sich um junge Menschen ohne Erfahrungen handelt... Ich habe den Eindruck, daß auch auf der anderen Seite des Tisches ein Fehler passiert ist... Ich bitte die Partei zu erwägen, ob dieser Schritt nicht falsch wäre!

Sekretär BIL'AK: Ich möchte daran erinnern, daß auf der Sitzung, die die Parteigruppe am Montag bis spät in die Nachtstunden abhielt, ein Brief des ZK an uns Kommunisten vorgelesen wurde, und darin wurde verlangt, daß die Kommunisten auf dem Kongreß an diesen Prinzipien festhalten... Das ist keine Bagatelle, was man hier durchzusetzen versucht. Das greift ans Fundament, auf dem die Republik steht... Wir haben keine Zeit, über Einzelheiten zu diskutieren... Wenn jemand noch eine Bemerkung hat, bitte, aber sonst müssen wir zum Konkreten übergehen. (Im Saal murmelt es. Auf die Tribüne steigt der Schriftsteller VACULÍK.)

Schriftsteller VACULÍK: Genossinnen und Genossen, ich trete deshalb auf, weil ich direkt aufgefordert wurde. Meine Tätigkeit wurde als offen staatsfeindlich und antisozialistisch bezeichnet, und mein persönliches Auftreten wurde mit dem Auftreten einer verabredeten Gruppe in Zusammenhang gebracht. Ich bin deshalb aufgetreten, um in mir selbst endlich einmal Ordnung zu schaffen... Ich habe alles auf eine Karte gesetzt: wenn ich das sagen werde, was ich will, werde ich einen Fluch ausradieren, der auf dem Menschen liegt; daß niemand mehr direkt spricht, sondern seine Rede in ihrem Verlauf verschiedenen Korrekturen unterwirft, er flüchtet sich zu symbolischen Ausdrücken, zu Vernebelungen... So wie ich sprach, spricht niemand, der politische Ambitionen hat. Ich habe nicht zur Zerrüttung des Staates aufgefordert, sondern zum Nachdenken, zur Aufrichtigkeit. Ich machte klar, daß ich die besondere Situation der Leute begreife, die die Macht ausüben müssen. Jede Gesellschaft übt Macht aus. Ich schob diese Dinge nicht auf den Sozialismus, denn für mich ist er identisch mit einer wissenschaftlichen Leitung der Gesellschaft... Ich sprach mich dafür aus, daß sich der Genesungsprozeß in den »herrschenden Kreisen« selbst vollzieht. Ich trat ohne Nebenabsichten auf die Seite jener von ihnen, die es dort schwer haben. Ich lehne die Bezeichnung »staatsfeindlich« und »antisozialistisch« ab, und ich bitte, daß Genosse Hendrych darauf antwortet, was ich ihm jetzt sage. Ob er darauf weiter beharren will. Meine verschiedenen Vorschläge galten der Verbesserung der Gesetzlichkeit, der Überprüfung der Verfassung und so weiter. Wenn die Partei auf das Denken der Menschen reagieren will, muß sie diese Vorschläge unterstützen. Wenn sie das nicht unterstützen wird, so löst sie für mich die Frage, die ich mir gestellt habe... Auch in dem, was ich schrieb, distanzierte ich mich davon, diese kritische Bewegung irgendwie mit den Hoffnungen derer zu verbinden, die Hilfe vom Westen erwarten. Ich pfeife auf sie. Ich war nie im Westen, es ist nicht meine Sehnsucht, hinzufahren… Ich bin nur davon beeinflußt, was und unter welchen Bedingungen unser arbeitendes Volk aufbauen mußte… Ich hatte Angst und ich habe Angst… Aber außer der Abstimmung im Saal gibt es noch eine Abstimmung im Menschen… Versuchen Sie das zu begreifen! Ich lehne Ihre Beschuldigung ab. Sagen Sie mir, was Sie *denken!…*

Sekretär BIL'AK: Genossen, ich wiederhole von neuem, daß der Standpunkt der Delegation bereits klargemacht wurde… Wenn die Kommunisten sich nicht bemühen, daß der Kongreß würdig endet, könnten sie nicht bleiben, und man müßte andere Maßnahmen ergreifen. Ich finde es fehl am Platz, daß Genosse Hendrych die Einzelheiten beantwortet und daraus eine Polemik entsteht.

Schriftsteller VACULÍK: Ich bitte, daß mir Genosse Hendrych antwortet! Daß er diese Situation erlebt so wie ich!

Sekretär HENDRYCH: Genossen… was geschrieben ist, ist nicht zu ändern! Wir können die Rede Vaculíks der Partei zur Beurteilung vorlegen, und wir werden sehen, was die Partei sagt. Was einfache Menschen zu dieser Rede sagen werden. Weil die Rede voller Beleidigungen gegenüber den Werktätigen ist, voller Beleidigungen gegenüber den Vertretern, welche sich die Werktätigen gewählt haben. Wie charakterisierst du all diese Menschen? Den ganzen Staatsapparat, inbegriffen die Lehrer, Abgeordneten, Nationalkomitees und so weiter? Als ein Volk, das gefräßig nach Macht aus ist, durch seinen Charakter ergeben, mit bösem Gewissen, ohne moralische Hemmungen, ein Volk, das Angst und viele Kinder hat und das von Natur aus dumm ist? Schönen Dank! (Ein Teil der Anwesenden murrt.)

Sekretär BIL'AK: Ruhe, Genossen!

Sekretär HENDRYCH: Deine Rede, Genosse Vaculík – das ist evident, daran kann kein vernünftiger Mensch zweifeln – ist das Auftreten eines Anarchisten, mit einer gehörigen Dosis von Aristokratentum. (Das Murren im Saal wird wieder stärker.) Weil es eine Überheblichkeit gegenüber unserem Volk und die-

sem System ist, ohne jede Rücksicht auf den Inhalt der Macht... Du rufst nach der Beseitigung der Macht der Arbeiterklasse – das ist der wahre Kern deiner Forderung nach der Kultivierung der Macht!

Schriftsteller VACULÍK: Also das nicht!

Sekretär BIL'AK: Genosse Vaculík, ich bitte, daß niemand dazwischenruft!

Sekretär HENDRYCH: Was ist die Absicht dieser Kritik der Macht? Auf einer unwissenschaftlichen und demagogischen Grundlage baut man eine ideologische Basis, um die Anarchie in der Gesellschaft durchzusetzen... Es ist eine Richtung, deren Konsequenzen wir schon bei anderen Gelegenheiten erkannt haben... Und was die Absichten anbetrifft – mit manchen guten Absichten ist der Weg zur Hölle gepflastert! So ist es! (Applaus der Minderheit. Zur Tribüne geht Schriftsteller PK, in Schwarz gekleidet.)

Schriftsteller PK: Teure Helenka Volanská, ich danke dir für deine Verteidigung, aber es war eher die Verteidigung eines vierfachen Mörders, dessen Advokat nur noch auf seine Jugendlichkeit und seine Herkunft aus einer zerrütteten Familie hinweisen kann. Ich bin mit meinen 39 Jahren erwachsen genug, um die Verantwortung für alles, was ich tue, tragen zu können. Wenn behauptet wird, das Verlesen von Solschenizyns Brief sei inszeniert worden, so ist es eine Unwahrheit! Wie sich jetzt zeigt, wollten mehrere Genossen den Brief von Solschenizyn auf dem Kongreß verlesen. Ich sage das nicht, um mir ein Alibi zu verschaffen. Auch wenn ich heute an meine Reaktion denke, glaube ich, daß ich das gleiche tun würde. Daß die Schriftsteller dieses wichtige Dokument auf keinem anderen Wege kennenlernen konnten, ist weniger mein Fehler, als eher deiner, Genosse Hendrych als Chef der Ideologischen Abteilung. Wenn ihr, Genossen, vermutet, daß mein Auftreten den Kongreß bedroht hat, dann macht, was ihr für geeignet haltet. Die Luftschiffer müssen in gewissen Situationen ebenfalls Ballast vom Ballon abwerfen, um die Besatzung zu retten. Aber ob ihr die nächsten Berggipfel überfliegt oder notlandet: Behaltet in eurem Gedächtnis, daß diesmal der Ballast nicht aus Sandsäcken bestand!

Sekretär BIL'AK (unterbricht den Applaus): Man kann sich nicht wundern, daß die Genossen ihr Vorgehen rechtfertigen, aber ich verlange, daß die Diskussion über diesen Punkt beendet wird. Niemand kann vom ZK der KPČ verlangen, daß es einen Brief verbreitet, der an den brüderlichen Verband adressiert wurde, und niemand aus der Sowjetunion hat uns gebeten, diesen Brief zu verbreiten. Ein Kommunist muß irgendein Gefühl haben, eine Verantwortung, die sagt, daß die eine Partei gegenüber der anderen auch einen gewissen Takt bewahren muß. Dieser Punkt wäre also erledigt, geehrte Genossinnen und Genossen. Meine Aufgabe war es, Ihnen über das Verfahren der Delegation zu berichten. Ich bitte den Genossen Havlíček, eine gewisse Betrachtung zu der Kandidatenliste an sich vorzulesen. (Die Spannung kulminiert.)

Leiter HAVLÍČEK: Genossinnen und Genossen, ich bitte Sie, diesen Vorschlag zu erwägen. Er betrifft den tschechischen Teil des Zentralkomitees des Verbandes, den slowakischen Vorschlag betrifft er nicht.

Während sich die slowakischen Schriftsteller scharf zu differenzieren beginnen, liest er die Namen. 11 fehlen! Sie sind vor allem durch die ersetzt, die am Montag nicht durchgegangen sind.

Sekretär BIL'AK: Ich danke dem Genossen Havlíček. Sie haben den Vorschlag für die Zusammensetzung der Kandidaten gehört. Bitte, wer hat zu diesem Vorschlag Bemerkungen? Niemand. Wir empfehlen, geehrte Genossinnen und Genossen, daß die Parteigruppe den Beschluß verabschiedet, wonach die Kommunisten verpflichtet sind, für diese Kandidatenliste zu stimmen. Bitte! (Als erster erholt sich Schriftsteller LUSTIG vom Schock, er steigt fast im Laufschritt auf die Tribüne.)

Schriftsteller LUSTIG: Genossen. Das ist doch nicht möglich! Da hat man eine ganze Reihe Leute ausgelassen und es wird überhaupt nicht begründet, warum. Wenn wir das diskussionslos annehmen, würden wir selbst jede Art von Parteidemokratie verletzen. (Applaus.)

Literaturwissenschaftler ČERVENKA: Genossinnen und Genossen! Ich vergleiche die alte Kandidatenliste mit der neuen, und ich möchte einige Fragen stellen. Das ZK des Schriftstellerverbandes ist für mich vor allem ein Organ, das aus Leuten besteht, die ich als Schriftsteller schätze. Ich nehme Stellung zu ihrer Arbeit und nicht zu zufälligen emotionellen Auftritten... Für mich ist Ludvík Vaculík vor allem Autor des außerordentlich poetischen und interessanten Buches »Die Axt«... Dagegen taucht hier z. B. wieder die Kandidatur von Jiří Hájek auf, den ich persönlich für einen Kritiker mit außerordentlich veränderlichen und unsoliden methodologischen Grundlagen halte, der mit seinem Auftreten die sozialistische Kritik diskreditiert...

Professor GOLDSTÜCKER (steht auf): Ich bitte, Genossen, daß man mich nicht nominiert! (Überraschung im Saal und auf der Tribüne.)

Schriftstellerin SMETANOVÁ: Ich möchte nur kurz sagen: auch bei einem ganz geringen Maß an Selbstkritik muß ich mich eben dafür entscheiden, daß es für mich nicht richtig wäre, weiter auf der Kandidatenliste zu bleiben, wenn Namen fehlen, die so viel für die tschechische Literatur bedeuten... (Applaus)

Schriftsteller SKÁCEL (ruft mit heiserer Stimme): Ich verzichte auch auf die Kandidatur!

Die ZWEEN STIMMEN AUS DEM SAAL: Wir auch!...

Schriftsteller HANUŠ (steigt zum Mikrophon): Genossen, aus Zeitgründen werde ich mich kurz fassen. Mir ist es persönlich sehr schwer zumute. Sie wissen alle... daß sich meine Ansichten in einem beträchtlichen Maße mit dem Standpunkt des ZK der Partei decken, aber ich kann nicht mit den Vorschlägen übereinstimmen, die daraus praktisch abgeleitet werden. Ich figuriere nicht als Kandidat, darum kann ich auf die Funktion nicht verzichten, aber ich will offen sagen, daß ich auf mein Stimmrecht verzichte, weil ich nicht über eine Kandidatenliste abstimmen kann, die so vorgelegt wurde wie diese. (Der Applaus wird stärker und damit auch die Nervosität der Parteidelegation.)

Sekretär HENDRYCH (zieht das Mikrophon des Vorsitzenden zu sich): Genossinnen und Genossen... wir sind nicht froh, daß es zu diesem Zusammenstoß kommt, aber begreifen Sie: Wir können – als ein Parteiorgan, als das Zentralkomitee – nie da-

mit einverstanden sein, daß auf die Kandidatenliste des Verbandes, die die Parteigruppe gutheißt, Leute geraten, die keine Garantie für eine verantwortungsbewußte Haltung geben, wie es sich auf dem Kongreß gezeigt hat!

Schriftsteller PAVLÍČEK (vom Tisch): Ich verlange von der Kandidatenliste gestrichen zu werden, da ich mich überzeugt habe, daß ich nicht dorthin gehöre…

Sekretär BIL'AK (schnell): Wir werden darüber abstimmen, ob man dem Plenum eine Kandidatenliste vorlegen soll, die verändert wurde, im Gegensatz zu der, die die Parteigruppe am Montagabend gutgeheißen hat…

Literaturwissenschaftler BRABEC: Genossen… es wurde hier gesagt, daß die Leute, die keine Garantie bieten, nicht auf der Kandidatenliste figurieren sollen… Es hat mich persönlich berührt, weil ich darauf stand. Es würde mich sehr interessieren, warum die folgenden Leute keine Gewähr bieten: Šotola, Čvrný, Vrba, Vaculík, Trefulka, Kosík, Klíma, Havel, Brabec, Jungmann und PK. Mindestens im Falle der Kommunisten wäre es hier nötig, etwas darüber zu sagen! (Applaus. Die andere Mannschaft sendet ihren dritten Spieler zum Mikrophon.)

Leiter HAVLÍČEK: Genossen… es ist sicher sehr klar, wenn z. B. der Schriftsteller Vaculík oder der Genosse PK nicht auf der Kandidatenliste aufgeführt sind, so glaube ich, daß die Sache absolut klar ist. Wenn PK erklärt hat, daß er wieder auf die gleiche Art auftreten werde, ist es nicht möglich, daß er ein Mitglied des ZK des Verbandes ist. Es ist nicht möglich, daß ins ZK Leute kommen, die die Partei, die Regierung, usw. in den internationalen sozialistischen Beziehungen in unmögliche Situationen bringen… Das ZK des Schriftstellerverbandes muß doch viele Verhandlungen mit dem sowjetischen Schriftstellerverband und mit einer Reihe anderer Verbände führen. Wenn es so weitergeht, wie werden wir dann in den internationalen kulturellen Kontakten dastehen? Ich hatte unlängst eine Verhandlung in der DDR. Auch wenn wir mit den deutschen Genossen in einer ganzen Reihe von taktischen Vorgängen nicht einverstanden sind und mit ihnen streiten, können wir es uns nicht leisten, daß sie uns verschiedene Kalbereien einiger Genossen vorwerfen.

Sekretär BIL'AK (hat sich inzwischen mit Sekretär HENDRYCH beraten): Genossen und Genossinnen, ich empfehle folgenden Beschluß: Die Parteigruppe des IV. Kongresses beauftragt die Kommunisten der Wahlkommission, auf der vorgeschlagenen Kandidatenliste des neuen ZK diejenigen nicht einzuschließen, die auf dem Kongreß in Widerspruch mit der Parteilinie aufgetreten sind. Ich lasse darüber abstimmen. Wer ist für diesen Vorschlag? (Es gelingt wieder nicht. Zum Wort meldet sich Schriftsteller SPITZER.)

Schriftsteller SPITZER (auf slowakisch): Genossen... ich bitte alle, die wir da unten und oben sitzen, unter dem Einfluß von Prestige, Starrköpfigkeit oder Emotion nicht gedankenlos etwas zu tun, was wir später sehr bereuen könnten... Überlegen wir es uns noch etwas, um einen Weg zu finden, damit diese Wahlen nicht eine Konfliktsituation auslösen.

Sekretär HENDRYCH (hat schon begriffen, daß der ursprüngliche Vorschlag nicht durchkommt): Genossinnen und Genossen, ich möchte sagen, daß es richtig ist, über den Vorschlag des Genossen Bil'ak abzustimmen, was bedeutet, daß auf der Kandidatenliste jene nicht bleiben, die auf dem Kongreß in Widerspruch zur Parteilinie aufgetreten sind, das heißt Vaculík, Klíma, Havel und PK. (Im Saal braust man zornig auf, als man erkennt, wie die Beschlüsse des ZK der Partei von Einzelpersonen geändert werden können.) Verzeiht, aber mit diesen Genossen können wir in keinem Fall einverstanden sein. Es handelt sich hier nicht um Prestige. Das soll nicht heißen, daß wir mit den Genossen nicht weiter sprechen und die ganze Angelegenheit abklären werden, aber sie haben ein so kleines Verantwortungsgefühl gezeigt, daß sie auf der Kandidatenliste nicht figurieren können. Es ist notwendig, die Wahlkommission zu beauftragen, an ihrer Stelle andere Genossen auf der Kandidatenliste aufzuführen.

Sekretär BIL'AK: Dieser Vorschlag erfüllt auch das, daß nicht alle, wie es hier vorgelesen wurde, auf der neuen Kandidatenliste nicht aufgeführt werden. Die Wahlkommission wird es beurteilen.

Literaturwissenschaftler HAJEK: Genossinnen und Genos-

sen... Ich erfahre hier, daß ich wieder auf die vorgeschlagene Kandidatenliste geraten bin, in einer äußerst kritischen Situation, für die jene voll verantwortlich sind, die sie inszeniert und gewollt haben. Ich habe den Vorschlag für die Kandidatenliste, den man hier unterbreitet hat, als einen Versuch zur Rettung des Schriftstellerverbandes verstanden. So stand die Sache. In dieser Machtkonfrontation, die da einige unserer Genossen hier hervorgerufen haben, wurde da ein letztes Angebot gemacht – der Vorschlag einer Art Plattform für Zusammenarbeit. In diesem Zusammenhang geriet ich wieder auf die Kandidatenliste, sogar zusammen mit Leuten, mit denen ich wirklich nicht mehr hinter dem gleichen Tisch sitzen will... Ich möchte, daß man die ganze weitere Problematik schon definitiv, ohne Erwägungen über meine Teilnahme in irgendwelchen weiteren Verbandsorganen löst.

Sekretär HENDRYCH (hat inzwischen fleißig geschrieben und gestrichen und geht jetzt wieder zum Rednerpult, ohne sich zum Wort zu melden): Genossen, nur deshalb, damit wir zu einem schnelleren Abschluß kommen können, nehme ich hier Stellung ex praesidio zu diesen Dingen. Ich empfehle, daß die alte Kandidatenliste bleibt, außer den Genossen Vaculík, Klíma, Havel und PK, und daß man an ihre Stelle die Genossen Skála, Hanzlík, Frýd Norbert und Genossen Sulér aus Ostrava setzt.

Sekretär BIL'AK (schnell): Ich lasse über diesen Vorschlag abstimmen. Wer ist für den Vorschlag der Veränderung der Kandidatenliste, so wie sie vorgeschlagen wird? (Einige Hände beginnen sich zu erheben.)

Schriftstellerin VOLANSKÁ: Ich habe die Frage, ob die Genossen, welche auf ihre Kandidatur verzichtet haben, auf der Kandidatenliste bleiben.

Sekretär BIL'AK (fragt niemanden): Jawohl! Ich bitte, daß man es dann in der Kommission durchdiskutiert! Wer ist dafür? (137). Wer ist dagegen? (12). Wer enthielt sich der Stimme? (34). Es ist hier ein klares Übergewicht der Genossen, welche für die abgeänderte Kandidatenliste gestimmt haben. Ich bitte zu bedenken, daß die Parteidisziplin uns Kommunisten immer ver-

pflichtet, uns der Mehrheit unterzuordnen. Die meisten Kommunisten waren für diese Änderung, dafür, daß man auf dem Kongreß bei der Wahl in diesem Geist abstimmt. In diesem Sinne schließe ich die Sitzung der Parteigruppe.

Die Uhr zeigt 10.39.

V. AKT – Katastrophe

In den Saal werden jetzt die parteilosen Schriftsteller eingelassen. Sie müssen nicht viel fragen. Die Stimmung ist den Ereignissen entsprechend katastrophal. Um jeden der vier Gestrichenen ist ein Anhang von Freunden. Die einen erklären, daß sie für diesen Kompromiß gestimmt haben, um den Verband, seinen Verlag, die Zeitung und den literarischen Fonds zu retten. Andere nennen es einen moralischen Selbstmord. So eine brutale Manipulation beging nicht einmal der selige Minister Kopecký nach dem II. Schriftstellerkongreß vom Jahre 1965. Niemand ist imstande zu entscheiden, wer recht hat. Um 10.57 Uhr beginnt die letzte Sitzung. Zum letzten Mal spricht Sekretär HENDRYCH. Anders als im zweiten Akt ist seine Rede jetzt kurz und hart. Der Kongreß wurde manipuliert und mißbraucht. Die Partei erwartet, daß diese Abschlußsitzung daraus Konsequenzen ziehen wird, ohne die es für die Literatur keinen Ausweg geben wird. Bei der Diskussion über die veränderte Kandidatenliste kommt aus den Reihen der Nichtkommunisten wieder der Vorschlag, die Schriftsteller Havel, Klíma, Vaculík und PK aufzunehmen. Die Kommunisten, durch ihren Beschluß gebunden, stimmen diszipliniert dagegen. Geheime Wahlen bestätigen dann die Kandidatenliste. Der Schriftsteller PK geht vor dem Abschluß in den Gang hinaus, und nach drei Tagen stößt er auf seinen ehemaligen Freund P. Dieser ist offensichtlich niedergeschlagen, weil er sich durch seine Funktion bei der Kongreßvorbereitung bedeutungsvoll beteiligt hat. Es war ihm Ehrensache, uns von den Bedürfnissen der Partei zu überzeugen, aber auch einen Kompromiß zu finden, um in jedem Fall einen Konflikt zu vermeiden. Jetzt sieht er wie ein Mensch aus, dem seine geliebte Ehefrau mit dem besten Freund davongelaufen ist.

Schriftsteller PK (bittet ihn): Ich wäre froh, wenn du die folgende Frage weiterleiten könntest: ob die Partei aus dem Kongreß wieder auch andere als nur parteiliche Konsequenzen ziehen wird. In diesem Falle werde ich heute abend den Vertrag mit dem Hamburger Schauspielhaus nicht unterschreiben, wo ich im September den »Schwejk« inszenieren soll. Ich möchte mir einen Nerventest und diesem Land eine Schande ersparen.

P.: Ich wundere mich, daß du auf solche Gedanken kommst! Und ich bewundere dich, daß du dir gerade jetzt solche Sorgen machen kannst!

Er geht trotzdem weg und kehrt mit der Versicherung zurück, daß die Theatertätigkeit natürlich mit dem Kongreß nichts gemein habe. Sekretär Hendrych scheint mit dem Abschluß des Kongresses zufrieden zu sein. Erst nächstentags stellt er fest, daß man in diesem Durcheinander vergessen hat, die Kongreßdokumente zu vermanipulieren. Die Abmachungen und der Brief an die Partei verteidigen die Kongreßdiskussion und wiederholen ihre Hauptgedanken. Man beauftragt das neue Organ, u. a. die Revision des Pressegesetzes anzustreben, so daß der Autor selbst das Recht hat, seine Meinungsfreiheit zu verteidigen. Schriftsteller PROCHÁZKA, scharf beobachtet von den Sekretären, schließt den Kongreß.

Schriftsteller PROCHÁZKA: Geehrte Freunde, es geht über die Kräfte eines jeden von uns, am Schluß unserer Verhandlungen irgendein Urteil auszusprechen, weil schon in diesem Augenblick unser Kongreß der Geschichte angehört und tieferen und dauerhafteren Urteilen unterliegt... Ein Schriftsteller wird nie eine Unterordnung unter Doktrinen oder Dogmen wollen, er wird stur den Wunsch haben, sie sich selbst unterzuordnen... Sofern er seiner Sendung treu bleibt, wird er das Modell eines Menschen ablehnen, der sich in der Menge und in Uniform verliert, weil es der großen menschlichen Geschichte unwürdig ist. Denn gerade der Schriftsteller hat schon oft erkannt, daß die Einsamkeit in der Einsamkeit nichts ist gegen die Last der Einsamkeit in der Menge... Der Kongreß ist beendet, das Suchen geht weiter, es ist ein Glück für die Literatur, daß nichts definitiv ist!

(Sieger und Besiegte gemeinsam aus dem Saal links ab.)

Wieder an der Sázava, wieder Abend. Schriftsteller PK, immer noch in Schwarz, stellt niedergeschlagen das Grammophon unter die malerische Birkengruppe, damit der ganze Garten die »Kleine Nachtmusik« hören kann. Obgleich dem gut gemeinten Rate nicht gefolgt ist, erhält er doch die versprochenen herrlichduftenden Erdbeerknödel. Er hat nicht eben großen Appetit.

Der Vorhang der Nacht senkt sich.

ENDE

---

21. III. 63 Karlovy vary

Alles war genauso, wie wir es zu Weihnachten verlassen hatten. Nur unser Zimmer hatte sich wieder verteuert, aber wir nahmen es trotzdem; das pausbackige Engelchen zwischen hochgestielten Blüten, das konsequent verkitschte Werk eines unbekannten Meisters, der anstelle einer Bezahlung den jüngsten Sproß des Hoteliers Pupp in bunten Farben abkonterfeit hatte, war für uns das Wappenzeichen aller unserer kurzen Ferien vom Leben.

Die Stadt, nahezu eine art-nouveau-Weihnachtskrippe, schwieg nostalgisch im schütteren Regen, und zu den Quellen wandelten schon die ersten Kurgäste. Neben den gewohnten sowjetischen waren nach langer Zeit Scharen ungewohnter Vögel aus dem fernen Amerika eingefallen, harte Valuta ankündend. Die beiden Arten glichen sich in der grellen Farbe der Kleidung und der liebenswerten Naivität einfacher Bürger nichtendenwollender Ländereien, die über die unbekannten Barbaren staunten.

Alles war gleich geblieben. Nur wir hatten uns geändert. E. verzweifelt über ihre erste Spielzeit am professionellen Theater, für das sie, wie sie sagte, nicht den erforderlichen gesunden Zynismus habe; ich niedergeschlagen vom zehnten Jahr in der professionellen Literatur, das mit dem Verbot eines weiteren meiner Stücke begonnen hatte. Zudem wurmte sie unsinnigerweise meine Liebe zu den Kindern. Ich war wiederum fast ohne Geld, Mutter kränkelte schon verdächtig lange und Antonín Novotný hatte sich zum zweiten Mal zum Präsidenten wählen lassen: die Perspektiven waren in jeder Hinsicht unerfreulich.

Am Ende meiner Funktionsperiode und meiner Jugend beschloß ich neulich, im ZK des Jugendverbandes die kritische Situation innerhalb der Jugend in ihren Ursachen zu analysieren. Ich war aufgebracht darüber, daß das einleitende Referat des Vorsitzenden V. nur flüchtig die Demonstration der Studenten und Lehrlinge erwähnt hatte, zu der es am 1. Mai im Petřin-Park gekommen war. Ich sagte, daß Hiebe mit dem Gummiknüppel, selbst wenn sie erstmals aus den Händen von Kommunisten verabreicht wurden, kaum nachholen können, was die Organisation versäumt habe, die sich – statt die Lebensinteressen der jungen Menschen zu wahren – in ein Staatsamt verwandelt hat. In der Diskussion gingen die Verbandsfunktionäre auf mich los. Das gipfelte in der abschließenden Rede des Vorsitzenden V.

Einen seiner stilistisch wie inhaltlich hervorragenden Sätze schrieb ich aus dem Stenogramm ab, weil sich darin das Denken einer Körperschaft spiegelte, die es sich angewöhnt hatte, einander ein X für ein U vorzumachen.

»Ich glaube, daß der Genosse, Genossen, verschiedenen kleinbürgerlichen, verschiedenen unrichtigen Tendenzen, die in gewissen Kreisen unserer Intelligenz zum Ausdruck kommen, unterlegen ist, und er, leider, wird, wenngleich auch ich glaube, daß es ihm aufrichtig um eine Besserung des Zustandes zu tun ist, manchmal zum Träger, und dadurch schadet er, Genossen, nicht nur sich selbst, sondern uns allen; ich glaube, daß der Genosse begreift, daß es heute nicht darum ging, daß ihn die Mitglieder des Zentralkomitees unter Beschuß nahmen, sondern daß es darum geht, daß er begreift, daß wir uns alle für unser Land verantwortlich fühlen, auch als Kommunisten verantwortlich für die weitere Entwicklung unserer Jugendorganisation, ganz einfach dafür, daß wir wirklich alle unsere Bemühungen vereinigen, uns um die Partei zu scharen, Genossen, und ihr helfen, die Probleme zu lösen, die sie heute löst, und daß auch die Beiträge der Mitglieder des Zentralkomitees sich in dieser Richtung bewegten, auch die kritischen Worte, die gerade durch diese Bemühungen und durch diese Bemühungen auch ihm letzten Endes zeigen, worum es hier geht.«

Was sie mir also zeigten und womit ich mich zunächst für einige Wochen in meine Miniatur-Garçonniere zurückzog. Die beschriebenen Papiere warf ich allabendlich in den Abfall, bis ich schließlich ganz zu schreiben aufhörte. Ich lieh mir von den Kindern meine alten Bücher, um Tag für Tag von früh bis spät erneut mit Garibaldi, Strogoff und den Drei Musketieren zu wandern und zu siegen, solange mich der Schlaf nicht entwaffnete. Trotzdem waren in meinen Träumen immer trostlosere Gänge, an deren Ende zwei Schmierenschauspieler in Schwarz harrten, mit dem Messer, das Josef K. durchbohrt hatte. Mit E. traf ich eigentlich nur im Klub ihres Theaters zusammen, wo ich ihr Premierenbuketts überreichte und vergeblich nach Worten suchte, die ihr die verlorene Sicherheit wiedergeben würden.

Dennoch waren wir nun miteinander hierher gefahren, in der Hoffnung, daß uns unsere Asyl-Stadt eine Leine zuwirft, an der wir uns wieder zueinander und zum Leben hinziehen würden. Das geschah keineswegs. Wir waren freundlich zueinander, aber wir waren einander etwa so nah wie zwei Karyatiden, die gemeinsam einen Balkon tragen. Denn wir hatten jeder genug Steine zu tragen.

Sie ging neben mir auf der Kolonnade, nahm aus dem dünnen Porzellanhals des Kurglases hin und wieder einen Schluck Karel, während ich ebenso schweigsam an meinen geliebten Oblaten knabberte, jenen warmen Karlsbader Sonnen, die nie untergehen. Es hatte Zeiten gegeben, da uns die Anwesenheit eines Dritten störte. Doch diesmal brachte sie uns Erleichterung.

Slávek war wie immer knabenhaft schlank, nur sein Haar hatte sich ganz weiß verfärbt. Ich behauptete, er sehe interessant aus und bat sie zu bezeugen, daß er von Frauen geradezu angeflogen sein müsse. Sie bestätigte es höflich, entschuldigte sich aber sogleich, wir hätten einander doch sicher genug zu erzählen, und sie gehe deshalb allein spazieren.

Er setzte sich mit mir in die Konditorei »Pupp«; sie war für mich schon eine Reihe von Jahren der Nabel der Welt und zugleich der einzige Platz, der nicht von ihren Verdauungsstörungen aufgewühlt war. Wir tauschten die üblichen Informationen über unsere Jugendfreunde und vergangenen Lieben aus, deren Licht noch immer durch den Raum schwankte, obwohl die Sterne schon längst aufgelöst waren. Wir erinnerten uns an Robek und Petr, und es schien uns, als seien sie beide gleich unansprechbar. Ich bestellte zwei Glas Wodka, aber er entschuldigte sich, daß er nicht trinken dürfe.

– Aber hör mal, was kann dir fehlen? sagte ich aufgeräumt.

Er zuckte nur schwach mit den Schultern, und ich verstummte, weil mich für eine Sekunde lang die Finsternis der Urangruben von Jáchymov verschüttete. Er verscheuchte sie mit einem Lächeln.

– Stell dir vor, ich bin nicht mehr beim Theater.

Ich erschrak.

– Was ist passiert??

– Nichts. Ich bin beim Rundfunk engagiert. Als Ansager.

– Nein...!

Nach langer Zeit bekam ich wieder gute Laune. Wenn man *ihn* aufgenommen hatte, so mußte der Ledermantel unserer Kaderpolitik seine Härte verloren haben.

– Wenn die Staatssicherheit ihren ehemaligen Klienten soviel Vertrauen schenkt, sagte ich, so ist das ein Wetterleuchten!

– Oder schlechtes Gewissen..., bemerkte er nachdenklich.

– Warum? Sie haben sich doch dir gegenüber schon einmal überraschend gut benommen!

Er zögerte eine Weile. Dann entschloß er sich.

– Herr Schriftsteller, du leiblicher Sohn der Phantasie, hast du denn meinen Fall immer noch nicht begriffen?

Ich verstand ihn gar nicht.

– Ich bin in fremden Diensten doch nur einmal zurückgekehrt und hatte davon die Nase so voll, daß ich mich augenblicklich meldete. Die weiteren Reisen habe ich schon in unseren Diensten absolviert. Ich beglich meine Schuld. Nur haben sie mir dann unerwartet die Zinsen aufgerechnet.

Die Lawine setzte sich in Bewegung, zwei Minuten nach Mitternacht. Kaum war die Hymne verklungen, ertönte wieder seine Stimme.

»Mitbürger! In Prag werden nächtliche Verhaftungen erwartet! Entfernt und überstreicht die Straßennamen und Hausnummern, übermalt die Namensschilder der Wohnungen und die übriggebliebenen Orientierungstafeln auf den Straßen und in den Gemeinden des ganzen Landes!«

Rasch näherte sich eine prachtvolle weiße Wand, und darunter verschwanden fast alle, die eigentlich die Geschichte meines Lebens geschrieben haben. Erstarrt stand ich über dem Koffer, dem ich eben ihre Sachen entnahm, und sah zu, wie meine Hände zitterten. Das Zimmer betrat ein Portier, den ich nicht kannte. Auch er machte sich keine Mühe, anzuklopfen.

– Il telefono per Lei.

Ich lief die Treppe hinunter und fühlte, wie das Herz schnell und unaufhaltsam Panik in meine Glieder pumpte. Meine Rückkehr nach Hause hatte ich mir bisher außerhalb der Zeit vorgestellt, so wie ich sie hundertmal erlebt hatte: die enge Allee mit den Obstbäumen öffnet sich wie ein Vorhang vor dem Cinemascope Prags; in der Ferne der Veitsdom, der aussieht, als wären unmittelbar über meinem Dach Taubenschläge aufgestellt. Seit meinem Entschluß machte mir nur die geschlossene Grenze Sorgen. Ich war jedoch überzeugt, daß mich gleich hinter der Grenze der vertraute Organismus des Landes aufnehmen würde. Jetzt fiel mir zum ersten Mal ein, daß der Mann, der meinen Paß in die Hand nimmt, zwar ein Tscheche sein kann, aber vielleicht eben deshalb ein größerer Hasser als irgendein Soldat in fremder Uniform. Eine gewisse Story an der Grenze, die mir eher eine Komödie zu sein schien, roch plötzlich nach Blut.

Im Hotel gab es keine Telefonzelle, der Hörer lag wie immer auf dem Rezeptionspult, an dem ein weiteres ungleiches Paar stand. Das berührte mich nicht. Mich berührte überhaupt nichts. Während er ihnen die Schlüssel aushändigte, rief ich:

– Hallo! Hallo!! Bist du es??
– Ja, sagte sie.

Ich hörte sie kaum. Aber sie war hier, in der Nähe, sie war in dieser Stadt. Der Wall von Argumenten und Entschlüssen, den ich so lange und sorgfältig gegen Liebe und Gewohnheit zwischen uns beiden aufbaute, stürzte zusammen.

– Ich bitte dich, komm, ich warte auf dich!

Sie sagte etwas, das ich nicht verstand. Wie jeder, der nicht hört, begann ich zu schreien.

– Ich höre nichts! Sprich lauter!

Die Italiener regte das nicht auf; es gehört zu ihrer Lebensart. Der Herr und sein Fräulein stiegen eng umschlungen die Treppe hinauf, der Portier versenkte sich in die Sportrubrik des »Corriere della sera«. Südlich der Alpen existierte nur ein einziger Mensch, den ich mit meiner Beklemmung belasten durfte.

– Wo bist du?? schrie ich.
– In Prag…

Nun hörte ich etwas besser. Dafür verschlechterte sich mein Zustand schnell. Ich bekam Herzklopfen und mußte mich an das Pult lehnen.

– Ich bitte dich, mach keine Dummheiten, dafür ist keine Zeit. Von wo rufst du an??
– Aus Prag…

Erst dann begriff ich, mehr instinktiv, daß es jenes Gespräch war, das ich vor vierundzwanzig Stunden bestellt hatte. Ich sprach mit meiner ehemaligen Frau.

– Das ist herrlich! sagte sie. Wir hatten Angst, daß du schon zurückgekehrt bist!

Ich nahm mich zusammen.

– Ich habe Angst um euch! Was ist mit euch? Was ist mit den Kindern?
– In Ordnung, sagte sie. Sie schlafen. Am Abend haben wir sie verprügelt, weil sie frühmorgens fortgelaufen sind und den ganzen Tag irgendwo mit der Fahne herumzogen.
– Sperrt sie ein, sagte ich, um Himmels willen, laßt sie nicht aus dem Haus! Geht es schlimm zu?
– Ja, sehr. Unsere Straße ist voll von ihnen. Komm nicht zurück.

– Ich packe gerade, sagte ich. Morgen nacht sind wir in Prag.

Sie schrie fast.

– Ich bitte dich, bleib dort! Wir sind so froh, daß ihr draußen seid!

– Warum...?

– Eine Menge Leute haben mich angerufen, du solltest nicht nach Hause kommen!

– Aber warum??

– Bei euch oben wurde geschossen. Du hast zerschossene Fenster!

– Das ist Blödsinn!

Ich wußte, daß sie nie log.

– Das ist wahr! Niemand schläft mehr zu Hause. Deine Freunde sind verschwunden!

– Wieso verschwunden...?

– Das wissen wir nicht. Niemand weiß etwas. Es ist wie im Krieg. Versprich mir, daß du dort bleibst, sonst werden wir verrückt vor Angst!

– Um Himmels willen, wiederholte ich, mach es mir nicht noch schwerer!

– Mach du's uns nicht!

– Weißt du, was das für mich bedeuten würde??

– Ich weiß, sagte sie, aber damals habe ich dich fortgehen lassen, also tu jetzt wieder etwas für mich. Wenn es zum Schlimmsten kommt, vielleicht bekommst du wenigstens die Kinder heraus...!

Ich hörte die Kapelle der sinkenden Titanic. Ich konnte nicht sprechen.

– Soll ich sie dir geben? fragte sie.

– Weck sie nicht...

Ich hätte sie so gern gehört.

– Ich geh sie wecken, sagte sie. Es tät ihnen morgen leid.

– Ja, sagte ich, weck sie.

Das Fernsehen meines Hirns folgte ihr aus der großen schönen Halle, die später nach unserer Scheidung durch eine Trennwand verstümmelt wurde, über den Vorraum in das Zimmer, wo der Schein der Straßenbeleuchtung auf ein lustiges Fohlen fällt, das ich einst direkt von Herrn Tshi Pai-shi mitgebracht habe. Ich sah, wie sie sich über die Couch beugte und vorsichtig, um sie nicht zu

erschrecken, eines nach dem andern weckte. Ich sah nackte Füße, die nach den Pantoffeln tasten, betäubte Augen, die dem Licht ausweichen. Dann ging sie an der Spitze der nachtwandlerischen Prozession zurück zum Telephon, von dem ein Draht bis hierher führte, dünn wie meine Hoffnung. Eben als ich sie erwartete, hörte ich eine Frauenstimme:

– Tre mille sette cento Lire, signore.

Ich schrie so, daß auch der Portier die Dringlichkeit meines Wunsches begriff. Man sagte ihm jedoch, daß ich bestenfalls ein neues Gespräch bestellen kann. Ich hatte nicht die Kraft dazu. Ich schleppte mich über die Treppe. Ich sah sie um das schweigende Telephon stehen, während unter den Fenstern die Kanonen der Panzer drohten.

Noch immer war im Zimmer seine Stimme. Er meldete, daß der XIV. Außerordentliche Parteikongreß für heute mittag einen Generalstreik ausgerufen habe. Die Kapelle der Titanic wich Sirenengeheul. Sirenen der Okkupation, Sirenen des Februars, Sirenen der Staatsbegräbnisse, Sirenen der Okkupation. Der Ring war geschlossen. Ich stand außerhalb.

»Mitbürger!« – wieder er – »Haltet die Fahrzeuge AE 40 01 und ABA 71 19 auf, sie fahren, um unsere Leute zu verhaften! Ich wiederhole...«

Der freie Sender verschwand in einer atmosphärischen Störung. Wie wenn plötzlich ein Blitz die ganze, plastische Karte der Landschaft erhellt, hatte ich die 600 Seiten von Solschenizyns Roman »Im ersten Kreis der Hölle« vor Augen, die ich vor einem Jahr während dreier Nächte in einem Moskauer Hotel lesen und tagsüber in der Mappe mit mir herumtragen mußte. Auch in der kaum noch lesbaren Abschrift, die mein sowjetischer Freund, ein Physiker, für ein Monatsgehalt gekauft hatte, war das abgewandte Gesicht des Sozialismus bis in die kleinsten Details kartographiert, wie es am Siebenten Tag der Revolution das tragische Genie Stalins gestaltet hatte.

LASCIATE OGNI SPERANZA VOI CH'ENTRATE!

Das Krachen und Rauschen ließ mich verzweifeln. Ich schaltete das Gerät ab. Wieder war das Ächzen des Liebeslagers zu hören. Ich lehnte mich an die Wand und betrachtete das scheußliche Zimmer. Es erhielt jetzt eine neue Dimension: es war die Dimension der Zeit ohne Ende, und zum ersten Mal glaubte ich die Hoffnungslosigkeit von Remarques Helden mitzuerleben.

Dann angelte ich nach den Schlüsseln, schlug die Tür zu, lief die Treppe hinunter, stürzte aus dem Eingang, riß die Wagentür auf, warf mich ans Steuer und startete wie ein Wahnsinniger.

---

16. August 1967 *Hamburg*
(aus dem Tagebuch des Schriftstellers PK)

DIE REISE NACH HAMBURG oder
ZEIGEN SIE IHM DIE INSTRUMENTE!

Ein Quasi-Drehbuch. (Bemerkung: Dieser Film ist gedacht als eine ungewöhnliche Kombination der Crazy-Komödie mit dem politischen Horror, deshalb sei er in den grotesken Szenen tödlich ernst und in tödlich ernsten Sequenzen frivol inszeniert.)

TITEL: DIENSTAG

1. Bild: *Außen – Tag: Ein Flugzeug »Bristol-Britannia« nähert sich.*

2. Bild: *Innen – Tag: PK kehrt von der EXPO 67 zurück. Im Kopf donnern ihm die Niagara-Fälle von Erinnerungen und Eindrücken. Er freut sich, wie er sie jetzt erleben, sortieren und verarbeiten wird, begleitet vom stillen Spinnrad des Wehrs im Fluß Sázava/Stadt Sázava.*

3. Bild: *Innen – Tag: In der Flugplatzhalle wartet Z. Sie teilt PK mit, daß die Proben für den »Schwejk« in Hamburg schon übermorgen anfangen sollen. PK fällt in Ohnmacht.*

4. Bild: *Innen – Tag – Trick – Beschleunigter Film: PK läuft variationenreich und spaßig in der Wohnung hin und her, treibt Sachen auf, verliert sie, sucht, ruft, schreibt, erledigt und organisiert; private Korrespondenz wirft er in den Koffer. Als er die amtliche öffnet, fesselt ihn ein Brief mit dem Kopf ZK der KPČ. Das Bild bleibt stehen. Close-up zum Text: »Begeben Sie sich zur*

Zentralen Revisions- und Kontrollkommission zur Behandlung Ihres Auftretens auf dem IV. Kongreß des Schriftstellerverbandes. Gez. U.« Z. rät, dem Gezeichneten aus Hamburg eine Ansichtskarte mit folgendem Text zu senden: »Ihr könnt mir in die Schuhe blasen. Dein Mariechen!« *PK lehnt dies entrüstet ab und hebt den Telefonhörer.*

5. Bild: *Innen – Tag: ZK der KPČ. Der gezeichnete Genosse U. nimmt zur Kenntnis, daß PK nur auf einen Sprung in Prag ist und daß er erst im September kommen kann. Dann schlägt er ihm vor, sofort zu kommen.*

6. Bild: *Innen – Tag: PK flucht, und Z. ist neugierig, wann er es fertigbringen wird, seine Sachen zu packen. PK erklärt, sie solle sich keinen Kummer machen, er werde sofort zurück sein.*

7. Bild: *Innen – Tag: ZK der KPČ. Auf dem Tisch ein Stoß von Akten. Vielleicht eine komplette Sammlung von PKs Auftreten in den letzten zehn Jahren. Einer der vier Männer liest vier Punkte der Anklage vor: 1. Angriff auf die UdSSR (das Verlesen des Briefes von Solschenizyn), 2. Angriff auf die Auslandspolitik des Staates (Kritik des tschechoslowakischen Standpunktes zum Krieg im Vorderen Orient), 3. Angriff auf die innere Parteipolitik (Kritik an der Zensur) und 4. kleinbürgerlicher Defaitismus (die Behauptung, daß die Jugend auf eine solche Partei pfeift).*

– Was sagst du dazu? fragt der Genosse U.

– Es ist viel, antwortet PK.

Es scheint aber, daß sie den »Schwejk« schon lange nicht mehr gelesen haben. Dann lehnt er die Anschuldigungen ab. Der Genosse, welcher seine Gedanken in einem Schulheft protokolliert, läßt sich den Namen des sowjetischen Schriftstellers beglaubigen und sagt:

– Du machst aus ihm fast einen Klassiker, und dabei kann man ihn fast nicht aussprechen!

PK bezweifelt, daß seine Gedanken genau protokolliert sein werden und verlangt, sie direkt dem Plenum der Zentralen Revisions- und Kontrollkommission vortragen zu dürfen. Sie fühlen sich dadurch gekränkt. Sie teilen ihm mit, daß das Organ überlastet sei, und zur Vergeltung fangen sie an, den Text seines Kon-

greßauftrittes wie die Heilige Schrift zu analysieren. Sie suchen den Zwischenzeilentext, den es dort nicht gibt, bis sie zur Passage kommen:

»Den Kreis meiner jungen Freunde bilden vor allem die Hochschüler. Man kann einwenden, daß mein Blick für diese Generation also Gottseidank verstellt ist, weil in den Fabriken und auf den Feldern, wie es mindestens manche Funktionäre des Jugendverbandes behaupten, immer noch die reine und unverdorbene Jugend lebt, die ihr Ziel im Eintritt in die Kommunistische Partei sieht...«

Der Genosse U. schreit plötzlich aus:

– Dieser Satz beweist, daß du schon seit Jahren die Partei zum Narren hältst!

PK wird bleich, verschränkt die Arme, lehnt sich an den Stuhl zurück und hört auf, mit ihnen zu reden. Es entsteht eine komische Situation, in der sie vorgeben, nichts bemerkt zu haben, und aus allen Kräften die Konversation unter sich selbst aufrechterhalten. Sie erinnern sich an seine bessere Vergangenheit, und schließlich sprechen sie von ihm fast wie von einem teuren Verstorbenen. Nach einer halben Stunde begreifen sie schon, daß er fähig ist, bis zum Morgen beleidigt zu bleiben. Da fragt der Genosse U. mit gekünstelter Überraschung:

– Sprichst du nicht mit uns?

PK antwortet, daß sie hier mit ihm umsonst ihre Zeit verlieren, wenn die früher zitierte Behauptung gelten sollte!

– Ich bitte dich, ruft der Genosse U., wegen einer ein wenig übertriebenen Formulierung wirst du beleidigt wie ein kleiner Junge!

PK erwidert, daß sie sich schon die dritte Stunde bemühen, aus seinen Formulierungen, die auch höchstens ein wenig übertrieben sein können, einen Beweis für die antiparteiliche Plattform zu finden. Er empfiehlt ihnen, auf die Straße hinauszugehen und es dem ersten Menschen mitzuteilen, der seine Verse gelesen oder seine Stücke gesehen hat, der wird sie bestimmt auslachen. Die Szene bekommt mit einem Schlag den Charakter eines Gesprächs zwischen vier Vätern und dem einzigen Sohn. Sein Fall, sagt man, ist selbstverständlich unterschiedlich vom Fall

Vaculíks & Co. Er wird benevolent abgeschlossen werden, wenn der Sohn der Heimpartei einen Brief schreibt, in dem er sich von seinen Ansichten distanziert. PK erklärt, daß er auch in den kommenden Jahren nicht bereit sei, die Partei zum Narren zu halten. Er ersucht, im Sinne der Statuten, an den Verhandlungen seiner Angelegenheit auf der Versammlung vor der ganzen Kommission teilnehmen zu können, wenn er zurückkehrt. Jetzt müsse er gehen. Sie fragen ihn streng, ob er sich bewußt sei, daß es an ihnen liege, ob er Kommunist bleibe oder nicht.
– Da irrt ihr euch, sagt er, von euch hängt höchstens ab, ob ich in der Partei bleibe oder nicht.

Weil er schon aufgestanden ist, möchten sie mindestens eine Revanche erreichen. Sie fordern ihn auf, im eigenen Interesse morgen wieder zu erscheinen. Er sagt, daß er morgen zur gleichen Zeit schon auf dem Weg nach Hamburg sei, da er sich in seiner Freizeit mit der Kunst befasse. Close-up: Sie wechseln verwunderte Blicke.

8. Bild: *Innen – Nacht: PK schmeißt aufgeregt in die Koffer: Bücher, Texte, Magnetophonbänder usw. Auch Zeitungen der letzten vierzehn Tage, die er in Montreal verbrachte.*
– Deine Partei, sagt Z., ist der unterhaltsamste Verein unter der Sonne.

TITEL: MITTWOCH

9. Bild: *Außen – Tag: An einem strahlenden Morgen beladen Z. und PK im Hof den Wolgawagen mit unzähligen Koffern und Bündeln, da sie fast für zwei Monate verreisen wollen. Hinter dem Fenster winkt ihnen zum Abschied die Hausmeisterin.*

10. Bild: *Außen – Tag: Grenzübergang in R. Schon gegen Mittag bewegen sie sich in einer Schnur von Autos, vollgestopft mit Konserven und Kindern, der Zoll- und Paßkontrolle entgegen, die wie am Fließband vorgenommen wird. Sie bekommen die entsprechenden Stempel, womit sie das Gebiet der Republik theoretisch schon verlassen haben. Dann schaut sich der Abfertiger aber die Pässe nochmals an und stottert, er sei gleich zurück. Sie warten lange, und die Wagen umströmen sie wie ein torpediertes Schiff. Z. spricht die Prophezeiung aus, PK werde*

nicht ausreisen. PK empfiehlt ihr, sich zu beruhigen. Er begreife zwar, daß sie verschiedener Schikanen fähig seien, er glaube jedoch nicht, daß sie sich lächerlich machen wollen. Man wisse von ihm, daß er seine Ansichten anständig und öffentlich sagt, im Unterschied zu Reden, die Z. in den Kneipen führt. Er würde sich nicht wundern, wenn im Gegenteil sie *nicht ausreisen würde! Aus dem Zollhaus kommt eine kleine Gruppe von Uniformierten mit dem Ersten Zöllner an der Spitze, der sagt:*
– Herr Schriftsteller, es hat Sie getroffen: fahren Sie auf die Rampe.

11. Bild: *Außen – Tag: Die Untersuchung auf der Rampe wird durch den Zweiten Zöllner durchgeführt, unter der Assistenz der Molligen Zöllnerin. Er ist ein scharfer Knabe, der es im Leben weit bringen will. Zuerst kommt das Aktenmaterial an die Reihe. Bücher, Zeitungen, Briefe und Theatertexte werden in Haufen in das Gebäude getragen, zwecks einer genaueren Überprüfung. Das Interesse an diesen Schriftstücken ist so offensichtlich, daß PK erklärt:*
– Wenn Sie durch reinen Zufall die Materialien des IV. Schriftstellerkongresses suchen, dann können Sie sich die Arbeit ersparen, da ich sie natürlich nicht mitgenommen habe!

Die Reaktion ist überraschend. Als ob er darauf gewartet hätte, verletzt der Zweite Zöllner den Anstand und verkündet strikte, daß ihn niemand nach etwas gefragt habe. Von dem an bricht die Feindschaft aus.

12. Bild: *Gleichenorts. Gleichentags. Später: Ein idyllisches Bildchen aus den alten Kirchweihen: Kleider, Hemden, Unterhosen und Socken, auf den Bänklein auseinandergelegt und auf dem Zaun aufgehängt. Neue Einstellung: Die Sitze des Wolga sind herausgehoben und der Kofferraum demontiert. PK und Z. kommentieren ironisch die Tätigkeit des Zweiten Zöllners, der dies damit vergilt, daß er bedeutungsvoll die Büstenhalter durchtastet und das Innere des Lippenstiftes erforscht. Die Chauffeure der in- und ausländischen PKWs fahren mit aufgerissenen Augen an der Gruppe vorbei. Die Zahl der Beamten, die für diesen Fall eingesetzt werden, wächst im Verhältnis zum Zeitquadrat.*

13. Bild: *Innen – Tag: Die Gebäudehalle. PK wendet sich mit einem Protest an den Kommandanten. Er sagt, er habe noch 1000 km Fahrt vor sich, man könne diese peinliche Szene vielleicht beendigen. Gleichzeitig gibt er bekannt, daß er sich beklagen werde, da das Benehmen einiger Grenzbewacher die Grenzen des Falles zu sehr überschreitet. Der Kommandant empfiehlt ihm, sich keine Sorgen zu machen, denn, wann er abfahren werde, werde von einer anderen Stelle entschieden werden.*

14. Bild: *Gleichenorts. Gleichentags. Später: Das eingesetzte Personal fängt an, sich deutlich zu differenzieren. In einem unbewachten Augenblick sagt der Erste Zöllner schnell und mit halblauter Stimme, daß PK recht habe und daß er sich nicht unterkriegen lassen solle.*

15. Bild: *Gleichenorts. Gleichentags. Später: Die Nervosität steigt. In der Luft hängt Blamage. Die Szene kulminiert. Der Kommandant selbst liest PK und Z. den Verordnungstext vor, der eine persönliche Untersuchung zuläßt. Er ist aber aufgeregt und liest deshalb mit einem Pathos, das eher dem Todesurteil angemessen wäre. Er fragt, ob sie etwas beizufügen haben. Z. teilt ihm mit, daß sie als letzten Wunsch äußern möchte, daß irgendein jüngerer Genosse sie auszieht, zum Beispiel der Zweite Zöllner. Trotzdem liefert sie der Kommandant der Molligen Zöllnerin aus und eskortiert PK selbst die Stiege hinauf.*

16. Bild: *Innen – Tag: Das Arbeitszimmer des Kommandanten. Schreibtisch, Sofa, Safe. In das Fenster beugen sich lyrische Tannen. PK zieht die Unterhose aus, streckt die Zunge heraus und sagt bääähh. Zwei Uniformen und ein nackter Körper bilden zusammen das typischste Genrebildchen des Jahrhunderts. Der Erste Offizier wird sich dessen wahrscheinlich bewußt, denn er reicht ihm die Kleidungsstücke eigenhändig. PK meint, daß es bei seiner Vergangenheit nicht ausgeschlossen sei, daß das gesuchte Material auf Mikrofilmen sei, die er rechtzeitig verschluckt habe. Er fragt, ob man hier dafür Einrichtungen habe. Man führt ihn wortlos hinaus.*

17. Bild: *Innen – gegen Abend: Die Gebäudehalle. Aus dem Zollraum kommt der Kommandant mit einem siegreichen Lächeln und ruft PK herein.*

18. Bild: *Innen – gegen Abend: Der Zollraum. Auf dem Tisch liegt ein Sparbuch, lautend auf DM 1900.–. PK erklärt, dieses Geld sei ihm aus seinen ausländischen Honoraren amtlich von der Staatsbank zugewiesen worden. Weil es sich aber um einen Betrag für vier Reisen handle, habe man ihm empfohlen, wegen der Vereinfachung der Notierung den Rest immer auf ein Sparbuch zu legen. Darum werde dieses nicht gesondert und versteckt, sondern mit anderen Reisedokumenten in einer Aktentasche über die Grenze gefahren. Aussage wird protokolliert.*

19. Bild: *Gleichenorts. Gleichentags. Später: Auf dem Tisch liegen 200 tschechoslowakische und 6 dänische Kronen. PK erklärt, daß seine zerstreute Begleiterin diese Noten wahrscheinlich im Portemonnaie vergessen habe, ähnlich wie auch die dänischen Münzen, die sie schon lange Jahre in der Kleidertasche mitschleppe. Davon, daß die Kronen nicht zum schwarzen Wechsel für einen Gegenwert von nur DM 22.– bestimmt waren, zeugt auch die durch die Staatsbank zugewiesene Geldsumme von DM 1900.–. Er vermutet, daß es sich um eine geringfügige Zollübertretung handle, die normalerweise eine Ordnungsbuße wieder gutmachen würde, die Z. sicher zu zahlen bereit ist. Der Kommandant teilt ihm aber mit, daß alles zusammen die Substanz einer Straftat ergebe.*

20. Bild: *Gleichenorts. Gleichentags. Später: Ein weiterer Höhepunkt. Auf dem Tisch liegt ein Kissenüberzug, der raffiniert unter der Wäsche versteckt wurde. Ausschnitt des Überzuges: auf einer Seite ist mit einem roten Filzstift ein Theater gemalt, vor dem sich eine Menschenmenge drängt; ein Dackel mit neun Welpen und ein Bett, voll von Fräuleins. Auf der anderen Seite ist in blauer Farbe ein Tor mit der Anschrift KPČ ausgeführt; ein großer Fuß wirft mit einem Tritt eine kleine Gestalt hinaus. Unter gespanntem Schweigen aller Anwesenden aufgefordert, den Sinn dieser Provokation zu erklären, bekommt PK einen Lachanfall und bittet, daß man die Autorin einlade.*

21. Bild: *Gleichenorts. Gleichentags. Später: Z. erklärt, daß sie diesen Überzug als ein Geschenk zu PKs kürzlichem Geburtstag angefertigt habe. Sie macht auf die Anschriften aufmerksam:* ›Was ich dir wünsche‹, *in roter Farbe, und* ›Was ich dir nicht

wünsche‹, *in blauer Farbe. Die Idee des Werkes ist folgende: Z. wünscht PK, daß er Erfolg habe beim Publikum, bei Fräuleins und bei den Hunden. Dagegen wünscht sie ihm nicht, daß er, als Folge des Schriftstellerkongresses, aus der Partei ausgeschlossen werde, da er es wahrscheinlich nicht überleben würde. Z. bemerkt, daß sie bei dieser Zeichnung Humor benützt habe. Der Kommandant lehnt einen solchen Humor entschieden ab. Z. erinnert ihn daran, daß der Überzug ursprünglich nicht für ihn bestimmt war. Der Kommandant will wissen, zu welchem Zweck der Überzug ins kapitalistische Ausland ausgeführt werden sollte. Z. erklärt, sie habe den Überzug mitgenommen, um PK eine Freude zu bereiten. PK fügt bei, daß ihre Absicht völlig gelungen sei. Der Kommandant und der Erste Offizier entfernen sich, um den Fall mit höheren Instanzen zu erörtern.*

22. Bild: *Gleichenorts. Gleichentags. Später: Der Zweite Offizier führt auf eigene Verantwortung Z. ins Buffet, damit sie endlich essen kann. Der Erste Zöllner schlägt PK vor, ebenfalls eine höhere Instanz anzurufen. Er ruft die Bezirkszentrale an und führt ein geselliges Gespräch mit einem unsichtbaren Fräulein. Demzufolge bekommt PK das ZK der KPČ in Prag blitz und gratis.*

23. Bild: *Innen – gegen Abend: ZK der KPČ. Ein Mitarbeiter antwortet, daß der Genosse P. nicht anwesend sei. Er verspricht aber, ihn augenblicklich zu benachrichtigen.*

24. Bild: *Innen – gegen Abend: Das Zollamt. PK bittet den Mitarbeiter, P. möge so schnell wie möglich zurückrufen. Er erinnert daran, daß er den Vertrag mit Hamburg erst nach einer ausdrücklichen Nachfrage beim Genossen Hendrych unterschrieben habe. In Hamburg warte das ganze Team aus Prag, und man baue schon die Dekoration. Die Verspätung könne schwere Folgen haben, ökonomische und politische.*

25. Bild: *Innen – Abend: Das Arbeitszimmer des Kommandanten. Auf dem Tisch, auf den Stühlen, auf Sofa und Safe sind die beschlagnahmten Akten ausgebreitet. Der Kommandant hält in der Hand die Ausgaben von* »Rudé Právo« *der letzten vierzehn Tage. Seine Fragen spiegeln die tiefe Überzeugung wider, daß ihm ein guter Fang gelungen ist. Die Szene erinnert an*

Schwejks Verhör in Putim, geführt durch den Gendarmerie-Wachtmeister Flanderka.
– Erklären Sie, warum Sie ins kapitalistische Ausland größere Mengen der tschechoslowakischen Tagespresse ausführen!
PK diktiert ins Protokoll:
– Die Frage ist lächerlich und unwürdig!
Der Erste Offizier tippt dies auf der Schreibmaschine, mit offensichtlichem Unwillen. PK schildert, wie er sich schon in früher Jugend angewöhnte, die Tagespresse zu lesen, vor allem die tschechoslowakische, insbesondere die Parteipresse. Er weiß nicht, sagt er, warum er die bemerkenswerten Informationen aus den Tagen seiner Abwesenheit entbehren sollte. Der Kommandant nimmt ein Bündel von Privatbriefen in die Hände.
– Erklären Sie, zu welchem Zwecke Sie in das kapitalistische Ausland den Brief von A. V., Praha-Vinohrady, Kouřímská-Gasse, ausführen!
PK verlangt, mit dem Brief bekanntgemacht zu werden, da er ihn noch nicht gelesen habe. Es zeigt sich, daß die unbekannte Frau A. V., aus Praha-Vinohrady, Kouřímská-Gasse, den Entschluß gefaßt hat, PK für sein Auftreten auf dem Schriftstellerkongreß zu danken. Die Kamera läuft auf den Text zu: »Ich weiß nicht, was Sie genau über Israel gesagt haben, aber ich drücke Ihnen die Hand dafür.« *PK diktiert ins Protokoll:*
– Die Frage ist lächerlich und unwürdig.
Der Erste Offizier schlägt auf den Tisch und erklärt ihm, er habe schon genug davon. PK irre sich, wenn er meine, daß er mit den Untersuchungsorganen Scherz treiben könne, weil er Schriftsteller sei. PK verkündet, daß zu den wenigen Rechten, die ihm heute noch übriggeblieben seien, dasjenige gehöre, die Fragen so zu beantworten, wie er es für richtig halte. Der Erste Offizier teilt ihm mit, daß er solche Antworten nicht schreiben werde. PK erwidert, er habe sich das Protokoll nicht ausgedacht und er beharre nicht auf dessen Führung. Zum Fortfahren aufgefordert, diktiert er:
– Die Frage ist lächerlich und unwürdig.
Der Satz wird wieder nicht niedergeschrieben, und der Streit geht weiter. Der Kommandant behauptet, das Protokoll werde

von ihnen konzipiert. PK hat keine Einwände, er macht nur darauf aufmerksam, daß er ein solches Protokoll nie unterschreiben werde. Herein kommt der Zweite Offizier, um sich den Overall anzuziehen, da sein Dienst zu Ende ist. Über die Rücken der Vorgesetzten zwinkert er PK aufmunternd zu.

26. Bild: *Gleichenorts. Gleichentags. Später: Der Erste Offizier knirscht mit den Zähnen und tippt auf der Maschine, daß die Frage lächerlich und unwürdig sei: PK sei seit seiner Jugend gewohnt, die Briefe zu beantworten, und er beabsichtige, es auch von Hamburg aus zu tun.*

27. Bild: *Gleichenorts. Gleichentags. Später: Nach einer weiteren halben Stunde Streits fügt der Erste Offizier erschöpft ein post scriptum hinzu, in dem PK behauptet, man habe in seinem Fall die Präsumption der Unschuld verletzt, da man ihn als Schuldigen behandle, obwohl man ihm bisher noch nichts bewiesen habe. Nachher unterschreibt PK das Protokoll mit gutem Gewissen.*

28. Bild: *Gleichenorts. Gleichentags. Später: Der Kommandant und der Erste Offizier setzen das Protokoll über die zurückgehaltenen Effekten zusammen. Unter Nr. 9 figuriert* »1 St. Ansichtskarte von der Tante Máňa«, *unter Nr. 21* »1 St. handgemalter Kissenüberzug mit einer Skizze zum Geburtstag«. *Zum Abschluß stellt PK fest, daß man alle Materialien konfisziert habe, die er zur Inszenierung von »Schwejk« brauche, so daß er in Hamburg höchstens Möwen füttern könne. Den Schaden, den das Schauspielhaus haben werde, schätzt er auf DM 250 000 und fragt, wer das bezahlen werde, wenn doch die staatliche Agentur den Vertrag für ihn abgeschlossen habe. Der müde Kommandant schickt ihn hinunter, um sich wiederum mit höheren Instanzen beraten zu können.*

29. Bild: *Innen – Nacht: Das Zollamt. Prag ruft. Der Mitarbeiter des ZK der KPČ teilt PK den Bescheid von P. mit, daß der Fall lediglich Zollcharakter habe und daß sich die Partei nicht in die Kompetenzen der staatlichen Organe einmischen könne.*

30. Bild: *Innen – Nacht: Die Gebäudehalle. Z. schläft im Fauteuil. Der Kommandant kommt herein und weckt sie. PK soll nach Prag zurückkehren, wo ihn die beauftragten Beamten*

besuchen werden. Z. kann aber frei nach Hamburg weiterreisen. Z. fängt an, hysterisch zu lachen und beabsichtigt, eine Proklamation zu machen. PK hindert sie daran.

31. Bild: *Außen – Nacht: PK und Z. werfen feuchtgewordene Wäsche und Kleider in die Koffer, unter der Assistenz des unbeweglich zuschauenden Kommandanten und des Ersten Offiziers. Die Handlung spielt sich auf der unbeleuchteten Rampe ab. Es folgt ein lustiges Szenchen, in dem PK in die Grube unter dem Wagen fällt und sich das Knie aufschlägt. Der Kommandant fragt, was ihm fehle. Der Schriftsteller sagt ein unschriftsprachliches Wort, das von der Nacht schamhaft gedämpft wird. Dann setzt er sich mit Z. in den Wagen und fährt ohne Gruß zurück nach Prag.*

TITEL: DONNERSTAG

32. Bild: *Innen – Tag – Montage – Rapidschnitt: Während Z. auf die beauftragten Beamten wartet, schleicht sich PK unter den Fenstern der Hausmeisterin fort und besucht nacheinander seinen Rechtsanwalt, den Schriftstellerverband, den Theaterverband, die Staatsagentur, die Bezirksstaatsanwaltschaft, die Generalstaatsanwaltschaft und das Obergericht. Er läßt nur das ZK der KPČ aus, da er mit P. nie mehr im Leben sprechen will. Zuletzt kann er die ganze Geschichte in 11 Minuten erzählen. Überall erfährt er aber, daß man gegen ihn keine Strafanzeige erstattet habe. Überall gibt man ihm auch den guten Rat, er solle an die Sázava fahren und baden, da er rechtlich für den Schaden nicht verantwortlich sei. Zuletzt trifft er im Innenministerium ein, er kommt aber nur bis ins Sprechzimmer, wo ein unbekannter Mann mit ihm verhandelt. Dieser versichert ihm ebenfalls, daß ihnen von der ganzen Sache nichts bekannt sei.*

33. Bild: *Innen – Gegen Abend: Zu Hause erwartet PK eine Überraschung in der Gestalt von zwei Männern, von denen sich ihm der eine als Blatný vorstellt und lächelnd behauptet, er sei der Briefträger des Innenministeriums. Entsprechend der Liste händigen sie ihm die zurückbehaltenen Materialien aus und scherzen mit ihm lustig. Vom Paß wissen sie allerdings nichts.*

Binnen 11 Minuten schildert ihnen PK seine Geschichte und zählt zusammen, wieviel dieses Scherzchen die Republik kosten wird. Während des Gespräches ruft PK seinen Freund, den Chefredakteur, an, der gerade eine Parteiinformation bekommen hat, daß PK aufgehalten wurde, als er mit einer großen Geldsumme und mit kompromittierenden politischen Dokumenten in den Westen zu flüchten versuchte. Weil der die Vermutung äußert, daß an der ganzen Sache doch etwas wahr sein könne, wünscht ihn PK telephonisch sonstwohin und legt auf. Der Mann, der sich als Blatný vorgestellt hat, schlägt vor, dem Minister eine Beschwerde zu schreiben, was PK sofort macht, und sie nehmen sie mit.

TITEL: FREITAG

34. Bild: *Gleichenorts. Morgen: PK kann sich mit der Tatsache nicht abfinden, daß die Republik wegen eines anonymen Schufts einen Skandal haben soll, den sie dazu noch in Devisen bezahlen muß. Er zieht sich an, um weitere Instanzen zu besuchen. Das Telephon läutet: es ist der Mann, der sich gestern als Blatný vorgestellt hat. Er teilt PK mit, daß ihn dieser Spaß eine ganze Nacht gekostet habe und lädt sich dafür zum Kaffee ein. PK und Z. starren sich gegenseitig an.*

35. Bild: *Gleichenorts. Mittag: Der Mann, welcher sich als Blatný vorgestellt hat, kommt endlich zum Kaffee. Mit dem Gefühl einer gutgeleisteten Arbeit teilt er PK und Z. mit, sie könnten wieder packen. Nachher soll PK den Hradschin-Platz überqueren und zur Verwaltung für Pässe und Visa gehen. Er werde in Nr. 200 erwartet, wo er seinen Paß zurückerhalten werde. Der Grenzkommandant werde darüber informiert, daß PK es sehr eilig habe.*

– Sie werden wie ein geölter Blitz durchfahren, sagt der Mann, der sich als Blatný vorgestellt hat.

36. Bild: *Außen – Tag: Wieder Hof. Der Beamte des Innenministeriums hilft PK und Z., die Koffer und Bündel wieder in den Wolga zu tragen. Die Hausmeisterin sieht hinter dem Fenster zu und lächelt unsicher.*

37. Bild: *Innen – Tag: Büro Nr. 200. Hinter dem Tisch sitzt ein Mann mit dem undurchdringlichen Gesicht eines Chinesen und stellt sich als Benda vor. PK setzt sich fröhlich.*
– Ich wurde beauftragt, spricht leise und langsam der Mann, der sich als Benda vorgestellt hat, Ihnen zu sagen, daß man Ihnen den Paß definitiv abnimmt.

PK hat plötzlich den Ausdruck eines debilen Kindes. Mit abgehackten Worten erzählt er, daß er durch einen Beamten dieses Ministeriums hierher geschickt wurde, der sich als Blatný vorgestellt und ihm sogar die Koffer getragen habe. Der Mann, der sich als Benda vorgestellt hat, sagt langsam und leise:
– Ich werde es überprüfen.

38. Bild: *Gleichenorts. Gleichentags. Später: Der Mann, der sich als Benda vorgestellt hat, kommt zurück. In seinem Gesicht bewegt sich kein Muskel, als er leise und langsam sagt:*
– Genosse, ich habe es überprüft. Sie haben nicht gelogen. Nur hat sich inzwischen die Situation verändert. Der Paß wird Ihnen nicht ausgehändigt.

PK ist zum erstenmal dem hysterischen Lachen oder Weinen nahe. Er beherrscht sich aber und binnen 11 Minuten schildert er dem Chinesen seinen Streit. Er beschwört ihn, persönlich den Minister zu informieren. PK ist bereit, vom Denkmal des heiligen Wenzeslaus herab zu verkünden, daß dieser Staat von irgendeinem idiotischen Polizisten regiert wird. Wenn er verhaftet werde, werde er diese These im Gerichtssaal entfalten. Der Mann, der sich als Benda vorgestellt hat, gibt einen unbestimmten Ton von sich, der alles bedeuten kann.

39. Bild: *Innen – Nacht: PK lädt seinen Freund, Regisseur Pistorius, zu sich ein und versucht, sich zu betrinken, was ihm aber nicht gelingt, weil er durch die gute Schule seines Vaters gegangen ist. Der Regisseur Pistorius forscht mit seinem analytischen Gehirn nach weiteren Möglichkeiten. Dann schlägt er PK vor, am Morgen den Stellvertretenden Außenminister Klička anzurufen.*

40. Bild: *Gleichenorts. Morgen: PK ruft den Stellvertretenden Minister Klička an, den er zweimal im Leben gesehen hat. Trotzdem wird er sofort in den Černín-Palast eingeladen.*

41. Bild: *Innen – Morgen: Das Arbeitszimmer im Černín-Palast, Kaffee, Cognac. PK sagt binnen 11 Minuten seine Story auf. Dann ruft der Stellvertretende Außenminister Klička den Stellvertretenden Innenminister Klíma an.*

– Genosse Stellvertreter, sagt der Stellvertreter, ich habe hier einen unglücklichen Freund, der... aha, du hast es auf dem Tisch.

Er hört lange zu und nickt. Dann sagt er, er möchte nichtsdestoweniger bitten, daß der Stellvertretende Innenminister wohlwollend eingreife, bevor der gleiche Fall auf den Tisch des Stellvertretenden Außenministers als ein Fauxpas in den internationalen Beziehungen wieder zurückkehren würde. Dann hängt er ab und teilt PK mit, daß der Grund zum Paßentzug der Versuch zur unberechtigten Ausfuhr von 200 tschechoslowakischen und 6 dänischen Kronen sei. Die Zollverwaltung könne ihn entweder mit einer Buße an der Grenze oder mit einem Verfahren in Prag auslösen. Im Falle von PK habe sie sich für den zweiten Fall entschieden, und das Innenministerium sei absolut machtlos. Das Verfahren solle im September eingeleitet werden, weil jetzt alles in den Ferien ist. PK hat das Gefühl, daß er augenblicklich irgendwo irgend etwas zerbrechen sollte. Der Stellvertreter Klička verspricht ihm, weiter zu verhandeln. Es ist aber Samstag, und in zwei Stunden verläßt die ganze Stadt die Stadt. Dann erfährt PK noch, daß in demselben Augenblick, in dem er gestern den Hradschin-Platz überquerte, vom Mann, der sich als Blatný vorgestellt hat, zum Mann, der sich als Benda vorgestellt hat, die Nachricht kam, daß der Schriftsteller Ladislav Mňačko aus der Tschechoslowakei emigrierte.

42. Bild: *Innen – Tag: PK kommt nach Hause, stürzt sich auf die Couch und sehnt sich danach, nicht zu existieren. Z. hopst immerfort um ihn herum und schildert ihm wieder die Schönheiten des ländlichen Lebens. Die Knödel, die sie ihm ebenfalls verspricht, sollen diesmal saisongemäß mit Zwetsch-*

gen gefüllt sein. Das Telephon läutet, PK lehnt es ab, aufzustehen. P. ruft an, PK solle sofort zu ihm auf das ZK der KPČ kommen. PK will nicht. Z. gebraucht Gewalt: sie erklärt ihm, daß, wenn sie dableiben sollten, sie darauf beharren werde, daß er sie heirate.

43. Bild: *Innen – Tag: ZK der KPČ. P. erklärt PK, daß der erste Bericht, den er bekommen habe, ihm die Hände gebunden hätte, weil dort eindeutig von einer Straftat die Rede war. Er verbrachte volle zwei Tage, um festzustellen, daß der Fall wenigstens diskutabel sei, weil die Zollverwaltung selbst erst gestern davon etwas erfuhr. Er habe deshalb mit ihr ein Abkommen getroffen, daß sie die Übertretung, betreffend der 200 tschechoslowakischen und 6 dänischen Kronen, zwar erst im September erledigen werde, daß sie aber keine Einwände dagegen haben werde, daß PK inzwischen den »Schwejk« in Hamburg inszeniere, da er zu einer eventuellen Deckung der Buße, welche die Höhe bis zu 50 Kronen erreichen könne, in Prag sein gesamtes mobiles und immobiles Gut zurücklasse. P. bittet PK, unverzüglich in das Kachelgebäude des Innenministeriums auf dem Letná-Hügel zu fahren und sich in der Portierloge zu melden, die in Kenntnis gesetzt sei. Er müsse sich aber beeilen, da in 20 Minuten die Amtsstunden endeten. PK drückt ihm schweigend aber warmherzig die Hand und flüchtet aus der Tür.*

44. Bild: *Innen – Tag: PK läuft zur Portierloge, aus der die ersten Angestellten des Innenministeriums den Wäldern, Gewässern und Hängen entgegeneilen. Der Portier konstatiert kühl, daß ihm nichts bekannt sei. PK bittet mit gebrochener Stimme, telephonieren zu können. Der Portier sagt, es sei verboten. PK läuft auf die Straße.*

45. Bild: *Außen – Tag: PK hat zweihundert Meter in Weltbestzeit zurückgelegt und stürzt in eine Telephonkabine, die erstaunlicherweise funktioniert. Er ruft das ZK der KPČ an. Dem Ersticken nahe, meldet er P., daß er zu einem Spielzeug der Elemente geworden sei. P. bittet ihn, sich zu beruhigen und im Nu in das Kachelgebäude zurückzukehren, wohin er sofort anläuten werde. PK hängt ohne Gruß ab, weil er dafür schon keinen Atem mehr hat.*

46. Bild: *Außen – Tag: PK läuft wieder zum Gebäude zurück, bereit, die Türe mit seinem Körper zu verbarrikadieren. Es ist aber überflüssig, da auf der Treppe vor dem Kachelgebäude der Mann steht, der sich gestern im Gebäude der Verwaltung für Pässe und Visa als Benda vorgestellt hat. Sein chinesisches Gesicht strahlt mit fröhlichem Lächeln. In der ausgestreckten Hand hält er den Reisepaß. PK dankt schwach und wankt zu seinem Wagen.*

47. Bild: *Außen – Tag: Neuerlich Hof. PK und Z. laden zum dritten Mal Koffer und Bündel in den Wolga. Hinter dem Fenster schaut wieder die Hausmeisterin zu. Ihr Gesicht spiegelt starke innerliche Verwirrung wider.*

48. Bild: *Außen – Tag: PK und Z. rollen, wieder in einer Schnur von Autos, vollgestopft mit Konserven und Kindern, der Zoll- und Paßkontrolle entgegen, die wie am Fließband vorgenommen wird. Sie sind gleich wie am Mittwoch gekleidet. Gleich gekleidet ist auch der Kommandant, der gerade aus dem Gebäude herauskommt. Für einen Augenblick hat man das Gefühl, daß er einen bösen Traum hat. Nachher grüßt er starr und geht steif aus dem Bild. Der Zweite Offizier salutiert, und dabei zwinkert er wieder aufmunternd. Der Erste Zöllner winkt schwach. Der Wolga fährt an der Grenzschranke vorbei.*
– Jetzt verstehe ich es überhaupt nicht mehr, sagt PK erschöpft.
– Brecht, Galileo Galilei, die Szene der Papstankleidung, sagt Z.
– ???
– Sie haben dir die Instrumente gezeigt.

49. Bild: *Rückprojektion – Nacht: Das Innere des Wagens. Unter den Rädern laufen Hunderte von Kilometern der ermüdenden Autobahn. Z. schläft fest, auf dem Sitz wie ein Dackel zusammengerollt. PK hat Zeit genug zum Nachdenken. Er denkt an die Grenze. Nicht an die, welche die Staaten voneinander trennt. An die andere, absurd und erschreckend, die am Mittwoch abend durch das Arbeitszimmer des Kommandanten geführt hat, über den Tisch mit den Protokollen. Sie trennte drei Männer: Zwei Offiziere im aktiven Dienst und einen in der Reserve: drei Mitglieder des Jugendverbandes, alle schon in Re-*

serve; drei Kommunisten, alle noch im aktiven Dienst. Was ist da geschehen? Woher kam diese Grenze? Wer legte sie zwischen sie? In wessen Namen? Wer sollte davon profitieren, daß zwei Kommunisten den dritten für einen Schuft halten und er sie für Tölpel? Die Revolution? Die Partei? Das Land? Das Volk? War er dort allein gegen sie beide? Waren sie beide allein gegen ihn? Oder waren sie alle drei gegen sich selbst? Um Gottes willen, was beginnt da wieder? Und wo wird es enden? PK fährt durch die schwüle Augustnacht. Er öffnet das Fenster und hält seine Stirn der fliegenden Luft entgegen.

50. Bild: *Außen – Nacht: Der Wolga entfernt sich.*

TITEL: ENDE

Freitag, 23. August 1968 Roma
(Fortsetzung)

Es waren zwei Wagen. In der Einbahnstraße fuhren sie auf der linken und rechten Fahrbahn knapp hinter mir her. Als ich den Blinker einschaltete, ertönte ein scharfer Hupton. Ich mußte geradeaus weiterfahren. Der Schweiß brach mir aus der Stirn: auch hier hatten sie mich gefunden. Die Straße war menschenleer. Beide Wagen beschleunigten, bis sie parallel mit mir fuhren. Sie waren voll von Männern, die mit zusammengepreßten Lippen geradeausblickten. Ich wußte schon, daß sie mir im nächsten Augenblick den Weg versperren würden. Das war die Szene, die ich tausendmal in Film und Fernsehen gesehen habe. Jetzt spielte ich mit. Vor uns leuchtete das rote Signal einer Verkehrsampel auf und wuchs. Sie begannen zu bremsen. Ich gab Gas und raste auf die Kreuzung zu. Das letzte, was ich noch sah, war der glänzende Schatten einer großen Karosserie. Ein Stoß, der Renault flog in die Höhe und brannte gleich darauf wie eine Fackel. Ich schrie ihren Namen. Keine Stimme...

Ich war zu müde: Ich bremste gleichzeitig mit ihnen. Blieb an der Kreuzung zwischen den beiden Wagen stehen. Ihre Fahrer sahen mich gleichgültig an. Kaum war wieder grün, bog der eine links und der andere rechts ab. Ich sah den kleiner werdenden Rücklichtern nach, aber die Angst blieb mir im Genick. Ich stellte mir die Straßen einer anderen Stadt vor. Zwischen patrouillierenden Panzern fuhren Wagen mit den Nummern AE 40 01 und ABA 71 19. Vorn saß der hellhaarige Mann mit den kalten Augen. Er führte jedoch nicht Solschenizyns Innokentij Wolodin fort, sondern meine Freunde.

Ich merkte, daß ich schon lange vor der Striptease-Bar stand. Ich ließ den Motor laufen und trat schnell ein. Sie waren nicht mehr da. Ich wollte wissen, wann sie fortgegangen waren. Der Kellner verstand nur Italienisch. Er begriff überhaupt nicht, was ich von ihm wollte. Erst als ich zum drittenmal auf den Tisch und auf meine Uhr zeigte, lächelte er verständnisvoll und führte mich zum Barpult. Er bot mir einen freien Stuhl neben einem freien Fräulein an. Das Striptease-girl, das ich vor ein paar Stunden beleidgt hatte, sah mich mit einer Mischung von Unwillen und Erwartung an. Ich griff in die Tasche, legte eine Banknote vor sie hin und lief hinaus. Ich sah noch, daß sie mir nachkam.

Ich fuhr direkt zu ihm. Die Angst wich der Wut. Ich irrte mich nicht. Sein Wagen stand vor dem Haus, aber die Fenster waren dunkel. Ich ließ den Wagen in der Nebenstraße stehen. Dann drückte ich die Klingel. Er meldete sich bald. Aus der Sprechanlage ertönte eine keuchende tschechische Stimme:

– Wer dort...?

Ich sagte kein Wort, sondern drückte nur immer wieder die Klingel. Dann kam der Aufzug herunter und das Licht ging an. Er öffnete und stand unsicher in der halboffenen Tür. Er hatte nur Hose und Unterhemd an.

– Wo ist sie?? sagte ich.

– Wer? Ich schlafe schon...

Es war mir völlig egal, ob er betrunken war oder nur Trunkenheit vorgab. Ich stieß ihn beiseite. Er wankte, packte mich aber gleich an der Schulter.

– Bist du verrückt??

Die ganze komplizierte Skala der Gefühle, die Kränkungen und Leiden der vergangenen vierzig Jahre sammelten sich in einem einzigen Impuls. Die letzte Hemmung fiel. Ich schlug ihn so, daß er gegen die Wand prallte. Da stürzte ich schon die Treppe hinauf.

10. August 1968 *An der Grenze*
(aus dem Tagebuch des Schriftstellers PK)

Am letzten Julimittwoch kam die Nachricht, daß in den nächsten Tagen die langerwartete Zusammenkunft von Delegationen der KPČ und der KPdSU auf tschechoslowakischem Territorium stattfinden würde. Die Einheiten des Warschaupakts, die an den Junimanövern teilgenommen hatten, strebten immer noch im langsamsten Gewaltmarsch der Militärgeschichte ihren Heimatländern zu, ohne sich den Grenzen sichtbar zu nähern. Die Nervosität wuchs.

Am Donnerstag darauf wollten wir in der »Klosterweinstube« zu Mittag essen. Es nieselte. An unseren Tisch setzte sich, ohne uns zu fragen, ein fremder junger Mann mit hellen Haaren und einem ausgeprägten Gesicht, in dem etwas falsch war. Wir nahmen ihn mit stillschweigender Verärgerung zur Kenntnis und studierten die Speisekarte, als er mich unerwartet auf russisch fragte:

– Warum fährt das Taxi nicht?

Das Russisch überraschte mich ebenso wie der Befehlston. Er richtete seine hellen Augen auf mich. Der Fehler lag in ihnen. Der kalt herausfordernde Blick konnte viel eher einer Frau gelten, aber sie durfte keinen jähzornigen Partner haben. Er wiederholte die Frage. Ich merkte, daß er getrunken hatte. Ich antwortete höflich, daß die Taxizentrale bei Regenwetter überlastet sei und es am besten wäre, auf der Straße zu warten.

– Also komm mit, sagte er, ich will nicht allein warten.

Z. sah ihn an, als wäre er verrückt. Ich erklärte ihm, daß wir zu Mittag essen wollten, daß ich aber auch sonst nicht wüßte, weshalb ich ihm Geleit geben sollte.

Seine Augen wurden plötzlich schmaler.

– Warum sprichst du so gut russisch?

Schon das Wörtchen Warum war seltsam genug. Z. sah jetzt mich an. Ihr Blick fragte, wie lange ich mir das gefallen lassen würde. Ich hatte aber eine recht gute Erziehung, eine Schwäche für Betrunkene und langsam ein Interesse an seiner Person.

– Ich habe es einfach gelernt, antwortete ich.

– Aber warum?? Wer bist du denn??

– Entschuldigen Sie, fuhr ich russisch fort, aber da müßten Sie sich uns erst einmal selbst vorstellen.

Er überhörte das.

– Dawai, sprich! Bist du Russe?

– Warum Russe? Ich bin Tscheche.

– Merkwürdig! Und warum hast du denn so gut Russisch gelernt??

Ich beschloß, ihn zu erziehen. Ich wandte mich Z. zu und hielt sie an, die Diskussion über die Speisen fortzusetzen. Er beobachtete uns lange. Dann versuchte er es auf eine andere Tour.

– Nu charascho. Ich bin ein Tourist. Und wer bist also du?

In Kleidung und Auftreten war er den russischen Touristen etwa so ähnlich wie ein Sperber den Spatzen. Außerdem waren Touristenreisen aus der UdSSR eben eingestellt worden.

– Wenn Sie ein Tourist sind, dann bin ich einfach ein Eingeborener.

– Ech, du Tscheche! sagte er. Wie benehmt ihr euch zu uns! Was habt ihr mit Novotný gemacht. Novotný ist doch der einzige Freund der Sowjetunion und der beste Marxist der Tschechoslowakei!

– Wie alt sind Sie? fragte ich.

– Und warum mußt du das wissen?

Als ich mich wieder der Speisekarte zuwandte, sagte er schnell:

– Ich bin dreißig. Na und?

– Ich bin vierzig, und ich sieze Sie. Sie sind zehn Jahre jünger und duzen mich. Das scheint mir leider charakteristisch für die momentanen Beziehungen zwischen unseren Ländern und Parteien.

Ich war neugierig auf seine Reaktion.

– Also gut, sagte er merkwürdigerweise, entschuldigen Sie.

– Novotný, fuhr ich fort, ist vor allem schuld daran, daß bei uns der Marxismus beinahe gestorben ist und wir ihn wiederbeleben müssen. Aber auch so ist das einzig und allein unsere Sache. Wir schicken Ihnen keine Briefe, wie Sie denken und leben sollten.

Er verzog die Lippen. Man konnte es kaum ein Lächeln nen-

nen. Es enthielt zuviel Ironie und kalte Wut. Er sprach zu mir wie zu einem Verbrecher, der sich eben verraten hatte:

– Weißt du, was du bist?? Ich werde es dir sagen: Du bist ein Konterrevolutionär! Aber lang wirst du nicht lachen...!

Z. stand gleichzeitig mit mir auf. Im Korridor holte uns der Kellner ein:

– Er war eine halbe Stunde lang am Schanktisch und hat sich dann geradewegs zu Ihnen gesetzt!

– Er wartet auf ein Taxi...!

– Er hat doch keins bestellt!

Draußen sagte Z.:

– Ich habe Angst.

– Warum denn? Er ist offenbar von der Botschaft oder von der Handelsmission und hat irgendwo getrunken.

– Er hat so böse Augen.

– Na und?? Auch wenn er ein Geheimer wäre, pfeif ich abermals auf ihn. Niemand kann mich zwingen, in meinem eigenen Land Angst zu haben.

– Im Krieg hast du keine gehabt?

– Ist etwa Krieg? fragte ich gereizt. Höchstens Nervenkrieg. Zum Glück hab ich Nerven wie Nägel.

– Erstens: Ob auch Dubček und Co. Nägel hat? sagte sie. Und zweitens: Vergiß den Vorschlaghammer nicht!

Es ließ sich nicht leugnen, daß unser Mittagserlebnis der merkwürdigen Atmosphäre entsprach, die sich nach dem Brief der Fünf und der Antwort des Präsidiums der KPČ gebildet hatte. Wir sprachen lange darüber in der Redaktion der »Literární listy«. Ich schlug vor, Ludvík Vaculík solle noch vor der Zusammenkunft der Parteidelegationen einen Text schreiben, der ausdrücken würde, um was gespielt wird. Er antwortete, er wolle nach den Zweitausend Worten keinen dritten Weltkrieg auslösen. Der Bumerang landete bei mir. Wir dachten lange nach, wer Adressat sein sollte; ich schrieb dann:

BOTSCHAFT DER BÜRGER AN DAS PRÄSIDIUM DES ZENTRALKOMITEES DER KOMMUNISTISCHEN PARTEI DER TSCHECHOSLOWAKEI.

»Der Augenblick ist gekommen, da unsere Heimat nach Jahr-

hunderten wieder eine Wiege der Hoffnungen ist, und nicht nur unserer. Der Augenblick ist gekommen, da wir der Welt beweisen können, daß der Sozialismus die wirkliche Form der Zivilisation darstellt. Wir erwarteten, daß dies vor allem in der sozialistischen Gemeinschaft begrüßt werde. Statt dessen werden wir des Verrats bezichtigt…«

»Alles, wonach wir verlangen, läßt sich in vier Worten zusammenfassen: SOZIALISMUS! BÜNDNIS! SOUVERÄNITÄT! FREIHEIT! Der Sozialismus und der Bündnisvertrag garantieren den Bruderländern und -parteien, daß wir keine Entwicklung zulassen, die die Interessen der Völker bedrohen würde, mit denen wir uns zwanzig Jahre lang für die gemeinsame Sache eingesetzt haben. Die Souveränität und die Freiheit wiederum garantieren unserem Land, daß es zu keiner Wiederholung der schweren Fehler kommt, die noch vor kurzem in einer Krise zu enden drohten…«

»Erklärt Euren Partnern, daß die extremen Stimmen, die hier und dort in unseren Diskussionen laut werden, nichts anderes sind als ein Produkt des polizeibürokratischen Systems, das so lange das schöpferische Denken drosselte, bis es eine Reihe von Menschen in die innere Opposition drängte. Überzeugt sie durch eine Vielzahl von Beispielen, daß die Autorität der Partei und die Position des Sozialismus bei uns gerade heute ungleich stärker sind als je in der Vergangenheit…«

»Genossen… (14 Namen, darunter Dubček, Smrkovský, Černík, Kriegel, Bil'ak, Indra, Kolder), es ist möglich, daß Ihr nicht alle dieselbe Ansicht vertretet. Einige unter Euch, obwohl sie den Januar miterkämpft haben, werden für ihre Vor-Januar-Politik scharf kritisiert. Das ist das Leben der Politiker, und die sieben Monate seit dem Januar haben bewiesen, daß niemand Kritik in Blutrache verwandeln will…«

»Verhandelt, erklärt, aber verteidigt einmütig und ohne Konzessionen den Weg, den wir eingeschlagen haben und von dem wir lebend nicht abgehen… Wir sind mit Euch, seid Ihr mit uns…! Alle Mitbürger, die mit uns übereinstimmen, fordern wir auf, diese Botschaft zu unterstützen.«

Wir überlegten, was mit dem Text zu tun sei. Jemand schlug eine Extraausgabe der »Literární listy« vor, aber Chefredakteur Jungmann meinte, daß uns die überlastete Druckerei hinausschmeißen würde. Da rief die Druckerei an, ob wir nicht eine Extra-Ausgabe der »Literární listy« publizieren wollen, sonst würde sie selbst etwas drucken.

Mir war völlig unklar, wer das bis morgen unterschreiben würde, wenn wir keinen Apparat hätten, der das organisierte. Dann rutschte ich auf der Wendeltreppe aus und brach mir den Mittelfinger meiner Rechten an.

Spät am Abend klingelte jemand. Es war S., er wußte schon alles und verlangte die Texte. Als ich ihm einen meiner beiden anbot, wurde er wütend: er habe im Wagen einen Vertrauensmann der Prager Kanalisationen, und weitere elf Interessenten warteten zu Hause. Er verlangte, ich solle das abschreiben. Ich zeigte ihm den Finger, der immer dicker wurde. Dann setzte er sich an meine Schreibmaschine und begann zu klopfen wie ein Specht.

Am Morgen war die Redaktion voll von Studenten der Karlsuniversität, die von der Sondernummer im Rundfunk gehört hatten und sich bereit erklärten, die Texte zum Unterschreiben in die Prager Fabriken zu fahren. Die Drähte begannen zu glühen, in alle Muscheln wurde die Botschaft verlesen, und durch die Luft flogen Namen von Gewicht. Gleich hinter den Nationalpreisträgern sah ich die Unterschrift Z.s.

Ich ging in der Redaktion hin und her, aufgeregt wie eine Henne. Vorschläge und Ergänzungen kamen, die ich sogleich redigierte. Bei einem Rundgang traf ich S. an, der eben 1100 Unterschriften ablieferte. Ich ging mit ihm dafür Mittag essen. Wir erinnerten uns an eine Mitschülerin, der wir bis zum Abitur täglich den linken Schuh versteckt hatten. Z. sagte, das erkläre ihr manches an den späteren politischen Deformationen.

Als ich zurückkam, war der Chefredakteur bereits in der Druckerei. Ich stellte fest, daß man ihm die wichtigste Seite mit den Unterschriften aus den Prager Großbetrieben nicht gegeben hatte. Wir liefen in die Druckerei; aber es war zu spät. Auf dem Hof waren schon die Zeitungsverkäufer angetreten. Der Obermaschinist trat zur Rotationspresse, betätschelte und bespuckte sie und ließ sie anlaufen mit dem Gruß:

– Für Dubček!

S., der mir ständig folgte, öffnete die frische Nummer, machte sich den Rock schmutzig und suchte seine 1100 Unterschriften. Sie waren auf der vergessenen Seite. Bevor er mir etwas antun konnte, bat ich ihn, sie ins Funkhaus zu bringen.

Um sieben abends wurden die Fernsehkameras eingeschaltet. Mit Jiří Hanzelka lasen wir abwechselnd die Botschaft. Als wir durch waren, hatte die Ansagerin Tränen in den Augen. Die Zeit, in der wir lebten, gehörte offenbar nicht zu den lustigsten. Aber wir lebten, und darum lud ich Z. zum Abendessen ein. Nach Mitternacht kehrten wir vom »Golem« zurück und kamen am »Haus des Kindes« vorbei. Dort stießen wir auf eine Menschenansammlung. Ein junger Mann hatte hier am Morgen einen Tisch aufgestellt, den ihm das Warenhaus gegen Hinterlegung der Identitätskarte geliehen hatte. In diesem Augenblick hatte er unter der Botschaft schon 7000 Unterschriften gesammelt und ein paar eifrige Mitarbeiter um sich, die sich auf der Straße zur Verfügung gestellt hatten. Wir begegneten dem Schauspieler L., der gerade von der Vorstellung auf Burg Karlstein kam. Er berichtete, Karl IV. habe sich in der Pause die Brille aufgesetzt und dem Publikum unter starkem Beifall die Botschaft vorgelesen.

Am Samstag versuchte ich vergeblich, an meinem Drehbuch zu arbeiten – an der Fiktion von einem geteilten Prag, wo am linken Moldau-Ufer die Amerikaner und am rechten die Russen stehen. Nachmittags klingelte es. Draußen auf dem Gang stand der junge Mann vom »Haus des Kindes«. Sie hatten 22 000 Unterschriften und fragten, wem sie sie übergeben sollten. Ich rief das Fernsehen an. Sie sagten mir, in einer halben Stunde werde Dubček da sein, um die Ansprache für den Abend drehen zu lassen. Eben fuhr Z. vor. Wir nahmen die Unterschriften und rasten zum Fernsehen. Unterwegs blätterte ich aufgeregt darin.

– Vorzüglich! meinte Z. Neben den Namen stehen sogar die vollständigen Adressen. Das kann später einmal den Untersuchungsbeamten die Arbeit wesentlich erleichtern.

– Sei nicht monoton, mein Kind, sagte ich.

Auf dem Gehsteig wartete bereits die Fernseh-Direktion.

– Du, sagte Z., rat mal, wie zahlreich ist der Begleitschutz des

Ersten Sekretärs einer trotzigen Partei in solch stürmischen Tagen?

Dann kam ein einsamer Tatra 603, dem ein einsamer Dubček entstieg.

Wir drängten uns in den Regieraum. Auf den unteren Monitoren spielte Slovan Bratislava, und auf den oberen sprach er. Er redete schneller und versprach sich öfter als sonst. Ein Techniker sagte mitfühlend:

– Er gibt Dampf, damit er noch was vom Fußball hat. Was hat er denn vom Leben?

Daneben im kleinen Buffet saß ein betrunkener Jüngling und lallte laut, der Dubček könne ihm gestohlen bleiben. Wir bedauerten, daß nicht er dem Dubček gestohlen bleiben kann. Sympathisch war, daß man es darf. Unsympathisch, daß er eben auch wußte, daß man es darf.

Wir sahen auf den Monitoren, wie der Erste Sekretär zusammensank, als man ihm die Bogen in die Hände legte. Daran konnte man sehen, daß die Unterschriften Gewicht hatten. Mich interessierte ihr genaues Gewicht. Dann eilte er hinaus, um sich abzuschminken. Als er an mir vorbeikam, grüßte ich ihn. Ihm schien es offenbar, als hätte er mich schon irgendwo gesehen, und er fragte daher, was der Verband bedeutete. Ich antwortete geistreich, daß mir jemand auf die Hand getreten sei; mir fiel nichts Klügeres ein in diesem historischen Moment.

Wir fuhren nach Hause, um die Fernsehnachrichten anzusehen. Die ganze Republik unterschrieb.

– Phantastisch! sagte ich. Vor achtundvierzig Stunden saßen wir zu viert in der Redaktion und waren ängstlich und allein.

– Das bin ich auch jetzt noch, sagte sie. Ich denke nach, was wohl der liebe Herr aus der »Klosterweinstube« gerade unterschreibt.

Ich nahm sie von neuem mit unter die Menschen. Das »Haus des Kindes« hatte einen Raum und eine Rechenmaschine zur Verfügung gestellt. Eben war der Vorsitzende der Nationalen Front, Kriegel, dem in der Menge seine Frau verschwunden war, weggegangen. Vor ihm war auch Smrkovský dagewesen. Man hatte ihn auf den Tisch gehoben, und er war zur allgemeinen

Heiterkeit nicht heruntergefallen, weil er vom Treffen im »Slavischen Haus« Übung hatte. Er versicherte den Mengen mit der Stimme eines Chronisten, noch bis ins dritte und vierte Glied würde man von dem sprechen, der den Erneuerungsprozeß verrate, und das würde nicht er sein. Die Touristen aus den Bruderländern rissen die Augen auf und fügten ihre Unterschrift hinzu. Ich mischte mich in die Diskussion ein. Z. hielt bis lang nach Mitternacht aus, ohne zu protestieren. Ein Herr fragte mich, was geschehe, wenn uns die Sowjets besetzen würden. Ich antwortete, daß ich eine sehr lebhafte Phantasie habe, mir so etwas aber auch nicht vorstellen könne, ohne das Gefühl zu haben, ich hätte all die dreiundzwanzig Jahre vorher nur geträumt. Er ließ sich nicht abweisen und zwang mich, mir das doch vorzustellen und zu sagen, was wir in einem solchen Fall tun sollten.

Also sagte ich ihm, daß wir in einem solchen Fall tun sollten, als hätten wir sie überhaupt nicht bemerkt.

Die Menge lachte, und es sprach sich herum, daß der Einfall vielleicht nicht ganz unnütz sei.

Am Sonntag nachmittag meldete der Rundfunk, daß das Flugzeug mit dem Präsidium des ZK der KPČ eben aus Prag gestartet sei – mit unbekanntem Ziel. Der Krimi begann.

Der Freiwilligenstab vom »Haus des Kindes« erweiterte seinen Aktionsradius auf den Hradschinplatz, zum Nationaltheater, auf den Wenzelsplatz und die Prager Bahnhöfe. Die Bürger kehrten vom Wochenende zurück. Während der letzten acht Stunden waren so viel Unterschriften hinzugekommen wie in den vergangenen zwei Tagen. Es waren jetzt 71566. Der Stab verfügte bereits über eine Übersetzergruppe, die in acht Sprachen ausländische Touristen und Journalisten informierte. Aus dem Restaurant »U Pelikána« wurde gratis ein Tablett mit Brötchen, Mineralwasser und Bier geschickt.

Zwischen halb neun und halb zehn war an den Tischen rush hour. In einer Stunde unterschrieben nahezu 9000 Bürger. Ich begegnete fast allen meinen Verwandten und Bekannten einschließlich meiner Kinder. Wir fuhren sie nach Hause.

Wieder wurden Nachrichten gesendet. Der scharf beobachtete Sonderzug mit dem Präsidium verließ Kosiče mit unbekann-

tem Ziel. Ich versuchte, mir die Waggons mit Politbüros vollgestopft vorzustellen.

– Eine Führung mit einer solchen Rückendeckung sollte doch nicht wie Pfadfinder auf Geheiß ins grüne Blaue fahren, sagte Z.

Mitternacht kam, und wir begannen ernstlich zu überlegen, wo wir den Haufen Unterschriften für die Nacht unterbringen sollten. Da brachte Z. meine Riesenreisetasche. Die Rechenmaschine ratterte zum letztenmal und zeigte 85 507. Ich notierte es, aber da rannte eine Frau aus der haltenden Tram, schrieb TICHACKOVA ANNA, PRAHA 5, NA SKALCE und sprang wieder auf – 85 508. Dann hämmerte jemand an die Tür, und das Defilee beschloß Major Hynek aus dem Ministerium für nationale Verteidigung – 85 509.

Jetzt sollten eigentlich die Glocken läuten, Champagner sollte fließen und überall Frohlocken sein. Doch wir waren müde, und auch dieser Zug mit den Pfadfindern ging uns nicht aus dem Kopf. Mit Z.s Hilfe hob ich die Tasche mit der gesunden Hand auf, dankte und fuhr nach Hause. Im Badezimmer stellten wir sie auf die Waage. 85 509 Unterschriften wogen achtzehn Kilogramm zweihundertfünfzig Gramm netto. Stellvertretend für alle wünschte ich Helena Kubíckova, Pionyru 1713, die obenauf lag, eine gute Nacht. Z. schleifte die Tasche bis zur Couch.

– Meinst du, sagte sie, daß irgendeinmal in irgendeinem Zimmer so viele Leute geschlafen haben?

– Was wird Dubček damit anfangen? fragte ich schläfrig.

Sie setzte sich auf die Tasche und begann zu fabulieren.

– Das müßte in eine Truhe, eine bemalte, am besten von der mährisch-slowakischen Grenze, damit das kein böses Blut gibt, die Papiere da sollten in diese Truhe und die Truhe in sein Büro gebracht werden, und wenn jemand kommen und etwas sagen würde, müßte Dubček aufstehen und die Truhe öffnen.

– Ausgezeichnet, ich will es vorschlagen. Hast du rein zufällig keine Lust zu schlafen? Ich ja.

– Weißt du was? sagte sie. Ich bin offenbar glücklich.

– Da hast du dir gerade die rechte Zeit dafür ausgesucht, sagte ich.

Am Morgen fuhr sie die Tasche in die Redaktion. Der Rund-

funk meldete, daß die Zusammenkunft in Cierná stattfinde. Der Vorteil des eigenen Territoriums betrug etwa einen Kilometer. Das war ziemlich demütigend. Das Abendkommuniqué sagte, daß am nächsten Tag weiterverhandelt werde. Ich konnte nicht mehr warten. Seit gestern sollte ich eigentlich schon in Nürnberg sein, um die Herbstpremieren abzusprechen. Wenn ich damit fertig wäre, sollte sich Z. mir anschließen – Richtung Salzwasser.

Ich passierte in der Nacht die Grenze und am nächsten Tag arbeitete ich bis spät am Abend. Dann hörte ich Nachrichten. Die Verhandlungen waren noch nicht zu Ende. Ich bestellte die Privatnummer N.s, von dem ich mich gestern im Stadtkomitee der Partei verabschiedet hatte.

– Hör mal, warum dauert das so lang?

– Kannst du morgen früh zu mir ins Büro kommen? sagte er heiser und schläfrig.

– Muß das sein? fragte ich unglücklich.

– Es wäre besser, sagte er bedeutungsvoll.

Ich schrieb Entschuldigungsbriefe und fuhr los. Um drei begrüßte ich meine geliebten Zöllner, um sieben weckte ich Z., die zu träumen glaubte, und kurz nach acht war ich im Büro von N.

– Was geht hier vor?? fragte ich aufgeregt.

– Eigentlich nichts. Wir haben keine Nachrichten.

– Und dazu holst du mich aus Nürnberg her??

– Ach so, du hast aus Nürnberg angerufen...?

Ich glaubte, ihm an die Kehle springen zu müssen, aber dann war ich froh. Ein Urlaub in dieser Situation konnte keinen Groschen wert sein. Ich hätte geistesabwesend die Landschaft und Z. angesehen. Im Stadtkomitee verbrachte ich den ganzen Tag mit einer Menge Leute, die hier wie ich auf Informationen warteten. Die Staatsmänner unseres modernen Landes hatten jedoch eine schlechtere Verbindung als ein Botenmeister mit Amateursender. Einmal täglich ließ sich einer von ihnen hören, um fast unhörbar bekanntzugeben, daß alle gesund seien und sich auf ein Wiedersehen freuten.

Erst am Donnerstag kam die überraschende Nachricht, daß in Bratislava ein Treffen der Sechs stattfinden würde.

Am Samstag hielten die Teleobjektive des Fernsehens die geschlossene Kolonne der Führer fest. Die Unseren hatten frohe Gesichter. Breschnew hob Svobodas und Dubčeks Hand hoch empor. Das Bündnis wölbte sich wieder wie ein Regenbogen im Frühjahr.

Während die Gläubigen am Sonntag in die Kirche gingen, fuhr ich ins ZK der Partei. Ich hatte richtig vermutet. Sie kamen einer nach dem andern vom Flugplatz angefahren: Černík, Smrkovský, Kriegel, Mlynar, Jakes und weitere. Die Slowaken waren in Bratislava bei ihren Familien geblieben. Dubček war angeblich baden gefahren. Sie waren müde, aber aus der Nähe schienen sie zufrieden. Über die Verhandlungen ließen sie sich nicht aus. Smrkovský und Černik sagten fast dasselbe:

– Sie waren hart, aber wir haben sie überzeugt.

Nur Kriegel blieb in sich gekehrt und ernst. Als wir einander in einem weißgekachelten Raum begegneten, sprach er einen einzigen Satz aus:

– Es war fürchterlich.

Schon am Montagmorgen löste sich jedoch die Spannung. Die restlichen verbündeten Einheiten verließen schnell unser Territorium. Erfolgreich wurde die Ernte fortgesetzt und der XIV. Parteikongreß vorbereitet. Vor allem normalisierte sich Z.

– Wir haben schon zehn Tage Verspätung, sagte sie. Fahren wir in die Ferien, oder wird das so ausfallen wie im vorigen und vorvorigen Jahr?

Ich fragte meine Freunde um Rat.

– Fahr! sagten sie, angefangen mit Jan Procházka und endend mit S., jetzt ist bis zum Kongreß Ruhe!

Ich erreichte noch eine Verschiebung. Auf dem Hradschinplatz erschollen Jubelrufe. Im ersten Stockwerk der Burg erschien Tito. Die Luftlinie zu meinem Fenster konnte nicht mehr als dreißig Meter sein. Ich beugte mich hinaus und winkte ihm zu. Das war meine Bitte um Pardon wegen eines zwanzig Jahre alten Gedichts. Lächelnd winkte er ebenfalls, als gäbe er eine kollektive Absolution.

Frühmorgens fuhren wir unwiderruflich los. Im »Rudé právo« erschien der Entwurf der neuen Parteistatuten, der die Rechte der Minderheit verankert; jetzt war das ein Geschenk der Mehrheit an die Konservativen. Werden sie jetzt auch nicht begreifen?

Mit Wohlgefallen las ich darin, bis ich Z. am Steuer ablösen mußte, weil wir in ein Gewitter mit Hagelschlag gerieten. Es schien, als wollte es aus uns Kleinholz machen.

Aber dann ging die Sonne auf, und die Landschaft entsprach genau der erhebenden Beschreibung, wie sie die Nationalhymne enthält.

Im Buffet an der Grenze bestellten wir einen Kaffee.

– Na siehst du, sprach ich siegessicher, wir fahren doch!

– Was meinst du, sagte sie, ist der liebe Herr von neulich auch schon weggefahren…?

Freitag, 23. August 1968 Roma
(Fortsetzung)

Ich Wie soll ich das wissen?

Er Ich hab's dir doch gestern gesagt.

Ich ???

Er Gestern, hier.

Ich Entschuldigung. Gestern hab ich wirklich wenig mitbekommen… Moment, ich gieße schon selber ein… Und wie geht's dem Kopf?

Er Kopf O. K.… wieviel Würfel?

Ich Ohne! Die schöne süße Zeit ist vorbei. Und wann war eigentlich deine Scheidung?

Er Kurz bevor ich wegfuhr.

Ich Warum??

Er Du darfst dreimal raten. Aber sag immer schön Von wegen der Partei.

Ich Ach so. Na, das kenn ich.

Er Ich glaube, so was kennst du nicht.

Ich Weißt du nicht mehr, daß ich dein Trauzeuge war?

Er War ich nicht auch deiner?

Ich Wir haben uns gegenseitig das ganze Leben als Zeugen gestanden und am Ende glaubt uns sowieso niemand nichts…

Er Hast du nicht zufälligerweise an Stalins Geburtstag geheiratet?

Ich Zufälligerweise. Apropos: bist du sicher, daß das damals deine Heirat war? Oder war es etwa eine Bezirkskonferenz der Partei?

Er Sie stammt aus so einer Familie: Die Kameraden Zápotockýs aus Kindheitstagen. Sie hatten die Partei gegründet. Sie waren ihre erste Generation. Proletarier im besten Sinn des Wortes. Sie schluckten es nie, daß sie einen Tintenschmierer geheiratet hatte. Der einzig mildernde Umstand war, daß sie mir auf der Parteihochschule begegnet und ich im Kader war. Sie hatte durchgesetzt, daß sie mich bekam. Aber sonst blieb sie in allem ganz die Familie.

Ich Und warum hast du sie überhaupt geheiratet?

Er Warum heiratet man? Oder warum heiratet man noch?

Ich Ich hätte geschworen, daß du nie heiratest. Einst habe ich dich beneidet, daß du einfach nicht imstande bist, wie ich die Urteilskraft zu verlieren.

Er Dafür habe ich sie dann auf einmal verloren.

Ich Aber woran ist es jetzt, nach sovielen Jahre, gescheitert?

Er Sie konnte keine Kinder kriegen.

Ich ...und du möchtest unbedingt welche haben?

Er Ich weiß nicht. Vielleicht. Aber vor allem ging es darum, daß sie all das, was eine Frau normalerweise dem Kind gibt, auf die Partei übertrug.

Ich Hatte sie irgendeine Funktion?

Er Jawohl: sie war meine Frau.

Ich ??

Er Bergmannsadel hat auch seine Erbkrankheiten. In ihrer Familie war es Tuberkulose. Sie arbeitete durch mich für die Partei. Sie und ihr Geschlecht. Ich kam am Abend wie zerschlagen nach Hause, und dort begann eigentlich erst mein Arbeitstag.

Ich Aber darin mußtet ihr euch doch glänzend verstehen. Eigentlich habe ich dich im Leben noch nicht von etwas anderem reden gehört als von Politik. Du hast ihr auch dein Talent geopfert. Heute hättest du weiter sein können als ich!

Er Also das bereue ich nicht. Ich habe nicht das geringste Gefühl, irgendein Opfer gebracht zu haben. Vielleicht bin ich wirklich, von Natur aus, das, was man Berufsrevolutionär nennt. Was ich je gesagt habe und sage, da stell ich mich ganz dahinter.

Ich Na also! Was war denn das Problem?

Er Daß ich für alle ein Revolutionär war, nur nicht für sie. Sie hat mir nie geglaubt, daß ich es mit der Partei ehrlich meine. Für sie war ich Revisionist.

Ich Das ist ja geradezu grotesk!

Er Ja und nein. Vielleicht hatte sie recht. Wir haben ja doch heute nachmittag darüber gesprochen.

Ich Also bitte, nimm dich zusammen! Du bist ein denkender, gebildeter Mensch! Du kannst die moderne Welt nicht durch die Optik der Revolutionäre des Neunzehnten Jahrhunderts betrachten. Wir leben im Zeitalter der wissenschaftlich-technischen Revolution. Wenn die Partei überleben will, so muß sie das zur Kenntnis nehmen. Wir sind im Recht, wenn wir wollen, daß sie sich der neuen Generation anpaßt.

Er Laß dich nicht davon täuschen, daß ich halb blau bin. Ich bin betrunken, weil ich *weiß*. Und mein Wissen erfüllt mich mit absoluter Skepsis. Denn ihre Optik ist dem wirklichen Gesicht der Erdkugel doch viel näher. Woher kommt das Denken, von dem du und ich unsere Schlußfolgerungen ableiten? Das gute alte Europa hat es geboren und auf einigen Schiffen über den Ozean exportiert. Ob links oder rechts, wir reden uns ein, daß es den ganzen Planeten beherrscht, und dabei sind wir nur ein lächerliches Häuflein Bleichgesichter, das eine Lichtung im Urwald kultiviert hat und sich als Eroberer fühlt. Nur ist der Urwald voll von Wesen, die darin so richtig zu Hause sind, die ihre Traditionen, ihre Gesetze und eigenen Vorstellungen von einer zukünftigen Welt haben und die vor allem ihren vermeintlichen Beherrschern quantitativ weit überlegen sind. Wieviel sind es, die wenigstens entfernt so denken wie wir beide? Nach dem Atlas eine halbe Milliarde. Einen auf fünf. Aber wieviele sind wir wirklich? Meine Frau dachte nicht wie ich! Viel näher als zu uns haben die es zu den zweieinhalb Milliarden Proletariern in Asien, Afrika und Lateinamerika. Wir sind total erledigt, ich ebenso wie du, weil in die alte Königsstadt im Herzen Europas bei Nacht und Nebel tausende Panzer eingedrungen sind, wir sind entsetzt, daß sie jenen ähneln, die uns vor dreiundzwanzig Jahren befreit haben. Aber das war ja nur eine Legende, wieder hervorgebracht von unserem Denken, das mit Andersens Märchen vom bösen Drachen und dem braven Ritter gestillt wird. Sie haben uns damals nicht befreit, so wie sie uns jetzt nicht okkupiert haben. Denn es schiebt sich nur langsam, unmerklich, Jahrzehnt um Jahrzehnt, Schritt für Schritt eine Welt zu uns vor, die lange vor uns da war, die chinesische Mauern, Aztekenpaläste und ägyptische Pyramiden baute, noch zu einer Zeit, da sich aus Europa der große Gletscher zurückzog. Als wir in die Volksschule gingen, glaubte Amerika vor Grauen zu sterben, weil Orson Welles sich ein Hörspiel über einen Angriff von Marsmenschen ausgedacht hatte. Damals hatten wir Angst, ohne Taschenlampe aufs Klosett zu gehen. Heute lachen wir zusammen mit Amerika darüber, wetteifern in der Produktion von Wasserstoffbomben, veranstalten Wettrennen zum Mond, züchten die NATO und den Warschaupakt und schlafen im tröstlichen Bewußtsein ein, daß wir ein herrliches und nie versagendes Gleichgewicht geschaffen haben. Nur leben schon in zwanzig Jahren zehn Milliarden Menschen auf der Welt, auf jeden von uns werden ihrer bereits zehn, und unklar ist nur, ob die Hauptstadt Europas Peking oder Kinshasa heißen wird. Darum wundere dich nicht, wenn schon heute am hellichten Tag Politiker oder Dichter des einen oder anderen Zwerglandes verhaftet werden, das sowieso zum Aussterben verurteilt ist. Und so wundert es mich auch nicht, wenn mich weit davon entfernt in einer fremden Stadt mein einstiger bester Freund niederschlägt, dessen junge Dame ich zuvor in allen Ehren auf der Piazza del Popolo abgesetzt habe, weil sie noch einen Spaziergang machen wollte.

Du
an der Schwelle
des riesigen Labyrinths geboren
das die Affiche »Zwanzigstes Jahrhundert« trägt
hast mich unbeirrbar
zu Wärme und Licht geführt
unsern Weg bezeichnet
mit einer Million geschrubbter Parkette
Immer wenn ich verlorenging
hast du auf alle Rahen
Tausende gewaschener Hemden aufgezogen
und Wachtfeuer angezündet
mit dem Duft von Kuchen und Weihnachtsgebäck
Du hast mir Socken und Herz vernäht
mit kleinen und festen Stichen
ich kann sie noch heute tragen
mit einer Salve durchwachter Nächte
hast du die marodierenden Fieber von mir gejagt
mit zwei Stricknadeln
die Weltwirtschaftskrise durchbohrt
und den Weltkrieg am Küchenherd geführt
Erde in Brot und Wasser in Tee verwandelnd

Um Mitternacht fuhr ich wiederum zum Krankenhaus, stellte den Wagen quer zur Straße und blinkte mehrmals mit den Scheinwerfern in ihre Fenster. Sie pflegte zu sagen, daß sie, wenn die Pulver nicht halfen und sie nicht schlafen konnte, für sich Filme über meine Kindheit auf die Zimmerdecke projizierte. Ich wollte ihr selbst einen vorführen, um ihr eine Freude zu machen. Am Morgen rief ich aus dem Theater an und fragte, wie es ihr gehe. Man sagte mir, sie sei um Mitternacht gestorben.

Ich sagte niemandem etwas. Ich führte Regie wie eine verläßlich funktionierende Maschine. Nur redete ich ununterbrochen. Immer wenn ich pausieren wollte, kehrte unabweislich der Gedanke zurück: Hatte mein Gruß sie noch erreicht?

Ich rief nicht einmal E. an. Sie hatte sich diese ganzen Tage, da ich direkt von der Probe ins Spital ging, nicht gemeldet. Ich verbrachte Stunde um Stunde in dem kleinen weißen Einzelzimmer, um keines ihrer kurzen Erwachen zu versäumen. Ich hatte das verzweifelte Gefühl, sie nach einer Menge wichtiger Dinge fragen zu müssen, die nur sie wußte. Doch sie war vom Schlafen immer so müde, daß ich nie fragte.

Darum schob ich jetzt immer wieder die Hand in meine Brusttasche. Darin war ein Brief, den sie mir im Sommer nach Karlsbad geschickt hatte, wo ich Außenaufnahmen drehte. Ich hatte ihn nie geöffnet. Vielleicht enthielt er eine ganz simple Nachricht. Aber sie war bereits hoffnungslos krank, und ich redete mir ein, daß darin eine Botschaft von ihr sei, viel wichtiger als alle, die mir die Welt zusandte. Ich wollte ihn erst öffnen, wenn schlimme Zeiten kommen würden und ich damit allein wäre.

Am Nachmittag besorgte ich das Notwendige für das Begräbnis. Dann war ich bei den Kindern. Sie weinten um sie, aber nach einer Weile stritten und lachten sie wieder. Wahrscheinlich war das gut so. Ich aber wurde einsamer. Ich fuhr nach Hause und schrieb nach Jahren wieder Verse.

Immer glaubte ich
du seist unverletzlich und unsterblich
Durch Kinderkrankheiten
Angst
Leidenschaft
Liebesenttäuschung
schien stets dein Gesicht
als mein erster Fixstern
und deine Hand
rückte Finsternis Brände und Trauer
so leicht beiseite wie den Korallenvorhang
zu Hause im Badezimmer
Wer hätte geahnt daß auch du
deine Archillesferse hattest
eine kleine unsichtbare Stelle
wo sich hineinwinden konnte
der Tod

Die kleine Garçonniere, an die ich mich die ganzen vier Jahre nie gewöhnen konnte, begann auf mich niederzustürzen. Ich irrte darin umher, in meinen Sachen und Plänen suchte ich die Andeutung eines festen Punktes, aber wenn gestern noch dies oder jenes irgendeinen Sinn gehabt hatte, konnte ich ihn jetzt dort nicht mehr finden. Endlich begriff ich, daß ich heute nicht allein sein konnte.

Die »Viola« war angetrunken, wie es sich zu St. Niklaus gehört. Ich setzte mich auf den einzigen freien Stuhl an der Bar. Ich trank tschechischen Whisky und versuchte Fragmente der Worte und Töne festzuhalten. Neben mir saß ein Mädchen, mit dem Rücken gegen mich. Ich sah nur ihr kurzgeschnittenes Haar. Es schien, als unterhielte sie sich mit allen und keinem. Da wandte sie sich zu mir um und sagte:

– Warum so unfroh sind Sie in dieser Zeit?

Es begann wie alle sterilen Dialoge dieser Art. Doch heute wollte ich das.

– Ich fürchte mich allein zu Hause, sagte ich.

– In solchem Falle pflegt es gut zu sein, ein Mädchen sich mitzunehmen, nicht wahr?

Die verdrehte Sprache klang aus ihrem Munde keineswegs gezwungen, sondern angenehm absonderlich. Ich ahmte sie nach.

– Wo nehmen solche, und nicht stehlen?

– Dann nehmen Sie eine Niemandgehörende.

Sie schien mir nicht auffallend schön, aber sie hatte ein feines Gesicht und Augen, die einen freundschaftlich und direkt anblickten. In ihrem dicken Sweater sah sie mehr wie ein Junge aus. Ich schloß Bekanntschaften immer schwer und langsam. Ähnliche Konversationen pflegte ich nur bis zu einer bestimmten Grenze fortzuführen, hinter der ich das Gespräch auf die Politik oder die Kunst brachte. Das war eher ein Schamgefühl, aber es sah aus wie demonstrative Interesselosigkeit: die Kontakte rissen schnell ab. Diesmal überschritt ich jene Grenze sogleich.

– Sind Sie eine Jemandgehörende? fragte ich.

– Die soeben mit Ihnen Sprechende ist offenbar soeben eine Ihnengehörende.

– Und wie wenn ich also Sie mitnehmen würde?
– In diesem Falle werde ich die von Ihnen Mitgenommene.
– Also sind wir Gehende! sagte ich.

An der Garderobe pirschte sich ein bekannter Maler an mich heran.

– Sieh dich vor! warnte er mich flüsternd, dich erwartet eine ganze Nacht intellektueller Diskussionen oder ein paar Ohrfeigen. Die ist bekannt dafür!

Nichts Besseres konnte mir begegnen. Ich hoffte, er habe nicht gelogen. Sie ging mit einer Selbstverständlichkeit zu mir, als wäre das ihr täglicher Weg. Nur als ich aufschloß, warf sie einen Blick auf das Türschild und fragte:

– Was machen Sie, wenn Sie etwas machen?
– Ich schreibe, antwortete ich.

Sie lachte hell auf, wollte aber nicht sagen, warum. Wir tranken eine Flasche Wodka und sahen von der Terrasse auf die nächtlichen Trams und das Faust-Haus hinunter. Sie hopste am Geländer in meinem Bademantel herum, den sie statt des Wintermantels angezogen hatte, und schüttelte Geschichte um Geschichte aus seinen Ärmeln. Mir schien, die Terrasse sei voll lustiger Leute, die ich gut kannte. So fühlte ich nach vielen Monaten eine ungeheure Erleichterung, obwohl immer noch der Tag fortdauerte, an dem der Tod gekommen war.

– Und was machen Sie? fragte ich.
– Ich gucke auf die Stadt.
– Aber was machen Sie, wenn Sie gerade nicht gucken?
– Nichts.
– Ach so. Aber etwas interessiert Sie vielleicht am Leben. Sie wollen zum Beispiel etwas sein, oder?
– Sicher, antwortete sie. Ich will glücklich sein.

Er winkte mir zu und flog durch den Aufzugsschacht davon wie ein unglücklicher Faust der modernen Zeit. In dem Moment wußte ich Bescheid. Ich erblickte wieder die Augen des Mannes, der sich über den Tisch gebeugt und ihr die Hände geküßt hatte.

UND WENN SIE WIE SIE WÄRE, SOLL SIE MICH AUCH UM ZWEI UHR FRÜH WECKEN KOMMEN!

Es war ein Viertel nach zwei. Ich trat auf das Gaspedal. Bremsen schrien auf, und man hörte das beleidigte Wimmern der Hupe eines Wagens. Er holte mich nicht ein. Ich verließ mich völlig auf meinen Instinkt, kletterte die Serpentinen empor zur Villa Borghese, wählte einen der Wege, die den Park durchqueren, und war überhaupt nicht überrascht, als ich schon in der zweiten Quergasse die Leuchtröhren des Hotels Parco dei Principi sah. Es war ein de-Luxe. Auch jetzt, so spät in der Nacht, öffnete mir ein Boy mit weißen Handschuhen. Hinter einer Glaswand leuchtete im Garten ein Swimming-pool. Vier höflich reservierte Augen hießen mich willkommen. Ich legte seine Visitenkarte auf das Rezeptionspult.

– Yes, sagte der Portier, er ist zu Hause...

– May I see him?

Anstelle einer Antwort sah er bedeutungsvoll auf die Uhr.

– Ich bin sein Freund, sagte ich.

Der Concierge lächelte entschuldigend:

– Er hat Besuch, Sir.

Mein Puls ging schneller.

– Er hat mir gesagt, daß ich ihn jederzeit besuchen kann!

Der Concierge hatte keinen Grund, es mir nicht zu glauben, und wagte sich daher bis zur äußersten Grenze der Indiskretion:

– I don't think he would be glad tonight...!

Einige Sekunden verstrichen. Ich konnte mich auf keinen Gedanken konzentrieren. Ich wandte mich um. Unmittelbar mir gegenüber stand ein offener Lift.

Der Portier war früher dort als ich. Er stand zwischen mir und der offenen Lifttür; sein Ton war jetzt höflich warnend.

– Sorry, Sir!

Ich hatte heute nacht schon Training. Ich faßte ihn an der Hand und schleuderte ihn hinter mich. Er hatte es nicht erwartet und kam erst am Rezeptionspult zum Stehen. Ich drückte den obersten Knopf, und der Aufzug schnellte nach oben. Ich stieg in einem langen Korridor mit Dutzenden von Türen aus. Der zweite Aufzug kam einige Sekunden später an. Sie sprangen alle beide heraus, überrascht und wütend. Ich begann zu laufen und ihren Namen zu rufen. Bevor ich am Ende des Gangs angelangt war, öffneten sich schon die ersten Türen. Ich boxte und trat so rasend ins Leere, daß der Portier es nicht wagte, näher zu kommen. Der Portier rief:

– Scusi, signori e signorini, I'm calling the police!

Er eilte zurück zum Aufzug. Da erblickte ich sie. Sie stand an der Schwelle und hatte einen Herrenbademantel an, dessen Ärmel sie einigemal aufgekrempelt trug, wie sie es bei mir getan hatte. Die Hände sanken mir nieder, aber niemand rührte sich. Alle sahen uns schweigend an.

– Komm zurück! sagte ich.

– Nein, sagte sie. Du hast mich verlassen schon in Perugia. Ich habe keine Heimat und will nicht einmal dich. Ihr habt alles vernichtet, was euch in die Hände gekommen ist. Mach, was du willst, schlag mich meinetwegen tot. Ich hasse dich. Ich hasse euch alle!

Ich blickte auf ihre schmalen Hände, die in den Ärmeln des großen Bademantels verschwanden, als wäre er ihr einziges sicheres Versteck. Und ich begriff, daß es mit mir zu Ende ist. Meine Augen füllten sich mit Tränen.

Der Portier, der immer noch zwischen mir und der offenen Aufzugstür in der Halle stand, wandte diskret den Kopf beiseite. Ich ging langsam fort. Als ich am Pult vorbeikam, sagte der Concierge verständnisvoll:

– Take it easy, Sir...!

Der weißbehandschuhte Boy öffnete mir die Wagentür. Ich langte in die Tasche und reichte ihm den Rest meiner Banknoten. Er sperrte den Mund auf und brachte kein Wort heraus. Ich schlug die Tür selbst zu. Das Hotel Parco dei Principi schwand im Rückspiegel wie der letzte Leuchtturm eines Festlandes, das ich nie mehr betreten sollte. Ich konnte die Tränen nicht aufhalten. Zum letzten Mal hatte ich vor fünf Jahren geweint, hinter der gläsernen Wand eines Prosektoriums. Ich war dem Tod in meinem Leben so oft begegnet, daß ich nie im Ernst an meinen eigenen gedacht hatte. Wenn auf den schmalen Straßen Böhmens aus dem Regen und Nebel Lichter eines entgegenkommenden Wagens auf mich zustürzten, sagte ich mir oft: Dort kommt mein Tod!

Doch das war nur Spiel, die Lichter schossen immer an mir vorbei, und ich hatte wieder freie Bahn zum Nachtessen, zu Kampf, Applaus und Liebe. Ich mußte den Wagen mit Büchern und Badeanzügen volladen, ich mußte halb Europa mit der Vision von Meer, Küssen und Ferien durchqueren, damit der Tod mich nach einem Tag voller Sonne in einen Hinterhalt lockt, damit er mir in der Landschaft voller Wein, Eukalyptus und Zikaden eine Falle stellt und mich gerade in der Ewigen Stadt der Vergänglichkeit ausliefert. Ich fuhr an Wegweisern und Lichtsignalen vorbei, um meine Ausfallstraße aus dem Leben zu finden.

In diesen Minuten, da zum letzten Mal die Welt der Menschen an mir vorbeizog, da ich sie durch die Tränen verwischt und vervielfacht sah wie jene Fliege aus meinem alten Lehrbuch der Naturgeschichte, begriff ich alles, was mir bisher ständig entgangen war. Von Anfang bis Ende hatte ich mein Leben auf Illusionen und Selbsttäuschung aufgebaut. Meine Phantasie hatte sich eine nichtexistente Welt der frommen Vorstellungen und Wünsche geschaffen, die immer wieder von neuem in sich zusammensank wie ein Kartenhaus, sobald die Wirklichkeit sie berührte.

ICH SEHNE MICH NACH DIR. ABER ICH WILL NICHT, DASS DU DICH MIR GIBST IN DIESER NACHT, DAS KÄME MIR WIE EIN OPFER VOR!

Vielleicht hatte diese Flucht ihren Liebeskummer zur Folge, der sie nie mehr losließ.

DIE REVOLUTION BIN DOCH AUCH ICH! WENN DU WILLST, LEHRE ICH DICH LEBEN!

Aber dann beantwortete ich keine ihrer Fragen, weil ich selbst keine Antwort wußte. Sie mußte ihr Heim verlassen und die halbe Erde umfahren, damit ein unbekannter Arzt aus Kuba es ihr sagt.

AUF EINEM SOLCHEN SCHIFF IST KEINEM TRAURIG ZUMUTE! AUF SOLCHEM SCHIFF IST NIEMAND ALLEIN!

Aber ich konnte ihre Angst und Einsamkeit nicht verscheuchen, auch dann, als ich sie in mein Haus mitbrachte. Ihr Streit um den Platz am Herd und um die Ordnung in der Bestecklade schien mir immer lächerlich, verglichen mit der monumentalen Schlacht der Klassen und Rassen. Sie tauschte die große Wohnung und den guten Namen gegen eine kleine Sicherheit, die ihr allein gehören würde.

WENN DU ERWACHSEN BIST, WERDE ICH DIR VON IHNEN ERZÄHLEN, IN JENEM BLÜHENDEN FRÜHLING, IN DEM DER MENSCH DEM MENSCHEN EIN BRUDER SEIN WIRD!

Nun schläft er unruhig mit der Fahne, mit der er den ganzen Tag gegen die gleichen Panzer protestierte, denen ich mein erstes veröffentlichtes Gedicht gewidmet habe.

ICH WILL GLÜCKLICH SEIN!

Ist der Wunsch wirklich so egoistisch, wie es mir schien? Oder braucht es Mut, das Credo der menschlichen Existenz offen anzusprechen? Mein Gott, es ist doch der Schlüssel zu allem! Wie kann ein Mensch die Welt verbessern, wenn er nicht ein einziges der Schicksale verbessert hat, die er berührte?

Sie stritt mit mir, machte mir Vorwürfe, aber ihre Hände erwarteten mich jede Nacht, um mich vor bösen Träumen zu schützen...

Ich fuhr über die Straßenkreuzung und suchte die schöne Regel aus dem Kinderspiel:

KEHRE ZUM START ZURÜCK UND BEGINNE VON NEUEM!

Doch es war schon zu spät, um das Leopardengerippe in den weißen Schneefeldern des Kilimandscharo zu suchen. Ich war nicht Jan Hus, um es zuwege zu bringen, mich freiwillig dem Mann mit den kalten Augen auszuliefern, der vielleicht am Grenzpfahl wartete, aber ich war auch nicht Comenius, um imstande zu sein, Werk und Leben mit den guten Mäzenen der State University of Iowa, State Iowa gipfeln zu lassen. Ich konnte auch nicht zu Gott flüchten, den ich weggestrichen hatte; und Marx, den ich suchte, hatte man mir weggenommen. Nur eins blieb mir übrig: in Richtung Via Appia weiterfahren, das Gaspedal hinunterdrücken, den Kopf auf das Lenkrad legen und schlafen.

Der Wagen mit Blinklicht, der schon eine Weile neben mir herfuhr, beschleunigte, überholte mich und versperrte mir riskant den

R
PRAHA
X

Weg. Ich war viel zu müde, um wieder zu erschrecken. Ich reagierte bloß langsam und stieß beim Bremsen mit dem Nummernschild an ihr Trittbrett.

– I suoi documenti, per favore!

Der zweite hatte bereits seinen Alkoholmesser in der Hand. Ich zog Reisepaß und Taschentuch gleichzeitig hervor. Mir war klar, daß ich nicht eine, sondern zehn Verkehrssünden begangen haben konnte. Schnell wischte ich mir über Augen und Gesicht. Das Tuch war sofort naß.

– Viene dalla Cecoslovacchia?

– Si...

– Perchè la sua macchina non porta la targa del paese?

Ich verstand erst, als ich mit ihnen um den Wagen ging. Jemand hatte mein CS abmontiert, offenbar als Souvenir. Ich zuckte ratlos die Achseln. Aber in ihren Stimmen war die amtliche Strenge ganz und gar verschwunden.

– Non si sente bene?

Er preßte die Hände gegen die Schläfen, als schmerzte ihn der Kopf.

– No, sagte ich; ich hörte selbst, daß es klang, als ob ein Toter spräche.

Sie wechselten ein paar Worte. Dann fragte der Kommandant der Streife:

– Dove habita?

Ich konnte das Italienische jetzt auch nicht mehr aus dem Lateinischen erraten.

– Non capisco...

– L'albergo?

Das verstand ich. Ich nannte den Namen des Hotels. Er setzte sich mit einer Entschuldigung ans Lenkrad meines Renault und öffnete mir die andere Tür. Der Streifenwagen, ein Fiat, fuhr voran. Ich war plötzlich völlig erschöpft. Ich legte den Kopf auf die Lehne und schloß die Augen. Ich dachte an nichts mehr. Ich erwachte, als mir jemand auf die Schulter klopfte. Er half mir aus dem Wagen, kontrollierte die Schlösser und reichte mir die Schlüssel.

– Grazie, sagte ich. Für mehr reichte es nicht.

– Non c'è di che. Buona notte. Tanti saluti alla Cecoslovacchia!

Er beugte sich zu mir und fügte leise hinzu:
– Sono socialista!

Das Hotel war auch in der Nacht offen. Die Portierloge stand leer. Vergeblich suchte ich den Schlüssel, bis ich mich erinnerte, daß ich ihn oben in der Türe stecken gelassen hatte. Ich wünschte mir geradezu, das Zimmer gänzlich ausgeraubt vorzufinden. Ich hatte Angst, wieder ihre Sachen zu sehen. Dutzende verhaßter Gegenstände, die mich jahrelang auf meinen Tischen, Betten und Stühlen verfolgt hatten, erwarteten mich jetzt wie Minen, in denen beim bloßen Anblick die Vergangenheit explodierte. Ich verließ mich nur auf meine Müdigkeit.

Unter der verzogenen Tür floß Licht hervor. Ich hatte vergessen, es auszulöschen. Ich öffnete und blieb erstarrt stehen. Es sah aus, als hätte nicht ein Dieb, sondern ein Wahnsinniger das Zimmer besucht. Auf den Fenstern, an der Lampe, auf dem Bettrand, dem Waschtisch, den Stühlen und dem Schrank hingen meine Hemden, Unterhemden, Unterhosen, Socken und Taschentücher. Den Boden bedeckten Bücher, Zeitschriften, Notizblöcke, Fotos und Dutzende riesiger Skizzenblätter, auf denen in vielen Techniken und Größen ein einziges Gesicht dargestellt war. Meines. Inmitten dieses Tohuwabohus lag nackt und zu einem Knäuel zusammengerollt: sie. Ich stürzte zu ihr. Aber noch früher öffnete sie die Augen und schrie auf. Sie zog mich zu sich, tastete über meinen Kopf, Schultern, Hüften und wiederholte immer und immer wieder das Wort aus guten Zeiten:
– Mein lieber, lieber, lieber, lieber, lieber, lieber...

Aus ihren Worten, von Schluchzen unterbrochen, begriff ich, daß sie zu Fuß zum Hotel gekommen ist und das Restaurant betreten hat, um für uns einen Liter Frascati zu kaufen. Sie wollte mit mir alles Schlimme der Welt hinunterspülen. Da sah sie mich in den Wagen stürzen und fortrasen. Sie lief mit der Flasche hinter mir her, bis an die Straßenecke und schrie, daß sogar in Rom die Fenster aufgingen.
– Ich dachte, daß du nach Hause fährst und mich dagelassen hast!

Das erschien mir jetzt völlig absurd.

Mit der Flasche Wein und den vollen Koffern, die ihren Sinn verloren hatten, war sie allein in dem scheußlichen Zimmer geblieben, in einer fremden Stadt, ohne Telefonnummern und ohne Adressen.

– Du hattest doch seine!

– Du Dummrian, du schlimmer, böser, grausamer, armer Dummrian, du mein Liebling kleiner, und du hast gedacht, daß ich dich jetzt im Stich lasse?

Ich erzählte ihr kreuz und quer die ganze Wirrfahrt meiner Nacht.

– Sie sagten mir, daß er Besuch habe und gar nicht froh wäre...!

– Offenbar hat er endlich seine Tschechin gefunden! Du hast eine, also sei froh!

– Bin ich auch!

– Und sag dir immer wieder mit Karel Čapek: Es gibt doch immer eine Möglichkeit, vielleicht nur eine kleine, eine winzigkleine Möglichkeit! Die gab es doch auch bei der Sintflut.

Aus dem Gedächtnis erschien mir der bekannte Text, und ich nahm dankbar meine Rolle entgegen.

– Welche?

– Daß die Molche untereinander in Streit geraten und aussterben.

– Und dann?

– Daß von ihnen nichts anderes übrigbleibt als der Fossilabdruck des Andrias Scheuchzeri!

– Und dann?

– Daß ein paar Menschen in Booten entkommen oder von neuem aus den Affen entstehen und dann das Feuer entdecken und dann die Legende von der Sintflut schreiben und dann vielleicht eine neue Zivilisation schaffen.

– Und dann? fragte ich und antwortete selbst: Weiter weißt du nicht...

– Dann ist noch weit, sagte sie. Zuerst wirst du mit mir schlafen... ich muß ein Kind haben!

Hier begann ein Auftritt, den wir miteinander schon so oft gespielt hatten. Nach diesem Stichwort sollte meine Replik folgen, daß ich keine Katze bin, um mehrere Leben zu haben, daß ich vierzig bin, daß ich keine Kinder will, die ebenso alt wären wie meine Enkelkinder, und daß ich sie nie gezwungen habe, ihr Leben mit meinem zu verbinden. Statt dessen nahm ich sie auf die Arme und trug sie über die Trümmer unserer Sachen und Schicksale dahin, wo die menschliche Unsterblichkeit beginnt. Ich wußte, daß ich mich auf demselben Weg befand wie Hunderttausende meiner Landsleute, die heute nacht im Labyrinth der Welt verloren waren. Auch sie suchten das Centrum Securitatis, wo unser hartgeprüftes Volk den Sturm überdauern und wie ein Vogel Phönix wiedererstehen würde.

Und siehe, ich hörte die Stimme, die zum Wanderer sprach: KEHRE DORTHIN ZURÜCK, WO DU AUSGEGANGEN BIST, IN DAS HAUS DEINES HERZENS, UND SCHLIESSE DIE TÜR HINTER DIR ZU!

(Ende der Geschichte in Fortsetzungen)

---

24. September 1968 *Praha*
(aus dem Tagebuch des Schriftstellers PK)

Ich sah sie, als wir uns durch die dichten, tiefhängenden Wolken hindurchgedrückt hatten und zur Landung ansetzten. Lange Reihen von Panzern standen auf den Wiesen, auf den Feldern, auf allen Hügeln. Man versteckte sie weder im Wald noch unter Tarnungsnetzen, darin zeigte sich das Selbstvertrauen einer Armee, die Land und Luft beherrschte.

Die Rollbahn war vom Spalier der Militärhubschrauber gesäumt. Die Besatzungen wohnten daneben in Zelten. Es war schon die fünfte Woche und immer noch gab es kein anderes Dach. Sie saßen auf dem nassen Gras und beobachteten uns.

Hinter dem Zollamt warteten beide Sekretäre des Schriftstellerverbandes. Noch am Anfang des Sommers hätten wir uns umarmt. Jetzt, zu Beginn des Herbstes waren Umarmungen verrufen. Unterwegs lasen sie mir einen gestrigen Artikel aus »Neues Deutschland« vor, der gerade heute in »Rudé Právo« zitiert wurde. Darin präsentierte man mich als das Oberhaupt der konterrevolutionären Emigranten in Westdeutschland.

Weniger lustig waren die Dokumente, die man nach dem Abzug der Truppen im Gebäude des Schriftstellerverbandes und der

Akademie der Wissenschaften fand. Bei der Besetzung forderten die Kommandanten die Angestellten auf, nach Hause zu gehen, was sie auch taten. Jetzt hielt ich ein Stück Papier in der Hand, auf dem irgendein Genosse Davydovskij in Kyrilliza seinen Vorschlag zur Auszeichnung des Garde-Oberleutnants Orlow Jurij Alexandrowitsch folgendermaßen begründet:

»Der Genosse Orlow J. A. hat bei der Erfüllung der Aufgabe der Besetzung des Gebäudes der tschechoslowakischen Akademie der Wissenschaften eine soldatische Entschlossenheit, Mut und Initiative bewiesen, er verwirklichte das Manöver in den Rücken des Objektes, und durch sein entschlossenes Handeln gelang es ihm, den linken Flügel des Gebäudes zu beherrschen. Weiter, im Laufe des Tages, bekam er das ganze Gebäude unter seine Herrschaft und organisierte den Schutz und die Verteidigung.«

Eine ähnliche Formulierung würde in Kriegszeiten genügen, um eine nicht geringe Zahl von Toten und Vermißten zu begründen.

Eine rote Straßenbahn tauchte auf. Wir waren in Prag. Die Menschen auf den Traminseln waren ernst, aber sie schienen mir selbstbewußter als je zuvor. Die Häuser hatten noch immer keine Nummern und die Straßen keine Namen. Der Asphalt der Fahrbahn war eine endlose Wandzeitung. Einen Großteil der Aufschriften hatte man, noch frisch, wieder weggewischt; offenbar standen sie im Widerspruch zu den Abmachungen. Den Rest bildeten vier sich immer wiederholende Namen.

Den vierten in der Reihenfolge sollte ich schon am Vormittag treffen. Meinen Koffer ließ ich im Schriftstellerverband, wo ich den Vizepräsidenten Jan Procházka traf. Wir begrüßten uns nach dem Muster der harten Helden seiner Filme.

– Ahoj, sagte ich. Deine Texte erkannte ich im Rundfunk auch ohne Unterschrift. Es schien mir nur, daß dein mährischer Wortschatz irgendwie rauher geworden ist.

– Ahoj, sagte er, ich weiß nicht, woran es liegt, ungefähr vor einem Monat weckte mich in der Nacht irgendein Krawall und seither ärgert mich meine Galle.

Vor dem Regierungspräsidenten stand ein Paar, wie man sie

jetzt in der ganzen Stadt traf: ein älterer Polizist und ein junger Soldat. Sie hatten eine eher symbolische Funktion, wie übrigens alle unsere bewaffneten Truppen. Aber schon die Tatsache, daß sie allein dort standen, sagte nicht wenig.

Er ließ uns nicht lange warten. Er betrat das Zimmer und redete uns mit unseren Taufnamen an, wie zum letztenmal damals im Juli. Ich hörte seinen Ostrava-Akzent und erblickte den Vollmond über Petrin, der mich damals an das Durchfahrtsverbotsschild erinnerte; es war keine vergebliche Metapher.

Ich las ihm die Deklaration vor, die vor vier Tagen die tschechischen Teilnehmer an der Frankfurter Buchmesse unterschrieben hatten. Dieser Text, der die Anklage von »Neues Deutschland« hervorgerufen hatte, enthielt folgende konterrevolutionäre Gedanken:

»Das Vertrauen zu der bewährten Staats- und Parteiführung teilen auch wir tschechoslowakischen Schriftsteller und Künstler, die von der Okkupation im Ausland überrascht wurden. Wir alle halten uns im Ausland legal auf, und ohne Unterschied der politischen Angehörigkeit unterstützen wir die Bestrebungen der Regierung unserer Republik und des ZK der KPČ. Wir sind Sozialisten und unser Heim ist in der Tschechoslowakei, wohin wir immer zurückkehren werden und von wo wir immer frei ausreisen wollen, um unserer schöpferischen Arbeit nachzugehen, die das Gespenst des neuen Kalten Krieges zu vertreiben hilft.«

– Man bat mich, es zuerst dir abzugeben, sagte ich, vor allem die Parteilosen wollten nichts tun, was euch das Leben komplizieren könnte.

Er studierte das Dokument mit den Unterschriften von Fuchs, Skvorecký, Hiršal, Selucký, Valtr Taub, Pravoslav Sovák und weiteren.

– Publiziere es vorläufig nicht, bat er dann.

– Aber das ist doch der Beweis, daß sie lügen!

Er nickte, wiederholte aber:

– Wenn ihr könnt, laßt es vorläufig!

Das widersprach meinem Auftrag nicht, aber ich empfand die erste Enttäuschung. Er sprach über die Augustereignisse. *Der ungewohnte Terminus, den er benutzte, enthüllte mir blitzschnell den Spielraum, den uns die Moskauer Protokolle abgegrenzt haben.*

Ich erinnerte mich an die Deklaration, die noch in jenen Tagen herausgegeben wurde, als auch auf dieses Gebäude die Rohre der Panzer zielten:

»Der Widerstand unseres Volkes gegen die ungesetzliche Okkupation unserer sozialistischen Heimat steigert sich immer mehr. Berechtigterweise verlangt man den Abzug der Okkupationstruppen, die Freilassung unserer Repräsentanten und die volle Legalisierung der Arbeit der gesetzlichen Organe unseres Landes... Sig.: für das Parlament Való, für die Gewerkschaften Poláček, für die Regierung Lubomír Štrougal.«

Jetzt waren die Panzer fort, aber unser Wörterbuch hatte weiße Streifen, als wären ihre Ketten darübergefahren. Der entlassene Repräsentant fuhr in seiner Analyse fort. Sie war genau, durchdacht und – deprimierend. Zu meiner Überraschung stützte er sich auf den Gedanken, den ich schon in einer Augustnacht gehört hatte. Die Tschechoslowakei sei nicht die Mitte der Welt, sondern ein bloßer Bauer auf dem Schachbrett, wo sich der erbarmungslose Kampf der Könige abspiele. Ich begriff, daß der zähe Mann, dem man gar nicht ansah, daß er vielleicht zwischen diesem und unserem letzten Treffen eine kleine private Hölle durchlebt hatte, entschlossen war, alles zu tun, damit dieser Bauer im Spiel bleiben konnte. Er verabschiedete sich von uns herzlich und lange.

– Auf Wiedersehen! sagte er zu uns.

Ich war fast sicher, daß er uns nie mehr zu einem Drink einladen würde.

Beim Mittagessen im Schriftstellerklub kam zufälligerweise eine Tischgesellschaft zusammen, die ich schon fast beweint hatte. Jan Procházka, Karel Kosík und Ludvík Vaculík waren müde, aber trotzdem voller Energie, sie waren beleidigt, aber nicht unterlegen. Ich hatte das gute Gefühl, daß sie einen festen Bestandteil meines Lebens bildeten; man konnte ihn nicht genau definieren, aber er hatte darin einen Platz irgendwo zwischen Familie und Heimat.

Als ich in den Friseursalon eintrat, fielen die Haarschneider beinahe um vor Staunen. Herr Ptáčník, der mich schon siebzehn Jahre lang eifersüchtig pflegt, faßte es mit ungefähr diesen Worten:

– Ich pfeif darauf! Wir haben gedacht, daß du dort bleibst!

– Václave, sagte ich vorwurfsvoll. Ich hab dir doch versprochen, daß ich nie zur Konkurrenz gehe.

Mit einem anderen Argument wäre ich wohl nicht durchgekommen. Ich hatte den Kopf in der Waschschüssel, als mich das Telefon rief. Er ging hin und meldete mir dann:

– Du sollst 099 anrufen, irgendeinen T.

Dann ärgerte er sich, weil ich es plötzlich eilig hatte, so daß er seine Kunst nicht voll entfalten konnte. 099 war die Nummer des ZK der KPČ. Ich kannte T. nur flüchtig. Trotzdem sagte er mir eindringlich:

– Komm hierher, man fragt hier nach dir!

Das große Haus am Quai war schon wieder unpersönlich kalt. Wie vor dem Januar. T. drehte sofort das Radio an, wie man es in den Jahren der abgehörten Telefongespräche machte.

– Er hat erfahren, daß du wieder da bist und möchte mit dir sprechen!

Mehr mußte er mir nicht sagen. Dann führte er mich durch Hintertreppen und Seitengänge. Er erklärte mir kurz:

– Die Menschen hier sind jetzt sehr verschieden und manche dümmlich.

Wir kamen in ein kleines Büro. Sein Besitzer sagte:

– Eben ist der sowjetische Kommandant von Prag zu ihm gekommen, um sich zu beschweren. Den haben wir jetzt ständig da. Du mußt eine Weile warten.

Die Weile dehnte sich, bis sie zwei Stunden lang war. Ich wollte eben aufgeben, als er ohne Klopfen eintrat, sehnig und beweglich wie immer. Mit der Hand jagte er den Rauch auseinander.

– Ihr seid hier ja ganz eingeräuchert! Macht wenigstens das Fenster auf!

Er hatte geschwollene Augen und gerötete Lider. Kaum hatte er aber mir gegenüber Platz genommen, fing er an, unermüdlich Fragen zu stellen, vor allem über die Menschen, die noch draußen waren. Ich las auch ihm die Deklaration vor.

– Emigranten denken nicht so! sagte ich, es sind meistens Leute, die für gewisse Dinge einfach keine Nerven mehr haben. Jagt sie nicht in eine Sackgasse! Es wäre ein Unrecht und übrigens auch Luxus!

– Wir werden alles unternehmen, damit sie zurückkehren können! Aber sie müssen auch wieder uns zu Hause verstehen und unsere Position nicht erschweren! Vierzehn Millionen können doch nicht ausreisen und wir müssen dafür sorgen, daß sie hier nicht nur wohnen, sondern auch leben können!

Er erzählte von einem seiner Mitarbeiter, der den August tapfer durchgemacht hatte und dann in einer plötzlichen Depression mit der ganzen Familie nach Wien wegfuhr.

– Ich ließ ihm ausrichten, er solle sich beruhigen und zurückkommen. Er schrieb mir, welche Garantien ich ihm geben könne. Ich ließ ihm sagen: Wenn du dich sicher fühlen willst, so kannst du bei mir schlafen!

Ich lächelte bitter. Es gab wirklich wenig Sicherheiten, die hier irgend jemand irgend jemandem anbieten konnte. Sein Sekretär trat herein und sagte mir vorwurfsvoll:

– Das Mittagessen des Genossen wird kalt, wir haben es ihm nun schon zum zweiten Male gebracht!

Es war drei Uhr. Ich stand sofort auf. Er blieb sitzen, als ob er es überhört hätte.

– Sag mir, fragte er, wird Jan Werich zurückkommen? Ich kann mir nicht vorstellen, wie es hier würde, wenn er dort bleibt.

Ich wußte nichts von ihm, aber trotzdem war ich mir sicher:

– Er kehrt zurück. Er weiß, daß er schon lange nicht nur sich selbst gehört, ungefähr wie du.

– Wie meinst du das?

– Einfach so. Du bist zu einem Begriff geworden, der unabhängig von dir existiert. Ich weiß, daß du ein Politiker bist, ich weiß, daß ihr Rückzüge machen müßt. Man hat nicht eine halbe Million Soldaten hierher geschickt, um uns einen guten Tag zu wünschen. Aber auch der Rückzug hat eine Linie, hinter der er zur Niederlage wird. Entschuldige, daß ich es sage, aber wenn dein Name zum Symbol der Kapitulation würde, wäre es eine Tragödie, nicht nur für uns hier zu Hause!

– Wir werden die Nach-Januar-Politik fortsetzen, sagte er, es gibt für uns keinen anderen Weg!

Das erinnerte mich vage an etwas. Woran nur...?

Der Sekretär meldete, daß das Mittagessen zum zweiten Mal kalt werde. Er reagierte gar nicht darauf, sondern sprach weiter, hörte zu, lachte und schwieg. Je länger desto mehr hatte ich das Gefühl, daß es ihm kaum um meine Information ging – was konnte ich ihm schon Neues sagen? – sondern daß er ganz einfach ganz offen plaudern wollte. Ich war ihm in die Hände gefallen wie ein Raisonneur aus einer anderen Gegend, einer von denen, die es gewohnt sind, auch in der Erde der Gräber noch einen kleinen Samen Hoffnung zu suchen. Es gab Augenblicke, da sein Lachen plötzlich an Müdigkeit und Skepsis zerbrach.

– Das ist eine solche Macht... sagte er ohne Zusammenhang ganz erschüttert, niemand kann sich das vorstellen!

Und sogleich darauf seufzte er:

– Wäre ich nur für ein Jahr Maurer!

Wieder sah ich den kleinen Bauern auf dem schrecklichen Schachbrett der Welt, und ich hatte Angst. Da sprach er aber bereits wieder überzeugt davon, daß eine Gesellschaft, die so eine Aktivität und Disziplin bewiesen hatte, auch fähig sei, alle Krisen zu überwinden. Er lachte kurz:

– Eines ist vielleicht positiv. Wenn wir nicht mehr so viel diskutieren dürfen, werden wir mehr Zeit zum Arbeiten haben!

– Aus dem gut gemeinten Scherz grinste die Zensur. Ich wollte streiten, aber konnte den Sekretär nicht mehr anschauen, der mir über seinen Rücken hinweg ständig Zeichen machte, wenigstens ich solle vernünftig sein. Schweren Herzens beendigte ich es also selbst. Auch er schüttelte mir lange die Hand und wiederholte, wie wenn er es mir ins Gedächtnis einprägen wollte:

– Wir werden die Nach-Januar-Politik fortsetzen!

Auf dem Wege dachte ich wieder vergeblich darüber nach, woran mich dieser banale Satz erinnerte.

– Ein wenig später führte mich ein noch sehr junger Mann in sein Zimmer und zeigte mir sein neuestes Werk. Unter einer Komposition von pastellfarbenen Bogen befand sich ein giftiggrüner Kubus.

– Wie heißt das? fragte ich.
– Der Individualist! sagte er... wie Harmonie auf Befehl dem Leben gefährlich sein kann.
Zum ersten Mal während der Jahre seiner Versuche hatte ich nichts beizufügen. Er fragte vorsichtig:
– Ist es so blöd?
– Im Gegenteil, ich würde sagen, es ist ganz prima.
– Man hat mir dafür 150 Kronen versprochen, aber wenn du willst, gebe ich es dir! sagte er mit der Geste eines Granden.
Ich nahm es. Er wurde mißtrauisch.
– Warum lachst du?
Ich konnte ihm kaum erklären, daß ich gerade jetzt Vater geworden war.
Es war einviertel vor sechs. Ich wählte die Parlamentszentrale und traute meinen Ohren nicht, als die bekannte tiefe Stimme ertönte.
– Hallo, sagte ich überrascht.
– Hallo, wer spricht?
Ich meldete mich freudig.
– Ich möchte gern zu dir kommen.
– Und warum bist du noch nicht hier??
Ich war ziemlich weich gestimmt.
– Ich bitte dich, sagte ich, bedienst du auch die Zentrale?
– Wahrscheinlich sind sie nach Hause gegangen, sagte er, jetzt nimmt man es nicht so genau.
Der Polizist und der Soldat beim Jindřišská-Turm ließen mich ohne Ausweis hinein.
– Das ist aber gelungen, bemerkte der Polizist belustigt, ich habe eben irgendwo gelesen, daß Sie das Haupt der Emigranten sind!
– Wenn die Okkupation Bruderhilfe sein kann, sagte ich, warum könnte dann nicht die Emigration zu Hause sein?
Im zweiten Stock trat ich ins Arbeitszimmer. Wir begegneten einander zum fünften Mal, aber ich hatte das Gefühl, ich kenne ihn schon ein Leben lang. Er umarmte mich so, daß mir die Knochen krachten. Trotzdem mußte ich lachen. Aus seinem dunklen Anzug leuchtete eine schwere seidene Krawatte hervor, auf der

mit goldenem Faden die Aufschrift Die Wahrheit siegt! ausgeführt war.

– Das haben die Textilarbeiter zu unserer Rückkehr gewoben! sagte er, jetzt muß ich sie schon tragen!

Es roch nach dem Geist des vergangenen Jahrhunderts. Aber es entsprach eigentlich ja auch unserer Zeit. Wieder einmal lagen wir auf den Brettern und wir mußten uns an unsere grundlegenden Sicherheiten halten.

– Bist du so überzeugt, fragte ich ihn, nachdem wir mit einem Glas Cognac angestoßen hatten, daß wir noch fortfahren können?

– Ich weiß nicht, ob wir können, ich weiß nur, daß wir müssen.

– Aber wie stellst du dir das praktisch vor? Ist uns denn tatsächlich noch etwas Spielraum übriggeblieben?

Melancholisch schüttelte er den Kopf. Endlich sagte er:

– Die Zeit!

– Die Zeit kann auch gegen uns arbeiten!

– Ich verstehe dich... Müdigkeit, Zerfall der Einheit...

Ich schaute ihm in die Augen.

– Oder vielleicht der Verlust des Vertrauens. Dieses Land erträgt heute schwerlich Politiker, die fremden Interessen dienen werden.

– Ich werde es nicht sein, sagte er kurz.

Seine Sekretärin erschien. Sie brachte ihm ein Bündel Akten zur Unterschrift. Ich mußte warten. Hinter seinem Sessel lief ein Fernsehapparat. Als ich vorher eingetreten war, hatte er ihn lauter gestellt: es gehörte offenbar auch zu unserer Zeit. Jetzt ging ihm der Lärm auf die Nerven, so daß er den Ton abstellte. Es war halb sieben. Es lief irgendein Lehrfilm für die Jugend. Ich schaute zu, wie sich über seinem Kopf lautlos riesige Spinnen herunterließen. Sie woben Netze aus Fäden, die dick wie Taue waren. Eine kafkaeske Kulisse.

Ich wollte wenigstens ihn nach den Erlebnissen des August-Ausfluges fragen. Ich tat es nicht. Es wäre sicher genauso taktvoll gewesen, wie wenn ich mich nach einer schweren Krankheit erkundigt hätte.

Als wir Abschied nahmen, sagte ich:

– Ich möchte mich bei dir bedanken.
– Wofür?
– Daß du dich nicht verändert hast!

Ich war überrascht, wie er auf meine eigene fixe Idee kam.
– Ich war unlängst im Nationaltheater und es wurde mir bewußt, daß ich eigentlich nichts mehr bin als nur ein Schauspieler des nationalen Schicksals. Und ich werde diese Rolle bis zum Ende spielen, wie es auch immer sei!

Ich erinnerte mich, wo man in Prag den besten Schweinebraten bekommt und fuhr mit Z.s Wagen zum Restaurant »Praha«. Im geräumigen Speisesaal war kein einziger Gast. Das Personal starrte mich ebenso überrascht an wie mittags die Friseure.
– Haben Sie geschlossen? fragte ich enttäuscht. Sie erklärten mir, daß man in Prag nach Einbruch der Dunkelheit immer noch nicht ausgehe, vor allem nicht in die Parkanlagen. Es promenieren dort zuviele Personen fremder Nationalität, die anstelle eines Reisepasses MPs bei sich tragen. Der Schweinebraten wollte mir nicht schmecken. Dafür entnahm ich der Zeitung, daß man heute »August August, August« spiele.

Ich kam im Weinberger-Theater unmittelbar nach der Pause an. Ich lehnte mich an die hohe Brüstung der Loge, die mich schon achtzehn Jahre gestützt hat. Den gewohnten leisen Gruß von der Szene aus mußte diesmal auch die Galerie bemerken. Ich schloß die Augen. Erst jetzt war ich richtig zu Hause.

Eben wurde der zutrauliche August mit einem Gitter umstellt und man mußte nur noch das kleine Tor öffnen, durch das sich die Tiger auf ihn stürzen werden. Er knallte fröhlich mit der Peitsche und wiederholte arglos zum hundertsten Mal seinen fixen Gedanken:
– Ich will acht weiße Lipizzaner frisieren!...

Wir werden die Nach-Januar-Politik fortsetzen!

Endlich hatte ich den Zusammenhang mit dem Satz vom Nachmittag gefunden!

Ich mußte nun noch ins Haus, das ich den ganzen Tag nur flüchtig gesehen hatte, immer wenn ich die Moldau-Brücken überquerte. Um zehn Uhr abends war die ganze Stadt leblos wie eine verlassene Dekoration. Aus einer Seitengasse fuhr plötzlich ein sowjetischer Panzerspähwagen hervor und reihte sich direkt hinter mir ein. In dem winzigen weißen Fiat hätte ich mir vor seinen starken Schweinwerfern wie ein Hase vorkommen können. Seltsamerweise war es völlig anders. Die Jugendstilfassaden der Pariser Straße, hinter denen die Silhouette des Altstädter Rathauses auftauchte, das war meine Heimatbühne, wo sich meiner weder Lampenfieber noch Angst bemächtigen konnten. Ich bog durch die vertraute Abkürzung beim unbeleuchteten »Golem« ein, zweigte zweimal nach rechts ab und als ich wiederum in die Hauptstraße hinausfuhr, war ich hinter dem Panzerwagen. Ich blinkte zweimal und überholte ihn stolz.

Als ich den Schlüssel in mein Haustürschloß steckte, zitterten meine Hände. Ich stellte den Koffer auf den Boden und zündete das Licht an. Der rosa-weiße Fayenceleuchter strahlte still gegen die blaue Decke, auf der gerade nur die Sterne fehlten.

Mitten auf meinem Schreibtisch waren sorgfältig winzige Eisenstücke hingelegt. Es dauerte eine Weile, bis ich erkannte, daß es Kugeln sind. Die Fenster waren schon wieder verglast. Ich ging zum Eckfenster, zog die Jalousie hoch und öffnete es.

Prag, das vor mir in allen seinen Vertikalen und Horizontalen erschien, vom Petřín zum Týn, von der Moldauebene bis zu den Spitzen des St. Veit, nahm mir den Atem weg. Das Heimweh aller fiel auf mich, die heute fern von hier einschliefen. Ich wußte, daß ich alles tun werde, damit sie wieder zurückkehren können.

In meiner Hand klimperten zehn kleine Tode, aber über dem gegenüberliegenden Dach flatterte die Präsidentenflagge wie der Flügel einer riesigen Taube.

---

25. Januar 1969 *Praha – Karlovy Vary*
(aus dem Tagebuch des Schriftstellers PK)

Als die Musik verstummte und die erste Ansprache begann, ertönten die Prager Glocken. Ihr Klang fiel gedämpft und weich in den Brunnen des engen Hofes des Karolinums, aber er vermochte die Stimmen der Redner dennoch zu übertönen. Ich hatte Zeit, meine letzten Filme rücklaufen zu lassen.

Das vorweihnachtliche Basel war schweizerisch solid, deutsch brausend und französisch lebenslustig. Nichts davon spiegelte sich in der Wohnung wider, wohin ich im Auftrag der tschechischen Künstlerverbände und der Akademie der Wissenschaften gekommen war. Im Zimmer befanden sich nur ein Fernsehapparat, ein Tisch und drei Stühle, kein Teppich, keine Vorhänge. Die Betten im Schlafzimmer hatte das Rote Kreuz geliehen.

Mir gegenüber saß ein Mitglied des ZK der KPČ, ein ehemaliger Stellvertretender Ministerpräsident, der Mann, den man den Vater unseres Neuen Ökonomischen Modells genannt hat. Von der Presse der fünf Länder ständig als verräterischer Emigrant bezeichnet, bekam er gleichzeitig von zu Hause Nachrichten, daß seine Rückkehr vorläufig unerwünscht sei. Bei meinem Besuch sollte ich nun seinen Standpunkt aufzeichnen, um ihn mit den Behauptungen seiner Gegner zu konfrontieren. Denn Menschen seines Formats widerstandslos zu verlieren, war für uns nicht nur ein Luxus, sondern geradezu Harakiri. Da ich schon mit ihm sprechen konnte, mußte ich auch die Frage stellen, die ganz Europa bewegte:

– Waren wir wirklich auf dem Weg zu einem neuen Kapitalismus?

Die Antwort von Professor Šik hatte ich auf Tonband mitgebracht:

»Ich habe mich hier bei meinen Vorträgen davon überzeugt, daß nicht nur im Osten, sondern auch im Westen die Vorstellung herrscht, daß es uns eigentlich um nichts anderes gegangen ist, als um die Anerkennung und Wiederaufnahme der Marktbeziehungen, daß wir also nichts anderes gewollt haben, als die effektive Produktion und den hohen Konsum zu erreichen – wie im Westen. Im Hinblick auf den Kampf, den sie selbst gegen die industrielle Konsumgesellschaft und gegen ihre ernsten Mängel führen, hielten es vor allem junge Leute hier für einen Schritt zurück. Jetzt, da ich Gelegenheit habe, unser Bestreben gründlich zu erklären, begegne ich einem riesigen Interesse, das an Begeisterung grenzt. Für unser Land ist zwar die Sicherung der effektiven wirtschaftlichen Entwicklung unerläßlich, aber vor allem

haben wir es uns zum Ziel gesetzt, eine sozialistische Gesellschaft zu gestalten, die heute durch das Attribut DEMOKRATISCH charakterisiert wird. Wir wollten den gegebenen Zustand überwinden, wo noch immer eine gesellschaftliche Minderheit ihren Willen und ihre Interessen der Mehrheit der Gesellschaft aufdrängt. Im Kapitalismus bildet neben den Besitzenden auch die Schicht der sehr mächtigen Wirtschaftstechnokratie diese Minderheit, die der ganzen Gesellschaft die Interessen der Produzenten aufdrängt und ihr gerade dadurch jenen auf das Materielle beschränkten Konsumcharakter aufprägt. Wir wollten die Theorie einer wirklich direkten Demokratie schaffen. Es ging uns darum, daß weder die kapitalistische Technostruktur noch das Interesse der schmalen Schicht staatlicher und überhaupt politischer Bürokraten die Überhand behält. Daß sich also die wirklichen Interessen der Gesellschaft durchsetzen können, also nicht nur die der Produzenten, sondern auch die der Konsumenten. Dort, wo die Menschen nicht über ihre gesellschaftlichen Beziehungen herrschen, sind sie auch nicht Herrscher über die produktiven Kräfte. Die Macht ist von ihnen weggerissen, sie ist undurchsichtig, sie steht über ihnen, sie können sie nicht beeinflussen. So wie bisher in der industriellen Konsumgesellschaft, bleibt auch im zentralistisch-bürokratischen Modell eine bestimmte Entfremdung der Menschen bestehen; sie haben nicht das Gefühl, Herr ihres eigenen Schicksals zu sein. Das Modell zu finden, das dies beseitigen könnte, bedeutet, nicht nur dem Osten, sondern auch dem Westen, den progressiven Kräften der ganzen Menschheit Hoffnung zu geben.«

Der Trauerzug ging langsam durch das stumme Spalier von Hunderttausenden. Ich erblickte einen einzigen Polizisten, der in der Menschenmenge eingesperrt war. Was hinderte die ungeheuren Massen daran, sich in Bewegung zu setzen, die Sechserreihen des Konduktes zu zerreißen und eine Kettenreaktion auszulösen, die eine neue brüderliche Panzerhilfe begründen könnte? Es war die schmale Kette von Studenten der philosophischen Fakultät, die auf den Revers eine Papiereule trugen und in den Händen eine Schnur hielten, die vielleicht die dünnste war, die sie kaufen konnten.

Wie wenn es gleichzeitig die Führer hätte daran erinnern sollen, daß ein Faden, aus Vertrauen gedreht, in diesem Lande mehr vollbringen kann als Knüppel und MPs.

Auch wir selber sollten dies nie vergessen!

Die Normalisierung nahm ihren Gang, bewundernswert und deprimierend. Man konnte sagen, daß die Kapitäne vom Augenblick des Augusttaifuns an bis jetzt alle Reisenden gesichert haben, die sich entschlossen hatten, auf Deck auszuharren. Die bösen Sommernachtsträume verwirklichten sich nicht. Bis jetzt wurde niemand aufgrund seiner politischen Überzeugung verhaftet; auch das war ein Unterschied gegenüber Ungarn 56. Der Vergleich mit den Frühlingshoffnungen war natürlich traurig. Es genügte, die slowakische »Pravda« zu lesen, die noch in der Nacht auf den 21. August die Rotationsmaschinen verlassen hatte, mit der Ansprache Dr. Husáks an die Hüttenarbeiter von Žd'iar:

»Es bleibt eine Tatsache, daß der Erneuerungsprozeß in der Slowakei auf halbem Wege stehengeblieben ist. Während es in Böhmen in der Leitung aller Organe zu bedeutenden Wechseln gekommen ist, hat sich in der Slowakei fast nichts verändert oder kam es zu nur unbedeutenden Veränderungen. Kann man etwa den meisten Leuten glauben, die schon seit 15 Jahren in den gleichen Funktionen mit den alten Methoden arbeiteten, daß sie sich auf einmal ändern und nach einem neuen System arbeiten können? Der Demokratisierungsprozeß muß auch in der Slowakei die breiten Massen der Öffentlichkeit erfassen. Er muß jeden Bürger berühren!«

Die Leute, die schon seit 15 Jahren »in den gleichen Funktionen« arbeiteten, sind auch weiterhin in den Positionen geblieben, geschützt durch einen speziellen Absatz der Moskauer Protokolle. Die Leute, die seit 15 Jahren den tschechoslowakischen Frühling vorbereiteten, gingen mit dem Herbst. Vasil Bil'ak, den Dr. Husák namentlich kritisierte und den der slowakische Parteikongreß noch Ende August seiner Funktion enthob, blieb Sekretär des gesamtstaatlichen ZK. Ždeněk Hejzlar, der kurz vor dem August Direktor des Rundfunks wurde und durch die freien legalen Sender Blutvergießen verhinderte, mußte wieder von sei-

ner Funktion wegtreten, ähnlich wie schon vor 15 Jahren, als er Vorsitzender des Jugendverbandes war. Innenminister Pavel widmete sich wieder voll und ganz seinen Erdbeeren.

In seiner Weihnachtsansprache im Fernsehen schlug Dr. Husák unerwartet vor, daß man anstelle von Smrkovský einen slowakischen Kandidaten an die Spitze der Föderalversammlung stelle; er erntete dafür Ovationen der tschechischen Konservativen, die noch im August keinen passenden Ausdruck für ihn finden konnten. Vielleicht übernahm er nur die unangenehme Rolle, die ihm von einem fremden Verfasser vorgeschrieben war. Vielleicht spielte auch er das große Spiel um den kleinen Bauern. Vielleicht sind die Politiker tatsächlich dazu da, Kompromisse zu schließen. Die Schriftsteller nicht. Ich habe ihm einen offenen Brief geschrieben. Das gleiche tat der Verband der Metallarbeiter, der eine Million Mitglieder hat. Dr. Husák widmete darauf sein nächstes Auftreten im ZK der slowakischen Kommunisten den rechtsstehenden »Druckgruppen«; eine erst verklungene wohlbekannte Argumentation ertönte diesmal auf slowakisch.

Die Geschichte des Volkes ging weiter und mit ihr auch das monotone Los der nationalen Literatur. Eine neue Runde begann. Und wieder war ich drin…

Das Jan-Hus-Denkmal auf dem Altstädter Ring war übervoll von Jungen: Sie standen sogar auf den Schultern des Magisters, und es schien, als wäre er in menschlichen Körpern abgegossen.

WER DIE WAHRHEIT SPRICHT, RENNT SICH DEN KOPF EIN. WER DEN TOD FÜRCHTET, GEHT DER LEBENSFREUDE VERLUSTIG.

Der tote Jan Palach, sein Schüler aus der gleichen Schule, fürchtete den Tod nicht, verlor aber dennoch die Freuden des Lebens. Anders als der Magister zündete er seinen Scheiterhaufen selbst an. Seine Tat widersetzte sich jedem Urteil. Trotzdem konnte ich den Gedanken nicht loswerden, daß jeder von uns, der freiwillig weggeht, ob hinter die Grenze des Lebens oder hinter die Grenzen des Landes, dieses bißchen Raum und Hoffnung, die er verteidigte, sinnlos aufgibt.

Aus der Tiefe der Zeit hörte ich die junge Stimme eines anderen Toten mit den Jahren immer deutlicher.

NUR WER DIE ZUKUNFT PRAKTISCH VORBEREITET, KANN DIE KONZEPTION DES VOLKES GESTALTEN.

Am Dienstag erwarteten wir endlich auf dem Flughafen Ruzyně Professor Šik. Es war der einzige Tag, an dem ganz Europa in Nebel ertrank. Durch den Fernschreiber fragte er an, ob er mit dem Wagen kommen solle. Aus einem kleinen Raum bei der Zollabfertigung antwortete ich ihm, daß es bei dieser Witterung reiner Selbstmord wäre. In meinem Innern war ich froh; die Tage zwischen dem Tod und der Beerdigung von Jan Palach rochen nach Schießpulver. Aber die Sehnsucht, nach Hause zurückzukehren, die in der Basler Wohnung die fehlenden Möbel ersetzt hatte, war stärker als die Angst. Er teilte mit, daß er um Mitternacht auf dem Hauptbahnhof ankommen werde.

Ich benützte den Decknamen Dr. Peter, unter dem er in der Schweiz lange nach dem August vor den Journalisten floh. Als ich den Flugplatz verließ, verriet mir ein unbekannter junger Zöllner, daß die Staatssicherheit komme, um die Texte des Fernschreibers abzuholen. Ich nahm das Original ordnungshalber mit und ließ sie ehrerbietig grüßen.

Am Abend wurde ich als Zeuge in die Wohnung des Dramatikers Vaclav Havel eingeladen. Er hatte in der Decke seiner Wohnung eine Abhöranlage entdeckt. Man konnte daraus ersehen, daß sich die altbackene Staatssicherheit von der Frühlingskrankheit erholt hatte. Wir waren noch nicht davon genesen. Wir entschlossen uns zu interpellieren.

Der ehemalige Stellvertretende Ministerpräsident und Autor des Modells kam um Mitternacht an, ohne Begleitung, aber gerührt, weil ihn von der Grenze weg die offene Sympathie der Zöllner, Eisenbahnbeamten und Reisenden begleitet hatte. Anstelle der ehemaligen Freunde aus höheren Kreisen hieß ihn eine Gruppe von Wissenschaftlern und Künstlern willkommen, die er zum großen Teil nicht einmal kannte. Der Zug war fast leer. Kein Wunder, daß auf dem Perron vier Herren übrigblieben, zu denen niemand gekommen war. Aus Trauer fuhren sie uns dann nach.

Am nächsten Morgen wurde selbst ich überrascht: Die Sitzung des ZK des Schriftstellerverbandes leitete Professor Eduard Goldstücker.

PALACH

Gerührt dankte er dem Dichter Jaroslav Seifert, der erst nach dem August aus dem politischen Ruhestand zurückgekehrt war, um ihn zu vertreten, bis die brüderliche Pressekampagne aufhören wird. Noch am gleichen Tag legten Professor Šik und Professor Goldstücker im Tschechischen Nationalrat den Abgeordneteneid ab. Von diesem Augenblick an konnte man nur noch mit Mühe behaupten, sie seien Emigranten und Landesverräter. Gestern, einen Tag vor der Beerdigung, reisten die beiden wieder ab, damit ihre Anwesenheit nicht Ursache neuer Folgen würde.

Das Nieseln verwandelte sich in einen Platzregen, aber niemand wollte den Regenschirm öffnen. Die Beerdigung war zugleich eine Demonstration der Kraft; schon seit fünfhundert Jahren hieß unsere stärkste Waffe Starrköpfigkeit. Regenwasser floß mir in die Augen. Erst in der Pariser Straße hob ich den Kopf. Ich erblickte ein Bild, das ich kaum vergessen werde: Hinter allen Fenstern der hohen Jugendstilhäuser brannten Kerzen. Viele von ihnen wurden von Kinderhänden gehalten.

Am 15. Januar fand ein Meeting zu Ehren des ersten Jahrestages des Januars statt. Im Kongreßpalast wie letztes Jahr. Nur die Zusammensetzung des Präsidiums hatte sich verändert. Von den Politikern entschloß sich lediglich František Vodsloň, Mitglied des ZK der KPČ, zu kommen. Wie im vergangenen Jahr wurde auch diesmal jede Frage offen beantwortet. Die Reaktion von Tausenden junger Menschen im Saal strahlte Würde und das Gefühl innerer Freiheit aus; diese Freiheit schien mir im Augenblick wichtiger als jene, die von großmütigen Herrschern gewährt wird. Wie weit entfernt von allen Emotionen und Massenhysterien meiner Jugendzeit war doch jener langhaarige Junge, der aus dem Plenum zum Mikrophon trat und erklärte, daß die Tschechoslowakei nicht der Nabel der Welt sein könne, auf der sich auch Vietnam befindet, und daß der Zorn gegen die Okkupanten nicht in den Zorn gegen die Völker ausmünden dürfe.
– Wenn wir dumme Nationalisten werden, sagte er, werden wir genauso sein, wie sie uns haben wollten.

Als ich meinen eigenen Auftritt schon fast beendet hatte, kam ich noch zu einer letzten schriftlichen Frage:

»Nach dem Januar begannt ihr zu sagen, daß ihr einen Sozia-

lismus mit menschlichem Gesicht aufbaut. Ich bitte um die Erklärung, was für einen Sozialismus ihr eigentlich vorher aufbautet?«

Unterschrieben OK. Ich konnte ihn nicht sehen und antwortete deshalb gegen alle Seiten des riesigen Saales, aus dem Hunderte von Gesichtern auf mich blickten, jung wie das seine.
– Mein lieber Sohn, ich möchte das auch herausfinden, und deshalb schreibe ich jetzt ein ziemlich dickes Buch, das ich dir im Mai zu deinem sechzehnten Geburtstag schenken will!

Es war bezeichnend, daß er nicht zu Hause gefragt hatte, sondern hier. Dadurch bewies er mir nicht nur, daß man mit ihm schon sprechen konnte, sondern sogar mußte.

Die Spitze des Zuges gelangte zur philosophischen Fakultät, zweiundzwanzig Jahre, nachdem ich ihre Schwelle zum ersten Mal überschritten hatte. Das Orchester spielte die Nationalhymne. Prag erstarrte. Ich dachte an die Beerdigung des Großen Genossen, und es schien mir, als hätte ich schon hundert Jahre gelebt. Anstatt Sirenen ertönte immer noch das Orchester der Prager Glocken. Viele von ihnen hatten schon bei der Hinrichtung der einundzwanzig tschechischen Adligen geläutet. Einige schon bei den Predigten des Magister Jan Hus.

FOR WHOM THE BELL TOLLS?

Wem schlägt die Stunde?

Dem Volk, das auferstehen kann.

Der Wagen mit dem Sarg war fort. Hunderttausende gingen in wenigen Minuten auseinander. Abgenommene Hüte begrüßten den letztjährigen Präsidenten der Nationalen Front, František Kriegel – der einzige, der die Moskauer Protokolle nicht unterschrieben hatte, einer der vier, die im Parlament gegen den Vertrag über die zeitweilige Truppenstationierung gestimmt hatten.

Ich fuhr direkt nach Karlsbad. Es war Nachmittag, aber alle Autos hatten die Scheinwerfer eingeschaltet. Mit einer Ausnahme. Unter eine Plane schauten ovale ländliche Gesichter von Soldaten heraus, die Waffen in der Hand hielten, weil jemand ihnen eingeredet hatte, sie befänden sich in einem feindlichen Land. Ich wünschte mir, mit ihnen in zehn Jahren zu sprechen. Bei ihnen zu Hause natürlich.

Die letzten Kilometer fuhr ich auf Glatteis und durch dichten Nebel. Bei einem Freund trank ich Kaffee. Er überraschte mich mit einer Neuigkeit: Eine Gruppe von konservativen Altkommunisten, die sich nach dem Muster der Judas-Anhänger auch in Karlsbad gebildet hatte, verbreitete die Nachricht, daß der Zweck meines hiesigen Aufenthaltes die Gründung einer Gruppe sei, die mit Unterstützung des Westens den Boden für die Feinde der Revolution vorbereiten wolle – für die Sozialdemokraten.

– Ausgezeichnet! rief ich aus. Weil der einzige lebende Sozialdemokrat, den ich kenne, Günter Grass heißt, werden sie sicher zum Schluß kommen, daß ich hier gleichzeitig einen neuen Anschluß des Karlsbader Bezirks an Deutschland vorbereite!

Ich war fast sicher, daß diese Nachricht in derselben Zentrale erzeugt wurde, die zur Abwechslung in der Schweiz das Gerücht verbreitet, ich sei ein Agent der Kommunistischen Staatssicherheit.

Was die Sozialdemokratie betrifft, so kam es mir doch seltsam vor, daß sie auf der Liste unserer Feinde oft sogar vor den Imperialisten steht, ähnlich wie wir auf der Liste ihrer Feinde. Wenn es einen heißen Draht zwischen dem roten Kreml und dem Weißen Haus gibt, so sollte unter den Nachkommen von Karl Marx wenigstens eine normale Postverbindung existieren; sie hätten es nötig wie Salz, gegenseitig aus ihren Kardinalfehlern zu lernen.

Ich trat in das Zimmer der Schriftstellerpension, in der ich schon seit Herbst wohnte. Sofa, Stühle und Teppich waren mit den Manuskripten dieses Buches übersät. Es ist zur Information all jener bestimmt, die versuchen, den ein wenig komplizierten Lebensweg unserer Generation zu begreifen. Es ist eine Geschichte, deren dramatischer Bogen mit den sowjetischen Panzern in den Prager Straßen beginnt und endet. Ich habe sie absichtlich in drei Ebenen aufgeteilt. Ein Teil davon ist die Geschichte des Prager Frühlings 1968. Darin spiele ich mich selbst. In den beiden anderen tritt ein Mensch auf, der mir nur zu ähnlich ist. Ich versuchte, die Lage seines Denkens in verschiedenen Zeitschichten der Vergangenheit und Gegenwart möglichst au-

thentisch aufzuzeichnen. Wenn ich schrieb, und noch mehr, wenn ich las, wurde ich bei manchen Seiten verlegen, ja sogar beschämt. Ist es möglich, daß diese naiven, bombastischen Phrasen je laut ausgesprochen wurden? Leider! Und man darf sie nicht verschweigen, wenn das TAGEBUCH überhaupt einen Sinn haben soll. Es ist für den Leser bestimmt, der Sinn für fair play hat. Ein anderer interessiert mich nicht.

Im Speisesaal des verkrüppelten Hotels »Pupp«, aus dem ein Lokalarchitekt durch einen Anbau ein Hilton hatte machen wollen und das jetzt wie eine Oma im Minirock aussah, saß Jan Procházka und freute sich des Lebens. Zum ersten Male seit seiner Operation trank er wieder mährischen Wein. Mit dem Scharfsinn eines Bauern, der er einmal war und der er auch in seinem Werk geblieben ist, nützte er die politische Pause für eine Generalreparatur seines Motors aus. Jetzt war er wieder bereit. Allzeit bereit.

Beim Mittagessen schaute ich schnell die Monatspost durch, die ich aus Prag mitgebracht hatte. Es war auch ein Brief von Herrn Kulhánek dabei. Wie jedes Jahr schickte er mir eine Abrechnung für die Gartenarbeiten, die er mit einem urwüchsigen Kommentar begleitete. Weil sich seine Briefe zeitlich meistens mit der Januaransprache des amerikanischen Präsidenten deckten, nannte ich sie Bericht über die Lage der Natur. Als ich fertig gelesen hatte, war ich sprachlos. Ich reichte meinem Freund den Brief. Er war holprig geschrieben, mit grammatischen Fehlern und enthielt die Gedanken eines Mannes, der sich während mehr als sechzig Jahren fast nicht von Scheune und Stall entfernt hatte. Jan Procházka las den Brief durch und sagte stolz und prophetisch:

– Das tschechische Volk wird nicht untergehen!

Hier ist der volle Wortlaut:

»Werter Herr K.

Diesem Brief lege ich eine Übersicht der Arbeiten bei, für das Jahr 1968. Das alte Jahr endet. Wir müssen darüber sagen, wie es die ganze Zeit lang war. Der Winter war ziemlich mild. Der Frühling ist sehr früh gekommen. Anfang März sind schon die

Spechte und andere Zugvögel geflogen gekommen. Sie sind um 14 Tage früher zurückgekehrt als voriges Jahr. Im März ist Wurzelgemüse gesät worden, und andere frühe Gemüsearten. Die Erde auf den Feldern war reif zur Aussaat bereit, des Frühjahrsgetreides. Am Anfang d. M. sind die Forsiziensträucher aufgeblüht. (was während mehrerer Jahre nicht vorkommt.) Anfang April haben die frühen Kirschen zu blühen angefangen und weitere späte sind ihnen gefolgt. Ende April haben die Ringlotten, Bluhmen, Lingern, Zwetschgen geblüht und darnach die Apfelbäume und Birnbäume. Die Ziersträucher haben sich auch zum Blust beeilt, bei so einem frühen Frühling. Man hat es allem frühen angesehen, daß es sich schöner und besser erwiesen hat, als das späte. Gegen Ende Mai, das Frühgemüse wuchs heran und konnte zum Essen verwendet werden. Auch die Frühkirschen waren Ende Mai schon reif. Das Getreide auf den Felder im Wuchs war auch schön. Das Korn bekam Mitte Mai Ähren. (was es sonst nicht tut.) Auch die Bienchen waren froh, über dieses schöne Wetter und haben fleißig gearbeitet, Blütenstaub gesammelt und Honig in die Häuschen getragen. Und das hatte auch einen großen wirtschaftlichen Gewinn gebracht. Bis Ende Juni, die halbfrühen Gewächse sind herangewachsen gewesen, und fast alle Getreidearten auch. Im Juli kommt die Zeit des Reifens, beim Getreide und bei einigen Frühobstarten. Von Anfang März, bis Ende Juli, war das Wetter vonwegen Wärme und Feuchtigkeit gut

Fortsetzung auf dem II. Blatt

II

Darum war alles und jedes gut gediehen bei Getreide, wie auch beim Obst und Gemüse. Bis zu dieser Zeit verdiente es die reichliche Ernte, daß wir uns für sie bedanken, bei der Höheren Macht. Nach der Januar-Wiedergeburt und 20jähriger Leibeigenschaft, atmete es sich ein bißchen besser, und lebte es sich auch besser. Auch Sie, Herr K., im Sommer sind Sie mehr in Sázava gewesen, als andere Jahre. Etwas besser war es, nicht wahr?

Da kommt der August: voll Enttäuschung und Schrecken! Worüber wir eine solche Freude hatten, verwandelt sich in Angst und Finsternis. Alles ist zum Stehen gekommen und man hat gewartet, was weiter sein wird. Durch diese Schrecknisse in unserer ganzen Wirtschaft ist die Arbeit und Produktion langsamer geworden, von wegen der Unsicherheit, daß daraus kein Nutzen kommen wird. Das Ergebnis davon ist daß vieles Notwendige nicht zu haben ist und nicht gekauft werden kann. Kohlen gibt es auch sehr wehnig. Auch in der Landwirtschaft hat sich durch diese Ereignisse die Arbeit stark verspätet. Ohne den längeren Herbst ohne Schnee und Frost wäre die Feldarbeit nicht gemacht geworden.

Ich habe Ihnen schon genug geschrieben, und darum schließe ich.

In Ihrem Garten, mache ich die Arbeit von jedem Monat, weiter.

Die Schrift ist nicht schön, ich habe eine schwere Hand und sie wird ein wenig lahm. Sie müssen verzeihen.

Bedrich Kulhánek
Landwirt
Xaverov, Postamt Sázava
am 27. XII. 1968

---

23. April 1969
(aus dem Tagebuch des Schriftstellers PK)

Nach Jahr und Tag schlugen wir bei den Weltmeisterschaften die Eishockeymannschaft der Sowjetunion wieder – und dies gleich zweimal nacheinander.

Mein Gebet, daß es kein zweites Mal geschehen würde, war vergeblich.

In der Nacht nach dem zweiten Sieg flogen Steine auf sowjetische Kasernen, und in Prag wurde das russische Aeroflot-Büro angezündet.

Man soll seine Bräuche nie ändern!

Die Polizei, sonst so geschwind, hatte offenbar frei. Erst am nächsten Tag begann man zu untersuchen, wer gestört habe.

Niemand stellte sich freiwillig, und so wird die ganze Klasse bestraft.

Auf der neulichen ZK-Sitzung bat Alexander Dubček, von seinem Amt befreit zu werden. Zum Ersten Sekretär des ZK der KPČ wurde Dr. Gustav Husák gewählt.

In der heutigen »Rudé Právo« erschien ein merkwürdiger Artikel: »Die Ziele und die Taktik der Reaktionäre«. Als all stars wurden ausgerechnet namentlich aufgeführt: Publizist A. J. Liehm, Schriftsteller Jan Procházka und Schriftsteller PK.

Ich habe das Gefühl, es ist höchste Zeit aufzuhören, dieses Tagebuch zu schreiben.

Hoffentlich nicht für immer.

Bis dahin.

---

1. Mai 1969 *Unterwegs*

(Brief des Schriftstellers PK an den Verlag C. J. Bucher, Luzern)

Geehrte Freunde,

Sie stellen mir in Ihrem Brief vom 17. 4. dieses Jahres die Frage, ob das Erscheinen meines Buches – hinsichtlich der neuesten politischen Entwicklung in meiner Heimat – vielleicht irgendwelche für mich ungünstige Folgen haben kann. Auch wenn die Frage mehr oder weniger theoretisch ist, denn das Buch ist schon fast fertig, bedanke ich mich für Ihre Rücksicht und möchte Ihnen dazu nur vier Sätze sagen:

1. Die Konzeption des Buches entstand vor bald einem Jahr und wurde während der Frankfurter Buchmesse mit kompetenten tschechoslowakischen Stellen besprochen.

2. Der Vertrag über das Buch entspricht den tschechoslowakischen Vorschriften und wurde mit der Staatsagentur DILIA diskutiert, bei der er auch hinterlegt ist.

3. Das Buch sollte gleichzeitig mit Ihrer Ausgabe in zwei Prager Verlagen erscheinen, mit denen ich ebenfalls einen Vertrag abgeschlossen habe; wenn es zu einer Verspätung kommt, so ist es höhere Gewalt.

4. Wie aus dem Inhalt des Buches hervorgeht, habe ich bisher im Leben das einmalige Glück gehabt, daß ich in rebus publicis nie schweigen oder lügen mußte, was mir früher durch meinen Glau-

ben ermöglicht wurde, später durch ein Gefühl der Verantwortung, früher wie später vielleicht auch durch meine Natur, und ich sehe nicht ein, warum ich mit dem Schweigen oder Lügen gerade jetzt anfangen sollte, an der Schwelle meiner besten Jahre, wo der Mensch eigentlich über Gewinn und Verlust seines Lebens Rechenschaft abgeben soll, jawohl, ich bin beklommen wie die Mehrheit meiner Mitbürger, meiner Freunde, aller, die mir nahestehen, denn es scheint, als erwarten uns wieder schwierige Jahre, die ich teilen möchte mit meinem Land, wie es zu den guten Sitten tschechischer Schriftsteller gehört, und ich will mich dabei – soweit es von mir abhängt – unter allen Umständen als freier Mann verhalten, ich will helfen allen und allem, was die Fenster unserer Städte wiederum beleuchten würde, wie in jener Nacht auf den 21. März 1968, als unser sozialistischer Frühling begann, und ich will mich wehren gegen alles und alle, die – egal unter welchem Vorwand, unter welcher Fahne – versuchen wollen, aus der ČSSR nochmals eine Besserungsanstalt zu machen, denn ich habe keine Wahl, auf der Welt existiert bisher kein Gelobtes Land der Freiheit und Demokratie, und selbst wenn es existierte, könnte kaum ein ganzes Volk dahin umziehen, und ich glaube noch immer, Freiheit und Demokratie für den ganzen Planeten können kaum anders als auf dem Boden des Sozialismus wachsen, der Frühling 1968 hat mir das bestätigt, und der August 1968 hat mir das nicht widerlegt, weil Menschen mit kommunistischen Parteiausweisen nicht nur in den Panzern waren, sondern auch um die Panzer herum, nein, die Tage sind nicht leicht, aber alle, die für uns seit August immer größere Trauerkränze bestellen, scheinen zu vergessen, daß die Geschichte kein Theaterstück ist, die Geschichte hat zwar Katastrophen, aber kein Ende, die Geschichte geht weiter, von Sieg zu Niederlage, von Niederlage zu Sieg – und die Menschen, ja, die Menschen sind schon sterblich, aber das heißt noch lange nicht, daß es immer genügt, ihnen die Instrumente zu zeigen, damit sie die Schlüssel zu ihrer Wohnung und zu ihrem Hirn DER BEHÖRDE übergeben, der Mensch gehört nicht nur sich selbst, sondern auch seinen Voreltern, seinen Kindern, seinen Freunden, seinem Volk, seiner ganzen Gattung HOMO SAPIENS, die sich in der Zukunft entweder ausrotten oder eine universelle Zivilisation schaffen kann, und die Bemühung um diese zweite Alternative beginnt schon mit Kleinigkeiten, für mich zum Beispiel – neben meiner Theaterarbeit – auch mit diesem Buch, das – wenn auch nur bruchstückhaft – die erste Hälfte (zwei Drittel? vier Fünftel?) meines Lebens bilanziert, damit ich mich in der zweiten Hälfte (dem letzten Zehntel? dem letzten Hundertstel?) besser orientieren kann, und bei dieser Bilanz sehe ich, je älter ich werde, um so deutlicher, den Wert der menschlichen Existenz, und wie einst, halte ich es auch heute für notwendig, an der Abschaffung der Klassenunterschiede, an der Gleichberechtigung von Rassen und Kontinenten mitzuhelfen, anders als früher bin ich aber überzeugt, daß dabei auch nicht der kleinste der Werte, die die Menschheit schon zustande brachte, untergehen darf, vor allem die Freiheit, insofern ich ihre Grenze dort setze, wo sie die Freiheit anderer zu verletzen droht, und soweit Sie sich in Ihrem Brief für meine künftigen Pläne interessieren, so soll ich nach einem alten Vertrag jetzt wiederum in Hamburg eins meiner Theaterstücke inszenieren, diesmal »So eine Liebe«, wenn ich meine Aufgabe erfüllt habe, kehre ich über meinen geliebten Grenzübergang in R. nach Hause zurück, wo mich ein Gerichtsverfahren erwartet, mit dem ZK-Mitglied und Abgeordneten V. N., der mich öffentlich für den Tod von Jan Palach mitverantwortlich gemacht hat und den ich nach tschechoslowakischem Recht zur Verantwortung ziehe, worauf ich beabsichtige, weiterzuinszenieren und zu schreiben, weiterzuschreiben und zu inszenieren, zu Hause und im Ausland, solange ich Talent, Kraft und vor allem einen Reisepaß habe, und selbstverständlich will ich mich gemeinsam mit meinen Landsleuten weiter bemühen, DAMIT NIE WIEDER EIN EINZELNER ODER EINE KLEINE GRUPPE AUS UNS SCHAFSBÖCKE MACHEN KANN, wie dieses Buch in der Eintragung vom 20. März 1968 Dr. Gustav Husák zitiert, war es ihm damit ernst, will ich ihn unterstützen, wenn nicht, dann bleibt mir nichts anderes, als zu hoffen, daß auch diese Naivität nicht meine letzte war, Ihr

PK *Praha 1, Hradčanské náměstí 1, ČSSR*

z. Z. unterwegs

Dienstag, 20. August 1968 San Marino
(Anfang der Geschichte)

In der weiten Ebene, die fast mit dem Meer verschmolz, tauchte eine Briefmarke auf: sie zeigte einen Felsen mit drei Burgen. Es schien mir, als würde ich wieder meiner Kindheit entgegenfahren, in der sie aus dem Album meines Vaters strahlte.

– Rocca Guaita, Rocca della Fratta, Rocca Montale...

– Was singst du dir da vor? fragte sie.

– Die Hymne, die ich komponiert habe, als ich noch Garibaldi sein wollte...

– Das ist mir entgangen. Ich dachte, daß du nur Cyrano de Bergerac, evangelischer Vikar, erster Liebhaber, roter Kommissar und schließlich Volksmärtyrer sein wolltest!

– Garibaldi war viel früher, sprach ich leutselig. Und noch vor ihm war Feuerwehrmann, Michail Strogoff und der Herr Chroust.

– Wer soll denn das wieder sein...?

– Das war der Papierhändler in unserer Gasse.

– Lieber Gott, sagte sie, jetzt weiß ich endlich, warum du in jedem Warenhaus stundenlang an den Bleistiftspitzern und Radiergummis herumfingerst!

– Jawohl! rief ich emphatisch, deshalb hatte ich es immer bitter bereut, daß ich nicht ein Arbeiter-und-Bauern-Sohn aus der DDR bin, wo die privaten Kleinunternehmen erfreulich prosperieren. Wenn der liebe Herrgott und der Genosse Šik uns nunmehr das gleiche vergönnen, dann miete ich einen kleinen Laden an einem vorteilhaften Ort und bin am Ziel meiner Wanderung, tralalalá!

Sie lehnte sich an die Wagentür und betrachtete mich mit Verwunderung. Die Sonne ging genau hinter dem Berg unter. Die drei schwarzen Burgen sahen jetzt aus wie die Kulisse eines Puppentheaters. Ich hörte, wie Mutters hellklingende Handglocke den Beginn der Vorstellung ankündigte. An der nächsten Kreuzung bog ich rechts ab. Fast fiel sie mir ins Steuer.

– Links! Rimini war links!

– Ich weiß. Ach, ich weiß schon alles!

– Wir fahren doch ans Meer!!

– Fürwahr, aber erst morgen. Jetzt werden wir zu Abend speisen.

– Das können wir in Rimini auch.
– Fern davon, mein Kind, denn die Nacht naht, und eben jetzt, zur Stunde zwischen Hund und Wolf, irrt durch Rimini der ruhelose Geist des intelligenten, jedoch zugleich wilden und grausamen Condottiere Malatesta, der seine erste Frau durchbohrte, die zweite vergiftete und die dritte erwürgte, um endlich seine bevorzugte Mätresse Isotta ehelichen zu können. Demgegenüber ist San Marino die Heimat biederer Kaufleute und Hirten, die seit alters den Gehetzten Asyl bieten. Übrigens waren sie es, die schon im fünfzehnten Jahrhundert Malatesta von Rimini aufs Haupt schlugen, weil sie seinen Greueltaten nicht länger von oben zusehen konnten.
– Aber eben diese deine Geschichte deutet darauf hin, daß der richtige Platz für mich Rimini ist, wo du dich endlich mir erklären könntest!
– Der Reihenfolge nach käme es zu deiner Erwürgung, mein liebstes, liebstes Schätzchen.
– Aber vielleicht könnte ich vorher gerade noch baden gehen.
– Bedaure! Deinen Befehlen gemäß bin ich Hunderte von Kilometern gen Mittag gefahren, um für dich das langweilige Linz, das verträumte Salzburg, den stolzen Großglockner zu erobern, sowie Venedig, die Perle des Meeres, aber jetzt mußt du zulassen, daß ich den wirklichen Anfang der Ferien in meine erfahrenen Hände nehme. Ich habe für heute eine Reihe Pläne, die ich dir mit nachgerade teuflischer Raffinesse einen nach dem andern enthüllen will!

Sie fing an zu lachen.
– Du beginnst sogar unterhaltend zu sein...!
– Ab morgen bin ich glatt zum Auffressen! erklärte ich überzeugt.
– Warum ausgerechnet ab morgen?
– Weil ich heute, meine Vielliebe, mit einmonatlichem Aufschub, den die Unklarheiten innerhalb der sozialistischen Gemeinschaft verschuldet haben, die zweite Halbzeit meines beneidenswerten Lebens beginne. Obzwar so jung, kann ich bereits mit reinem Gewissen meine politische Karriere beenden und die Sorge um das Wohl der Gemeinde deinem herrlichen Geschlecht überlassen. Ich beabsichtige, mich dem Wein, Tanz, Gesang, dem Hunde-

züchten und dem Schreiben meiner Erinnerungen zu widmen, solange ich mich noch an etwas erinnere. Weshalb du mir erlauben magst, heute abend mit dir noch einmal gründlich meinen Vierzigsten zu feiern!

Eine Metallkonstruktion mit Inschrift hieß uns in der Republik San Marino willkommen. Ich machte beim ersten gutaussehenden Gasthaus halt.

– Warum fahren wir nicht geradewegs hinauf? fragte sie und sah zu den Felsen hinauf, wo sich halsbrecherisch die strada panoramica emporwand.

– Das Glück ist den Frauen ähnlich, sagte ich mit philosophischem Tiefblick, indem ich die Terrasse betrat. Wozu sich kopfüber auf sie stürzen, wenn wir sie vom Fuß her Stück für Stück bewältigen können, um dergestalt unsere Wonne bis zur Unzurechnungsfähigkeit zu verlängern?! Sei gegrüßt, mein Sohn, sprach ich zum Kellner tschechisch, die Königin, die ich begleite, ist wahrlich deiner Bemühung wert, sintemalen selbige nach Verdienst entlohnt wird. Bring uns alle deine spaghetti, sowohl alla milanese sowie alla bolognese, stell unserem erstaunenden Auge deine ravioli und pizze vor, fische für uns alle frutti di mare und gib uns vinum et panem dazu. Die circenses, die machen wir selber.

Er begriff, daß er Zeuge eines außerordentlichen Ereignisses war, und stellte sich augenblicklich mit der Karaffe ein.

– Ich bedanke mich bei dir, daß du mir so lange Geduld gezeigt hast, sagte ich zu ihr. Dafür kann ich dir nunmehr die Heimat übergeben – ein Paradies auf Erden, wo wieder die Frühlingsblüten glänzen werden, wie es unsere Nationalhymne vorschreibt. Nach dem Abendmahl fahren wir hinauf ins Kasino, wo wir die Bank sprengen. Aus dem Erlös kaufen wir uns einen Stock, um damit munter auf die Ladengitter einzuhämmern. Zum Schluß bestelle ich das Appartement mit der schönsten Aussicht, und am Morgen lege ich dir den ganzen Süden zu Füßen, vom Apennin bis Dalmatien. Denn wisse, daß ich endlich frei und glücklich bin!

(Fortsetzung am Anfang des Buches)

Perugia

AUSGEWÄHLTE
KAPITEL

AUS DEM KONTER

PAVEL KOHOUT

TAGEBUCH EINES REVOLUTIONÄRS

NACHWORT

NOCH NACH 21 JAHREN…

Es gibt Schicksale und Geschichten, die man, wären sie frei erfunden, für maßlos übertrieben und unglaubwürdig hielte. So zum Beispiel, wenn diesem Buch ein neues gefolgt wäre, in dem der Autor in seiner Heimat die volle Rehabilitierung des erfrorenen Prager Frühlings erlebte. Ein solches Buch könnte jetzt erscheinen, und keiner wäre schockiert, so selbstverständlich ist das Wunder inzwischen geworden.

Mit den am Ende des TAGEBUCH EINES KONTERREVOLUTIONÄRS geschilderten Vorgängen hat jedoch mein politisch-persönlicher freier Fall erst richtig begonnen. Als hätte man mich in einem beschwerten Sack ins Meer geworfen, sank ich mit vielen anderen in die Tiefe, bis uns in der Stille und Dunkelheit der übermenschliche Druck zu zermalmen drohte. Über diese Zeit (1969–1978) erzählt als freie Fortsetzung dieses Buches mein ›Memoiroman‹ WO DER HUND BEGRABEN LIEGT. Sie endete 1978 mit meiner und meiner Frau gewaltsamen Abschiebung nach Österreich.

Es vergingen weitere elf Jahre, in denen die Zermürbung der tschechoslowakischen Gesellschaft durch das Satelliten-Regime des Kreml fortgesetzt wurde, wobei die unendliche Dauer dieser geschichtlichen Episode und der Verlust jeglicher Hoffnung die schlimmsten Foltern waren. Dann, ganz plötzlich, gingen Träume in Erfüllung und die Ertrinkenden fanden sich über Wasser wieder, ja, so manche wurden Kapitäne des neuen Kurses.

Ganz ähnlich wie im Prager Frühling erträumt, kam es zur historischen Wende durch einen Reformversuch, und wie immer der Gorbatschowsche Seiltanz ausgeht, man wird dem Mann nie dankbar genug sein können, daß er in kritischen Momenten dieser Wende überall in Mittel- und Osteuropa bis dato das einzig Richtige tat – nämlich: nichts. Er schickte keine neuerlichen Panzer und ließ die meisten versklavten Völker über sich selbst bestimmen.

Anders jedoch als erwartet, hat diese Wende nicht die sozialistischen Züge angenommen, vielmehr umgekehrt. Zu den Resultaten des Terror- und Panzerkommunismus gehört, daß auch der Begriff Sozialismus, der über Jahrzehnte Millionen beflügelte und ihnen Mut gab, unbarmherzigen Auswüchsen des Kapitalismus zu trotzen, seines Inhalts beraubt, in den Schmutz gezogen und von Blut getränkt wurde.

Es ist nicht schwer zu prophezeien: Da sich auch in den befreiten Gesellschaften Unrecht und Armut ansiedeln werden und der linke Rand des politischen Spektrums wieder besetzt wird, ist es von elementarer Bedeutung, wie das geschieht. Das Umfallen eines Teils der westdeutschen Linken vor dem Realsozialismus und der sich daraus ergebende Mangel an Solidarität mit den sogenannten Dissidenten ließen die rechte Polarisierung erst recht zu. Warum hat man nur mehr eigenen Wunschträumen als den Augenzeugen geglaubt? Zumindest die Nachfolger sollten darüber nachdenken.

Das läßt mich noch mehr jene Menschen schätzen, die auch im deutschsprachigen Raum die Entwicklung richtig einschätzten und nicht für irgendeinen Frieden kämpften, sondern für jenen echten, der nur durch Menschenrechte gedeiht und nur von einer offenen Gesellschaft garantiert werden kann.

Stellvertretend für all diese widme ich die Neuausgabe meinem lieben Heinrich Böll in memoriam.

Wien/Prag, April 1990 PAVEL KOHOUT

Pavel Kohout, geboren 1928 in Prag, wurde in Ost und West bekannt durch seine Theaterstücke, im Westen zudem durch seine Bücher »Aus dem Tagebuch eines Konterrevolutionärs«, »Briefe über die Grenze«, »Die Henkerin« u. a. ... Er zählt zu den Wortführern des »Prager Frühlings« und zu den prominenten Unterzeichnern der Charta 77. 1969 wurde er aus der KPČ ausgeschlossen und 1977 aus seiner Wohnung in Prag ausgewiesen. Seit seiner Ausbürgerung im Oktober 1979 lebt Pavel Kohout mit seiner Frau Jelena in Wien und ist am Burgtheater tätig.

Pravoslav Sovák, einer der repräsentativsten tschechischen Künstler der Nachkriegszeit, wurde 1926 in dem böhmischen Dorf Vysoké Myto geboren. Er studierte an der Karls-Universität in Olmütz. Seine künstlerische Ausbildung erhielt er auf der Prager Kunstgewerbeschule. Im deutschsprachigen Raum, in den skandinavischen Ländern und den Beneluxstaaten ist Sovák durch zahlreiche Ausstellungen seines graphischen Werkes bekannt geworden.